珍藏版

赵文博 主编

辽海出版社

平准书第八（续）

是岁也①张汤死而民不思。

【注释】

①是岁：元鼎二年。

其后二岁①，赤侧钱贱，民巧法用之②，不便③，又废。于是悉禁郡国无铸钱④，专令上林三官铸⑤。钱既多，而令天下非三官钱不得行，诸郡国所前铸钱皆废销之⑥，输其铜三官⑦。而民之铸钱益少⑧，计其费不能相当⑨，唯真工大奸乃盗为之⑩。

【注释】

①其后二岁：张汤死后二岁，应是元鼎四年，实际以下记事，都在元鼎三年（前114年）。②巧法用之：用巧诈的手段抵制法令，不按政府规定的一当五来使用。③不便：意思是赤侧钱行不通。④无：通"毋"。不要。⑤上林三官：指钟官、辨铜、技巧三令丞。三官皆属水衡都尉，而水衡都尉设在上林苑，故称上林三官（用陈直《史记新证》说）。⑥销：熔化。⑦输：运送。⑧益：逐渐。⑨计其费不能相当：是说盗铸者计算一下铸钱的费用超过钱值，无利可图。⑩真工大奸：技术巧妙的豪民。真工，谓技术巧妙，能以伪乱真。乃：才。

卜式相齐，而杨可告缗遍天下①，中家以上大抵皆遇告②。杜周治之，狱少反者③。乃分遣御史廷尉正监分曹往④，即治郡国缗钱⑤。得民财物以亿计，奴婢以千万数，田大县数百顷，小县百余顷，宅亦如之⑥。于是商贾中家以上大率破⑦，民偷甘食好衣⑧，不事畜藏之产业⑨。而县官有盐铁缗钱之故⑩，用益饶矣⑪。

【注释】

①杨可告缗遍天下：是说武帝命杨可主持告缗的事，告缗的案件遍

于天下，所在皆有。这一句和上文"告缗钱纵矣"，说的是同一年的同一回事。②中家：中产之家。在当时有十万钱财产的算是中产之家。大抵：大概；大都。③狱：罪案；案件。少反者：很少有翻案的。④御史：西汉御史大夫之下有御史中丞，御史中丞之下有侍御史十五人，通称御史。其职掌或给事殿中，或举劾非法，或督察郡县，或奉使出外执行指定的任务。廷尉正监：西汉廷尉之下有廷尉正和左右监，都是司法官。⑤即：就。缗钱：指告缗钱的案件。⑥如之：像财物、奴婢和田一样，相当多。⑦大率：大概；大都。⑧偷：苟且；只图眼前，得过且过。⑨之：其。⑩而：然而。有：以；因。⑪用：财用。益：逐渐。

益广关①，置左右辅②。

【注释】

①益广关：把函谷关东移。益，加；广，东西为广。函谷关原在今河南省灵宝东北。因关在谷中，深险如函得名。现尚存关门。②置左右辅：据《汉书·百官公卿表》，元鼎四年置三辅都尉。左辅都尉治高陵（今陕西省高陵县），右辅都尉治郿（今陕西省眉县），京辅都尉治华阴（今陕西省华阴市）。这里只说置左右辅，可能是省略的说法。

初，大农管盐铁官布多①，置水衡②，欲以主盐铁。及杨可告缗钱，上林财物众，乃令水衡主上林。上林既充满，益广。是时越欲与汉用船战逐③，乃大修昆明池④，列观环之⑤。治楼船⑥，高十余丈，旗帜加其上，甚壮。于是天子感之⑦，乃作柏梁台⑧，高数十丈。宫室之修，由此日丽⑨。

【注释】

①布：分布。②水衡：元鼎二年置水衡都尉，掌上林苑，兼管皇室财物及铸钱。③战逐：战斗驰逐。④大修昆明池：元狩三年开始修昆明池，是为准备与滇王战；元鼎二年又大修昆明池，是为准备与南越战。⑤观（guàn）：楼、馆一类的建筑。⑥治：修造。⑦感之：是说武帝对楼船之宏伟，有感于中，于是思作高台以登临。⑧柏梁台：据《汉书·武帝纪》，元鼎二年作柏梁台。以香柏为之，故名。⑨日：更加。

乃分缗钱诸官①，而水衡、少府、大农、太仆各置农官②，往往即郡县比没入田田之③。其没入奴婢，分诸苑养狗马禽兽④，及与诸官。诸官益杂置多⑤，徒奴婢众⑥，而下河漕度四百万石⑦，及官自籴乃足⑧。

【注释】

①缗钱：指没收的财物。②太仆：掌皇帝的舆马和马政，为九卿之一。③往往：处处；到处。比：近来。田（diàn）：通"佃"，耕种。④诸苑：武帝时除上林苑外，还有博望苑，边郡又有六牧师苑养马。⑤杂置：杂设分管各种事情的官员。⑥徒奴婢：指没入官的奴婢。其身份有如囚徒，故称"徒奴婢"。⑦下河：指潼关以东的黄河。度：运。⑧官自籴：政府自己出钱买粮食。

所忠言①："世家子弟富人或斗鸡走狗马②，弋猎博戏③，乱齐民④。"乃征诸犯令⑤，相引数千人⑥，命曰"株送徒"⑦。入财者得补郎，郎选衰矣⑧。

【注释】

①所忠：武帝的近臣。②世家：世代做官的人家。斗鸡走狗马：游手好闲不务正业者的嬉戏。③弋（yì）猎：射猎。博戏：棋弈之类的游戏。④乱：惑乱。⑤征：通"惩"。⑥引：牵引；牵连。⑦命：名。⑧郎选：选拔郎官的制度。

是时山东被河灾①，及岁不登数年②，人或相食③，方一二千里。天子怜之④，诏曰⑤："江南火耕水耨⑥，令饥民得流就食江淮间⑦，欲留⑧，留处⑨。"遣使冠盖相属于道⑩，护之⑪，下巴、蜀粟以振之⑫。

【注释】

①山东被河灾：据《汉书·武帝纪》，事在元鼎二年。②岁：年成；年景。登：庄稼成熟。③人或相食：据《武帝纪》，人相食在元鼎三年。④怜：哀怜。⑤诏曰：据《武帝纪》，诏书下在元鼎二年，其内容是专就江南地区水潦说的，与本文所说"山东被河灾"，不是一回事。⑥江南：当时指今湖北省的长江以南部分和湖南、江西省一带。火耕水耨：是古代一种粗放的耕作方法。先用火烧掉田里的杂草，作为肥料，然后下水种稻。等到杂草又生出来，再加以芟除。⑦流：迁徙。⑧留：留住；定居。

⑨留处：留住下来，加以安排。处，安排。⑩属（zhǔ）：接连。⑪护：监领；管理。⑫下：当时运巴、蜀的粮食到江南赈济饥民，是从长江顺流而下，所以说"下"。

　　其明年①，天子始巡郡国。东度河，河东守不意行至②，不辨③，自杀。行西逾陇④，陇西守以行往卒⑤，天子从官不得食，陇西守自杀。于是上北出萧关⑥，从数万骑⑦，猎新秦中⑧，以勒边兵而归⑨。新秦中或千里无亭徼⑩，于是诛北地太守以下⑪，而令民得畜牧边县，官假马母⑫，三岁而归⑬，及息什一⑭，以除告缗⑮，用充仞新秦中⑯。

【注释】

　　①其明年：据《汉书·武帝纪》，武帝始巡郡国在元鼎四年（前113年）。②河东守：河东郡太守。河东郡治安邑，今山西省夏县东北。③不辨：不办，食宿的事情没有办好。辨通"办"。④西逾陇：据《武帝纪》，武帝西逾陇在元鼎五年（前112年）。逾，越过。陇，陇山，在今陕西省陇县西北，跨甘肃省清水县，亦名陇坻、陇坂、陇首。⑤行往卒：天子到得突然。⑥萧关：故址在今宁夏回族自治区固原市原州区东南，为关中通向塞北的交通要冲。⑦骑（jì）：骑兵。⑧猎新秦中：在新秦地区围猎，实际是军事演习性质。⑨以勒边兵：以围猎检阅边兵。勒，训练。检阅。⑩亭：亭障，古时建筑在边境上的烽火亭。徼（jiào）：关塞。⑪北地：北地郡，治马岭（今甘肃省庆阳市西北）。⑫马母：母马。⑬三岁而归：三年后归还官假母马。⑭息什一：借官家母马十匹，三年后还官家一驹，这叫作利息十分之一。⑮除告缗：对于在边县畜牧的人，废除告缗。⑯充仞：充实。

　　既得宝鼎①，立后土、太一祠②，公卿议封禅事③，而天下郡国皆豫治道桥④，缮故宫，及当驰道县⑤，县治官储⑥，设供具⑦，而望以待幸⑧。

【注释】

　　①得宝鼎：据《汉书·武帝纪》和《郑祀志》，元鼎四年十一月立后土祠于汾阴（治今山西省万荣西南宝鼎）脽（shuí）上（地名），同年六月，得宝鼎于后土祠旁。②后土：土地神。太一：亦作"泰一"。天神。据《武帝纪》，元鼎五年十一月立泰一祠于甘泉（宫名，故址在今陕西省

淳化西北甘泉山）。③议：计议。④而：所以。⑤驰道：秦代修筑的专供帝王行驶马车的道路。道广五十步，每隔三丈种树。⑥官储：官府贮存的物资叫官储。这里指粮食酒肉等饮食之物。⑦设：设置。供具：供天子及从官酒食用器皿等物。⑧以：语气助词，无义。幸：帝王驾临曰"幸"。

其明年①，南越反②，西羌侵边为桀③。于是天子为山东不赡④，赦天下囚⑤，因南方楼船卒二十余万人击南越⑥，数万人发三河以西骑击西羌⑦，又数万人度河筑令居⑧。初置张掖、酒泉郡⑨，而上郡⑩、朔方、西河⑪、河西开田官，斥塞卒六十万人戍田之⑫。中国缮道馈粮⑬，远者三千，近者千余里，皆仰给大农。边兵不足⑭，乃发武库工官兵器以赡之⑮。车骑马乏绝⑯，县官钱少，买马难得，乃著令⑰，令封君以下至三百石以上吏，以差出牝马天下亭⑱，亭有畜牸马⑲，岁课息⑳。

【注释】

①明年：元鼎五年（前112年）。②南越反：据《汉书·武帝纪》，元鼎五年南越相吕嘉反，杀汉使者及其王、太后。③西羌侵边：据《武帝纪》，元鼎五年九月，西羌与匈奴勾结，十余万人反，攻故安（在今甘肃省兰州市南）、枹罕（在今甘肃省临夏县东北）。④为：因为。不赡：不充裕。指山东地区遭水灾，连年收成不好。⑤赦天下囚：据《武帝纪》，元鼎五年赦天下，使罪人从军击南越。⑥因：就。楼船士：西汉根据地方特点训练各兵种，江淮以南训练水军，称为楼船士。二十余万人击南越：《南越列传》《汉书·武帝纪》《五行志》都说是令罪人及江淮以南楼船士十万人击南越，不是二十余万。⑦数万人：有"数万人"三字，文法不通。三河以西：《武帝纪》说，元鼎六年"发陇西、天水、安定骑士及中尉、河南、河内卒十万人"征西羌。汉以河内、河南、河东为三河。陇西、天水、安定在三河以西，所以这里说"三河以西"。⑧令（lián）居：令居故城在今甘肃省永登县西北，地当自湟水流域通向河西走廊的要冲。⑨初置张掖、酒泉郡：据《武帝纪》，元狩二年置武威、酒泉二郡，元鼎六年分武威郡为张掖郡，分酒泉郡为敦煌郡。此处酒泉当作敦煌。⑩上郡：治肤施，在今陕西省榆林县东南。⑪西河：西河郡，治平定，在今内蒙古自治区东胜县境。⑫河西：地区名，指今甘肃、青海两省黄河以西，即河西走廊与湟水流域。开田官：当时在四地区普设田官主持屯田，统名

“开田官”。斥塞卒：当时在四地区有卒六十万人，且田且戍，称“斥塞卒”。戍：防守边疆。⑬馈：送。⑭兵：兵器。⑮武库工官：汉代各郡国皆有武库，储存武器；有的还设有工官，制造武器。赡（shàn）：供给。⑯车骑马：指战马。⑰著令：制定法令。⑱差：等级。牝马：母马。⑲牸马：母马。⑳课息：征收利息。利息不是要钱，而是要马。

　　齐相卜式上书曰："臣闻主忧臣辱。南越反，臣愿父子与齐习船者往死之①。"天子下诏曰："卜式虽躬耕牧②，不以为利③，有余辄助县官之用④。今天下不幸有急，而式奋愿父子死之。虽未战，可谓义形于内⑤。赐爵关内侯⑥，金六十斤，田十顷。"布告天下，天下莫应⑦。列侯以百数⑧，皆莫求从军击羌、越。至酎⑨，少府省金⑩，而列侯坐酎金失侯者百余人。乃拜式为御史大夫。

【注释】

　　①习船者：善于行船的人。②躬：亲自。③以为：同义词连用，只等于"为"，当"为了"讲。④辄：往往；每每。⑤义形于内：事君报国的正义之情，发自于内心。⑥关内侯：二十等爵的第十九级。⑦莫：无指代词。没有人；没有谁。⑧列侯：二十等爵的最高级。原称"彻侯"，避武帝讳改称"通侯"，又改"列侯"。列侯均有封邑，关内侯一般无封邑。⑨酎（zhòu）：经过三次重酿的醇酒。汉律，每年八月，天子以酎酒祭宗庙，诸侯王、列侯都必须按规定献金助祭，叫"酎金"。⑩省金：省察酎金的好坏多少。

　　式既在位，见郡国多不便县官作盐铁①，铁器苦恶②，贾贵③，或强令民卖买之④。而船有算⑤，商者少，物贵。乃因孔仅言船算事⑥。上由是不悦卜式⑦。

【注释】

　　①不便：不宜；不方便。意动用法。县官作盐铁：由政府煮盐、铸铁器。指盐铁官营。②苦恶：粗制滥造，质量不好。苦，粗劣。③贾（jià）：通"价"。④卖买：交易。"强令民卖买之"，是说强迫百姓交易，买官作铁器。⑤船有算：即上文所说"船五丈以上一算"。⑥因：通过。⑦由是：因此。

汉连兵三岁①，诛羌②，灭南越，番禺以西至蜀南者置初郡十七③，且以其故俗治④，毋赋税⑤。南阳、汉中以往郡⑥，各以地比给初郡吏卒奉食币物⑦，传车马被具⑧。而初郡时时小反，杀吏。汉发南方吏卒往诛之，间岁万余人⑨，费皆仰给大农。大农以均输调盐铁助赋⑩，故能赡之。然兵所过县，为以訾给毋乏而已⑪，不敢言擅赋法矣⑫。

【注释】

①连兵三岁：元鼎五年（前112年）击南越，六年征西羌，又击东越，至元封元年（前110年）东越杀其王余善降，一连用兵首尾共三年。②诛：讨伐。③番（pān）禺：秦置县，在今广州市南部。④且：姑且；暂且。⑤毋赋税：不征赋税。⑥南阳：郡名，治宛县，今河南省南阳市。汉中：郡名，治南郑，今陕西省汉中东。以往：指南阳、汉中以南。⑦各以地比：各就地之所近。比，近。奉：俸禄。⑧传（zhuàn）车马：传车传马。古代驿站上的车称"传车"，马称"传马"。被具：泛指驾车乘马之物。⑨间岁：隔一年。⑩以均输调盐铁：由政府统一运销盐铁，以调剂各地盐铁的供应。助赋：补助赋税的收入。⑪为以：同义词连用，只相当于"以"。以，则。訾给：供给。訾通"资"。⑫擅赋法：大概当时有擅赋法，禁止在政府规定的赋税以外另征赋税。

其明年，元封元年，卜式贬秩为太子太傅①。而桑弘羊为治粟都尉②，领大农③，尽代仅管天下盐铁④。弘羊以诸官各自市⑤，相与争，物故腾跃⑥，而天下赋输或不偿其僦费⑦，乃请置大农部丞数十人⑧，分部主郡国，各往往县置均输、盐、铁官⑨，令远方各以其物贵时商贾所转贩者为赋⑩，而相灌输⑪。置平准于京师⑫，都受天下委输⑬。召工官治车诸器⑭，皆仰给大农。大农之诸官尽笼天下之货物⑮，贵即卖之，贱则买之。如此，富商大贾无所牟大利则反本⑯，而万物不得腾踊⑰。故抑天下物⑱，名曰"平准"。天子以为然⑲，许之⑳。于是天子北至朔方㉑，东到太山㉒，巡海上㉓，并北边以归㉔。所过赏赐，用帛百余万匹，钱金以巨万计，皆取足大农。

【注释】

①贬秩：降职。②治粟都尉：治粟都尉惟汉初有之，武帝时无此官。武帝时设搜粟都尉，掌太常三辅饲马之粟。③领：兼领；兼管。④仅：孔

《二十一史通俗演义》版画之汤武征诛图

仅。⑤诸官：即上文分受缗钱的各官府。各自市：各自经商，贱买贵卖。⑥腾跃：指物价上涨。⑦赋输：各地作为赋税缴纳的各种物品。僦（jiù）费：运输费。僦，运输。⑧大农部丞：大农令的属官。⑨往往：处处。置均输、盐、铁官：均输官大概只设在郡国，可考者有千乘、辽东、河东三郡，想来不止这三郡。设盐官者，据《汉书·地理志》有三十六郡县；设铁官者，据《地理志》有五十郡县。⑩以其物贵时商贾所转贩者为赋：按照当地作为赋税应缴之物最贵的时候商贾所卖的价钱来缴纳赋税。⑪相灌输：均输官以所收赋税购当地所产之物，运销外地；又以外地所产之物，运销本地，这就是互相灌输。⑫平准：大农属官有平准令、丞，掌物价调节。⑬都：总。委输：郡国所贮积的货物随时输送京师曰委输。委，积。⑭工官：官名。西汉京师各官署多设有工官，或主造武器，或主造御用冠服，或主造日用器物，或主造各种手工艺品。车诸器：车及各种车器，造之以供运输之用。⑮笼：收揽；掌握。⑯年：取；求取。反本：回到农业上去。反同"返"。本，本业，指农业。⑰腾踊：涨价。⑱抑天下物：压平天下的物价。⑲然：是；对。⑳许之：允许他施行。㉑北至朔方：据《汉书·武帝纪》记载，元封元年（前110年），武帝自云阳（今陕西省淳化县西）出发，经过上郡、西河、五原（今内蒙古包头市西北），出长城，北登单于台（在今呼和浩特市西），至朔方，北临黄河，勒兵十八万骑，旌旗千余里，威震匈奴。㉒东到太山：据《武帝纪》，元封元年四月，武帝登封泰山。㉓巡海上：据《武帝纪》，武帝登封泰山以后，自泰山出发，东巡海上，至碣石（山名，在河北省昌黎县北）。㉔并（bàng）北边以归：并，通"傍"，挨着，沿着。以，而。

弘羊又请令吏得入粟补官①，及罪人赎罪。令民能入粟甘泉各有差②，以复终身，不告缗③。他郡各输急处④，而诸农各致粟⑤，山东漕益岁六百万石⑥。一岁之中，太仓、甘泉仓满，边余谷；诸物均输⑦，帛五百万匹⑧。民不益赋而天下用饶⑨。于是弘羊赐爵左庶长⑩，黄金再百斤焉⑪。

【注释】

①吏得入粟补官：《汉书·食货志》作"民得入粟补吏"。②甘泉：指甘泉仓，在今陕西省淳化西北甘泉山。有差：有差次，有差别。③不告缗：对于入粟甘泉买复的人废除告缗，这实际上是鼓励商人入粟买复。④他郡各输急处：其他各郡入粟，各就近输送紧急需要处。这里既说"他郡各输急处"，可见入粟甘泉者限于甘泉旁近各郡。⑤诸农：指上文"水衡、少府、太仆、大农各置农官，往往即郡县比没入田田之"的各农官。⑥益：增加。⑦诸物均输：是说各种货物用均输法统一运销以赢利。⑧帛五百万匹：是均输赢利所得。⑨民不益赋：此"赋"指田租口赋，商贾之算缗不计在内。⑩左庶长：二十等爵的第十级。⑪再百斤：两次各赐百斤。再，两次。

是岁小旱，上令官求雨。卜式言曰："县官当食租衣税而已，今弘羊令吏坐市列肆①，贩物求利。亨弘羊②，天乃雨。"

【注释】

①市列肆：市中商店。王念孙《读书杂志》说"肆"为衍文。《汉书·

食货志》无"肆"字。②亨：今作烹。古代用鼎镬煮人的酷刑。

太史公曰①：农工商交易之路通，而龟贝金钱刀布之币兴焉②。所从来久远③。自高辛氏之前尚矣④，靡得而记云⑤。故《书》道唐虞之际⑥，《诗》述殷周之世⑦，安宁则长庠序⑧，先本绌末⑨，以礼义防于利⑩；事变多故而亦反是⑪。是以物盛则衰⑫，时极而转⑬，一质一文⑭，终始之变也。《禹贡》九州⑮，各因其土地所宜⑯，人民所多少，而纳职焉⑰。汤武承弊易变⑱，使民不倦⑲，各兢兢所以为治⑳，而稍陵迟衰微㉑。齐桓公用管仲之谋㉒，通轻重之权㉓，徼山海之业㉔，以朝诸侯㉕，用区区之齐㉖，显成霸名㉗。魏用李克㉘，尽地力㉙，为强君㉚。自是之后，天下争于战国㉛，贵诈力而贱仁义㉜，先富有而后推让㉝。故庶人之富者或累巨万，而贫者或不厌糟糠㉞；有国强者或并群小以臣诸侯㉟，而弱国或绝祀而灭世㊱。以至于秦，卒并海内㊲。虞夏之币㊳，金为三品㊴，或黄㊵，或白㊶，或赤㊷；或钱，或布，或刀，或龟贝。及至秦，中一国之币为二等㊸，黄金以溢名㊹，为上币；铜钱识曰"半两"㊺，重如其文，为下币。而珠玉、龟贝、银锡之属为器饰宝藏，不为币。然各随时而轻重无常㊻。于是外攘夷狄㊼，内兴功业㊽，海内之士力耕不足粮饷㊾，女子纺绩不足衣服。古者尝竭天下之资财以奉其上㊿，犹自以为不足也。无异故云，事势之流51，相激使然52，曷足怪焉53！

【注释】

①太史公曰：史书在每篇的结尾部分，作者往往要写一段评论的话，《史记》以"太史公曰"开始，班固《汉书》、范晔《后汉书》以"赞曰"开始，陈寿《三国志》以"评曰"开始，荀悦《汉纪》以"论曰"开始。②龟：指龟甲，古代用作货币。贝：指贝壳，古代用作货币。金：指黄金、白银、赤铜。刀：刀币。形似刀，故名。布：布币。形似铲，故又名铲币。③所：近指代词，相当于"此"。④高辛氏：即帝喾。传说中的五帝之一。尚：久远。⑤靡：不。记：记述。⑥故：语气助词，用在句首，和"夫"差不多，表议论的开始。《书》：指《尚书》。⑦《诗》：指《诗经》。⑧安宁：安定，指天下太平，社会稳定。长（zhǎng）：崇尚。庠（xiáng）序：古代地方学校名。⑨先：首要的事情。意动用法。本：指农业。末：指工商业。⑩于：语气助词，用在单音动词后面补凑音节，没有

572

实义。⑪事变多故：指社会动乱不安。而：则。反是：相反于此；与此相反。是，此。⑫是以：语气助词。用在句首，与"夫"差不多，不当"因此"讲。⑬时：时世；时代。极：极点；尽头。⑭一质一文：是说时代风尚一时质朴，一时文采。⑮《禹贡》：《尚书》篇名。九州：指冀州、兖州、青州、徐州、扬州、荆州、豫州、梁州、雍州。⑯因：根据；按照。所：之。宜：指宜于种植之物。⑰职：贡。⑱汤：商汤，商王朝的建立者。武：周武王，西周王朝的建立者。弊：流弊；弊病。易变：改变；交通。⑲使民不倦：连上句是说，汤、武各承前代制度上的流弊，加以改革变通，使百姓各乐其业而不懈怠。⑳兢兢：小心谨慎貌。以为：同义词连用，只相当于"为"。稍：逐渐。㉑陵迟：衰颓。㉒齐桓公（？—前 643 年）：春秋时齐国的国君。前 685—前 643 年在位。管仲（？—前 645 年）：春秋初期政治家。㉓通轻重之权：指实行稳定物价，调节民食的政策。据《管子·国蓄》说，其办法是，政府掌握粮价的涨落，贱时籴入，贵时粜出，使粮价保持稳定，富商大贾无法囤积居奇。通，行。轻重，指粮食与货币的轻重关系。权，权衡，均平。㉔徼（yāo）：通"邀"。求取。山海之业：指盐铁业。㉕以：而。朝：朝见。使动用法。㉖区区：小小。㉗显成霸名：成就霸业，显扬名声。㉘李克：《史记·孟荀列传》说"魏有李悝尽地力之教"，《汉书·食货志》亦说"李悝为魏文侯作尽地力之教"。《汉书·艺文志》李克七篇在儒家，李悝三十二篇在法家。故王应麟《困学纪闻》、梁玉绳《史记志疑》、周寿昌《汉书注校补》都认为尽地力者是李悝，不是李克，故当改。㉙尽地力：尽量发掘土地潜力，发展农业生产。㉚强君：强国之君。㉛于：为。战国：好战之国。㉜贵：意动用法。诈力：欺诈与武力。㉝先：意动用法。后：意动用法。推让：谦让。㉞厌：饱。糟糠：酒渣糠皮之类的东西。㉟有国：即国。"有"字语助，无义。群小：指众小国。臣：臣服。使动用法。㊱绝祠：断绝祭祠。灭世：诸侯封国由子孙世世享有，灭世谓诸侯子孙失去世禄。㊲卒：终于。海内：古人认为我国疆域四面环海，故称国境以内为海内。㊳夏：夏朝。㊴品：等级。㊵黄：指黄金。㊶白：指白银。㊷赤：指赤铜。㊸中：分。一国：全国。㊹溢：通"镒"。《集解》引孟康说，二十两为溢。名：计算单位之名。㊺识（zhì）：标记。指铜钱上的文字。㊻轻重：贵贱。㊼外攘夷狄：指秦始皇北击匈奴，南定百越。㊽内兴功业：指秦始皇统一六国后，车同轨，书同文，统一度量衡，筑长城，修驰道，动员七十多万人修阿房宫及骊山陵等事。⑭士：男子。⑮古者：古代。尝：曾经。竭：尽。使动用法。⑯事势：事物发展的趋势。⑰相激使然：激，阻遏水势。然，如此。此连上文是说"竭天下之资财以奉其上，犹自以为不足"的原因在于事物发展的趋势像流水一样受到阻遏，以致如此。这是作者讥评汉武帝连年用兵，挥霍无度，以致财政耗竭，不得不实行一系列搜括民财的财经政策，但往往愈是搜括民财，愈是感到不足。⑱曷：何。

吴太伯世家第一①

吴太伯②，太伯弟仲雍③，皆周太王之子④，而王季历之兄也⑤。季历贤⑥，而有圣子昌⑦，太王欲立季历以及昌，于是太伯、仲雍二人乃奔荆蛮⑧，文身断发⑨，示不可用，以避季历。季历果立⑩，是为王季，而昌为文王。太伯之奔荆蛮，自号句吴⑪。荆蛮义之⑫，从而归之千余家，立为吴太伯。

【注释】

①世家：纪传体史书的一种编写体例，主要记述世袭封国的诸侯的事迹。但个别特殊的重要历史人物如儒家学派的创始人孔丘、农民起义领袖陈胜的传记也列入了"世家"。②吴太伯：太伯，一作"泰伯"。周太王的长子。吴：也叫句吴。③仲雍：又称"虞仲""吴仲"。周太王的次子。伯、仲、叔、季是区分兄弟次第的用字。④周太王：即古代周族领袖古公亶父。他是周朝建国的始祖。传说是后稷的十二代孙。⑤王季历：周太王的少子。武王灭商，追尊季历为王季。⑥贤：才能、德行好。⑦圣：道德、智慧极高。⑧荆蛮：周朝人对楚国的贬称。西周时吴地并不属于楚国的范围，这里是指战国时楚国的疆域。⑨文身：在身上刺画花纹。⑩立：立为国君。⑪句（gōu）吴：也作"勾吴"。即吴国。⑫义：合理；适宜。以动用法，即"感到（认为）……义"。

太伯卒，无子，弟仲雍立，是为吴仲雍。仲雍卒，子季简立。季简卒，子叔达立。叔达卒，子周章立。是时周武王克殷，求太伯、仲雍之后，得周章。周章已君吴，因而封之。乃封周章弟虞仲于周之北故夏虚①，是为虞仲，列为诸侯。

【注释】

①虞仲：仲是字，虞是始封地。夏虚：指夏代故都的所在地。虚，通"墟"，故城废址。

周章卒，子熊遂立。熊遂卒，子柯相立。柯相卒，子强鸠夷立。强鸠夷卒，子馀桥疑吾立。馀桥疑吾卒，子柯卢立。柯卢卒，子周繇立。周繇卒，子屈羽立。屈羽卒，子夷吾立。夷吾卒，子禽处立。禽处卒，子转立。转卒，子颇高立。颇高卒，子句卑立。是时晋献公灭周北虞公，以开晋伐虢也。句卑卒，子去齐立。去齐卒，子寿梦立。寿梦立而吴始益大，称王。

自太伯作①，五世而武王克殷②，封其后为二：其一虞，在中国；其一吴，在夷蛮。十二世而晋灭中国之虞。中国之虞灭二世，而夷蛮之吴兴。大凡从太伯至寿梦十九世。

【注释】

①作：兴建。②五世：五代。指太伯、仲雍、季简、叔达、周章五代。

王寿梦二年①，楚之亡大夫申公巫臣怨楚将子反而奔晋②，自晋使吴，教吴用兵乘车，令其子为吴行人③，吴于是始通于中国。吴伐楚。十六年，楚共王伐吴，至衡山④。

【注释】

①王寿梦：公元前 585—前 561 年在位。②申公巫臣：巫臣本姓屈，曾为申县之尹，故称申公巫臣。③行人：官名。管理朝觐聘问接待宾客。④衡山：古山名。此山一说在今浙江吴兴县南；一说在今安徽当涂县东北。

二十五年，王寿梦卒。寿梦有子四人，长曰诸樊，次曰馀祭，次曰馀眛，次曰季札。季札贤，而寿梦欲立之，季札让不可，于是乃立长子诸樊，摄行事当国①。

【注释】

①摄：代理。

王诸樊元年①，诸樊已除丧②，让位季札。季札谢曰③："曹宣公之卒也，诸侯与曹人不义曹君④，将立子臧⑤，子臧去之，以成曹君，君子曰'能守节矣'。君义嗣⑥，谁敢干君⑦！有国，非吾节也。札虽不材，愿附于子臧之义。"吴人固立季札，季札弃其室而耕，乃舍之。秋，吴伐楚，楚败我师。四年，晋平公初立。

泰伯像，选自明万历刻本《三才会图》。
泰伯，即吴太伯。

【注释】

①诸樊：公元前560—前548年在位。②除丧：也叫"除服"。服丧期满，除去丧服。③谢：推辞。④曹君：指曹成公负刍。他是曹宣公的庶子，杀宣公太子而自立为君。⑤子臧：也是曹宣公的庶子（一说宣公之弟），负刍的庶兄。⑥义嗣：嫡子继位符合当时的礼制。⑦干：冒犯。

十三年，王诸樊卒。有命授弟馀祭[1]，欲传以次，必致国于季札而止[2]，以称先王寿梦之意[3]，且嘉季札之义，兄弟皆欲致国，令以渐至焉。季札封于延陵[4]，故号曰延陵季子。

【注释】

①有命：指诸樊有遗嘱。馀祭（zhài）：公元前547—前531年在位。②致：传致；达到。③称（chèn）：符合。④延陵：邑名。故城在今江苏常州市。

王馀祭三年，齐相庆封有罪①，自齐来奔吴。吴予庆封朱方之县②，以为奉邑，以女妻之，富于在齐。

【注释】

①庆封：齐国大夫。②朱方：邑名。故城在今江苏镇江市丹徒区境。

四年，吴使季札聘于鲁，请观周乐①。为歌《周南》《召南》②。曰："美哉，始基之矣③，犹未也④。然勤而不怨⑤。"歌《邶》《鄘》《卫》⑥。曰："美哉，渊乎⑦，忧而不困者也。吾闻卫康叔、武公之德如是⑧，是其《卫风》乎？"歌《王》⑨。曰："美哉，思而不惧，其周之东乎？"歌《郑》⑩。曰："其细已甚⑪，民不堪也，是其先亡乎？"歌《齐》⑫。曰："美哉，泱泱乎大风也哉⑬。表东海者⑭，其太公乎？国未可量也。"歌《豳》⑮。曰："美哉，荡荡乎⑯，乐而不淫，其周公之东乎⑰？"歌《秦》⑱。曰："此之谓夏声⑲。夫能夏则大，大之至也，其周之旧乎？"歌《魏》⑳。曰："美哉，沨沨乎㉑，大而宽，俭而易，行以德辅，此则盟主也㉒。"歌《唐》㉓。曰："思深哉，其有陶唐氏之遗风乎㉔？不然，何忧之远也？非令德之后㉕，谁能若是！"歌《陈》㉖。曰："国无主，其能久乎？"自《郐》以下㉗，无讥焉㉘。歌《小雅》㉙。曰："美哉，思而不贰㉚，怨而不言，其周德之衰乎？犹有先王之遗民也。"歌《大雅》㉛。曰："广哉，熙熙乎㉜，曲而有直体，其文王之德乎？"歌《颂》㉝。曰："至矣哉㉞，直而不倨㉟，曲而不诎㊱，近而不偪㊲，远而不携㊳，迁而不淫㊴，复而不厌，哀而不愁，乐而不荒㊵，用而不匮㊶，广而不宣㊷，施而不费㊸，取而不贪，处而不底㊹，行而不流。五声和㊺，八风平㊻，节有度㊼，守有序，盛德之所同也。"见舞《象箾》㊽《南籥》者㊾，曰："美哉，犹有感㊿。"见舞《大武》(51)，曰："美哉，周之盛也其若此乎？"见舞《韶护》者(52)，曰："圣人之弘也，犹有惭德，圣人之难也！"见舞《大夏》(53)，曰："美哉，勤而不德！非禹其谁能及之？"见舞《招箾》(54)，曰："德至矣哉，大矣，如天之无不焘也(55)，如地之无不载也，虽甚盛德，无以加矣。观止矣(56)，若有他乐，吾不敢观。"

【注释】

①聘：古代国与国之间遣使访问。周乐：周朝王室的乐舞。成王曾赐给鲁国以天子之乐，所以在鲁国可以欣赏到周乐。②《周南》《召

（shào）南》：周、召是周公、召公最初的封地。③始基：开始奠定基础。④未：指没有《雅》《颂》的成功。意思是说，还有商纣的虐政，没有达到尽善。⑤言民赖其德，虽勤于王室而其音不怨恨。⑥《邶(bèi)》《鄘(yōng)》《卫》：指采自邶、鄘、卫三国的乐歌。这三国在同一地区，也就是原商纣的首都地区。邶，周武王封商纣王之子武庚于此，都城在今河南汤阴县东南。鄘，周武王弟管叔的封地，都城在今河南汲县北。⑦渊：深沉。⑧康叔：姬姓。卫国的始祖。周武王的弟弟。因封于康（今河南禹县西北），故称康叔。周公攻灭武庚后，把商的故都四周地区封给他，国号卫。详见《卫康叔世家》。武公：卫武公。康叔的九世孙。传说康叔和武公都是卫国的贤君。⑨《王》：指采自王城一带的乐歌。⑩《郑》：指采自郑国的乐歌。郑国都城在今河南新郑市。⑪细：本指音乐的细弱，象征政令的烦琐细碎。已：太。⑫《齐》：指采自齐国的乐歌。齐国都城临淄（在今山东淄博市东北）。⑬泱泱：深广宏大的样子。⑭表：表式；表率。⑮《豳(bīn)》：指采自豳地的乐歌。原是周的旧邑，公刘所居。故城在今陕西旬邑县西。⑯荡荡：广大的样子。⑰东：指周公东征，因管、蔡叛乱，周公东征三年。⑱《秦》：指采自秦国的乐歌。秦国地在陕西、甘肃一带。⑲夏声：指中原地区的民间音乐。⑳《魏》：指采自魏国的乐歌。魏国都城安邑，在今山西夏县。㉑沨(fēng)沨：形容乐声宛转抑扬。㉒盟：《集解》引徐广曰："盟，一作'明'。"《左传》也作"明"。㉓《唐》：指采自唐国的乐歌。唐原是晋始祖叔虞的封国，都城在今山西翼城县西。㉔陶唐氏：即唐尧，传说中的古代帝王。㉕令德：美德；善德。㉖《陈》：指采自陈国的乐歌。陈国都宛丘（今河南淮阳县），地在今河南东部和安徽一部分。㉗《郐(kuài)》：指采自郐国的乐歌。郐国都城在今河南密县东北。㉘无讥：没有批评。对《郐风》、《曹风》，因国小诗少，无所刺讥。㉙《小雅》：《诗经》组成部分。共七十四篇。㉚贰：叛逆。㉛《大雅》：《诗经》组成部分。共三十一篇。大都是西周王室贵族的音乐。㉜熙熙：和乐声。㉝《颂》：《诗经》组成部分。有《周颂》《鲁颂》《商颂》三部分，共四十篇。是歌颂贵族的作品。㉞至：至善。㉟倨：傲慢。㊱诎：通"屈"，屈挠；曲折。㊲偪：通"逼"。逼迫。㊳携：分离；离异。㊴迁：变动。淫：邪乱。㊵荒：迷乱。㊶匮(kuì)：缺乏。㊷宣：显示；显露。㊸费：耗损。㊹底(zhǐ)：终；停滞。㊺五声：也称五音。古乐五声音阶的阶名：宫、商、角、徵（zhǐ）、羽。㊻八风：八方之风。㊼节：节拍。指八音（金、石、丝、竹、匏（páo）、土、革、木八类乐器）的节拍。度：尺度；常度。㊽《象箾（shuò）》：模拟武功的舞曲。箾，舞者所执之竿。㊾《南籥（yuè）》：宣扬文德的舞曲。籥：管乐器，可以用作舞具。㊿感（hàn）：通"憾"。不满足。51《大武》：简称《武》。周代"六舞"之一。52《韶护》：又称《大濩（hù）》，周代"六舞"之一。为商代歌颂商汤伐桀功勋的乐舞。53《大夏》：周代"六舞"之一。54《招箾（sháo xiāo）》：招，也作"韶"；箾，也作"箫"。周代"六舞"之一。相传虞舜时代的乐舞。55焘：同"帱"（dào）。覆盖。56观止：看到了止境，看到了尽头。

去鲁，遂使齐。说晏平仲曰[1]："子速纳邑与政。无邑无政，乃免于难。齐国之政将有所归；未得所归，难未息也。"故晏子因陈桓子以纳政与邑，是以免于栾高之难[2]。

【注释】

[1]晏平仲：（？—前500年）即晏婴。夷维（今山东高密市）人。[2]栾高之难：栾，栾施；高，高强。齐景公十四年两家相攻，经陈桓子调停才止。

去齐，使于郑。见子产[1]，如旧交。谓子产曰："郑之执政侈[2]，难将至矣，政必及子。子为政，慎以礼。不然，郑国将败。"去郑，适卫。说蘧瑗、史狗、史鰌、公子荆、公叔发、公子朝曰[3]："卫多君子，未有患也。"

【注释】

[1]子产：（？—前522年）即公孙侨。郑国贵族，郑简公十二年（前544年）为卿，积极实行改革，对郑国的政治起了较大的作用。[2]执政：指良霄（伯有）。[3]蘧瑗：字伯玉。卫国的贤大夫。史鰌（qiú）：字子鱼，也称史鱼。以正直敢谏著名。

自卫如晋[1]，将舍于宿[2]，闻钟声，曰："异哉！吾闻之，辩而不德，必加于戮。夫子获罪于君以在此[3]，惧犹不足，而又可以畔乎[4]？夫子之在此，犹燕之巢于幕也⑤。君在殡而可以乐乎⑥？”遂去之。文子闻之，终身不听琴瑟。

【注释】

①如：往；去。②宿：此处音 cì，通“戚”。戚，卫邑，孙文子的食邑。③夫子：指孙文子。即孙林父，卫大夫，先曾以武力赶走卫献公，十二年后又要求晋国帮助卫献公回国复位。④畔：读乐，玩乐；“乐”谓所闻钟声。⑤幕：帐幕。⑥君：指卫献公。

适晋，说赵文子、韩宣子、魏献子曰①：“晋国其萃于三家乎②！”将去，谓叔向曰③：“吾子勉之④！君侈而多良⑤，大夫皆富，政将在三家。吾子直，必思自免于难。”

【注释】

①赵文子：赵武。韩宣子：韩起。魏献之：魏仲舒。三人都是晋国的大臣。②萃（cuì）：聚集。③叔向：羊舌肸（xī）的字。曾任太傅。④子：古代对男子的敬称。⑤良：谓良臣。

季札之初使，北过徐君①。徐君好季札剑，口弗敢言。季札心知之，为使上国②，未献。还至徐，徐君已死，于是乃解其宝剑，系之徐君冢树而去。从者曰：“徐君已死，尚谁予乎？”季子曰：“不然。始吾心已许之，岂以死倍吾心哉③！”

【注释】

①过：拜见。徐：古国名。嬴姓。周初徐戎所建，故城在今江苏泗洪县南。②上国：春秋时齐晋等中原诸侯国称为“上国”。③倍：通“背”。背弃。

七年，楚公子围弑其王夹敖而代立①，是为灵王。十年，楚灵王会诸侯而以伐吴之朱方，以诛齐庆封②。吴亦攻楚，取三邑而去。十一年，楚伐吴，至雩娄③。十二年，楚复来伐，次于乾谿④，楚师败走。

【注释】

①围：楚共王庶子，康王之弟。夹敖：也作郏敖。康王之子。②齐庆封：庆封是齐景公的相国，因专政骄横，被田、鲍、高、栾四家驱逐，出

奔吴，吴将朱方之地给庆封，聚族而居，比在齐国时还富。③雩（yú）
娄：古城名。故址在今河南固始县东南。④次：停留。乾（gān）豀：地名，
楚东境，在今安徽亳县东南。

　　十七年，王馀祭卒，弟馀眛立①。王馀眛二年，楚公子弃疾弑其君
灵王代立焉②。

【注释】

　　①馀眛（mò）：前530—前527年在位。②弃疾：楚灵王弟，即位
后为平王。

　　四年，王馀眛卒，欲授弟季札。季札让，逃去。于是吴人曰："先
王有命，兄卒弟代立，必致季子。季子今逃位，则王馀眛后立。今卒，
其子当代。"乃立王馀眛之子僚为王①。

【注释】

　　①僚：前526—前515年在位。

　　王僚二年，公子光伐楚①，败而亡王舟②。光惧，袭楚，复得王舟
而还。

【注释】

　　①公子光：诸樊的长子，后来为吴王阖庐。②亡：失去。

　　五年，楚之亡臣伍子胥来奔①，公子光客之。公子光者，王诸樊之
子也。常以为吾父兄弟四人，当传至季子。季子即不受国②，光父先立。
即不传季子。光当立。阴纳贤士，欲以袭王僚。

【注释】

　　①伍子胥：名员（yún）。他的父（伍奢）、兄（伍尚）被楚平王杀害，
故逃来吴国。②即：如果。

　　八年，吴使公子光伐楚，败楚师，迎楚故太子建母于居巢以归①。
因北伐，败陈、蔡之师。九年，公子光伐楚，拔居巢、钟离②。初，楚
边邑卑梁氏之处女与吴边邑之女争桑③，二女家怒相灭，两国边邑长闻

之，怒而相攻，灭吴之边邑。吴王怒，故遂伐楚，取两都而去④。

【注释】

　　①太子建母：楚平王蔡姬。居巢：邑名。②拔：攻克。钟离：邑名。故城在今安徽凤阳县东北。③卑梁：邑名。故城在今安徽天长市西北。④两都：指居巢、钟离。

　　伍子胥之初奔吴，说吴王僚以伐楚之利。公子光曰："胥之父兄为僇于楚①，欲自报其仇耳，未见其利。"于是伍员知光有他志，乃求勇士专诸②，见之光。光喜，乃客伍子胥。子胥退而耕于野，以待专诸之事。

【注释】

　　①僇（lù）：通"戮"。杀戮。②专诸：一作"鱄设诸"，堂邑（故城在今江苏南京市六合区）人。

　　十二年冬，楚平王卒。十三年春，吴欲因楚丧而伐之，使公子盖馀、烛庸以兵围楚之六、灊①。使季札于晋，以观诸侯之变②。楚发兵绝吴兵后，吴兵不得还。于是吴公子光曰："此时不可失也③。"告专诸曰："不索何获！我真王嗣，当立，吾欲求之。季子虽至，不吾废也。"专诸曰："王僚可杀也。母老子弱，而两公子将兵攻楚，楚绝其路。方今吴外困于楚，而内空无骨鲠之臣④，是无奈我何。"光曰："我身，子之身也⑤。"四月丙子，光伏甲士于窟室⑥，而谒王僚饮⑦，王僚使兵陈于道，自王宫至光之家，门阶户席，皆王僚之亲也，人夹持铍⑧。公子光详为足疾⑨，入于窟室，使专诸置匕首于炙鱼之中以进食，手匕首刺王僚，铍交于匈⑩，遂弑王僚。公子光竟代立为王，是为吴王阖庐⑪。阖庐乃以专诸子为卿⑫。

【注释】

　　①盖馀（《春秋》作"掩馀"）、烛庸：二人为王僚弟。六：邑名。故城在今安徽六安市东北。灊（qián）：邑名。故城在今安徽霍山县东北。②变：指国势强弱的变化。③时：时机；机会。④骨鲠：比喻刚直、正直。⑤我身子之身也：意思就是两人一体，不分你我，生死相关，荣辱与共。身，身子。⑥窟室：地下室。⑦谒（yè）：请。⑧铍（pī）：两刃小刀。⑨详：通"佯"。假装。⑩匈：同"胸"。⑪阖庐：亦作"阖闾"。前

514——前 496 年在位。⑫卿：古代天子、诸侯所属的高级大臣的称呼。

季子至，曰：“苟先君无废祀，民人无废主，社稷有奉，乃吾君也。吾敢谁怨乎？哀死事生①以待天命。非我生乱，立者从之，先人之道也。”复命，哭僚墓，复位而待。吴公子烛庸、盖馀二人将兵遇围于楚者，闻公子光弑王僚自立，乃以其兵降楚，楚封之于舒②。

【注释】

①事：事奉。②舒：邑名。故城在今安徽舒城县东南。

王阖庐元年，举伍子胥为行人而与谋国事①。楚诛伯州犁②，其孙伯嚭亡奔吴，吴以为大夫。

【注释】

①与（yù）：参预；参加。②伯州犁：原为晋国人，后逃来楚国，曾任太宰，后来被楚灵王所杀。

三年，吴王阖庐与子胥、伯嚭将兵伐楚，拔舒，杀吴亡将二公子。光谋欲入郢①，将军孙武②曰：“民劳，未可，待之。”四年，伐楚，取六与灊。五年，伐越，败之。六年，楚使子常囊瓦伐吴③。迎而击之，大败楚军于豫章④，取楚之居巢而还⑤。

【注释】

①郢（yǐng）：楚的国都。故城在今湖北江陵县西北纪南城。②孙武：原为齐国人，这时任吴将。③子常：囊瓦的字。当时为令尹。④豫章：古地区名。⑤居巢：邑名。故城在今安徽巢县。

九年，吴王阖庐请伍子胥、孙武曰①：“始子之言郢未可入，今果如何？②”二子对曰：“楚将子常贪，而唐、蔡皆怨之③。王必欲大伐，必得唐、蔡乃可。”阖庐从之，悉兴师④，与唐、蔡西伐楚，至于汉水。楚亦发兵拒吴，夹水陈。吴王阖庐弟夫概欲战，阖庐弗许，夫概曰：“王已属臣兵，兵以利为上，尚何待焉？”遂以其部五千人袭冒楚，楚兵大败，走。于是吴王遂纵兵追之。比至郢⑤，五战，楚五败。楚昭王亡出郢⑥，奔郧⑦。郧公弟欲弑昭王⑧，昭王与郧公奔随⑨。而吴兵遂入郢。子胥、

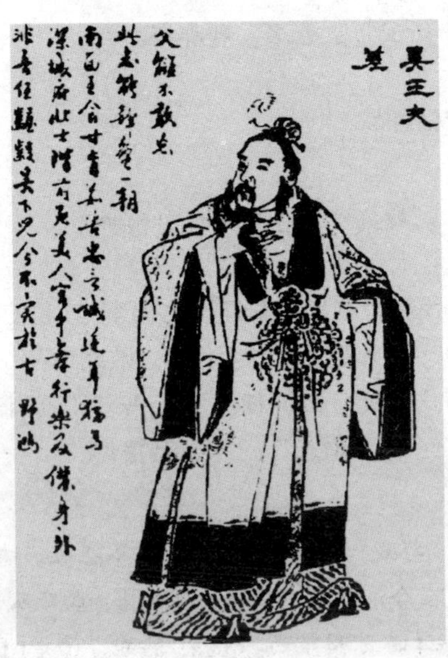

吴王夫差像

伯嚭鞭平王之尸以报父仇⑩。

【注释】

①请：问。②果：果真；诚然。③唐：国名。姬姓。这时国君为唐成公。都城在今湖北随县西北。蔡：国名。姬姓。这时国君为蔡昭侯。④悉：全部。⑤比：及；等到。⑥楚昭王：前515—前498年在位。⑦郧（yún）：一年"邧"。古国名。⑧郧公：郧县长官。名斗（dòu）辛，其弟名斗怀。⑨随：国名。姬姓。地在今湖北随县一带。⑩鞭：鞭打。

十年春，越闻吴王之在郢，国空，乃伐吴。吴使别兵击越。楚告急秦，秦遣兵救楚击吴，吴师败。阖庐弟夫概见秦越交败吴，吴王留楚不去，夫概亡归吴而自立为吴王。阖庐闻之，乃引兵归，攻夫概。夫概败奔楚。楚昭王乃得以九月复入郢，而封夫概于堂谿①，为堂谿氏。十一年，吴王使太子夫差伐楚，取番②。楚恐而去郢徙都③。

【注释】

①堂谿：一作"棠谿"地在今河南西平县西南。②番（pó）：通"鄱"。地在今江西鄱阳县。说此波阳非当时吴楚兵争之地，疑番在今安徽

凤台县西北。③都（ruò）：邑名。即鄀郢。

十五年，孔子相鲁①。

【注释】

①相（xiàng）：辅助。这里指代行国相职务。

十九年夏，吴伐越，越王句践迎击之槜李①。越使死士挑战②，三行造吴师③，呼，自刭。吴师观之，越因伐吴，败之姑苏④，伤吴王阖庐指⑤，军却七里。吴王病伤而死。阖庐使立太子夫差⑥，谓曰："尔而忘句践杀汝父乎⑦？"对曰："不敢！"三年，乃报越。

【注释】

①句践：也作"勾践"。前497—前465年在位。槜（zuì）李：邑名。一作"醉李"。故城在今浙江嘉兴县南。②死士：敢死队员。③造：往；到。④姑苏：台名。在今江苏苏州市西。⑤指：脚趾。⑥夫（fú）差：阖庐之子。前495——前473年在位。⑦而（néng）：通"能"。

王夫差元年，以大夫伯嚭为太宰①。习战射，常以报越为志。二年，吴王悉精兵以伐越，败之夫椒②，报姑苏也。越王句践乃以甲兵五千人栖于会稽③，使大夫种因吴太宰嚭而行成④，请委国为臣妾⑤。吴王将许之，伍子胥谏曰："昔有过氏杀斟灌以伐斟寻⑥，灭夏后帝相⑦。帝相之妃后缗方娠⑧，逃于有仍而生少康⑨。少康为有仍牧正⑩。有过又欲杀少康，少康奔有虞⑪。有虞思夏德，于是妻之以二女而邑之于纶⑫，有田一成⑬，有众一旅⑭。后遂收夏众，抚其官职。使人诱之，遂灭有过氏，复禹之绩，祀夏配天⑮，不失旧物⑯。今吴不如有过之强，而句践大于少康。今不因此而灭之，又将宽之⑰，不亦难乎！且句践为人能辛苦，今不灭，后必悔之。"吴王不听，听太宰嚭，卒许越平⑱，与盟而罢兵去。

【注释】

①太宰：官名。也名冢宰。②夫（fú）椒：山名。在今浙江绍兴县北。一说在江苏吴县西南太湖中。③栖：鸟类歇宿。泛指居住、停留。会（kuài）稽：山名。在今浙江中部绍兴县东南，嵊县、诸暨、东阳间。④种：文种。

楚国郢人。后被句践逼迫自杀。行成：求和。⑤委国：把国家政权交给人。
臣妾：奴隶。男奴叫臣；女奴叫妾。⑥有过（guō）氏：过，古国名。⑦相：
夏启之孙。因丧失国家，依附二斟，被寒浞、浇所杀。⑧后缗（mín）：
有仍氏之女，缗姓。娠（shēn）：怀孕。⑨有仍：国名。都城在今山东
济宁县。⑩牧正：官名。主管畜牧。⑪有虞：国名。相传是虞帝舜的后代。
都城在今河南虞城县西南。⑫纶：虞邑。故城在今河南虞城县东南。⑬
成：古称地方十里为成。⑭旅：五百人为旅。⑮配：配享。按照古代礼节，
祭天时同时祭祀开国始祖。⑯旧物：指先代的典章制度。⑰宽：宽容，
宽恕。⑱平：媾和。

　　七年，吴王夫差闻齐景公死而大臣争宠①，新君弱②，乃兴师北伐
齐。子胥谏曰："越王句践食不重味，衣不重采，吊死问疾，且欲有所
用其众。此人不死，必为吴患。今越在腹心疾而王不先，而务齐③，不
亦谬乎④！"吴王不听，遂北伐齐，败齐师于艾陵⑤。至缯⑥，召鲁哀公
而征百牢⑦。季康子使子贡以周礼说太宰嚭⑧，乃得止。因留略地于齐鲁
之南⑨。九年，为驺伐鲁⑩，至，与鲁盟乃去。十年，因伐齐而归。十
一年，复北伐齐。

【注释】

　　①齐景公死而大臣争宠：事见《齐太公世家》。②新君：指晏孺子（姜
荼）。后被齐臣田乞所杀，在位仅一年。③务：勉力从事。④谬：错误。
⑤艾陵：齐邑。故城在今山东泰安市东南。一说在今莱芜市东北。⑥缯
（céng）：邑名。也作"鄫"。故城在今山东枣庄市东。⑦召：呼唤。
牢：牛羊猪一套（各一只）。⑧子贡：姓端木，名赐。卫国人。有口才，
善货殖。孔子弟子。详见《仲尼弟子列传》。⑨略：侵略；夺取。⑩驺（zōu）：
同"邹"。本作"邾"。古国名，曹姓。故城在今山东邹县。

　　越王句践率其众以朝吴，厚献遗之①，吴王喜。唯子胥惧，曰："是
弃吴也②。"谏曰："越在腹心，今得志于齐，犹石田③，无所用。且《盘
庚之诰》有颠越勿遗，商之以兴④。"吴王不听，使子胥于齐，子胥属
其子于齐鲍氏⑤，还报吴王。吴王闻之，大怒，赐子胥属镂之剑以死⑥。
将死，曰："树吾墓上以梓，令可为器⑦。抉吾眼置之吴东门⑧，以观越之

灭吴也。”

【注释】

①遗（wèi）：赠予；致送。②弃：抛弃。《左传》作“桼”。桼，养。③石田：多石不可耕的田。比喻无用。④《盘庚之诰》：指《尚书·盘庚》。颠越勿遗：坏东西应当彻底消灭，不留残余。颠越，仆倒，坠落。⑤齐鲍氏：齐大夫鲍息。⑥属镂：剑名。⑦器：指棺材，意谓吴必亡。⑧抉（jué）：挖；挑出。

齐鲍氏弑齐悼公①。吴王闻之，哭于军门外三日，乃从海上攻齐。齐人败吴，吴王乃引兵归。

【注释】

①鲍氏：指鲍牧的族人党徒。

十三年，吴召鲁、卫之君会于橐皋①。

【注释】

①橐（tuó）皋：邑名。故城在今安徽巢县西北。

十四年春，吴王北会诸侯于黄池①，欲霸中国以全周室②。六月丙子③，越王句践伐吴。乙酉，越五千人与吴战。丙戌，虏吴太子友。丁亥，入吴。吴人告败于王夫差，夫差恶其闻也④。或泄其语，吴王怒，斩七人于幕下⑤。七月辛丑，吴王与晋定公争长。吴王曰：“于周室我为长⑥。”晋定公曰：“于姬姓我为伯⑦。”赵鞅怒⑧，将伐吴，乃长晋定公⑨。吴王已盟，与晋别，欲伐宋。太宰嚭曰：“可胜而不能居也。”乃引兵归国。国亡太子⑩，内空，王居外久，士皆罢敝⑪，于是乃使厚币以与越平⑫。

【注释】

①黄池：地名。即黄亭。在今河南封丘县西南。②全：保全。③丙子：古代用十天干（甲乙丙丁戊己庚辛壬癸）和十二地支（子丑寅卯辰巳午未申酉戌亥）依次配合（如甲子、乙丑、丙寅、丁卯……）纪日，六十日一周期。后来也用以纪年、月。④其：代词。指越入吴之事。⑤幕：帐幕。会盟时在郊野，各国自立帐幕。⑥于周室我为长：吴国的始祖太

伯是周太王的长子。晋国的始祖叔虞是周成王的弟弟，按辈分吴国比晋国大三代。⑦于姬姓我为伯（bà）：伯，通"霸"。当时姬姓诸侯称霸的只有晋国。⑧赵鞅：晋正卿。即赵简子，又名正父，亦称赵孟。⑨《史记》中的《秦本纪》《晋世家》《赵世家》以及《国语》和《公羊传》都说是吴领先。⑩亡：损失；丧失。⑪罢（pí）敝：疲困。敝，疲劳。罢，通"疲"。⑫厚币：诸多贵重的礼物。厚，丰厚。币，古代玉、马、皮、圭、璧、帛皆称币，泛指贵重物品。

十五年，齐田常杀简公①。

【注释】

①田常：齐相国。本名恒，田氏原为陈氏，故又称陈恒、陈成子。

十八年，越益强。越王句践率兵复伐败吴师于笠泽①。楚灭陈。

【注释】

①笠泽：水名。一说即今太湖；一说系太湖东岸一小湖，在今江苏吴江市境；一说即今吴淞江。

二十年，越王句践复伐吴。二十一年，遂围吴。二十三年十一月丁卯，越败吴。越王句践欲迁吴王夫差于甬东①，予百家居之。吴王曰："孤老矣，不能事君王也。吾悔不用子胥之言，自令陷此②。"遂自刭死。越王灭吴，诛太宰嚭，以为不忠，而归。

【注释】

①甬东：地名，一作甬句东。即今浙江舟山岛。②陷：陷落；陷入。

太史公曰：孔子言"太伯可谓至德矣，三以天下让，民无得而称焉①。"余读《春秋》古文，乃知中国之虞与荆蛮句吴兄弟也。延陵季子之仁心，慕义无穷②，见微而知清浊。呜呼，又何其闳览博物君子也③！

【注释】

①引语出于《论语·泰伯》。②慕义：向慕正义。③闳：宏大。

齐太公世家第二①

太公望吕尚者②，东海上人③。其先祖尝为四岳④，佐禹平水土甚有功。虞夏之际封于吕⑤，或封于申⑥，姓姜氏。夏商之时，申、吕或封枝庶子孙⑦，或为庶人，尚其后苗裔也⑧。本姓姜氏，从其封姓，故曰吕尚。

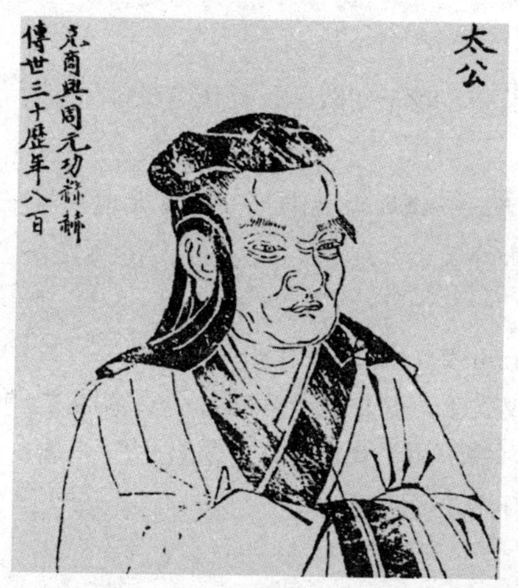

吕尚像。吕尚，即姜太公。周武王灭商后，封姜太公为齐地诸侯，是为齐国。

【注释】

①齐：始建国于公元前11世纪。姜姓。领地在今山东省北部，后扩张到山东东部。建都营丘（后称临淄，故城在今山东淄博市东北）。②太公望：姓姜，名牙，周文王时号太公望，武王时号师尚父，祖先曾封于吕，又名吕尚。③东海：东方滨海之地，约当今江苏、山东沿海一带。非指今东海。上：畔。④四岳：传说为尧、舜时掌管四时的官长，主持方岳

巡守之事。⑤吕：古国名。相传为炎帝之裔，伯夷之后，掌四岳有功，封于吕。故城在今河南南阳市西。⑥申：古国名。⑦枝庶：宗族旁出的支派。⑧苗裔：后代子孙。

　　吕尚盖尝穷困，年老矣①，以渔钓奸周西伯②。西伯将出猎，卜之③，曰"所获非龙非彲④，非虎非罴⑤，所获霸王之辅"。于是周西伯猎，果遇太公于渭之阳⑥，与语大说⑦，曰："自吾先君太公曰'当有圣人适周⑧，周以兴'。子真是邪？吾太公望子久矣。"故号之曰"太公望"，载与俱归，立为师⑨。

【注释】

　　①据传当时太公年七十二岁。②奸（gān）：通"干"。求取。周西伯：即周文王姬昌。商末周族领袖。③卜：古人用火灼龟甲取征兆来预测吉凶，叫卜。④彲（chī）：同"螭"。传说中一种像龙的动物。⑤罴（pí）：兽名。俗称人熊。⑥渭：水名。即今渭河。在陕西省中部。⑦说：通"悦"。⑧适：往，到，⑨师：统帅军队的长官。

　　或曰，太公博闻，尝事纣①。纣无道②，去之。游说诸侯，无所遇，而卒西归周西伯。或曰，吕尚处士③，隐海滨。周西伯拘羑里④，散宜生、闳夭素知而招吕尚⑤。吕尚亦曰："吾闻西伯贤，又善养老，盍往焉⑥"。三人者为西伯求美女奇物，献之于纣，以赎西伯。西伯得以出，反国⑦。言吕尚所以事周虽异，然要之为文武师。

【注释】

　　①纣：商代最后一个君主。②无道：暴虐，没有德政。③处士：有才德而隐居不仕的人。④羑（yǒu）里：地名。故址在今河南汤阴县北。⑤散宜生：西周初年大臣。⑥盍（hé）：何不。副词。⑦反：同"返"。

　　周西伯昌之脱羑里归，与吕尚阴谋修德以倾商政①，其事多兵权与奇计②，故后世之言兵及周之阴权皆宗太公为本谋③。周西伯政平，及断虞芮之讼④，而诗人称西伯受命曰文王。伐崇、密须、犬夷⑤，大作丰邑⑥。天下三分，其二归周者⑦，太公之谋计居多。

【注释】

①阴谋：秘密计谋。倾：颠覆。②兵权：用兵的权谋。③阴权：阴谋权术。宗：尊崇。本谋：主要的策划者。④虞：国名。姬姓。都城在今山西平陆县北。芮（ruì）：国名。姬姓。都城在今陕西大荔县东南。⑤崇：国名。都城在今陕西户县东。密须：一作"密"，国名。都城在今甘肃灵台县西南；一说在今河南密县东。犬夷：也作犬戎。部族名。周初活动于今陕西彬县、岐山一带。⑥大作：大兴土木。丰邑：西周的京都。故城在今陕西西安市西南。⑦归：归顺。

文王崩，武王即位。九年，欲修文王业，东伐以观诸侯集否①。师行，师尚父左杖黄钺②，右把白旄以誓③，曰："苍兕苍兕④，总尔众庶，与尔舟楫，后至者斩！"逐至盟津⑤。诸侯不期而会者八百诸侯⑥。诸侯皆曰："纣可伐也。"武王曰："未可。"还师，与太公作此《太誓》⑦。

【注释】

①集否：指人心的向与背。集，聚集。②杖：执持。黄钺（yuè）：以黄金为饰的钺斧。③白旄（máo）：古代军旗的一种，竿顶用旄牛尾为饰。④苍兕（sì）：水兽名。善奔突，能覆舟。以苍兕名官，职掌舟楫。⑤盟津：地名。即孟津。故城在今河南孟津县东北。⑥不期：事先未约定。句末的"诸侯"二字是衍文。⑦《大誓》：《尚书》篇名。

居二年，纣杀王子比干①，囚箕子②。武王将伐纣，卜龟兆，不吉，风雨暴至。群公尽惧，唯太公强之劝武王③，武王于是遂行。十一年正月甲子④，誓于牧野⑤，伐商纣。纣师败绩。纣反走⑥，登鹿台⑦，遂追斩纣。明日，武王立于社⑧，群公奉明水⑨，卫康叔封布采席⑩，师尚父牵牲⑪，史佚策祝⑫，以告神讨纣之罪。散鹿台之钱，发钜桥之粟⑬，以振贫民⑭。封比干墓⑮，释箕子囚。迁九鼎⑯，修周政，与天下更始⑰。师尚父谋居多。

【注释】

①比干：殷末纣王的叔父，（一说是庶兄）。管少师。②箕子：殷末纣王的诸父（同宗族的伯叔辈），一说是庶兄。官太师。③强：坚决。④甲子：古代用十天干相配以纪年。⑤牧野：古地名。在今河南淇

县西南。⑥反走：回头跑。反，通"返"。⑦鹿台：台名。旧址在今河南淇县。商纣所筑。⑧社：祭祀土神之所。⑨明水：祭祀所用的净水。⑩布：铺展。⑪牲：牺牲，做祭品用的牲口，如牛、羊之类。⑫史佚：西周初期史官。策祝：向神诵祷告之文。⑬钜桥：商代粮仓所在地。故址在今河北曲周县东北。⑭振：通"赈"。救济。⑮封：筑土增高。⑯九鼎：古代象征国家政权的传国之宝。⑰更始：除旧布新。

于是武王已平商而王天下，封师尚父于齐营丘①。东就国②，道宿行迟。逆旅之人曰③："吾闻时难得而易失。客寝甚安，殆非就国者也④。"太公闻之，夜衣而行，犁明至国⑤。莱侯来伐，与之争营丘。营丘边莱⑥。莱人，夷也，会纣之乱而周初定，未能集远方⑦，是以与太公争国。

【注释】

①营丘：邑名。齐的都城。后改为临菑。故城在今山东淄博市东北。②就：趋；归。③逆旅：客舍；旅馆。④殆：大概；恐怕。⑤犁明：即黎明。⑥莱：即莱夷，古国名，都城在今山东黄县东南。后为齐所灭，成为齐邑。⑦集：通"辑"。辑睦；安定。

太公至国，修政，因其俗，简其礼，通商工之业，便鱼盐之利，而人民多归齐，齐为大国。及周成王少时①，管蔡作乱②，淮夷畔周③，乃使召康公命太公曰④："东至海，西至河，南至穆陵⑤，北至无棣⑥。五侯九伯⑦，实得征之。"齐由此得征伐，为大国。都营丘。

【注释】

①及：至；到。②管、蔡：即管叔、蔡叔。二人都是周武王的弟弟，因封于管（故城在今河南郑州市）、蔡（故城在今河南上蔡县），故称。③淮夷：部族名。三代时分布在今淮河下游一带。④召康公：姬奭。周代燕国的始祖。因封邑在召（今陕西岐山西南），故称召公或召伯。成王时任太保，与周公旦分陕而治，陕以西由他治理。⑤穆陵：邑名。在今山东临朐县南。⑥无棣（dì）：邑名。在今山东无棣县北。⑦五侯：指公、侯、伯、子、男五等诸侯。九伯：九州之长。

磻溪垂钓图，选自清·马骀《百将传图》，讲述周
文王访求姜太公之事。

盖太公之卒百有余年，子丁公吕伋立。丁公卒，子乙公得立。乙公卒，子癸公慈母立。癸公卒，子哀公不辰立。

哀公时，纪侯谮之周[1]，周烹哀公而立其弟静[2]，是为胡公。胡公徙都薄姑[3]，而当周夷王之时。

【注释】

①谮（zèn）：诬陷。②烹：古代用鼎镬煮人的酷刑。③薄姑：国名。一作"蒲姑"。

哀公之同母少弟山怨胡公，乃与其党率营丘人袭攻杀胡公而自立，是为献公。献公元年，尽逐胡公子，因徙薄姑都，治临菑。

九年，献公卒，子武公寿立[1]。武公九年，周厉王出奔[2]，居彘[3]。十年，王室乱，大臣行政，号曰"共和"[4]。二十四年，周宣王初立。

【注释】

①武公：前 850—前 825 年在位。②奔：逃跑。③彘（zhì）：地名。故城在今山西霍县东北。④共和：周厉王时，奴隶和自由民大暴动，厉王逃跑，至宣王执政，中间十四年，号共和。

二十六年，武公卒，子厉公无忌立①。厉公暴虐，故胡公子复入齐，齐人欲立之，乃与攻杀厉公。胡公子亦战死。齐人乃立厉公子赤为君，是为文公②，而诛杀厉公者七十人。

【注释】

①厉公：前 824—前 816 年在位。②文公：前 815—前 804 年在位。

文公十二年卒，子成公脱立①。成公九年卒，子庄公购立②。

【注释】

①成公：前 803—前 795 年在位。②庄公：前 794—前 731 年在位。

庄公二十四年，犬戎杀幽王①，周东徙雒②。秦始列为诸侯。五十六年，晋弑其君昭侯。

【注释】

①犬戎：部族名。戎人的一支。商、周时游牧于泾渭流域（今陕西省境内）。幽王：姬宫湦（shēng）。前 781—771 年在位。任用虢石父执政，剥削严重，使人民流离失所。②雒（luò）：雒，通"洛"。都邑名。故城在今河南洛阳市西。

六十四年，庄公卒，子禧公禄甫立①。

【注释】

①：禧（xǐ）公：前 730—前 698 年在位。禧，通"僖"。

禧公九年，鲁隐公初立①。十九年，鲁桓公弑其兄隐公而自立为君。

【注释】

①鲁隐公：姬息。前 722—前 712 年在位。

二十五年，北戎伐齐①。郑使太子忽来救齐，齐欲妻之。忽曰："郑小齐大，非我敌②。"遂辞之。

【注释】

①北戎：又称山戎。部族名。春秋时分布在今河北省北部。②敌：相当；匹配。

三十二年，禧公同母弟夷仲年死。其子曰公孙无知，禧公爱之，令其秩服奉养比太子①。

【注释】

①秩：俸禄。服：指衣服、车马、宫室等。奉养：供养；赡养。比：按照；类似。

三十三年，禧公卒，太子诸儿立，是为襄公①。

【注释】

①襄公：前 697—前 686 年在位。

襄公元年，始为太子时，尝与无知斗，及立，绌无知秩服①，无知怨。

【注释】

①绌：通"黜"。贬退；废除。

四年，鲁桓公与夫人如齐①，齐襄公故尝私通鲁夫人②。鲁夫人者③，襄公女弟也，自禧公时嫁与鲁桓公妇，及桓公来而襄公复通焉。鲁桓公知之，怒夫人，夫人以告齐襄公。齐襄公与鲁君饮，醉之，使力士彭生抱上鲁君车，因拉杀鲁桓公④，桓公下车则死矣。鲁人以为让⑤，而齐襄公杀彭生以谢鲁⑥。

【注释】

①如：往；到。②通：通奸。③鲁夫人：文姜。齐襄公同父异母的妹

妹。④拉杀：打折其胁致死。⑤让：责备。⑥谢：认错，道歉。

八年，伐纪，纪迁去其邑①。

【注释】

①纪：国名。都城在今山东寿光市南。

十二年，初，襄公使连称、管至父成葵丘①，瓜时而往②，及瓜而代③。往成一岁，卒瓜时而公弗为发代④。或为请代，公弗许。故此二人怒，因公孙无知谋作乱，连称有从妹在公宫，无宠，使之间襄公⑤，曰："事成以女为无知夫人⑥。"冬十二月，襄公游姑棼⑦，遂猎沛丘⑧，见彘，从者曰"彭生"。公怒，射之，彘人立而啼⑨。公惧，坠车伤足，失屦⑩。反而鞭主屦者茀三百。茀出宫。而无知、连称、管至父等闻公伤，乃遂率其众袭宫。逢主屦茀，茀曰："且无入惊宫，惊宫未易入也。"无知弗信，茀示之创⑪，乃信之。待宫外，令茀先入。茀先入，即匿襄公户间。良久，无知等恐，遂入宫。茀反与宫中及公之幸臣攻无知等，不胜，皆死。无知入宫，求公不得。或见人足于户间，发视，乃襄公，遂弑之，而无知自立为齐君。

【注释】

①连称、管至父：都是齐国大夫。②瓜时：七月，指瓜熟的时候。③及瓜：指第二年瓜熟的时候。代：替代。④卒：终，尽。⑤间（jiàn）：找空子。⑥女（rǔ）：通"汝"。你。⑦姑棼（fén）：齐地名。又名薄姑。在今山东博兴县东南。⑧沛丘：地名。或作洝丘、贝丘。在今山东博兴县东南（薄姑东南）。⑨人立：如人一般站立。⑩屦（jù）：麻、葛等制成的鞋子。⑪创（chuāng）：创伤。

桓公元年春①，齐君无知游于雍林②。雍林人尝有怨无知，及其往游，雍林人袭杀无知，告齐大夫曰："无知弑襄公自立，臣谨行诛。唯大夫更立公子之当立者，唯命是听。"

【注释】

①桓公：姜小白。前685—前643年在位。春秋时的第一个霸主。②雍林：地名。齐临淄西门曰雍门，雍林当在临淄近郊。一本作"雍廪"，

系人名，为渠丘大夫，故雍林也可理解为人名。

　　初，襄公之醉杀鲁桓公，通其夫人，杀诛数不当[1]，淫于妇人，数欺大臣，群弟恐祸及，故次弟纠奔鲁。其母鲁女也。管仲、召忽傅之[2]。次弟小白奔莒[3]，鲍叔傅之[4]。小白母，卫女也，有宠于禧公。小白自少好善大夫高傒[5]。及雍林人杀无知，议立君，高、国先阴召小白于莒[6]。鲁闻无知死，亦发兵送公子纠，而使管仲别将兵遮莒道，射中小白带钩[7]。小白详死[8]，管仲使人驰报鲁。鲁送纠者行益迟，六日至齐，则小白已入，高傒立之，是为桓公。

曹沫挟齐桓公画像石

【注释】

　　①数（shuò）：屡次，多次。②管仲（？—前645年）：管夷吾，字仲。齐颍上人。佐齐桓公成为五霸之首。③莒（jǔ）：国名。都城在今山东莒县。④鲍叔：即鲍叔牙，齐国大夫。以知人著称。⑤高傒：齐国正卿。⑥国：国懿仲。齐国正卿。⑦带钩：束腰革带上的金属钩。⑧详：同"佯"。假装。

　　桓公之中钩，详死以误管仲，已而载温车中驰行[1]，亦有高、国内应，故得先入立，发兵距鲁[2]。秋，与鲁战于乾时[3]，鲁兵败走，齐兵掩绝鲁归道[4]。齐遗鲁书曰："子纠兄弟，弗忍诛，请鲁自杀之。召忽、管仲仇也，请得而甘心醢之[5]。不然，将围鲁。"鲁人患之，遂杀子纠于句窦[6]。召忽自杀，管仲请囚。桓公之立，发兵攻鲁，心欲杀管仲。鲍叔牙曰："臣幸得从君，君竟以立。君之尊，臣无以增君。君将治齐，即高傒与叔牙足也。君且欲霸王，非管夷吾不可。夷吾所居国国重，不可失也。"于是桓公从之。乃详为召管仲欲甘心，实欲用之。管仲知之，故请往。鲍叔牙迎受管仲，及堂阜而脱桎梏[7]，斋祓而见桓公[8]。桓公厚礼以为大夫，任政。

【注释】

①已而：不久；随后。温车：卧车。即有帐幕之车。温，一作"辒"。②距：通"拒"。抵御。③乾（gān）时：齐地名。在今山东益都县境。④掩绝：拦截；阻击。⑤甘心：称心；快意。醢（hǎi）：将人剁成肉酱的酷刑。⑥句窦（dòu）：鲁地名。即"句渎"。在今山东菏泽市北。⑦堂阜：地名。在今山东蒙阴县西北。⑧斋：斋戒。即沐浴更衣素食以示诚敬。祓（fú）：古代除灾祈福的仪式。

桓公既得管仲，与鲍叔、隰朋、高傒修齐国政[1]，连五家之兵[2]，设轻重鱼盐之利[3]，以赡贫穷[4]，禄贤能[5]，齐人皆说。

【注释】

①隰（xí）朋：齐国大夫。②五家之兵：一种兵民结合的军事行政制度。③轻重：指钱。设轻重之利是指铸货币，控制物价流通。④赡（shàn）：赡养，救济。丰富，充足。⑤禄：薪金。这里作动词用，意即使贤能的人得到俸禄，也就是起用优待贤能的人。

二年，伐灭郯[1]，郯子奔莒。初，桓公亡时，过郯，郯无礼，故伐之。

【注释】

①郯（tán）：国名。都城在今山东郯城县东北。

五年，伐鲁，鲁将师败。鲁庄公请献遂邑以平[1]，桓公许，与鲁会柯而盟②。鲁将盟，曹沫以匕首劫桓公于坛上③，曰："反鲁之侵地！④"桓公许之。已而曹沫去匕首，北面就臣位。桓公后悔，欲无与鲁地而杀曹沫。管仲曰："夫劫许之而倍信杀之⑤，愈一小快耳⑥，而弃信于诸侯，失天下之援，不可。"于是遂与曹沫三败所亡地于鲁。诸侯闻之，皆信齐而欲附焉。七年，诸侯会桓公于甄⑦，而桓公于是始霸焉。

【注释】

①遂邑：鲁邑名。故城在今山东宁阳县北。②柯：齐邑名。故城在今山东东阿县西南。③劫：威逼；胁迫。坛：土筑的高台。④反：通"返"。归还。⑤倍：通"背"。⑥愈（yù）：愉快，满足。⑦甄：卫邑名。故城今山东鄄城县西北。

十四年，陈厉公子完①，号敬仲，来奔齐。齐桓公欲以为卿，让；于是以为工正②。田成子常之祖也③。

【注释】

①陈完：陈厉公之子。陈国内乱，出奔齐，改姓田，任齐国大夫，死谥敬仲。②工正：官名。百工之长。③田成子：即陈成子。春秋末齐国大臣。

二十三年，山戎伐燕，燕告急于齐①。齐桓公救燕，遂伐山戎，至于孤竹而还②。燕庄公遂送桓公入齐境。桓公曰："非天子，诸侯相送不出境，吾不可以无礼于燕。"于是分沟割燕君所至与燕，命燕君复修召公之政，纳贡于周，如成康之时。诸侯闻之，皆从齐。

【注释】

①告急：报告战事危急。②孤竹：古国名。故城在今河北卢龙县东。

二十七年，鲁湣公母曰哀姜①，桓公女弟也。哀姜淫于鲁公子庆父②，庆父弑湣公，哀姜欲立庆父，鲁人更立禧公③。桓公召哀姜，杀之。

【注释】

①湣（mǐn）：通"闵"。谥号用字。②庆父：鲁桓公庶子，庄公庶弟。③禧（xī）：通"僖"。谥号用字。

二十八年，卫文公有狄乱①，告急于齐。齐率诸侯城楚丘而立卫君②。

【注释】

①狄：部族名。亦作"翟"。②楚丘：卫国都城。故城在今河南滑县东。城：筑城。卫都原在朝歌（故城在今河南淇县）。

二十九年，桓公与夫人蔡姬戏船中。蔡姬习水①，荡公②，公惧，止之，不止，出船，怒，归蔡姬，弗绝。蔡亦怒，嫁其女。桓公闻而怒，兴师往伐。

【注释】

①习水：会游泳。②荡：摇动。

三十年春，齐桓公率诸侯伐蔡①，蔡溃②。遂伐楚。楚成王兴师问曰："何故涉吾地③？"管仲对曰："昔召康公命我先君太公曰：'五侯九伯，若实征之④，以夹辅周室⑤。'赐我先君履⑥，东至海，西至河，南至穆陵，北至无棣。楚贡包茅不入⑦，王祭不具，是以来责。昭王南征不复⑧，是以来问。"楚王曰："贡之不入，有之，寡人罪也，敢不共乎⑨！昭王之出不复，君其问之水滨。"齐师进次于陉⑩。夏，楚王使屈完将兵扞齐⑪，齐师退次召陵⑫。桓公矜屈完以其众⑬。屈完曰："君以道则可；若不⑭，则楚方城以为城⑮，江、汉以为沟⑯，君安能进乎？"乃与屈完盟而去。过陈，陈袁涛涂诈齐，令出东方，觉⑰。秋，齐伐陈。是岁，晋杀太子申生。

【注释】

①蔡：国名。②溃：逃散。③涉：到。④若：你。实：是。⑤夹辅：在左右辅佐。⑥履（lǚ）：鞋；踩。此处指足迹所到的范围。⑦包茅：楚国的特产植物。不入：没有进贡。⑧昭王：周昭王，一作邵王。名瑕，在南征途中渡汉江溺死。⑨共（gōng）：通"供"。供给。⑩次：停留。也指行军在一处停留超过一宿。陉（xíng）：楚地名。在今河南郾城县境。⑪扞：保卫；抵御。⑫召（shào）陵：楚邑名，故城在今河南郾城县东。⑬矜（jīn）：夸耀。⑭不（fǒu）：通"否"。⑮方城：春秋时楚国所筑长城，北起今之河南方城县北，南至泌阳县东北。⑯江：长江。汉：汉江。

沟：指护城河。⑰觉：发觉。

三十五年夏，会诸侯于葵丘①。周襄王使宰孔赐桓公文武胙、彤弓矢、大路②，命无拜。桓公欲许之，管仲曰："不可。"乃下拜受赐。秋，复会诸侯于葵丘，益有骄色。周使宰孔会。诸侯颇有叛者。晋侯病③，后，遇宰孔。宰孔曰："齐侯骄矣。弟无行④。"从之，是岁，晋献公卒，里克杀奚齐、卓子，秦穆公以夫人入公子夷吾为晋君⑤。桓公于是讨晋乱，至高梁⑥，使隰朋立晋君，还。

【注释】

①葵丘：宋邑名。故城在今河南兰考县境。②宰孔：周朝太宰周公姬孔。胙（zuò）：祭祀用的肉。彤弓矢：朱红色的弓箭。大路：大车。路，通"辂"。③晋侯：指晋献公。④弟：通"第"。但，且。⑤夫人：穆姬。夷吾的异母姐姐。⑥高梁：晋地名。在今山西临汾县东北。

是时周室微，唯齐、楚、秦、晋为强。晋初与会①，献公死，国内乱。秦穆公辟远②，不与中国会盟。楚成王初收荆蛮有之，夷狄自置。唯独齐为中国会盟，而桓公能宣其德，故诸侯宾会③。于是桓公称曰④："寡人南伐至召陵，望熊出⑤；北伐山戎、离枝、孤竹⑥；西伐大夏⑦，涉流沙⑧；束马悬车登太行⑨，至卑耳山而还⑩。诸侯莫违寡人。寡人兵车之会三⑪，乘车之会六⑫，九合诸侯⑬，一匡天下⑭。昔三代受命，有何以异于此乎？吾欲封泰山，禅梁父⑮。"管仲固谏，不听；乃说桓公以远方珍怪物至乃得封，桓公乃止。

【注释】

①与（yù）：参加。②辟：通"僻"。偏僻。③宾：归服；顺从。④称：声称。⑤熊山：山名。在今河南省西部卢氏县、洛宁县南。⑥离枝：国名。又名令友，地在今河北迁安市西。⑦大夏：地名。在今山西太原市南。⑧流沙：沙漠。在今山西境平陆县东。⑨束马悬车：山路险隘难行，包裹马脚，将车钩挂牢，以防滑跌。太行：山名。绵延山西、河北、河南三省间。⑩卑耳山：即辟耳山。在今山西平陆县西北。⑪兵车之会三：为战争而举行的盟会有三次：鲁庄公十三年（前681年），平宋乱；僖公四年（前656年），侵蔡，伐楚；僖公六年（前654年），伐郑，围新城。

⑫乘（shèng）车之会六：为和平而举行的盟会有六次：鲁庄公十四年，会于鄄（juàn）（卫邑，故城在今山东鄄城县）；十五年，又会鄄；十六年，盟于幽（宋地）；僖公五年，会首止（卫地，故城在今河南睢县东南）；八年，盟于洮（táo）（曹地，故城在今山东鄄城西）；九年，会葵丘。⑬合：会合。⑭一匡天下：指洮之会确定了周襄王的继承权一事。⑮梁父（fǔ）：山名。泰山南坡的一座小山，在山东新泰市西。禅（shàn）：扫地而祭。

三十八年，周襄王弟带与戎、翟合谋伐周，齐使管仲平戎于周。周欲以上卿礼管仲，管仲顿首曰："臣陪臣①，安敢！"三让，乃受下卿礼以见。三十九年，周襄王弟带来奔齐。齐使仲孙请王，为带谢。襄王怒，弗听。

【注释】

①陪臣：诸侯的大夫，对天王自称陪臣。也可指大夫的家臣。陪，重；层迭。

四十一年，秦穆公虏晋惠公，复归之。是岁，管仲、隰朋皆卒。管仲病，桓公问曰："群臣谁可相者？"管仲曰："知臣莫如君。"公曰："易牙如何①？"对曰："杀子以适君，非人情，不可。"公曰："开方如何②？"对曰："倍亲以适君，非人情，难近。"公曰："竖刀如何③？"对曰："自宫以适君④，非人情，难亲。"管仲死，而桓公不用管仲言，卒近用三子，三子专权。

【注释】

①易牙：齐桓公宠臣。一作狄牙。雍人，名巫，亦称雍巫。长调味，善逢迎。②开方：齐桓公宠臣。卫懿公的儿子，他离开母亲在外十五年没有回去过。③竖刀：齐桓公的近臣。④宫：阉割生殖器。

四十二年，戎伐周，周告急于齐，齐令诸侯各发卒戍周①。是岁，晋公子重耳来②，桓公妻之。

【注释】

①戍：军队驻防。②重耳：（前636—前628年在位）即晋文公。

四十三年。初，齐桓公之夫人三：曰王姬、徐姬、蔡姬，皆无子。桓公好内①，多内宠②，如夫人者六人③，长卫姬，生无诡；少卫姬，生惠公元；郑姬，生孝公昭；葛嬴，生昭公潘；密姬，生懿公商人；宋华子④，生公子雍。桓公与管仲属孝公于宋襄公⑤，以为太子。雍巫有宠于卫共姬，因宦者竖刀以厚献于桓公，亦有宠，桓公许之立无诡。管仲卒，五公子皆求立。冬十月乙亥，齐桓公卒。易牙入，与竖刀因内宠杀群吏⑥，而立公子无诡为君。太子昭奔宋。

【注释】

①好（hào）内：贪女色。②内宠：宠爱的姬妾。③如夫人：意谓同于夫人，礼数与夫人无别，故称如夫人。④宋华子：宋华氏之女，子姓。⑤属：托付。⑥内宠：此指有权势的内官。"多内宠"，指姬妾。指内宫之有权宠者。

桓公病，五公子各树党争立①。及桓公卒，遂相攻，以故宫中空，莫敢棺②。桓公尸床上六十七日，尸虫出于户。十二月乙亥，无诡立，乃棺赴③，辛巳夜，敛殡④。

【注释】

①树党：培植党羽。②棺：收尸入棺。动词。③赴：同"讣"，报丧。④敛殡：为死者装殓，将棺材停在堂上拜祭。

桓公十有余子，要其后立者五人①：无诡立三月死，无谥；次孝公；次昭公；次懿公；次惠公。孝公元年三月，宋襄公率诸侯兵送齐太子昭而伐齐。齐人恐，杀其君无诡。齐人将立太子昭，四公子之徒攻太子，太子走宋，宋遂与齐人四公子战。五月，宋败齐四公子师而立太子昭，是为齐孝公②。宋以桓公与管仲属之太子，故来征之。以乱故，八月乃葬齐桓公。

【注释】

①要：总计。②孝公：前642——前633年在位。

六年春，齐伐宋，以其不同盟于齐也①。夏，宋襄公卒。七年，晋文公立。

604

【注释】

①齐孝公二年，诸侯在齐国举行盟会，宋襄公没有参加。

十年，孝公卒，孝公弟潘因卫公子开方杀孝公子而立潘，是为昭公①。昭公，桓公子也，其母曰葛嬴。

【注释】

①昭公：前632—613年在位。

昭公元年，晋文公败楚于城濮①，而会诸侯践土②，朝周，天子使晋称伯③。六年，翟侵齐。晋文公卒。秦兵败于殽④。十二年，秦穆公卒。

【注释】

①城濮：卫地名。在今山东鄄城县西南临濮集。②践土：郑地名。在今河南原阳县西南。③伯（bà）：通"霸"。④殽：山名。即崤山。

十九年五月，昭公卒，子舍立为齐君。舍之母无宠于昭公，国人莫畏。昭公之弟商人以桓公死争立不得，阴交贤士①，附爱百姓②，百姓说③。及昭公卒，子舍立，孤弱，即与众十月即墓上弑齐君舍，而商人自立，是为懿公④。懿公，桓公子也，其母曰密姬。

【注释】

①阴交：暗中交结。②附（fǔ）爱：抚爱。③说：通"悦"。④懿公：前612—前609年在位。

懿公四年春，初，懿公为公子时，与丙戎之父猎，争获不胜①，及即位，断丙戎父足②，因使丙戎仆③。庸职之妻好，公内之宫④，使庸职骖乘⑤。五月，懿公游于申池⑥，二人浴，戏。职曰："断足子！"戎曰："夺妻者！"二人俱病此言⑦，乃怨。谋与公游竹中，二人弑懿公车上，弃竹中而亡去。

【注释】

①获：指猎得的禽兽。②断丙戎父足：时其人已死，掘墓断其足。③仆：驾车。④内（nà）：通"纳"。⑤骖乘：陪乘。乘车时居于车右。⑥申

《东周列国志》版画之齐懿公竹池遇变图，讲述齐
懿公在竹池遇刺身亡之事。

池：齐南城门叫申门，此指申门外之池。⑦病：以为耻辱。动词。

懿公之立，骄，民不附。齐人废其子而迎公子元于卫，立之，是为
惠公①。惠公，桓公子也。其母卫女，曰少卫姬，避齐乱，故在卫。

【注释】

①惠公：前608—前599年在位。

惠公二年，长翟来①，王子城父攻杀之②，埋之于北门。晋赵穿弑其
君灵公。

【注释】

①长翟：狄族的一支。身体高大。翟，通“狄”。②王子城父：齐国

大夫。

十年，惠公卒，子顷公无野立①。初，崔杼有宠于惠公，惠公卒，高、国畏其逼也②，逐之，崔杼奔卫。

【注释】

①顷公：前598——前582年在位。②高、国：齐国的两个大家族。世为齐卿。逼：侵逼；逼迫。

顷公元年，楚庄王强，伐陈；二年，围郑，郑伯降，已复国郑伯。

六年春，晋使郤克于齐①，齐使夫人帷中而观之②。郤克上，夫人笑之。郤克曰："不是报③，不复涉河！"归，请伐齐，晋侯弗许。齐使至晋，郤克执齐使者四人河内④，杀之。八年，晋伐齐，齐以公子强质晋，晋兵去。十年春，齐伐鲁、卫。鲁、卫大夫如晋请师，皆因郤克。晋使郤克以车八百乘为中军将，士燮将上军，栾书将下军，以救鲁、卫，伐齐。六月壬申，与齐侯兵合靡笄下⑤。癸酉，陈于鞍⑥，逢丑父为齐顷公右⑦。顷公曰："驰之，破晋军会食。"射伤郤克，流血至履。克欲还入壁⑧，其御曰："我始入，再伤，不敢言疾，恐惧士卒⑨，愿子忍之。"遂复战。战，齐急，丑父恐齐侯得⑩，乃易处，顷公为右，车絓于木而止⑪。晋小将韩厥伏齐侯车前，曰："寡君使臣救鲁、卫"，戏之。丑父使顷公下取饮，因得亡，脱去，入其军。晋郤克欲杀丑父。丑父曰："代君死而见僇⑫，后人臣无忠其君者矣。"克舍之，丑父遂得亡归齐。于是晋军追齐至马陵⑬。齐侯请以宝器谢，不听；必得笑克者萧桐叔子⑭，令齐东亩⑮。对曰："叔子，齐君母。齐君母亦犹晋君母，子安置之？且子以义伐而以暴为后，其可乎？"于是乃许，令反鲁、卫之侵地。

【注释】

①郤（xì）克：晋国大夫，是个跛子。②帷中：帐幕内。③不是报：即"不报是"，不报此仇。动词否定式其代词宾语前置。④河内：地区名。春秋战国时，以黄河以北为河内。⑤合靡笄下：在靡笄山下交锋。靡笄：山名，即今山东济南千佛山。⑥癸酉：（鲁成公二年的六月）十七日。陈：通"阵"，列阵。鞍：齐地名。在今山东济南西北。⑦逢丑父：齐国大夫。右：车右。古时乘车位于御者右边的卫士。⑧壁：营垒。⑨恐惧士卒：

恐怕使士兵们惧怕。惧：惊吓，震惊，使动用法。⑩得：获得，俘虏。此处为被动用法。意谓丑父怕齐侯被晋军俘虏。⑪絓于木：战车被树木绊住了。絓：同"挂"。受阻，绊住。⑫见僇：被杀戮。僇：通"戮"。见：表被动。⑬马陵：当作马陉，齐邑名。在今山东益都西南。⑭萧桐叔子：萧国君桐叔的女儿，即齐顷公之母。⑮令齐东亩：使齐国田亩间的沟垄都改成东西向，以便于晋军车马向齐国进军。

　　十一年，晋初置六卿，赏鞌之功。齐顷公朝晋，欲尊王晋景公[1]，晋景公不敢受，乃归。归而顷公弛苑囿[2]，薄赋敛[3]，振孤问疾[4]，虚积聚以救民，民亦大说。厚礼诸侯。竟顷公卒，百姓附[5]，诸侯不犯[6]。

【注释】

　　[1]尊王：用朝见周王的礼节对待晋君。[2]弛：开放。苑囿（yòu）：种植花木、畜养禽兽供王侯游玩打猎的风景园林。[3]薄：减轻。[4]振：通"赈"。救济。[5]附：亲附。[6]犯：侵犯；欺侮。

　　十七年，顷公卒，子灵公环立[1]。

【注释】

　　[1]灵公：前581—前554年在位。

　　灵公九年，晋栾书弑其君厉公。十年，晋悼公伐齐，齐令公子光质晋[1]。十九年，立子光为太子，高厚傅之，令会诸侯盟于钟离[2]。二十七年，晋使中行献子伐齐。齐师败，灵公走入临菑。晏婴止灵公[3]，灵公弗从。曰："君亦无勇矣！"晋兵遂围临菑，临菑城守不敢出，晋焚郭中而去[4]。

【注释】

　　[1]质：作为抵押品的人或物。[2]钟离：古邑名。故城在沂州承县界，即今山东枣庄市南。[3]晏婴（？—前500年）：字平仲，齐国大臣。[4]郭：外城。

　　二十八年，初，灵公取鲁女[1]，生子光，以为太子。仲姬，戎姬。戎姬嬖[2]，仲姬生子牙，属之戎姬。戎姬请以为太子，公许之。仲姬曰："不可。光之立，列于诸侯矣[3]，今无故废之，君必悔之。"公曰："在我耳。"遂东太子光④，使高厚傅牙为太子。灵公疾，崔杼迎故太子光而立之，是为庄公⑤。庄公杀戎姬。五月壬辰，灵公卒，庄公即位，执太子牙于句窦之丘，杀之。八月，崔杼杀高厚。晋闻齐乱，伐齐，至高唐⑥。

【注释】

①取：通"娶"。②嬖（bì）：宠爱。③列于诸侯：指跟随灵公参加诸侯会盟征战。④东：流放到齐国的东部边境。⑤庄公：前553—前548年在位。⑥高唐：齐邑名。城故在今山东高唐县东北。

庄公三年，晋大夫栾盈奔齐，庄公厚客待之。晏婴、田文子谏，公弗听。四年，齐庄公使栾盈间入晋曲沃为内应①，以兵随之，上太行，入孟门②。栾盈败，齐兵还，取朝歌③。

【注释】

①间：私自；秘密。曲沃：晋邑名。故城在今山西闻喜县东北。②孟门：山名。为晋国要隘。在今河南辉县西。③朝（zhāo）歌：故城在今河南淇县。原为卫邑，后归晋。

六年，初，棠公妻好①，棠公死，崔杼取之。庄公通之，数如崔氏，以崔杼之冠赐人。侍者曰："不可。"崔杼怒，因其伐晋，欲与晋合谋袭齐而不得间②。庄公尝笞宦者贾举，贾举复侍，为崔杼间公以报怨。五月，莒子朝齐，齐以甲戌飨之③。崔杼称病不视事④。乙亥，公问崔杼病，遂从崔杼妻。崔杼妻入室，与崔杼自闭户不出，公拥柱而歌。宦者贾举遮公从官而入⑤，闭门，崔杼之徒持兵从中起。公登台而请解⑥，不许；请盟，不许；请自杀于庙⑦，不许。皆曰："君之臣杼疾病⑧，不能听命。近于公宫⑨。陪臣争趣有淫者⑩，不知二命⑪。"公逾墙，射中公股，公反坠，遂弑之。晏婴立崔杼门外，曰："君为社稷死则死之，为社稷亡则亡之。若为己死己亡，非其私暱⑫，谁敢任之！"门开而入，枕公尸而哭，三踊而出⑬。人谓崔杼："必杀之。"崔杼曰："民之望也⑭，舍之得民⑮。"

《东周列国志》版画之弑齐光崔庆专权图，讲
述齐国大臣崔杼弑其国君齐庄公，齐国由崔杼、
庆封主政之事。

【注释】

①棠公妻：齐国棠邑（在今山东聊城市西北）大夫的妻子，叫棠姜。
是崔杼的家臣东郭偃的姐姐。②间（jiàn）：间隙；空隙。③飨（xiǎng）：
用酒食款待。④视事：办公；就职。⑤遮：阻止；拦住。⑥解：和解。⑦庙：
王宫的前殿；朝堂。⑧疾病：病重。⑨近于公宫：意谓崔杼家邻近齐宫，
淫犯可能冒称齐君。⑩争趣：《左传》作扞趣。⑪二命：其他命令。⑫
私暱（nì）：个人宠爱。⑬三踊：三次往上跳。有表示痛定奋起的意思。
⑭望：仰望。⑮舍：释放。

丁丑，崔杼立庄公异母弟杵臼，是为景公①。景公母，鲁叔孙宣伯
女也。景公立，以崔杼为右相，庆封为左相②。二相恐乱起，乃与国人
盟曰："不与崔庆者死！"晏子仰天曰："婴所不获唯忠于君利社稷者是
从③！"不肯盟。庆封欲杀晏子，崔杼曰："忠臣也，舍之。"齐太史书

曰④“崔杼弑庄公”，崔杼杀之。其弟复书，崔杼复杀之。少弟复书，崔杼乃舍之。

【注释】

①景公：前547—前490年在位。②庆封：齐国大夫。③婴所不获唯忠于君利社稷者是从：我所以不争取什么，就在于只有忠于君王利于社会的人才服从他。获，争取；得到。④太史：官名。三代为史官和历官之长。

景公元年，初，崔杼生子成及强，其母死，取东郭女①，生明。东郭女使其前夫子无咎与其弟偃相崔氏②。成有罪，二相急治之，立明为太子。成请老于崔③，崔杼许之，二相弗听，曰：“崔，宗邑④，不可。”成、强怒，告庆封。庆封与崔杼有郤⑤，欲其败也。成、强杀无咎、偃于崔杼家，家皆奔亡。崔杼怒，无人，使一宦者御，见庆封。庆封曰：“请为子诛之。”使崔杼仇卢蒲嫳攻崔氏⑥，杀成、强，尽灭崔氏，崔杼妇自杀。崔杼毋归，亦自杀。庆封为相国，专权。

【注释】

①东郭女：即棠姜，亦称东郭姜。②相：辅佐。③崔：齐地名，是崔杼的封邑。在今山东济阳县东北。④宗邑：宗庙所在的地方。⑤郤（xì）：通“隙”。嫌隙。⑥卢蒲嫳（piè）：齐大夫庆封的亲信。

三年十月，庆封出猎。初，庆封已杀崔杼，益骄，嗜酒好猎，不听政令。庆舍用政①，已有内郤。田文子谓桓子曰②：“乱将作。”田、鲍、高、栾氏相与谋庆氏。庆舍发甲围庆封宫，四家徒共击破之。庆封还，不得入，奔鲁。齐人让鲁，封奔吴。吴与之朱方③，聚其族而居之，富于在齐。其秋，齐人徙葬庄公，僇崔杼尸于市以说众。

【注释】

①庆舍：庆封的儿子。用：执掌。②田文子：田须无，谥文子。桓子：田无宇，谥桓子。③朱方：吴邑名。故城在今江苏丹徒县境。

九年，景公使晏婴之晋①，与叔同私语曰②：“齐政卒归田氏。田氏虽无大德，以公权私，有德于民，民爱之③。”十二年，景公如晋，见平公④。欲与伐燕。十八年，公复如晋，见昭公⑤。二十六年，猎鲁郊，因入鲁，与晏婴俱问鲁礼。三十一年，鲁昭公辟季氏难⑥，奔齐。齐欲以千社封之⑦，子家止昭公⑧，昭公乃请齐伐鲁，取郓以居昭公⑨。

【注释】

①之：往；到。②叔向：晋国大夫，即羊舌肸（xī）。③田氏虽无大德：指田氏祖先没有做出有大利于天下的德泽，如姜氏的太公辅佐周文王、武王灭纣兴周的业绩。以公权私：谓田氏为公事树私恩，如向百姓收赋税用小斗，私家贷给百姓粮食则用大斗之类。④平公：晋国君。前557—前532年在位。⑤昭公：晋国君。前531—前526年在位。⑥辟：通"避"。⑦社：古代地方基层行政单位。二十五家为一社。⑧子家：鲁国公族，随同昭公出奔。⑨郓（yùn）：鲁邑名。

三十二年，彗星见①。景公坐柏寝②，叹曰："堂堂！谁有此乎？"群臣皆泣，宴子笑，公怒。晏子曰："臣笑群臣谀甚。"景公曰："彗星出东北，当齐分野③，寡人以为忧。"晏子曰："君高台深池，赋敛如弗得，刑罚恐弗胜，茀星将出④，彗星何惧乎？"公曰："可禳否⑤？"晏子曰："使神可祝而来⑥，亦可禳而去也。百姓苦怨以万数，而君令一人禳之，安能胜众口乎？"是时景公好治宫室⑦，聚狗马，奢侈，厚赋重刑，故晏子以此谏之。

【注释】

①见（xiàn）：同"现"。②柏寝：台名。在今山东广饶县东北。③分野：古代占星术，把十二星次或二十八宿的位置跟地上州、国的位置相对应。④茀（音佩）星：即孛星。⑤禳（ráng）：祭祷消灾。⑥祝：祈祷。⑦治：修建；整治。

四十二年，吴王阖闾伐楚，入郢①。

【注释】

①郢（yǐng）：楚都城。故城在今湖北江陵县东北。按郢原在今江陵县西北纪南城。楚平王迁至今江陵县东北。

四十七年，鲁阳虎攻其君①，不胜，奔齐，请齐伐鲁。鲍子谏景公②，乃囚阳虎。阳虎得亡，奔晋。

【注释】

①阳虎：一作阳货，或说字货。②鲍子：鲍国。谥文子。齐大臣。

四十八年，与鲁定公好会夹谷①。犁钼曰："孔丘知礼而怯②，请令莱人为乐③。因执鲁君，可得志。"景公害孔丘相鲁④，惧其霸，故从犁钼之计。方会，进莱乐，孔子历阶上⑤，使有司执莱人斩之⑥，以礼让景公。景公惭，乃归鲁侵地以谢⑦，而罢去。是岁，晏婴卒。

【注释】

①好会：和平友好相会。夹谷：即祝其。齐地名。在今山东莱芜市东南。②孔丘（前551—前479年）：即孔子，字仲尼。③莱人：即莱夷，部族名。当时居住在今山东半岛东部。④害：妒忌。⑤历阶：一脚踏一台阶急上。⑥有司：古代设官分职，各有专司，因称官吏为有司。⑦谢：认错，道歉。

五十五年，范、中行反其君于晋①，晋攻之急，来请粟。田乞欲为乱②，树党于逆臣，说景公曰③："范、中行数有德于齐，不可不救。"乃使乞救而输之粟。

【注释】

①范：晋国大夫范吉射。②田乞：齐国大臣。田无宇之子。③说（shuì）：劝说。

五十八年夏，景公夫人燕姬适子死①。景公宠姜芮姬生子荼，荼少，其母贱，无行，诸大夫恐其为嗣，乃言愿择诸子长贤者为太子。景公老，恶言嗣事，又爱荼母，欲立之，惮发之口②，乃谓诸大夫曰："为乐耳，国何患无君乎？"秋，景公病，命国惠子、高昭子立少子荼为太子③，逐群公子，迁之莱。景公卒，太子荼立，是为晏孺子。冬，未葬，而群公子畏诛，皆出亡。荼诸异母兄公子寿、驹、黔奔卫，公子驵、阳生奔鲁④。莱人歌之曰："景公死乎弗与埋，三军事乎弗与谋⑤，师乎师乎⑥，胡党之乎⑦？"

【注释】

①適（dí）：通"嫡"。②惮：怕。③国惠子：国夏，谥惠子。高昭子：高张，谥昭子。④驵：音zǎng。⑤三军：周制，王设六军，诸侯大国设立三军，齐国设上、中、下三军，每军一万二千五百人。谋：计议；商量。⑥师：众人。指群公子的部下。⑦胡：何，哪。党：处所。

晏孺子元年春，田乞伪事高、国者①，每朝，乞骖乘，言曰："子得君②，大夫皆自危，欲谋作乱。"又谓诸大夫曰："高昭子可畏，及未发③，先之。"大夫从之。六月，田乞、鲍牧乃与大夫以兵入公宫④，攻高昭子。昭子闻之，与国惠子救公。公师败，田乞之徒追之，国惠子奔莒，遂反杀高昭子。晏圉奔鲁⑤。八月，齐秉意兹⑥。田乞败二相，乃使人之鲁召公子阳生。阳生至齐，私匿田乞家⑦。十月戊子，田乞请诸大夫曰："常之母有鱼菽之祭⑧，幸来会饮。"会饮，田乞盛阳生橐中⑨，置坐中央⑩，发橐出阳生⑪，曰："此乃齐君矣！"大夫皆伏谒⑫。将与大夫盟而立之，鲍牧醉，乞诬大夫曰⑬："吾与鲍牧谋共立阳生。"鲍牧怒曰："子忘景公之命乎？"诸大夫相视欲悔，阳生前，顿首曰："可则立之，否则已。"鲍牧恐祸起，乃复曰："皆景公子也，何为不可！"乃与盟，立阳生，是为悼公⑭。悼公入宫，使人迁晏孺子于骀⑮，杀之幕下⑯，而逐孺子母芮子。芮子故贱而孺子少⑰，故无权，国人轻之。

【注释】

①伪：假装。②得君：得到君主的宠信。③发：发动。④鲍牧：齐国大夫。⑤晏圉：晏婴之子。⑥秉意兹：齐国大夫。⑦匿：躲藏。⑧常之母：田乞指他的妻子。常，指田常，田乞的儿子。⑨盛：装。橐（tuó）：无底的袋子。⑩坐：通"座"。⑪发：揭开。⑫伏谒：伏地谒见。⑬诬：欺骗。⑭悼公：前488—前485年在位。⑮骀（tái）：齐邑名。故城在今山东临朐县境。⑯幕：指途中临时设置的帐幕。⑰故：原来，本来。

悼公元年，齐伐鲁，取讙、阐①。初，阳生亡在鲁，季康子以其妹妻之②。及归即位，使迎之。季姬与季魴侯通③，言其情，鲁弗敢与，故齐伐鲁，竟迎季姬。季姬嬖，齐复归鲁侵地。

【注释】

①讙（huān）：鲁邑名。故城在今山东泰安县南。②妻（qì）：嫁给。③季鲂侯：季康子的叔父。

鲍子与悼公有郤，不善。四年，吴、鲁伐齐南方。鲍子弑悼公，赴于吴。吴王夫差哭于军门外三日，将从海入讨齐。齐人败之，吴师乃去。晋赵鞅伐齐，至赖而去①。齐人共立悼公子壬，是为简公②。

【注释】

①赖：齐邑名。故城在今山东章丘市西北。②简公：前484—前481年在位。

简公四年春，初，简公与父阳生俱在鲁也，监止有宠焉①。及即位，使为政。田成子惮之，骤顾于朝②。御鞅言简公曰③："田、监不可并也，君其择焉。"弗听。子我夕④，田逆杀人⑤，逢之，遂捕以入。田氏方睦⑥，使囚病而遗守囚者酒⑦，醉而杀守者，得亡。子我盟诸田于陈宗⑧。初，田豹欲为子我臣⑨；使公孙言豹⑩，豹有丧而止。后卒以为臣，幸于子我。予我谓曰："吾尽逐田氏而立女，可乎？"对曰："我远田氏矣⑪。且其违者不过数人⑫，何尽逐焉！"遂告田氏。子行曰："彼得君⑬，弗先，必祸子⑭。"子行舍于公宫⑮。

【注释】

①监止：即子我。②田成子：即田常。骤顾：心情不安，东张西望。③御：主管驾驶车马的官员。鞅：田鞅。齐国大夫。田常堂侄。④夕：晚上上朝。动词。⑤田逆：即子行。田氏族人。⑥田氏：指田氏家族。⑦囚：指田逆。病：装病。⑧陈宗：陈氏（即田氏）宗长（田常）之家。⑨田豹：田氏族人。⑩公孙：齐国大夫。言：介绍；推荐。⑪远：疏远。指远房。⑫违者：指不服从监止的田氏族人。⑬彼：指监止。⑭子：指田常。⑮舍：住。

夏五月壬申，成子兄弟四乘如公①。子我在幄②，出迎之，遂入，闭门。宦者御之③，子行杀宦者。公与妇人饮酒于檀台④，成子迁诸寝⑤。公执戈将击之，太史子馀曰⑥："非不利也，将除害也。"成子出舍于库⑦，闻公犹怒，将出⑧，曰："何所无君！"子行拔剑曰："需，事之贼也⑨。谁非田宗？所不杀子者有如田宗。"乃止。子我归，属徒攻闱与大门⑩，皆弗胜，乃出。田氏追之。丰丘人执子我以告⑪，杀之郭关⑫。成子将杀大陆子方⑬，田逆请而免之。以公命取车于道，出雍门⑭。田豹与之车，弗受，曰："逆为余请，豹与余车，余有私焉。事子我而有私于其仇，何以见鲁、卫之士？"

【注释】

①乘（shèng）：车辆，四马一车为乘。②幄：帐幕，听政之处。③宦者：齐简公的宦官。④檀台：台名。⑤寝：宗庙的后殿。⑥子餘：齐国大夫。⑦库：储藏军械的处所。⑧出：出奔；逃亡。⑨需：迟疑；等待。⑩属：集合；会合。闱：宫中小门。⑪丰丘：田氏封邑。⑫郭关：齐关名。一说外城门。⑬大陆子方：齐国大夫。即东郭贾。⑭雍门：齐城门。

庚辰，田常执简公于徐州①。公曰："余蚤从御鞅言②，不及此。"甲午，田常弑简公于徐州。田常乃立简公弟骜，是为平公③。平公即位，田常相之，专齐之政，割齐安平以东为田氏封邑④。

【注释】

①徐（shū，又徐）州：田氏封邑。在今山东滕州市南。②蚤：通"早"。③平公：前 480—前 456 年在位。④安平：齐邑名。故城在今山东淄博市东。

平公八年，越灭吴。二十五年卒，子宣公积立①。

【注释】

①宣公：前 455—前 405 年在位。

宣公五十一年卒，子康以贷立①。田会反廪丘②。

【注释】

①康公：前 404—前 379 年在位。②田会：齐国大夫。廪丘：齐邑名。

康公二年，韩、魏、赵始列为诸侯。十九年，田常曾孙田和始为诸侯，迁康公海滨。

二十六年，康公卒，吕氏遂绝其祀。田氏卒有齐国，为齐威王[1]，强于天下。

【注释】

①齐威王：田因齐。前356—前320年在位。

太史公曰：吾适齐，自泰山属之琅邪[1]，北被于海[2]，膏壤二千里[3]，其民阔达多匿知[4]，其天性也。以太公之圣，建国本，桓公之盛，修善政，以为诸侯会盟，称伯，不亦宜乎？洋洋哉[5]，固大国之风也[6]！

【注释】

①属：附属；余脉。琅邪（láng yá）：一作琅琊、琅玡。山名。②被：及；达到。③膏壤：肥沃的土壤。④阔达：胸怀开阔。匿知：智慧深沉。⑤洋洋：广大宽宏的样子。⑥固：诚然；的确。

鲁周公世家第三①

周公旦者②，周武王弟也③。自文王在时④，旦为子孝，笃仁⑤，异于群子。及武王即位，旦常辅翼武王，用事居多⑥。武王九年，东伐至盟津⑦，周公辅行。十一年，伐纣⑧，至牧野⑨，周公佐武王，作《牧誓》⑩。破殷⑪，入商宫。已杀纣，周公把大钺⑫，召公把小钺⑬，以夹武王，衅社⑭，告纣之罪于天，及殷民。释箕子之囚⑮。封纣子武庚禄父⑯，使管叔、蔡叔傅之⑰，以续殷祀。遍封功臣同姓戚者。封周公旦于少昊之虚曲阜⑱，是为鲁公。周公不就封，留佐武王。

周公旦像，出自明·天然撰《历代古人像赞》。

【注释】

①鲁：始建国于公元前 11 世纪，其辖地在今山东省西南部，都城在曲阜（今山东曲阜）。前 256 年为楚所灭。②周公：姬旦，亦称叔旦。③武王：姬发。④文王：姬昌。商末为西伯（即西方诸侯之长），亦称西伯

昌。曾被商纣王囚禁于羑里（故城在今河南汤阴县北）。都丰邑（故城在今陕西户县东），在位五十年。⑤笃仁：忠厚仁爱。⑥用事：执掌政事。⑦盟津：即孟津，黄河渡口名。在今河南孟津县东北。⑧纣：名受，号帝辛。商代最后的君主。详见《殷本纪》。⑨牧野：地名，在今河南淇县西南。⑩《牧誓》：《尚书》篇名，是武王伐纣到达牧野时向各部族将士发布的战斗动员令。⑪殷：商朝第二十任国王盘庚从奄（故城在今山东曲阜东）迁都到殷（故城在今河南安阳市西北），故商亦称殷，或连称商殷、殷商。⑫钺（yuè）：古代兵器。青铜制，圆刃，可以砍劈，似斧而大，盛行于商、西周时。⑬召（shào）公：一作邵公。即召康公姬奭（shì）。因采邑在召（在今陕西岐山县西南），故称为召公或召伯。⑭衅（xìn）：杀牲血祭。社：土地神。⑮箕子：纣王的叔父。官太师，封于箕（故城在今山西太谷东北）。因劝谏纣王，被囚禁。⑯武庚：字禄父，商纣王之子。周武王灭商后，封他为殷君。⑰管叔、蔡叔：均周武王之弟。因封于管（故城在今河南郑州市）、蔡（故城在今河南上蔡县），故称。⑱少昊：一作少皞。传说中古代东夷族首领。名挚处所；旧址。曲阜：邑名。故城在今山东曲阜县境。

　　武王克殷二年，天下未集①，武王有疾，不豫②，群臣惧，太公、召公乃缪卜③。周公曰："未可以戚我先王。"周公于是乃自以为质④，设三坛，周公北面立，戴璧秉圭⑤，告于太王、王季、文王⑥。史策祝曰⑦："惟尔元孙王发⑧，勤劳阻疾⑨。若尔三王是有负子之责于天⑩，以旦代王发之身。旦巧能，多材多艺，能事鬼神。乃王发不如旦多材多艺，不能事鬼神。乃命于帝庭，敷佑四方⑪，用能定汝子孙于下地⑫，四方之民罔不敬畏⑬。无坠天之降葆命⑭，我先王亦永有所依归。今我其即命于元龟⑮，尔之许我，我以其璧与圭归，以俟尔命⑯。尔不许我，我乃屏璧与圭。"周公已令史策告太王、王季、文王，欲代武王发，于是乃即三王而卜。卜人皆曰吉，发书视之，信吉⑰。周公喜，开籥⑱，乃见书遇吉。周公入贺武王曰："王其无害。旦新受命三王，维长终是图⑲。兹道能念予一人⑳。"周公藏其策金縢匮中㉑，诫守者勿敢言。明日，武王有瘳㉒。

【注释】

　　①集：通"辑"。安定。②不豫：不安适。③太公：即姜尚。缪

（mù）：通"穆"。虔诚。卜：古人用火灼龟甲，取征兆以预测吉凶。
④质：指作为保证用以取信的人或物。⑤璧、圭：古代贵族用的玉制礼
器。璧，平圆形，正中有孔；圭，长条形。秉（bǐng）：拿着。⑥太王：
古代周族的领袖，名古公亶父，武王的曾祖。王季：名季历。⑦史策祝：
史官把周公祷告的祝词写在简策上诵读。⑧元孙：长孙。⑨阻：淹久。
⑩负子之责：承担保护子孙的责任。⑪敷：普遍。⑫下地：地上；人间。
⑬罔：无。无指代词。⑭葆命：宝贵的生命。葆，通"宝"。⑮元龟：
占卜用的大龟。⑯俟（sì）：等候。⑰信：确实。⑱籥（yuè）：同"钥"。
锁钥。⑲维长终是图：即"唯图长终"。维，通"唯，"只。⑳予一人：
指武王。㉑金滕匮：用绳索缠绕再用金属缄封的匮子。滕（téng）：封缄。
匮（guì）："柜"的本字。㉒瘳（chōu）：病愈。

　　其后武王既崩，成王少，在强葆之中①。周公恐天下闻武王崩而
畔②，周公乃践阼代成王摄行政当国③。管叔及其群弟流言于国曰："周
公将不利于成王。"周公乃告太公望、召公奭曰："我之所以弗辟而摄
行政者④，恐天下畔周，无以告我先王太王、王季、文王。三王之忧劳
天下久矣，于今而后成。武王蚤终⑤，成王少，将以成周，我所以为之
若此。"于是卒相成王⑥，而使其子伯禽代就封于鲁⑦。周公戒伯禽曰⑧："我
文王之子，武王之弟，成王之叔父，我于天下亦不贱矣。然我一沐三捉
发⑨，一饭三吐哺⑩，起以待士，犹恐失天下之贤人。子之鲁，慎无以
国骄人⑪。"

【注释】

　　①强（qiǎng）葆：即"襁褓"。包裹婴儿的布带和被子。②畔：通
"叛"。③践阼（zuò）：亦作"践祚"。古代称即位行事为"践阼"。
践，踩踏。古代庙、寝堂前两阶，主阶在东，称阼阶。④辟：通"避"。
⑤蚤：通"早"。⑥相（xiàng）：辅佐。⑦伯禽：周公的长子。⑧戒：
告诫。⑨沐（mù）：洗头发。捉发：手握头发。⑩吐哺（bǔ）：吐出口
中咀嚼的食物。⑪慎：禁戒之词。

　　管、蔡、武庚等果率淮夷而反①。周公乃奉成王命，兴师东伐，作
《大诰》②。遂诛管叔，杀武庚，放蔡叔。收殷余民③，以封康叔于卫④，

封微子于宋⑤，以奉殷祀。宁淮夷东土，二年而毕定。诸侯咸服宗周⑥。

【注释】

①淮夷：部族名。②《大诰》：周公东征时晓喻各诸侯国君及其官员的文告中。③收：降伏。④康叔：周武王弟，姬封。初封于康（地在今河南禹县西北），故称康叔。周公攻灭武庚后，把殷民七族和商故都地区封给他，国号卫，建都朝歌（故城在今河南淇县）。⑤微子：商纣王的庶兄，名启。周公平息武庚叛乱后，封他于宋，建都商丘（今河南省商丘市南）。⑥宗：归向。

天降祉福①，唐叔得禾②，异母同颖③，献之成王，成王命唐叔以馈周公于东土，作《馈禾》④。周公既受命禾，嘉天子命，作《嘉禾》⑤。东土以集，周公归报成王，乃为诗贻王⑥，命之曰《鸱鸮》⑦。王亦未敢训周公⑧。

【注释】

①祉（zhǐ）：福。②唐叔：姬虞。③颖：禾穗。④《馈禾》：《归禾》，《尚书》篇名，已佚。⑤《嘉禾》：《尚书》篇名，已佚。⑥贻（yí）：赠送。⑦《鸱鸮》（chī xiāo）：《诗经》篇名。⑧训：《尚书》作"诮"，责备之意。

成王七年二月乙未，王朝步自周①，至丰②，使太保召公先之雒相土③。其三月，周公往营成周雒邑④，卜居焉⑤，曰吉，遂国之⑥。

【注释】

①周：指镐京。②丰：与镐京同为西周国都。③太保：辅佐国君的高级大臣。雒（luò）邑：故城在今河南洛阳市。④成周雒邑：周公经营雒邑，分筑成周城和王城。⑤卜居：择定建都之地。⑥国：建为国都。

成王长，能听政。于是周公乃还政于成王，成王临朝。周公之代成王治，南面倍依以朝诸侯①。及七年后，还政成王，北面就臣位，匑匑如畏然②。

【注释】

①南面：面向南。古代君主南面而坐，臣子朝见君主则北面。倍依：

周公像，出自清·顾沅辑《古圣贤像传略》。

即"背扆"。扆，又称斧扆，斧宸，为古代帝王置于堂上类似屏风的器具，因上面画有斧形图案，故名。②銿銿（qióng qióng）：恭谨貌。

初，成王少时，病，周公乃自揃其蚤沉之河①，以祝于神曰："王少未有识，奸神命者乃旦也②。"亦藏其策于府。成王病有瘳。及成王用事，人或谮周公③，周公奔楚。成王发府，见周公祷书，乃泣，反周公④。

【注释】

①揃（jiǎn）：修剪。蚤：通"爪"。②奸：通"干"。冒犯。③谮（zèn）：进谗言，诬陷。④反：通"返"。

周公归，恐成王壮，治有所淫佚①，乃作《多士》，作《毋逸》②。《毋逸》称："为人父母，为业至长久，子孙骄奢忘之，以亡其家，为人子可不慎乎！故昔在殷王中宗③，严恭敬畏天命④，自度治民⑤，震惧不敢荒宁⑥，故中宗飨国七十五年⑦。其在高宗⑧，久劳于外，为与小人⑨，作其即位，乃有亮暗⑩，三年不言，言乃欢，不敢荒宁，密靖殷国⑪，至于小大无怨[12]，故高宗飨国五十五年。其在祖甲[13]，不义惟王，久为小人于外，知小人之依[14]，能保施小民[15]，不侮鳏寡[16]，故祖甲飨国三十三年。"《多士》称曰："自汤至于帝乙[17]，无不率祀明德[18]，帝无不配天者[19]。在今后嗣王纣，诞淫厥佚[20]，不顾天及民之从也。其民皆可诛。""文王日中昃不暇食[21]，飨国五十年。"作此以诫成王。

【注释】

①淫佚（yì）：亦作"淫逸"。纵欲放荡。②《多士》：《尚书》篇名。《书序》："成周既成，迁殷顽民，周公以王命诰，作《多士》。"《毋逸》：亦作《无逸》，《尚书》篇名。为周公还政成王后对成王的告诫之词。③殷王中宗：即帝太戊。④天命：上天的命令。古代统治者自称承受了天命，或把自己的意志假托为天命。⑤度：法制。⑥荒宁：荒废政事，贪图安逸。⑦飨（xiǎng）国：拥有政权。指帝王在位或王朝传代的期限。飨，通"享"。⑧高宗：即帝武丁。⑨小人：西周、春秋时对被统治的劳动者的称呼。⑩亮暗（liáng ān）：古书或作"亮阴""谅暗"。指帝王守丧。⑪密靖：安定。⑫小大：指小事大事。⑬"其在祖甲"三句：祖甲，武丁之子。据汉马融说："祖甲有兄祖庚，而祖甲贤，武丁欲立之，祖甲以王废长立少不义，逃亡民间，故曰不义惟王，久为小人也。"⑭依：爱，引申为要求。⑮保施：保护，施予。⑯鳏（guān）寡：老而无妻叫鳏，老而无夫叫寡。⑰汤：又称武汤、成汤。⑱率祀明德：恭顺地祭祀鬼神，表彰任用有德者。率，遵循。明，显扬。⑲配天：比配于天。⑳诞淫厥佚：极度地放纵享乐。㉑"文王"二句：出自《无逸》，应移到"故祖甲飨国三十三年"的下面。昃（zè）：日西斜。

成王在丰，天下已安，周之官政未次序[1]，于是周公作《周官》[2]，官别其宜。作《立政》[3]，以便百姓。百姓说[4]。

【注释】

①官政：官制。次序：系统的等级职责。②《周官》：《尚书》篇名。③《立政》：《尚书》篇名。周公还政成王后，告成王以施政之道。④百姓：百官；平民。

周公在丰，病，将没[1]，曰："必葬我成周，以明吾不敢离成王[2]。"

周公既卒，成王亦让③，葬周公于毕④，从文王，以明予小子不敢臣周公也⑤。

【注释】

①没（mò）：通"殁"，死亡。②以明吾不敢离成王：这句话不是周公说的，据说是汉代伏胜对周公"必葬我成周"的解说，后人把它改成了一人称。③让：谦让。④毕：地名。⑤臣：以……为臣。

周公卒后，秋未获，暴风雷，禾尽偃①，大木尽拔。周国大恐。成王与大夫朝服以开金匮书，王乃得周公所自以为功代武王之说②。二公及王乃问史百执事③，史百执事曰："信有④，昔周公命我勿敢言。"成王执书以泣，曰："自今后其无缪卜乎！昔周公勤劳王家，惟予幼人弗及知。今天动威以彰周公之德⑤，惟朕小子其迎⑥，我国家礼亦宜之。"王出郊⑦，天乃雨，反风，禾尽起。二公命国人，凡大木所偃，尽起而筑之⑧。岁则大孰⑨。于是成王乃命鲁得郊祭文王⑩。鲁有天子礼乐者，以褒周公之德也⑪。

【注释】

①偃：倒下。②功：名，名义。③二公：指太公、召公。史：官名。④信：确实。⑤彰：表彰；显扬。⑥朕（zhèn）：古人自称之词。从秦始皇起，专用为皇帝自称。⑦郊：在郊外祭天。⑧筑，有两解：培土，收拾。⑨孰：通"熟"。⑩郊祭文王：按照周代礼制，只有周天子才能举行郊祀典礼和立庙祭文王。⑪褒：嘉奖。

周公卒，子伯禽固已前受封①，是为鲁公。鲁公伯禽之初受封之鲁，三年而后报政周公。周公曰："何迟也？"伯禽曰："变其俗，革其礼，丧三年然后除之②，故迟。"太公亦封于齐③，五月而报政周公。周公曰："何疾也？"④曰："吾简其君臣礼，从其俗为也。"及后闻伯禽报政迟，乃叹曰："呜呼，鲁后世其北面事齐矣！夫政不简不易，民不有近；平易近民，民必归之⑤。"

【注释】

①固：原来，本来。②除：免除。③齐：周分封的诸侯国，在今山东省北部，开国君主是太公吕尚，建都营丘（今称临淄，在今山东淄博

市东北）。④疾：快。⑤归：归向；顺从。

伯禽即位之后，有管、蔡等反也，淮夷、徐戎亦并兴反①。于是伯禽率师伐之于肸②，作《肸誓》③，曰："陈尔甲胄④，无敢不善⑤。无敢伤牿⑥。马牛其风⑦，臣妾逋逃⑧，勿敢越逐⑨，敬复之。无敢寇攘⑩，逾墙垣。鲁人三郊三隧⑪，峙尔刍茭、糗粮、桢榦⑫，无敢不逮⑬。我甲戌筑而征徐戎⑭，无敢不及，有大刑⑮。"作此《肸誓》，遂平徐戎，定鲁。

【注释】

①徐戎：部族名。亦称徐夷或徐方。东夷之一。②肸（xī）：鲁邑名。亦作"费"、"鄪"。在今山东费县西北。③《肸誓》：即《费誓》，《尚书》篇名。过去认为这是伯禽伐淮夷的誓词。④甲胄（zhòu）：古代士兵穿戴的铠甲和头盔。⑤无：莫；不要。⑥牿（gù）：牛马圈。⑦风：走失。一说兽类雌雄相诱叫风。⑧臣妾：男女奴隶。逋（bū）逃：逃亡。⑨越逐：超越队伍追逐。⑩寇攘：掠夺和偷取。⑪三郊三隧：城外近处曰郊，郊外曰隧。三，指西南北三方。东郊要拒守，故不供应。⑫峙（zhì）：准备；积储。刍（chú）茭：喂牲口的干草。糗（qiǔ）粮：干粮。桢榦（zhēn gàn）：亦作"贞榦"。筑墙用的木桩。⑬逮：及，到。⑭筑：指修筑战壕等工事。⑮大刑：死刑。

鲁公伯禽卒，子考公酋立。考公四年卒，立弟熙，是谓炀公。炀公筑茅阙门①。六年卒，子幽公宰立。幽公十四年，幽公弟溃杀幽公而自立②，是为魏公。魏公五十年卒，子厉公擢立。厉公三十七年卒，鲁人立其弟具，是为献公。献公三十二年卒，子真公濞立③。

【注释】

①茅阙门：宫门名。②溃：音 fèi。③真（shèn）：借作"慎"。

真公十四年，周厉王无道①，出奔彘②，共和行政③。二十九年，周宣王即位④。

【注释】

①周厉王：姬胡。前878—前842年在位。因"虐而好利"，杀

戮谤王者，被国人流放。②彘（zhì）：地名。③共和行政：周厉王出奔后，至周宣王即位前共十四年（前841—前828年），由大臣召公、周公共同行政，故称共和行政。④周宣王：姬静。前828—前782年在位。

三十年，真公卒，弟敖立，是为武公①。

【注释】

①武公：前825—前816年在位。

武公九年春，武公与长子括，少子戏，西朝周宣王①。宣王爱戏，欲立戏为鲁太子。周之樊仲山父谏宣王曰②："废长立少，不顺③；不顺，必犯王命；犯王命，必诛之：故出令不可不顺也。令之不行，政之不立；行而不顺，民将弃上④。夫下事上，少事长，所以为顺。今天子建诸侯，立其少，是教民逆也。若鲁从之，诸侯效之，王命将有所壅⑤；若弗从而诛之，是自诛王命也。诛之亦失，不诛亦失，王其图之⑥。"宣王弗听，卒立戏为鲁太子。夏，武公归而卒，戏立，是为懿公⑦。

【注释】

①朝：古代诸侯定期朝见帝王，叫朝。往后臣子见国君也叫朝。②仲山父：周宣王时的大臣，食邑于樊（在今河南济源市南），亦称樊仲，樊穆仲。③顺：顺理；合理。④上：长上，统治者。⑤王命：指周代先王立嫡长子为继承人的制度。⑥图：考虑。⑦懿公：前815—前807年在位。

懿公九年，懿公兄括之子伯御与鲁人攻弑懿公①，而立伯御为君。伯御即位十一年，周宣王伐鲁，杀其君伯御，而问鲁公子能道顺诸侯者②，以为鲁后。樊穆仲曰："鲁懿公弟称，肃恭明神，敬事耆老③；赋事行刑④，必问于遗训而咨于固实⑤；不干所问⑥，不犯所咨。"宣王曰："然，能训治其民矣。"乃立称于夷宫⑦，是为孝公⑧。自是后，诸侯多畔王命。

【注释】

①弑（shì）：古代称臣杀君、子杀父母为弑。②道顺：《国语》作"导

训"。引导，教训。③耆（qí）老：老人。特指受尊敬的老人。④赋事：
授予任务。⑤咨（zī）：询问。固实：《国语》作"故实"。指能供效
法借鉴的旧事。⑥干：冒犯；抵触。⑦夷宫：周宣王祖父夷王之庙。⑧
孝公：前796—前769年在位。

孝公二十五年，诸侯畔周，犬戎杀幽王①。秦始列为诸侯②。

【注释】

①犬戎：部族名。②秦：国名。嬴姓。相传为伯益的后代。非子做
部落首领时，被周孝王封于秦（今甘肃张家川东），作为附庸。秦襄公
因护送周平王东迁有功，被封为诸侯。

二十七年，孝公卒，子弗湦立①，是为惠公②。

【注释】

①弗湦：《十二诸侯年表》作弗生。②惠公：前768—前723年
在位。

惠公三十年，晋人弑其君昭侯①。四十五年，晋人又弑其君孝侯②。

【注释】

①昭侯：姬伯。前745—前740年在位。②孝侯：姬平。

四十六年，惠公卒，长庶子息摄当国①，行君事，是为隐公②。初，
惠公适夫人无子③，公贱妾声子生子息④。息长，为娶于宋。宋女至而好，
惠公夺而自妻之。生子允。登宋女为夫人⑤，以允为太子。及惠公卒，
为允少故，鲁人共令息摄政，不言即位。

【注释】

①庶子：妾所生子。②隐公：前722—前712年在位。③适（dí）：
通"嫡"。④贱妾：妾的地位低于正妻，故称。⑤登：上升。

隐公五年，观渔于棠①。八年，与郑易天子之太山之邑祊及许田②，
君子讥之③。

【注释】

①渔：渔人捕鱼。棠：鲁邑名。故城在今山东鱼台县北。②郑：国名。姬姓。③君子讥之：根据当时的礼制："天子在上，诸侯不得以地相与。"

十一年冬，公子挥谄谓隐公曰①："百姓便君②，君其遂立。吾请为君杀子允，君以我为相。"隐公曰："有先君命。吾为允少，故摄代。今允长矣，吾方营菟裘之地而老焉③，以授子允政。"挥惧子允闻而反诛之，乃反谮隐公于子允曰："隐公欲遂立，去子，子其图之。请为子杀隐公。"子允许诺。十一月，隐公祭钟巫④，齐于社圃⑤，馆于蒍氏⑥，挥使人弑隐公于蒍氏，而立子允为君，是为桓公⑦。

【注释】

①公子挥：字羽父。鲁国大臣。谄（chǎn）：巴结奉承。②便：方便；拥戴。③菟（tú）裘：鲁邑名。故城在今山东泰安县南。④钟巫：祭名。⑤齐（zhāi）：通"斋"。社圃：园名。⑥馆：住宿。蒍（wěi）氏：鲁国大夫。⑦桓公：前711—前694年在位。

桓公元年，郑以璧易天子之许田①。二年，以宋之赂鼎入于太庙②，君子讥之。

【注释】

①隐公八年，郑请以祊邑交换鲁之许田，因祊小许田大，鲁未给，故郑再加璧。②宋之赂鼎：宋华父督杀其君宋殇公，用大鼎贿赂鲁桓公。

三年，使挥迎妇于齐为夫人①。六年，夫人生子，与桓公同日，故名曰同。同长，为太子。

【注释】

①夫人：文姜。齐僖公之女，襄公之妹。

十六年，会于曹①，伐郑，入厉公②。

【注释】

①曹：国名。周初分封的诸侯国。姬姓。②入：纳。使动用法。厉

公：郑侯姬突。这时因与大臣祭仲发生矛盾而出奔，居于栎邑（今河南禹县）。

十八年春，公将有行，遂与夫人如齐。申繻谏止[1]，公不听，遂如齐。齐襄公通桓公夫人[2]。公怒夫人，夫人以告齐侯。夏四月丙子，齐襄公飨公，公醉，使公子彭生抱鲁桓公，因命彭生摺其胁[3]，公死于车。鲁人告于齐曰："寡君畏君之威，不敢宁居，来修好礼。礼成而不反，无所归咎[4]，请得彭生以除丑于诸侯。"齐人杀彭生以说鲁。立太子同，是为庄公[5]。庄公母夫人因留齐，不敢归鲁。

《东周列国志》版画之鲁桓公夫妇入齐图，讲述鲁桓公与其妻文姜归齐，而文姜与其兄齐襄公有染，齐襄公定计使彭生杀了鲁桓公之事。

【注释】

①申繻（rú 又读 xū）：鲁国大夫。②通：私通、通奸。③摺（zhé）：通"折"。折断。胁：腋下胁骨。④归咎（jiù）：归罪。⑤庄公：前693—前662 年在位。

　　庄公五年冬，伐卫，内卫惠公①。

【注释】

　　①内：通“纳”。卫惠公：姬朔。

　　八年，齐公子纠来奔①。九年，鲁欲内子纠于齐，后桓公②，桓公发兵击鲁，鲁急，杀子纠。召忽死③。齐告鲁生致管仲④。鲁人施伯曰⑤：“齐欲得管仲，非杀之也，将用之，用之则为鲁患。不如杀，以其尸与之。”庄公不听，遂囚管仲与齐。齐人相管仲。

【注释】

　　①公子纠：齐襄公庶弟。②桓公：指齐桓公小白。襄公庶弟，出奔莒国，后来齐襄公被公孙无知所杀，桓公从莒回国取得政权。前685——前643年在位。③召（shào）忽：辅佐公子纠的大夫。公子纠被杀，他自杀。④致：交给。管仲：管夷吾，字仲。随公子纠出奔鲁。桓公即位后，经鲍叔牙推荐，被任命为卿，使齐称霸诸侯。⑤施伯：鲁惠公之孙。

　　十三年，鲁庄公与曹沫会齐桓公于柯①，曹沫劫齐桓公，求鲁侵地，已盟而释桓公。桓公欲背约，管仲谏，卒归鲁侵地。十五年，齐桓公始霸。二十三年，庄公如齐观社②。

【注释】

　　①曹沫：一作曹刿。②社：祭祀社神，同时举行军事检阅。

　　三十二年，初，庄公筑台临党氏①，见孟女②，说而爱之，许立为夫人，割臂以盟。孟女生子斑。斑长，说梁氏女③，往观。圉人荦自墙外与梁氏女戏④。斑怒，鞭荦。庄公闻之，曰：“荦有力焉，遂杀之，是未可鞭而置也。”斑未得杀。会庄公有疾。庄公有三弟，长曰庆父，次曰叔牙，次曰季友。庄公取齐女为夫人曰哀姜。哀姜无子，哀姜娣曰叔姜⑤，生子开⑥。庄公无适嗣⑦，爱孟女，欲立其子斑。庄公病，而问嗣于弟叔牙。叔牙曰：“一继一及⑧，鲁之常也⑨。庆父在，可为嗣，君何忧？”庄公患叔牙欲立庆父，退而问季友。季友曰：“请以死立斑也。”庄公曰：“曩者叔牙欲立庆父⑩，奈何？”季友以庄公命，命牙待于针巫氏⑪，使针季劫饮叔牙以鸩⑫，曰：“饮此则有后奉祀；不然，死且无后。”牙遂饮鸩而死，鲁立其子为叔孙氏。八月癸亥，庄公卒，季友竟立子斑为君，如庄公命。侍丧，舍于党氏⑬。

【注释】

①党氏：鲁国大夫。②孟女：党氏的长女。③梁氏：鲁国大夫。④圉（yù）人：主管养马的人。荦（luò）：人名。⑤娣（dì）：妹。⑥开：本名启。作者避汉景帝刘启名讳，改作“开”。⑦适嗣：即嫡子。⑧一继一及：指君位世袭制。父死子继，兄死弟及。⑨常：常规；法则。⑩曩（nǎng）者：先前。⑪铖（qián）巫氏：即铖季。鲁国大夫。⑫鸩（zhèn）：传说中的一种毒鸟，羽毛为紫绿色，放在酒中，能毒死人。⑬舍：住宿。

先时庆父与哀姜私通，欲立哀姜娣子开。及庄公卒而季友立斑，十月己未，庆父使圉人荦杀鲁公子斑于党氏。季友犇陈①，庆父竟立庄公子开，是为湣公②。

【注释】

①犇：通“奔”。陈：国名。妫姓。开国君主胡公（妫满），为周武王灭商后所封。②湣公：前661—前660年在位。“湣”通“闵”，谥号用字。

湣公二年，庆父与哀姜通益甚。哀姜与庆父谋杀湣公而立庆父。庆父使卜齮袭杀湣公于武闱①。季友闻之，自陈与湣公弟申如邾②，请鲁求内之。鲁人欲诛庆父。庆父恐，奔莒。于是季友奉子申入，立之，是为禧公③。禧公亦庄公少子。哀姜恐，奔邾。季友以赂如莒求庆父，庆父归，使人杀庆父，庆父请奔，弗听，乃使大夫奚斯行哭而往。庆父闻奚斯音，乃自杀。齐桓公闻哀姜与庆父乱以危鲁，乃召之邾而杀之，以其尸归，戮之鲁④。鲁禧公请而葬之。

【注释】

①卜齮（yǐ）：鲁国大夫。武闱：宫中侧门名。②邾（zhū）：国名。后改名“邹”。曹姓。③禧公：前659—前627年在位。禧，通“僖”，谥号用字。④戮（lù）：陈尸示众。

季友母陈女，故亡在陈，陈故佐送季友及子申。季友之将生也，父鲁桓公使人卜之，曰：“男也，其名曰‘友’，间于两社①，为公室辅。季友亡，则鲁不昌。”及生，有文在掌曰“友”，遂以名之，号为成季。其后为季氏，庆父后为孟氏也。

【注释】

①鲁宫有三门：库门（即外门）；雉门（即中门）；路门（即寝门）。雉门之外右有周社，左有亳（bó）社，两社之间为执政大臣治事之所。

禧公元年，以汶阳鄪封季友①。季友为相。

【注释】

①汶（wèn）阳：邑名。故城在今山东泰安县西南。鄪：邑名，或作“费”，故城在今山东费县西北。

九年，晋里克杀其君奚齐，卓子①。齐桓公率禧公讨晋乱，至高梁而还②，立晋惠公③。十七年，齐桓公卒。二十四年，晋文公即位④。

【注释】

①里克：晋国大夫。奚齐、卓子：均晋献公子。奚齐为骊姬所生，卓子为丽姬妹所生。献公宠骊姬，骊姬谮杀太子申生，并逐群公子。②高梁：晋地。在今山西临汾市东北。③晋惠公：晋献公子，名夷吾。④晋文公：晋献公子，名重耳。前636—前628年在位，为春秋五霸之一。

三十三年，禧公卒，子兴立，是为文公①。

【注释】

①文公：前626—前609年在位。

文公元年，楚太子商臣弑其父成王①，代立。三年，文公朝晋襄公②。

【注释】

①商臣：初立为太子，后因成王欲废长立少，故弑成王代立，是为穆王。②晋襄公：晋文公子。

十一年十月甲午，鲁败翟于咸①，获长翟乔如②，富父终甥春其喉③，以戈杀之，埋其首于子驹之门④，以命宣伯⑤。

【注释】

①翟（dí）：通"狄"，部族名。②乔如：长狄的首领。③富父终甥：鲁国大夫。春：通"冲"。抵住。④子驹之门：鲁郭门名。⑤宣伯：叔孙得臣之子。叔孙得臣是这次战役的主将。

初，宋武公之世①，鄋瞒伐宋②，司徒皇父帅师御之③，以败翟于长丘④，获长翟缘斯⑤。晋之灭路⑥，获乔如弟棼如。齐惠公二年⑦，鄋瞒伐齐，齐王子城父获其弟荣如⑧，埋其首于北门。卫人获其季弟简如。鄋瞒由是遂亡。

【注释】

①宋武公：前765—前748年在位。②鄋（sōu）瞒：部族名。③司徒：官名。西周始设，负责管理土地和人民。④长丘：宋地名。在今河南封丘县西南。⑤缘斯：乔如的先代。⑥路：国名。赤狄的别种。在今山西潞城县东北。⑦齐惠公：前608—前599年在位。⑧王子城父：齐国大夫。

十五年，季文子使于晋①。

【注释】

①季文子：季友之子季孙行父，鲁国公族。后相鲁宣公、成公、襄公。

十八年二月，文公卒。文公有二妃①：长妃齐女为哀姜②，生子恶及视；次妃敬嬴，嬖爱③，生子俀④。俀私事襄仲⑤，襄仲欲立之，叔仲曰不可⑥。襄仲请齐惠公，惠公新立，欲亲鲁，许之。冬十月，襄仲杀子恶及视而立俀，是为宣公⑦。哀姜归齐，哭而过市，曰："天乎！襄仲为不道，杀適立庶！"市人皆哭，鲁人谓之"哀姜"。鲁由此公室卑⑧，三桓强⑨。

【注释】

①妃（fēi）：王侯之妻。长妃为正妻；次妃为妾。②哀姜：此为另一哀姜，不是鲁庄公夫人。③嬖（bì）爱：特别宠爱。④俀（wéi）：一作

“倭”。⑤襄仲：即公子遂，鲁国大臣。⑥叔仲：即叔仲惠伯，鲁国大夫。⑦宣公：前608—前591年在位。⑧公室：诸侯的家族，也指诸侯的政权。⑨三桓：鲁国的三卿。孟孙（仲孙）、叔孙、季孙都是鲁桓公的后代，故称三桓。

宣公俀十二年，楚庄王强①，围郑。郑伯降②，复国之。

【注释】

①楚庄王：熊侣。前613—前591年在位。②郑伯：郑襄公。姬坚。前604—前587年在位。

十八年，宣公卒，子成公黑肱立①，是为成公。季文子曰：“使我杀适立庶失大援者，襄仲。”襄仲立宣公，公孙归父有宠②。宣公欲去三桓，与晋谋伐三桓。会宣公卒，季文子怨之，归父奔齐。

【注释】

①成公：前590—前573年在位。②公孙归父：襄仲之子。

成公二年春，齐伐取我隆①。夏，公与晋郤克败齐顷公于鞍②，齐复归我侵地。四年，成公如晋，晋景公不敬鲁③。鲁欲背晋合于楚，或谏，乃不④。十年，成公如晋。晋景公卒，因留成公送葬，鲁讳之⑤。十五年，始与吴王寿梦会钟离⑥。

【注释】

①隆：一作“龙”，鲁邑名。故城在今山东泰安市东南。②郤克：晋国执政大臣。齐顷公：姜无野。前598—前586年在位。鞍：齐邑名。故城在今山东济南市境。③晋景公：姬据。前599—前581年在位。④不（fǒu）：同“否”。⑤鲁讳之：安葬晋景公时，除鲁成公外，其他诸侯均不在，鲁以为耻。⑥吴王寿梦：吴自寿梦始称王。前585—前561年在位。钟离：楚邑名。故城在今安徽凤阳县东。

十六年，宣伯告晋①，欲诛季文子。文子有义②，晋人弗许。

【注释】

①宣伯：叔孙乔如。②文子有义：晋国大臣范氏，栾氏认为季文子是

634

鲁国的忠臣。

十八年，成公卒，子午立，是为襄公①。是时襄公三岁也。

【注释】

①襄公：前 572—前 542 年在位。

襄公元年，晋立悼公。往年冬，晋栾书弑其君厉公①。四年，襄公朝晋。

【注释】

①栾书：晋国执政大臣。

五年，季文子卒。家无衣帛之妾，厩无食粟之马，府无金玉，以相三君①。君子曰："季文子廉忠矣。"

【注释】

①三君：指宣公、成公、襄公。

九年，与晋伐郑。晋悼公冠襄公于卫①，季武子从②，相行礼。

【注释】

①冠（guàn）：举行冠礼。②季武子：季孙宿。季文子之子。继其父执政。

十一年，三桓氏分为三军①。

【注释】

①周制：天子设六军，诸侯大国三军。鲁国原有三军，后来减为二军。

十二年，朝晋。十六年，晋平公即位①。二十一年，朝晋平公。

【注释】

①晋平公：姬彪。前 557—前 532 年在位。

二十二年，孔丘生。

《东周列国志》版画之楚灵王大合诸侯图，
讲述春秋时期楚灵王召诸侯会盟之事。

【注释】

①孔丘：前551—前479年，世称孔子。名丘，字仲尼。

二十五年，齐崔杼弑其君庄公①，立其弟景公②。

【注释】

①崔杼（zhù）：齐国大臣。庄公：姜光。前553—前548年在位。②景公：姜杵臼。前547—前490年在位。

二十九年，吴延陵季子使鲁①，问周乐，尽知其意，鲁人敬焉。

【注释】

①延陵季子：吴王寿梦之子，封于延陵（今江苏常州市），故称。

三十一年六月，襄公卒。其九月，太子卒①。鲁人立齐归之子裯为君，是为昭公②。

【注释】

①太子：襄公子，姬子野。②齐归：鲁襄公妾。裯（chóu）：人名。

636

昭公：前541—510年在位。

　　昭公年十九，犹有童心①。穆叔不欲立②，曰："太子死，有母弟可立，不即立长。年钧择贤③，义钧则卜之。今裯非适嗣，且又居丧意不在戚而有喜色④，若果立，必为季氏忧。"季武子弗听，卒立之。比及葬，三易衰⑤。君子曰："是不终也。"

【注释】

　　①童心：孩子气。②穆叔：鲁国大夫。③钧：通"均"，相等。④戚：忧伤。⑤衰（cuī）：同"缞"。

　　昭公三年，朝晋至河，晋平公谢还之，鲁耻焉。四年，楚灵王会诸侯于申①，昭公称病不往。七年，季武子卒。八年，楚灵王就章华台②，召昭公。昭公往贺，赐昭公宝器③；已而悔，复诈取之。十二年，朝晋至河，晋平公谢还之。十三年，楚公子弃疾弑其君灵王④，代立。十五年，朝晋，晋留之葬晋昭公⑤，鲁耻之。二十年，齐景公与晏子狩竟⑥，因入鲁问礼。二十一年，朝晋至河，晋谢还之。

【注释】

　　①楚灵王：熊国。前540—前529年在位。②章华台：台名。旧址在今湖北监利县西。③宝器：这里指大曲弓。④弃疾：楚平王。前528—前516年在位。⑤晋昭公：姬夷。前531—前526年在位。⑥晏子：名婴，字平仲。夷维（今山东高密市）人。齐国大臣。狩竟：在鲁国边境打猎。竟通"境"。

　　二十五年春，鸜鹆来巢①。师己曰②："文成之世童谣曰'鸜鹆来巢，公在乾侯③。鸜鹆入处，公在外野'。"

【注释】

　　①鸜鹆（qú yù）：鸟名。即八哥。②师己：鲁国大夫。③文成：指鲁文公、成公。乾（gān）侯：晋邑名。故城在今河北成安县东南。

　　季氏与郈氏斗鸡①，季氏芥鸡羽②，郈氏金距③。季平子怒而侵郈氏④，郈昭伯亦怒平子⑤。臧昭伯之弟会伪谗臧氏⑥，匿季氏，臧昭伯囚季氏人。季平子怒。囚臧氏老⑦。臧、郈氏以难告昭公。昭公九月戊戌伐季氏，遂入。平子登台请曰："君以谗不察臣罪，诛之，请迁沂上⑧。"弗许。请囚于费，弗许。请以五乘亡，弗许。子家驹曰⑨："君其许之。政自季氏久矣，为徒者众，众将合谋。"弗听。郈氏曰："必杀之。"叔孙氏之臣戾谓其众曰⑩："无季氏与有，孰利？"皆曰："无季氏是无叔孙氏。"戾曰："然，救季氏！"遂败公师。孟懿子闻叔孙氏胜⑪，亦杀郈昭伯。郈昭伯为公使，故孟氏得之。三家共伐公，公遂奔。己亥，公至于齐。齐景公曰："请致千社待君⑫。"子家曰："弃周公之业而臣于齐，可乎？"乃止。子家曰："齐景公无信，不如早之晋。"弗从。叔孙见公还⑬，见平子，平子顿首。初欲迎昭公，孟孙、季孙后悔⑭，乃止。

【注释】

①郈（hòu）一作"厚"。②芥：有两说。一说捣芥子为粉末，播散于鸡翼，以迷对方鸡之目；一说"芥"为"介"，为鸡著甲。③金距：鸡爪上安金属套。距，鸡附足骨。④季平子：季孙意如，季武子之孙。侵：侵占郈氏的宫地。⑤郈昭伯：郈恶，鲁孝公的后代。⑥臧昭伯：臧孙赐。⑦老：大夫的家臣。⑧沂：水名。鲁都城南有沂水，平子想要出城待罪。⑨子家驹：仲孙驹，字子家。鲁国大夫。⑩戾（lì）：叔孙氏的司马。⑪孟懿子：仲孙何忌。鲁国大夫。⑫社：地方基层行政单位。⑬叔孙：叔孙婼（ruò）。鲁国大夫。⑭孟孙：指孟懿子。

二十六年春，齐伐鲁，取郓而居昭公焉①。夏，齐景公将内公，令无受鲁赂。申丰、汝贾许齐臣高龁、子将粟五千庾②。子将言于齐侯曰："群臣不能事鲁君，有异焉③。宋元公为鲁如晋④，求内之，道卒。叔孙昭子求内其君⑤，无病而死。不知天弃鲁乎？抑鲁君有罪于鬼神也⑥？愿君且待。"齐景公从之。

【注释】

①郓（yùn）：鲁邑名。故城在今山东郓城县东。②申丰、汝贾：鲁国大夫。子将：梁丘据。齐景公的宠臣。庾（yǔ）：古容量单位。一庾等于十六斗。③异：怪异。指特别的征兆。④宋元公：子佐。前531—前517年在位。⑤叔孙昭子：即叔孙婼。⑥抑：抑或；还是。

二十八年，昭公如晋，求入。季平子私于晋六卿[1]，六卿受季氏赂，谏晋君，晋君乃止，居昭公乾侯。二十九年，昭公如郓。齐景公使人赐昭公书，自谓"主君"[2]。昭公耻之，怒而去乾侯。三十一年，晋欲内昭公，召季平子。平子布衣跣行[3]，因六卿谢罪。六卿为言曰："晋欲内昭公，众不从。"晋人止。三十二年，昭公卒于乾侯。鲁人共立昭公弟宋为君，是为定公[4]。

【注释】

①晋六卿：晋之韩、赵、魏、范、中行及智氏等六族，世为晋卿，故称六卿。②主君：当时人们对国君、卿、大夫的敬称，而齐景公以此自称，显示傲慢。③布衣跣（xiǎn）行：表示忧伤。跣：赤脚。④定公：前509—前495年在位。

定公立，赵简子问史墨曰[1]："季氏亡乎？"史墨对曰："不亡。季友有大功于鲁，受鄪为上卿，至于文子、武子，世增其业。鲁文公卒，东门遂杀适立庶[2]，鲁君于是失国政。政在季氏，于今四君矣[3]。民不知君，何以得国！是以为君慎器与名[4]，不可以假人。"

【注释】

①赵简子：即赵鞅。晋国大臣。史墨：晋国史官蔡墨。②东门遂：即襄仲。③四君：指宣公、成公、襄公、昭公。④器：古代表示一定等级、地位的器物。名：爵号。

定公五年，季平子卒。阳虎私怒[1]，囚季桓子[2]，与盟，乃舍之。七年，齐伐我，取郓，以为鲁阳虎邑以从政。八年，阳虎欲尽杀三桓适，而更立其所善庶子以代之；载季桓子将杀之，桓子诈而得脱。三桓共攻阳虎，阳虎居阳关。九年，鲁伐阳虎，阳虎奔齐，已而奔晋赵氏[3]。

【注释】

①阳虎：一作"阳货"。季孙氏的家臣。挟持季桓子，据有阳关（故城在今山东泰安市东南），掌握国政。②季桓子：季孙斯。季平子之子。鲁执政大臣。③奔晋：指阳虎投奔晋赵鞅，为其家臣。

十年，定公与齐景公会于夹谷[1]，孔子行相事[2]。齐欲袭鲁君，孔子以礼历阶，诛齐淫乐，齐侯惧，乃止，归鲁侵地而谢过。十二年，使仲由毁三桓城③，收其甲兵。孟氏不肯堕城④，伐之，不克而止。季桓子受齐女乐⑤，孔子去。

【注释】

　①夹谷：齐地名。故城在今山东莱芜市南。②行相事：主持礼赞。③仲由：字子路，卞（故城在今山东泗水县）人，孔子的门生，为季氏家臣之长。④堕（huī）：毁坏。⑤女乐（yuè）：歌姬舞女。

　　十五年，定公卒，子将立，是为哀公①。

【注释】

　①哀公：前494—前467年在位。

　　哀公五年，齐景公卒。六年，齐田乞弑其君孺子①。

【注释】

　①田乞：齐国执政大臣。

　　七年，吴王夫差强①，伐齐，至缯②，征百牢于鲁③，季康子使子贡说吴王及太宰嚭④，以礼诎之⑤。吴王曰："我文身⑥，不足责礼。"乃止。

【注释】

　①夫差：前495—前473年在位。②缯：邑名。故城在今山东枣庄市东。③牢：指祭祀宴享用的牲畜猪、牛、羊各一头。百牢：指牛、羊、猪各百头。④季康子：季孙肥。季桓子之子，鲁国执政大臣。子贡：卫国人，孔子的弟子。太宰嚭（pǐ）：伯嚭。⑤以礼诎（qū）之：根据礼制折服人。礼，指周礼。诎，折服。参见《吴太伯世家》。⑥文身：身上刺画花纹，为古时吴越习俗。

　　八年，吴为邹伐鲁①，至城下，盟而去。齐伐我，取三邑②。十年，伐齐南边。十一年，齐伐鲁。季氏用冉有有功③，思孔子，孔子自卫归鲁。

【注释】

①吴为邹伐鲁：因上年鲁国曾攻打邹国，所以吴国借此出兵。②三邑：据《齐太公世家》和《左传》记载，只有二邑，即谨和阐。③季氏用冉有有功：鲁与齐战，冉有帅左师，获甲首八十，齐人夜遁。冉有：冉求，字子有。鲁国人，孔子的弟子。为季氏宰。

十四年，齐田常弑其君简公于徐州①。孔子请伐之，哀公不听。十五年，使子服景伯、子贡为介②，适齐，齐归我侵地。田常初相，欲亲诸侯。

【注释】

①田常：即田成子。徐（shū，又徐）州：齐地名。在今山东滕州市南。②子服景伯：鲁国大夫。介：助手；副使。

二十七年春，季康子卒。夏，哀公患三桓，将欲因诸侯以劫之①，三桓亦患公作难，故君臣多间②。公游于陵阪③，遇孟武伯于街④，曰："请问余及死乎？"对曰："不知也。"公欲以越伐三桓。八月，哀公如陉氏⑤。三桓攻公，公奔于卫，去如邹，遂如越。国人迎哀公复归，卒于有山氏。子宁立，是为悼公⑥。

【注释】

①劫：以武力胁迫。②间：间隙；仇怨。③陵阪（bǎn）：鲁地名。④孟武伯：即仲孙彘。鲁国大臣。⑤陉（xíng）氏：即有山氏。⑥悼公：前466—前429年在位。

悼公之时，三桓胜，鲁如小侯，卑如三桓之家。

十三年，三晋灭智伯①，分其地有之。

【注释】

①三晋：晋国被赵、魏、韩三家瓜分晋国并各自立国，史称三晋。智伯：晋国执政大臣知瑶。

三十七年，悼公卒。子嘉立，是为元公①，元公二十一年卒，子显立，是为穆公②。穆公三十三年卒，子奋立，是为共公③。共公二十二年

卒，子屯立，是为康公④。康公九年卒，子匽立，是为景公⑤。景公
二十九年卒，子叔立，是为平公⑥，是时六国皆称王⑦。

【注释】

①元公：前 428—前 408 年在位。②穆公：据《六国年表》载在位
三十一年，前 407—前 377 年。③共公：据《六国年表》载在位二十四
年，即前 376—前 353 年。④康公：前 352—前 344 年在位。⑤景公：前
343—前 315 年在位。⑥平公：前 314—前 296 年在位。⑦六国：秦惠王
也于公元前 324 年称王。

平公十二年，秦惠王卒①。二十年，平公卒，子贾立，是为文公②。
文公元年，楚怀王死于秦③。二十三年，文公卒。子雠立，是为顷公④。

【注释】

①秦惠王：嬴驷。前 337—前 311 年在位。②文公：前 295—前 273
年在位。③楚怀王：熊槐。前 328—前 299 年在位。④顷公：前 272—前
250 年在位。

顷公二年，秦拔楚之郢①，楚顷王东徙于陈②。十九年，楚伐我，取
徐州③。二十四年，楚考烈王伐灭鲁④。顷公亡，迁于下邑⑤，为家人⑥，
鲁绝祀。顷公卒于柯⑦。

【注释】

①郢：楚都城，故城在今湖北江陵县西北。②楚顷王：即楚顷襄王。
陈：地名。③徐州：地名。在今山东滕州市南。④楚考烈王：熊元。前
262—前 238 年在位。⑤下邑：国外的小邑。⑥家人：平民。⑦柯：邑名。

鲁起周公至顷公，凡三十四世。

太史公曰：余闻孔子称曰"甚矣鲁道之衰也！洙、泗之间龂龂如也"①。
观庆父及叔牙、闵公之际，何其乱也？隐、桓之事；襄仲杀适立庶；三家
北面为臣，亲攻昭公，昭公以奔。至其揖让之礼则从矣②，而行事何其戾也③？

【注释】

①洙泗：洙水和泗水的合称。二水流经鲁国都城。龂龂（yín
yín）：争辩貌。②揖（yī）让：古代宾主相见的礼节。③戾：暴戾，凶狠。

燕召公世家第四

召公奭与周同姓①，姓姬氏。周武王之灭纣，封召公于北燕②。

【注释】

①召（shào）公：一作邵公。周代燕国的始祖。因采邑在召（故城在今陕西岐山县西南），故称为召公。奭（shì）：召公名。周：周王室。②北燕：国名，通称燕。因当时有南燕，故称北燕。

其在成王时，召公为三公①：自陕以西②，召公主之③；自陕以东，周公主之④。成王既幼，周公摄政⑤，当国践祚⑥，召公疑之，作《君奭》⑦。君奭不说周公⑧。周公乃称"汤时有伊尹，假于皇天⑨；在太戊时，则有若伊陟、臣扈，假于上帝，巫咸治王家⑩；在祖乙时，则有若巫贤⑪；在武丁时，则有若甘般⑫：率维兹有陈⑬，保乂有殷⑭"。于是召公乃说⑮。

【注释】

①三公：周代称太师、太傅、太保为三公。成王时，召公任太保。②陕：地名，故城在今河南陕县。③主：掌管；主持。④周公：姬旦。周武王之弟。⑤摄：代理；兼理。⑥当国：主持国政；掌握国家政权。践祚（zuò）：登帝王位。⑦《君奭》：今存《尚书》中。篇名，相传为周公所作。⑧说（yuè）：通"悦"。喜悦；愉快。⑨称：说。汤：商朝的建立者。⑩太戊：商朝国王，任用贤臣治理国政，使商朝复兴。伊陟（zhì）：伊尹之子，太戊任为相。臣扈（hù）：太戊时贤臣。巫咸：太戊时的大臣。相传为用蓍草占卜的创始者，又是占星家。⑪祖乙：商朝第十四代国王。巫贤：巫咸之子。⑫武丁：商代的第二十三代国王。相传少时生活在民间，即位后重用傅说、甘盘为大臣，力求巩固统治。甘般：武丁时的大臣。⑬率：遵循；顺着。引申为沿袭，依照。维：语助词。兹：此，指这几位贤臣。陈：陈列；布陈。⑭保乂（yì）：安定，治理。殷：商朝的别称。也

称商殷或殷商。⑮说：通"悦"。

召公之治西方①，甚得兆民和②。召公巡行乡邑③，有棠树④，决狱政事其下⑤，自侯伯至庶人各得其所⑥，无失职者⑦。召公卒，而民人思召公之政，怀棠树不敢伐⑧，哥咏之⑨，作《甘棠》之诗⑩。

【注释】

①西方：指陕以西之地。②兆民：百姓。和：欢心。③乡邑：乡村和城市。④棠树：即棠梨树。⑤决狱政事：判官司，理政事。⑥侯、伯：古爵位名。为五等爵的第二、三等。此处泛指贵族。庶人：西周以后对农业生产者的称呼。⑦失职：失去职务和职业。⑧伐：砍伐。⑨哥：通"歌"。歌咏，歌唱。⑩《甘棠》：篇名，见《诗·召南》。

自召公已下九世至惠侯①。燕惠侯当周厉王奔彘②，共和之时。

【注释】

①已：通"以"。世：父子相继为一世。②当：值；在。周厉王：姬胡。

惠侯卒，子禧侯立①。是岁，周宣王初即位②。禧侯二十一年，郑桓公初封于郑③。三十六年，禧侯卒，子顷侯立。

【注释】

①禧（xī）：通"僖"。谥号用字。②周宣王：姬静，厉王子。③郑桓公：姬友。

顷侯二十年，周幽王淫乱，为犬戎所弑①。秦始列为诸侯②。

【注释】

①周幽王为犬戎所弑：见《齐太公世家》齐庄公二十四年注。②秦：嬴姓。非子始封于秦（今甘肃张家川东），作为周朝的附庸。传至秦襄公，因护送周平王东迁有功，始被封为诸侯。

二十四年，顷侯卒，子哀侯立。哀侯二年卒，子郑侯立。郑侯三十六年卒，子缪侯立①。

召公像，选自明万历刻本《三才会图》。

【注释】

①缪（mù）：通"穆"。谥号用字。

缪侯七年，而鲁隐公元年也。十八年卒，子宣侯立。宣侯十三年卒，子桓侯立。桓侯七年卒，子庄公立①。

【注释】

①庄公：燕君自此始称为公。

庄公十二年，齐桓公始霸。十六年，与宋、卫共伐周惠王①。惠王出奔温②，立惠王弟穨为周王。十七年，郑执燕仲父而内惠王于周③。二十七年，山戎来侵我④，齐桓公救燕，遂北伐山戎而还。燕君送齐桓公出境，桓公因割燕所至地予燕，使燕共贡天子，如成周时职⑤；使燕复修召公之法⑥。三十三年卒，子襄公立。

【注释】

①燕、宋、卫共伐周惠王：事详《周本纪》。②温：邑名。故城在今河南温县境。③执：捉拿；拘捕。燕仲父：人名。内（nà）：通"纳"。

④山戎：部族名。又称北戎。我：指燕国。下同。⑤成周时：指西周初期。成王时，周公营建洛邑作东都，称为成周。职：赋税；贡品。⑥修：整治；修明。法：法令；制度。

襄公二十六年，晋文公为践土之会①，称伯②。三十一年，秦师败于殽。三十七年，秦穆公卒③。四十年，襄公卒，桓公立。

【注释】

①晋文公：重耳。在位期间（前636—前628年），他加强军队，使国力强盛。又平定了周王室的内乱，迎接周襄王复位，以"尊王"相号召。城濮之战大胜楚军，并在践土大会诸侯，成为霸主。践土：郑邑名，故城在今河南原阳县西南。②伯（bà）：通"霸"。③秦穆公：秦国君。嬴姓，名任好。

桓公十六年卒，宣公立。宣公十五年卒，昭公立。昭公十三年卒，武公立。是岁晋灭三郤大夫①。

【注释】

①三郤（xì）：指郤锜（qí）、郤犨（chōu）、郤至。

武公十九年卒，文公立。文公六年卒，懿公立。懿公元年，齐崔杼弑其君庄公①。四年卒，子惠公立。

【注释】

①崔杼（zhù）：齐国大夫。

惠公元年，齐高止来奔。六年，惠公多宠姬①，公欲去诸大夫而立宠姬宋②，大夫共诛姬宋，惠公惧，奔齐。四年③，齐高偃如晋④，请共伐燕，入其君⑤。晋平公许，与齐伐燕，入惠公。惠公至燕而死。燕立悼公。

【注释】

①宠姬：宠臣。②去：罢免；废黜。宋：人名。③四年：指燕惠公奔齐的第四年。④高偃：人名。⑤入：使动用法。其：代词。指代燕国。

悼公七年卒，共公立①。共公五年卒，平公立。晋公室卑②，六卿始强大③。平公十八年，吴王阖闾破楚入郢④。十九年卒，简公立。简公十二年卒，献公立。晋赵鞅围范、中行于朝歌⑤。献公十二年，齐田常弑其君简公⑥。十四年，孔子卒。二十八年，献公卒，孝公立。

【注释】

①共（gōng）：通"恭"。②公室：诸侯的家族，也指诸侯国的政权。③六卿：指晋国的韩、赵、魏、智、范、中行六家大臣。④吴王阖（hé）闾：姬光，是春秋末年的霸主。破：攻下。郢（yǐng）：楚国都城，地在现在的湖北江陵县西北纪南城。⑤赵鞅（yāng）：晋国大臣。范：指范吉射（yì）晋国大臣。中行（háng）：指中行寅。晋国大臣。朝（zhāo）歌：晋邑名。故城在今河南淇县。⑥田常：齐国大臣。杀死简公后，拥立齐平公，任相国，尽杀公族中的强者，扩大封邑，从此齐国由田氏专政。

孝公十二年，韩、魏、赵灭知伯①，分其地，三晋强②。

【注释】

①韩：韩康子。魏：魏桓子。赵：赵襄子。知伯：即智瑶。皆晋国大臣。②三晋：韩、魏、赵三家瓜分晋国后，史称"三晋"。

十五年，孝公卒，成公立。成公十六年卒，湣公立①。湣公三十一年卒，禧公立②。是岁，三晋列为诸侯③。

【注释】

①湣（mín）：通"闵"。谥号用字。②禧（xī）：通"僖"。③列为诸侯：指正式被周威烈王承认为诸侯。

禧公三十年，伐败齐于林营①。禧公卒，桓公立。桓公十一年卒，文公立。是岁，秦献公卒。秦益强。

【注释】

①林营：地名。今地不详。

文公十九年，齐威王卒①。二十八年，苏秦始来见②，说文公③。文公予车马金帛以至赵，赵肃侯用之。因约六国④，为从长⑤。秦惠王以其女为燕太子妇。

【注释】

①齐威王：田姓，名因齐，齐国国君。②苏秦：战国时著名的纵横家。③说（shuì）：说服对方使他按自己的意思行事。④六国：指当时七雄中除秦以外的齐、燕、楚、韩、赵、魏六国。⑤从（zōng）：通"纵"。合纵。指东方六国的联盟。长（zhǎng）：首领。

二十九年，文公卒，太子立，是为易王。

易王初立，齐宣王因燕丧伐我①，取十城；苏秦说齐，使复归燕十城。十年，燕君为王②。苏秦与燕文公夫人私通，惧诛，乃说王使齐为反间③，欲以乱齐。易王立十二年卒，子燕哙立④。

【注释】

①因：趁。丧（sāng）：丧事。②燕君：即易王。为王：称王。③使：出使。反间（jiàn）：指用计谋离间敌方，使发生内乱。④燕哙（kuài）：燕王姬哙。

燕哙既立，齐人杀苏秦。苏秦之在燕，与其相子之为婚①，而苏代与子之交②。及苏秦死，而齐宣王复用苏代。燕哙三年，与楚、三晋攻秦，不胜而还。子之相燕③，贵重④，主断⑤。苏代为齐使于燕，燕王问曰："齐王奚如？"对曰："必不霸。"燕王曰："何也？"对曰："不信其臣。"苏代欲以激燕王以尊子之也⑥。于是燕王大信子之。子之因遗苏代百金⑦，而听其所使。

【注释】

①为婚：结婚。②苏代：苏秦之弟，战国时著名的纵横家。交：交往。③相：为相。动词。④贵重：位尊权重。⑤主断：主决国事。⑥激：鼓动，激发。⑦遗（wèi）：赠送；给予。金：黄金单位的名称。古时以一镒（yì）（二十两或二十四两）为一金。

鹿毛寿谓燕王①："不如以国让相子之。人之谓尧贤者②，以其让天下于许由③，许由不受，有让天下之名而实不失天下。今王以国让于子之，子之必不敢受，是王与尧同行也④。"燕王因属国于子之⑤，子之大

重[6]。或曰[7]："禹荐益[8]，已而以启人为吏[9]。及老，而以启人为不足任乎天下[10]，传之于益[11]。已而启与交党攻益[12]，夺之。天下谓禹名传天下于益，已而实令启自取之。今王言属国于子之，而吏无非太子人者，是名属子之而实太子用事也[13]。"王因收印自三百石吏已上而效之子之[14]。子之南面行王事[15]，而哙老不听政[16]，顾为臣[17]，国事皆决于子之。

【注释】

①鹿毛寿：人名。姓鹿毛，名寿。《韩非子》作"潘寿"。②尧：唐尧，古史中"五帝"之一，相传他晚年将帝位让给虞舜。③许由：人名。④同行（xìng）：相同的德行。⑤属（zhǔ）：托付。⑥大重：极为尊贵。⑦或：有的人。虚指代词。⑧禹：即夏禹。相传原为虞舜的大臣，因治水有功，被虞舜选为继任人，舜死后即位，国号夏。益：一作伯益。相传善于畜牧和狩猎，被舜任为虞。他为禹所重用，助禹治水有功，被推举为帝位继任人。禹死后，禹子启继位，他与启发生争夺，被杀。⑨已而：不久，旋即。人：臣下；亲信者。⑩以：认为。人：《史记会注考证》认为是衍文。任：胜任。乎：通"于"。介词。⑪之：指君位。⑫交党：党羽。⑬用事：当权。⑭三百石：俸禄为三百石。效：呈献；致送；授予。⑮南面：古代帝王面南而坐。⑯听政：处理政事。⑰顾：反而。

三年[1]，国大乱，百姓恫恐[2]。将军市被与太子平谋[3]，将攻子之。诸将谓齐湣王曰："因而赴之[4]，破燕必矣。"齐王因令人谓燕太子平曰："寡人闻太子之义[5]，将废私而立公，饬君臣之义[6]，明父子之位。寡人之国小，不足以为先后[7]。虽然[8]，则唯太子所以令之。"太子因要党聚众[9]，将军市被围公宫[10]，攻子之，不克[11]。将军市被及百姓反攻太子平，将军市被死，以徇[12]。因构难数月[13]，死者数万，众人恫恐，百姓离志[14]。孟轲谓齐王曰[15]："今伐燕，此文、武之时[16]，不可失也。"王因令章子将五都之兵[17]，以因北地之众以伐燕[18]。士卒不战，城门不闭，燕君哙死，齐大胜。燕子之亡二年[19]，而燕人共立太子平，是为燕昭王[20]。

【注释】

①三年：指子之当权的第三年。②百姓：古时对贵族的总称。③市被：人名。④赴：奔赴。意即迅速进攻。⑤寡人：古时君主自谦之称。意为寡德之人。⑥饬（chì）：整顿。⑦先后：前锋和后卫。⑧虽然：即使这

样。⑨要（yāo）：约集。⑩公宫：诸侯的宫室。⑪克：攻下。⑫徇（xùn）：示众。⑬构难：造成祸乱。⑭离志：人心各异。⑮孟轲（约前 372—前 289 年）：即孟子。⑯文、武之时：指周文王、武王灭商兴周之时。⑰章子：章匡。齐国大将。将（jiàng）：率领。动词。五都：战国时齐国设置的一级政区，可能是临淄、平陆、高唐、即墨和莒，性质略同于当时其他国家设置的郡。⑱北地：指齐国的北方边境。⑲亡：死亡。二年：指燕君哙和子之死后的二年。⑳燕昭王：燕王哙之子，公元前311——前 279 年在位。

　　燕昭王于破燕之后即位，卑身厚币以招贤者①。谓郭隗曰："齐因孤之国乱而袭破燕③，孤极知燕小力少，不足以报。然诚得贤士以共国④，以雪先王之耻⑤，孤之愿也。先生视可者⑥，得身事之⑦。"郭隗曰："王必欲致士⑧，先从隗始。况贤于隗者，岂远千里哉⑨！"于是昭王为隗改筑宫而师事之。乐毅自魏往⑩，邹衍自齐往⑪，剧辛自赵往⑫，士争趋燕。燕王吊死问孤，与百姓同甘苦。

【注释】

　　①卑身：这里是态度谦和之意。②郭隗（wěi）：燕大臣。③因：趁。孤：王侯的自称。④诚：果真，如果。共国：一道治理国家。⑤先王：已经死去的国王。⑥可者：指可以共国的人。⑦身事之：亲自事奉他。⑧致士：招引贤士。⑨岂：难道。反诘副词。远：以动用法。以……为远。⑩乐（yuè）毅：中山国灵寿（故城在今河北平山县东北）人，战国时代著名的军事家。⑪邹衍：齐国稷下（在今山东淄博市境）人。⑫剧辛：赵国人，后为燕国大将。

　　二十八年，燕国殷富①，士卒乐轶轻战②，于是遂以乐毅为上将军③，与秦、楚、三晋合谋以伐齐。齐兵败，湣王出亡于外。燕兵独追北④，入至临淄⑤，尽取齐宝，烧其宫室宗庙。齐城之不下者，独唯卿、莒、即墨⑥，其余皆属燕，六岁。

【注释】

　　①殷富：殷实富裕。②轶（yì）：通"逸"。安逸。轻战：轻视打仗。③上将军：武官名。④追北：追赶败逃的敌人。⑤临淄：齐国都，故城在

燕昭王像，选自《剑锋春秋》。

今山东省淄博市东北。⑥独唯：唯独；只有。聊：齐邑名。故城在今山东聊城市西北。莒（jǔ）：齐邑名。故城在今山东省莒县。即墨：齐邑名。故城在今山东平度市东南。

　　昭王三十三年卒，子惠王立。

　　惠王为太子时，与乐毅有隙①；及即位，疑毅，使骑劫代将②。乐毅亡走赵。齐田单以即墨击败燕军③，骑劫死，燕兵引归④，齐悉复得其故城⑤。湣王死于莒，乃立其子为襄王。

【注释】

　　①隙（xì）：裂痕，引申为嫌怨。②骑劫：人名。③田单：齐国临淄人。燕军破齐时，他坚守即墨。以：凭借。④引：退却。⑤悉：全部。

　　惠王七年卒。韩、魏、楚共伐燕。燕武成王立。

　　武成王七年，齐田单伐我，拔中阳①。十三年，秦败赵于长平四十余万②。十四年，武成王卒，子孝王立。

【注释】

①拔：拔取；攻下。中阳：即"中人亭"。②长平：赵邑名。故城在今山西高平市西北。

孝王元年，秦围邯郸者解去①。三年卒，子今王喜立②。

【注释】

①邯郸（hán dān）：赵国都，故城在现在的河北邯郸县西南。解去：解除包围而离去。②今王：当今的国王。喜：燕王之名。

今王喜四年，秦昭王卒。燕王命相栗腹约欢赵①，以五百金为赵王酒②。还报燕王曰："赵王壮者皆死长平，其孤未壮，可伐也。"王召昌国君乐间问之③。对曰："赵四战之国④，其民习兵⑤，不可伐。"王曰："吾以五而伐一。"对曰："不可。"燕王怒，群臣皆以为可。卒起二军，车二千乘⑥，栗腹将而攻鄗⑦，卿秦攻代⑧。唯独大夫将渠谓燕王曰⑨："与人通关约交⑩，以五百金饮人之王⑪，使者报而反攻之，不祥，兵无成功⑫。"燕王不听，自将偏军随之⑬。将渠引燕王绶止之曰⑭："王必无自往⑮，往无成功。"王蹴之以足⑯。将渠泣曰："臣非以自为，为王也！"燕军至宋子⑰，赵使廉颇将⑱，击破栗腹于鄗。乐乘破卿秦于代⑲。乐间奔赵。廉颇逐之五百余里，围其国⑳。燕人请和，赵人不许，必令将渠处和㉑。燕相将渠以处和㉒。赵听将渠，解燕围。

【注释】

①栗腹：人名。约欢赵：和赵国结为同盟。约，以语言或文字互订共守的条件。②为赵王酒：给赵王祝酒（祝福）。③昌国君乐间（jiān）：乐毅之子。④四战之国：意为四面受敌、四面拒战的国家。⑤习兵：熟悉军事。⑥乘（shèng）：量词。古时一车四马叫乘。⑦鄗（hào）：赵邑名。故城在今河北柏乡县北。⑧卿秦：人名。代：赵邑名。故城在今河北蔚县东北。⑨大夫：官名。将渠：人名。⑩通关：开通要道。约交：互订盟约。⑪饮（yìn）：使喝酒。⑫兵：军事；战争。⑬偏军：配合主力作战的军队。⑭引：牵挽。绶（shòu）：古代系印纽的丝带。⑮无：通"毋"。不要。⑯蹴（cù）：踢。⑰宋子：赵地名。在今河北赵县东北。⑱廉颇：赵国名将。⑲乐乘：乐毅的族人。初为燕将，后为赵将，封武襄君。⑳国：

指国都。㉑处：处置；处理。㉒相：任命为相。使动用法。

六年，秦灭东周①，置三川郡②。七年，秦拔赵榆次三十七城③，秦置大原郡。九年，秦王政初即位④。十年，赵使廉颇将攻繁阳⑤，拔之。赵孝成王卒，悼襄王立。使乐乘代廉颇，廉颇不听，攻乐乘，乐乘走，廉颇奔大梁⑥。十二年，赵使李牧攻燕⑦，拔武遂、方城⑧。剧辛故居赵⑨，与庞煖善⑩，已而亡走燕。燕见赵数困于秦⑪，而廉颇去，令庞煖将也，欲因赵弊攻之⑫。问剧辛，辛曰："庞煖易与耳⑬。"燕使剧辛将击赵，赵使庞煖击之，取燕军二万，杀剧辛。秦拔魏二十城，置东郡。十九年，秦拔赵之邺九城⑭。赵悼襄王卒。二十三年，太子丹质于秦，亡归燕。二十五年，秦虏灭韩王安，置颍川郡。二十七年，秦虏赵王迁，灭赵。赵公子嘉自立为代王⑮。

【注释】

①东周：东周王朝末年在京城洛邑附近分立的一个小国，建都巩（今河南巩义市西南）。②三川郡：秦郡名。地在现在的河南省黄河以南伊洛二水流域，故城在今河南洛阳市东北。③榆次：赵邑名。故城在今山西榆次县。④秦王政：即秦始皇。⑤繁阳：魏邑名。故城在今河南内黄县西北。⑥大梁：魏国都。故城在今河南开封市。⑦李牧：赵国名将。⑧武遂：燕地名。在现在的河北徐水县西北。一说在河北武强县东北。方城：燕地名。在今河北省固安县南。⑨故：以前；当初。⑩庞煖（xuàn）：赵将。善：友善；相好。⑪数（shuò）：屡次；多次。⑫弊：通"敝"。疲困；破败。⑬与：对付。耳：语气助词。⑭邺（yè）：邑名。⑮代王：秦将王翦占据邯郸后，赵公子嘉带领宗族数百人北逃至代郡（赵地，治所在今河北蔚县东北），自称代王。

燕见秦且灭六国①，秦兵临易水②，祸且至燕。太子丹阴养壮士二十人③，使荆轲献督亢地图于秦④，因袭刺秦王⑤。秦王觉，杀轲，使将军王翦击燕⑥。二十九年，秦攻拔我蓟，燕王亡，徙居辽东，斩丹以献秦。三十年，秦灭魏。

【注释】

①且：将要；快要。②临：到。易水：水名，在现在的河北省易县

南，流入定兴县。③阴：暗中；暗地里。④荆轲：卫国人。秦灭卫后逃亡到燕，燕太子用重金收买他，尊为上卿，与他共谋暗杀秦始皇。督亢：燕国南部的肥沃之地，在今河北涿州市东至固安一带地区。⑤袭：乘人不备而攻击。⑥王翦：秦将。先后统兵攻破赵国、燕国和击败楚国，封武成侯。

三十三年，秦拔辽东，虏燕王喜，卒灭燕。是岁，秦将王贲亦虏代王嘉①。

【注释】

①王贲（bēn）：王翦之子。先后领兵攻灭魏国，攻取燕国的辽东和击败齐国。

太史公曰：召公奭可谓仁矣！甘棠且思之①，况其人乎？燕外迫蛮貉②，内措齐、晋③，崎岖强国之间④，最为弱小，几灭者数矣⑤。然社稷血食者八九百岁⑥，于姬姓独后亡⑦，岂非召公之烈邪⑧！

【注释】

①且：尚且。思：怀念；想念。②迫：逼近。③措：通“错”。交杂；夹杂。上句的“外”和这句的“内”是就华夏族说的。蛮貉非华夏族故称“外”，齐、晋同属华夏族，故称“内”。④崎岖：山路高低不平。比喻处境困难。⑤几（jī）：几乎；差一点儿。⑥社稷：古代帝王、诸侯所祭的土神和谷神，代指国家。⑦姬姓：指与周王同姓的诸侯国。⑧烈：功业；余业。邪：同“耶”。表疑问的语气助词。

管蔡世家第五

　　管叔鲜、蔡叔度者①，周文王子而武王弟也。武王同母兄弟十人。母曰太姒②，文王正妃也。其长子曰伯邑考，次曰武王发，次曰管叔鲜，次曰周公旦，次曰蔡叔度，次曰曹叔振铎③，次曰成叔武④，次曰霍叔处⑤，次曰康叔封⑥，次曰冉季载⑦。冉季载最少。同母昆弟十人⑧，唯发、旦贤，左右辅文王⑨，故文王舍伯邑考而以发为太子。及文王崩而发立⑩，是为武王。伯邑考既已前卒矣⑪。

叔振铎像，出自《墩头曹氏宗谱》，清道光
年间刻本。叔振铎，周文王之子，武王灭纣
后封其于曹，为曹姓始祖。

【注释】

　　①管、蔡：叔鲜、叔度受封国名。管，都城，在今河南郑州市。蔡，都城，在今河南上蔡县西南。鲜（xiān）、度：管叔、蔡叔的名，姓姬。②太姒：姓姒。相传太姒治内，旦夕勤奋，教子有方，是古代贤王后的典范。③曹：叔振铎受封国名，都曹（在今山东定陶县北）。④成：一作

“郕（chéng）”，叔武受封国名。都城在今山东宁阳县东北。⑤霍：叔处受封国名。都城在今山西霍县西南。⑥康：叔封初封国名。都城在现在的河南禹县西北。⑦冉：或作“郮（rǎn）”。季载受封国名。都城在今河南平舆县北，说在今山东曹县东北。⑧昆弟：兄弟。昆，兄。⑨左右：同“佐佑”。辅佐；帮助。⑩崩：古代讳称皇帝死为“崩”，如山陵崩。⑪卒：古指卿大夫死，后为死的通称。

　　武王已克殷纣，平天下，封功臣昆弟。于是封叔鲜于管，封叔度于蔡：二人相纣子武庚禄父①，治殷遗民。封叔旦于鲁而相周，为周公。封叔振铎于曹，封叔武于成，封叔处于霍。康叔封、冉季载皆少，未得封。

【注释】

　　①武庚禄父：商纣王的长子，名武庚，字禄父。相（xiàng）：辅佐。管、蔡名为相武庚，实是监视武庚。

　　武王既崩，成王少，周公旦专王室①。管叔、蔡叔疑周公之为不利于成王，乃挟武庚以作乱②。周公旦承成王命伐诛武庚，杀管叔，而放蔡叔③，迁之，与车十乘，徒七十人从。而分殷余民为二：其一封微子启于宋④，以续殷祀；其一封康叔为卫君，是为卫康叔。封季载于冉。冉季、康叔皆有驯行⑤，于是周公举康叔为周司寇⑥，冉季为周司空⑦，以佐成王治，皆有令名于天下⑧。

【注释】

　　①专王室：即摄政，代行周王职权。②挟：挟制；要挟。③放：放逐；流放。④微子启：宋国的始祖。⑤驯：驯服；善良。⑥司寇：官名。掌管刑律、纠察等事。⑦司空：官名。主掌工程。⑧令名：美名。

　　蔡叔度既迁而死。其子曰胡，胡乃改行，率德驯善①。周公闻之，而举胡以为鲁卿士②，鲁国治。于是周公言于成王，复封胡于蔡③，以奉蔡叔之祀，是为蔡仲。余五叔皆就国④，无为天子吏者。

【注释】

　　①率：遵循；依照。②卿士：官名。③蔡：此指新蔡，即今河南新蔡

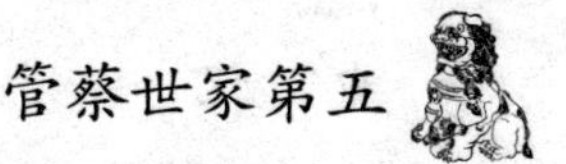

县。④五叔：实为四叔，即蔡叔、曹叔、成叔、霍叔。

蔡仲卒，子蔡伯荒立①。蔡伯荒卒，子宫侯立。宫侯卒，子厉侯立。厉侯卒，子武侯立。武侯之时，周厉王失国，奔彘②，共和行政③，诸侯多叛周。

【注释】

①蔡伯荒：蔡君，原为侯爵，荒独称伯。②彘（zhì）：地名，在今山西霍县。③共和行政：周厉王奔彘后，由召公、周公共同理政，号共和行政；周厉王死，就归政给周宣王。

武侯卒，子夷侯立。夷侯十一年，周宣王即位。二十八年，夷侯卒，子禧侯所事立①。

【注释】

①所事：禧（xī）侯名。

禧侯三十九年，周幽王为犬戎所杀，周室卑而东徙①。秦始得列为诸侯。

【注释】

①周卑东徙：周幽王被杀后，太子宜臼被申、鲁、许等国拥立于申，就是周平王。平王时，周室衰微，故都残破，就东迁至洛邑（故城在今洛阳市西），依靠晋、郑等诸侯国辅佐。

四十八年，禧侯卒，子共侯兴立①。共侯二年卒，子戴侯立。戴侯十年卒，子宣侯措父立。

【注释】

①共：通"恭"。

宣侯二十八年，鲁隐公初立。三十五年，宣侯卒，子桓侯封人立。桓侯三年，鲁弑其君隐公①。二十年，桓侯卒，弟哀侯献舞立。

【注释】

①弑：封建时代称臣杀君、子杀父母为弑。

　　哀侯十一年，初，哀侯娶陈[1]，息侯亦娶陈[2]。息夫人将归，过蔡，蔡侯不敬[3]。息侯怒，请楚文王："来伐我，我求救于蔡，蔡必来，楚因击之，可以有功。"楚文王从之，虏蔡哀侯以归。哀侯留九岁，死于楚。凡立二十年卒。蔡人立其子肸[4]，是为缪侯[5]。

【注释】

　　①陈：国名。妫姓。建都宛丘（故城在今河南淮阳县）。②息：国名。一作"鄎"。姬姓。其地在现在的河南息县西南。③不敬：指轻佻的行为。④肸（xī）。⑤缪：通"穆"。

　　缪侯以其女弟为齐桓公夫人[1]。十八年，齐桓公与蔡女戏船中，夫人荡舟，桓公止之，不止，公怒，归蔡女而不绝也[2]。蔡侯怒，嫁其弟[3]。齐桓公怒，伐蔡；蔡溃[4]，遂虏缪侯，南至楚邵陵[5]。已而诸侯为蔡谢齐，齐侯归蔡侯[6]。二十九年，缪侯卒，子庄侯甲午立。

【注释】

　　①女弟：妹妹。②不绝：没有断绝关系，指没有正式离婚。③弟：指女弟。④溃：溃败。⑤邵陵：楚地名。在现在的河南郾城县东。《齐太公世家》作"召陵"。⑥归：使动用法。

　　庄侯三年，齐桓公卒。十四年，晋文公败楚于城濮[1]。二十年，楚太子商臣弑其父成王代立。二十五年，秦穆公卒。三十三年，楚庄王即位。三十四年，庄侯卒，子文侯申立。

【注释】

　　①城濮：在今山东省鄄城县西南临濮集。

　　文侯十四年，楚庄王伐陈，杀夏徵舒[1]。十五年，楚围郑，郑降楚，楚夏醳之[2]。二十年，文侯卒，子景侯固立。

【注释】

　　①夏徵舒：陈国大夫，其母夏姬与陈灵公等通奸，陈灵公侮辱他，他杀死陈灵公，自立为君。②醳（shì）通"释"。释放。

　　景侯元年，楚庄王卒。四十九年，景侯为太子般娶妇于楚，而景侯通焉①太子弑景侯而自立，是为灵侯。

灵侯二年，楚公子围弑其王郏敖而自立②，为灵王。九年，陈司徒招弑其君哀公③。楚使公子弃疾灭陈而有之。十二年，楚灵王以灵侯弑其父，诱蔡灵侯于申④，伏甲饮之⑤，醉而杀之，刑其士卒七十人⑥。令公子弃疾围蔡。十一月，灭蔡，使弃疾为蔡公⑦。

《东周列国志》版画之楚灵王挟诈灭陈蔡图，讲述楚灵王使诈于席间设伏擒蔡侯、灭蔡国之事。

【注释】

①"通"，通奸。②楚王郏敖：熊员。③司徒：官名，西周置，掌管国家的土地和人民。招：妫招，陈哀公之弟。④申：楚邑名。故城在今河南南阳市东北。⑤饮（yìn）：给他酒喝。⑥刑：割；杀。动词。⑦蔡公：废蔡为县，楚国称县令为公。

楚灭蔡三岁，楚公子弃疾弑其君灵王代立，为平王。平王乃求蔡景侯少子庐，立之，是为平侯。是年，楚亦复立陈。楚平王初立，欲亲诸侯，故复立陈、蔡后。

平侯九年卒，灵侯般之孙东国攻平侯子而自立，是为悼侯。悼侯父曰隐太子友。隐太子友者，灵侯之太子，平侯立而杀隐太子，故平侯卒而隐太子之子东国攻平侯子而代立，是为悼侯。悼侯三年卒，弟昭侯申立。

昭侯十年，朝楚昭王，持美裘二，献其一于昭王而自衣其一①。楚相子常欲之②，不与。子常谗蔡侯，留之楚三年。蔡侯知之，乃献其裘于子常；子常受之，乃言归蔡侯。蔡侯归而之晋，请与晋伐楚③。

【注释】

①衣（yì）：穿。动词。②子常：即楚令尹囊瓦的别号。③伐：讨伐；攻打。

十三年春，与卫灵公会邵陵。蔡侯私丁周苌弘以求长于卫①；卫使史鰌言康叔之功德②，乃长卫。夏，为晋灭沈③，楚怒，攻蔡。蔡昭侯使其子为质于吴，以共伐楚。冬，与吴王阖闾遂破楚入郢。蔡怨子常，子常恐，奔郑④。十四年，吴去而楚昭王复国⑤。十六年，楚令尹为其民泣以谋蔡⑥，蔡昭侯惧。二十六年，孔子如蔡⑦。楚昭王伐蔡，蔡恐，告急于吴。吴为蔡远⑧，约迁以自近，易以相救；昭侯私许，不与大夫计。吴人来救蔡，因迁蔡于州来⑨。二十八年，昭侯将朝于吴，大夫恐其复迁，乃令贼利杀昭侯⑩；已而诛贼利以解过⑪，而立昭侯子朔，是为成侯。

【注释】

①私：隐秘；暗中活动。动词。苌（cháng）弘：人名。求长于卫：蔡国始祖蔡叔度为卫国始祖康叔封之兄，故要求列首位。长，盟会时列首位。②史鰌（qiú）言康叔功德：史鰌，卫国史官，名鰌。③沈：西周分封的诸侯国，姬姓。地在今河南平舆县北，楚属国。④子常奔郑：子常率军队抵御吴、蔡兵，大败。⑤楚昭王复国：吴入郢后，楚昭王逃避随国。申包胥到秦国求援，秦出兵救楚，大败吴师，昭王复归郢。⑥楚令尹为其民泣以谋蔡：楚令尹子西，因为楚国被吴国打败，死伤人众多而流泪；吴入郢，由蔡所启导，蔡国小近楚，所以图谋伐蔡。⑦如：前往。动词。⑧吴为蔡远：这蔡是指蔡国都邑新蔡。⑨州来：又各下蔡。⑩贼利：贼徒利。利，人名。⑪解过：推脱过错。

成侯四年，宋灭曹。十年，齐田常弑其君简公①。十三年，楚灭陈。

十九年，成侯卒，子声侯产立。声侯十五年卒，子元侯立。元侯六年卒，子侯齐立。

【注释】

①田常：齐国大臣。

侯齐四年，楚惠王灭蔡，蔡侯齐亡，蔡遂绝祀①。后陈灭三十三年。

【注释】

①绝祀：古代以祭祀为国家大事，立国必建宗庙，断绝宗庙祭祀，即亡国的表现。

伯邑考，其后不知所封。武王发，其后为周，有本纪言①。管叔鲜作乱诛死，无后。周公旦，其后为鲁，有世家言②。蔡叔度，其后为蔡，有世家言③。曹叔振铎，其后为曹，有世家言④。成叔武，其后世无所见⑤。霍叔处，其后晋献公时灭霍⑥。康叔封，其后为卫，有世家言⑦。冉季载，其后世无所见。

【注释】

①本纪：指《周本纪》。②世家：指《鲁周公世家》。③世家：指本篇上文。④世家：指本篇下文。⑤见（xiàn）：通"现"。表现；显扬。⑥灭霍：公元前 61 年，晋灭霍。⑦世家：指《卫康叔世家》。

太史公曰：管蔡作乱，无足载者。然周武王崩，成王少，天下既疑，赖同母之弟成叔、冉季之属十人为辅拂①，是以诸侯卒宗周②，故附之世家言。

【注释】

①属：等辈。辅拂（bì）：辅佐。拂，通"弼"。②卒：终于；毕竟。宗：尊崇。

曹叔振铎者，周武王弟也。武王已克殷纣，封叔振铎于曹。

叔振铎卒，子太伯脾立。太伯卒，子仲君平立。仲君平卒，子宫伯侯立。宫伯侯卒，子孝伯云立。孝伯云卒，子夷伯喜立。

夷伯二十三年，周厉王奔于彘。

三十年卒，弟幽伯强立。幽伯九年，弟苏杀幽伯代立，是为戴伯。戴伯元年，周宣王已立三岁。三十年，戴伯卒，子惠伯兕①立。

惠伯二十五年，周幽王为犬戎所杀，因东徙，益卑，诸侯叛之。秦始列为诸侯。

【注释】

①兕（sì）：雌的犀牛。此为惠伯名。

三十六年，惠伯卒，子石甫立，其弟武杀之代立，是为缪公。缪公三年卒，子桓公终生立。

桓公三十五年，鲁隐公立。四十五年，鲁弑其君隐公。四十六年，宋华父督弑其君殇公，及孔父。五十五年，桓公卒，子庄公夕姑立。

庄公二十三年，齐桓公始霸。

三十一年，庄公卒，子禧公夷立。禧公九年卒，子昭公班立。昭公六年，齐桓公败蔡，遂至楚召陵。九年，昭公卒，子共公襄立。

共公十六年，初，晋公子重耳亡过曹①，曹君无礼，欲观其骈胁②。禧负羁谏③，不听，私善于重耳④。二十一年，晋文公重耳伐曹，虏共公以归，令军毋入禧负羁之宗族间⑤。或说晋文公曰："昔齐桓公会诸侯，复异姓；今君囚曹君，灭同姓，何以令于诸侯⑥？"晋乃复归共公。

【注释】

①重耳：即晋文公，因受其父献公迫害，曾出奔各国十九年。②骈（pián）胁：肋骨连成一片。③禧负羁：一作僖负羁，曹国大夫。禧，通"僖"。④善：表示好感。⑤毋：莫；不要。间：里巷大门。⑥何以：以何，凭什么。

二十五年，晋文公卒。三十五年，共公卒，子文公寿立。文公二十三年卒，子宣公强立。宣公十七年卒，弟成公负刍立。

成公三年，晋厉公伐曹，虏成公以归，已复释之①。五年，晋栾书、中行偃使程滑弑其君厉公②。二十三年，成公卒，子武公胜立。武公二十六年，楚公子弃疾弑其君灵王代立。二十七年，武公卒，子平公须立。平公四年卒，子悼公午立。是岁，宋、卫、陈、郑皆火③。

【注释】

①已：随即；不久。②栾书、中行（háng）偃：晋国世袭的上卿。③火：发生火灾。

悼公八年，宋景公立。九年，悼公朝于宋，宋囚之；曹立其弟野，是为声公。悼公死于宋，归葬。

声公五年，平公弟通弑声公代立，是为隐公。隐公四年，声公弟露弑隐公代立，是为靖公。靖公四年卒，子伯阳立。

伯阳三年，国人有梦众君子立于社宫①，谋欲亡曹；曹叔振铎止之，请待公孙强，许之。旦，求之曹，无此人。梦者戒其子曰："我亡，尔闻公孙强为政②，必去曹③，无离曹祸④。"及伯阳即位，好田弋之事⑤。六年，曹野人公孙强亦好田弋，获白雁而献之，且言田弋之说，因访政事⑥。伯阳大说之⑦，有宠，使为司城以听政⑧。梦者之子乃亡去。

【注释】

①君子：有位者；贵族。②为政：施政；行政；掌握政权。③去：离开。④无：通"毋"。莫；不要。商：通"罹（lí）"。遭受。⑤田弋（yì）：打猎。弋，以带绳的箭射鸟。⑥访：咨询；商量。⑦说：通"悦"。⑧司城：官名，即司空。宋国因避宋武公之名，故改司空为司城。

公孙强言霸说于曹伯①。十四年，曹伯从之，乃背晋干宋②。宋景公伐之，晋人不救。十五年，宋灭曹，执曹伯阳及公孙强以归而杀之。曹遂绝其祀。

【注释】

①霸说：称霸的理论。②干：犯；冒犯。

太史公曰：余寻曹共公之不用僖负羁①，乃乘轩者三百人，知唯德之不建②。及振铎之梦，岂不欲引曹之祀者哉③？如公孙强不修厥政④，叔铎之祀忽诸⑤。

【注释】

①寻：探求；寻根究底。②唯：以；因为。③引：拉长；延长。④厥：其；他的。政：指霸政。⑤忽诸：突然绝灭。诸，"之乎"的合音词。

陈杞世家第六

　　陈胡公满者①，虞帝舜之后也②。昔舜为庶人时③，尧妻之二女④，居于妫汭⑤，其后因为氏姓⑥，姓妫氏⑦。舜已崩，传禹天下，而舜子商均为封国⑧。夏后之时⑨，或失或续⑩。至于周武王克殷纣，乃复求舜后，得妫满，封之于陈⑪，以奉帝舜祀⑫，是为胡公。

【注释】

　　①陈：始建国于公元前11世纪。建都宛丘（故城在今河南省淮阳县），有现在河南省东部和安徽省一部分。前479年为楚所灭。胡公满：胡公，谥号；满，名。②舜：古史中"五帝"之一。③庶人：平民。④尧：古史中"五帝"之一。陶唐氏，名放勋，史称唐尧。妻（qì）：以女嫁人。⑤妫汭（guī ruì）：妫水弯曲的地方，在今山西省永济市南。⑥氏姓：氏与姓的合称。三代以前，男子称氏，女子称姓。⑦姓妫氏：帝舜姚姓，他的后代有姓妫的。⑧商均：舜的儿子。禹封商均于虞，其地在今河南虞城县一带。⑨夏后：夏朝的别称。⑩或：有时。⑪封：君主把土地或爵位赐给臣子。⑫奉：承担。祀：祭祀。

　　胡公卒①，子申公犀侯立。申公卒，弟相公皋羊立。相公卒，立申公子突，是为孝公。孝公卒，子慎公圉戎立。慎公当周厉王时②。慎公卒，子幽公宁立。

【注释】

　　①卒：指大夫死亡及年老寿终。②周厉王：姬胡。任用荣夷公执政，实行"专利"。

　　幽公十二年，周厉王奔于彘①。

【注释】

　　①彘：在现在的山西省霍县。

二十三年，幽公卒，子禧公孝立。禧公六年，周宣王即位。三十六年，禧公卒，子武公灵立。武公十五年卒，子夷公说立。是岁，周幽王即位。夷公三年卒，弟平公燮立。平公七年，周幽王为犬戎所杀，周东徙。秦始列为诸侯①。

【注释】

①秦：国名。嬴姓。

二十三年，平公卒，子文公圉立。

文公元年，取蔡女①，生子佗②。十年，文公卒，长子桓公鲍立。

【注释】

①取：通"娶"。蔡女：蔡侯的女儿。②佗：音 tuō。

桓公二十三年，鲁隐公初立①。二十六年，卫杀其君州吁②。三十三年，鲁弑其君隐公。

三十八年正月甲戌、己丑③，桓公鲍卒。桓公弟佗，其母蔡女，故蔡人为佗杀五父及桓公太子免而立佗，是为厉公④。桓公病而乱作，国人分散，故再赴⑤。

【注释】

①鲁：公元前 11 世纪周分封的诸侯国，姬姓。开国君主是周公旦之子伯禽，在今山东省西南部，建都曲阜（故城在今山东省曲阜市）。②卫：国名。始封之君为周武王的弟弟康叔。前 11 世纪，周公平定武庚的叛乱后，把原来商都周围地区和殷民七族分封给他，成为当时大国。建都朝歌（故城在今河南省淇县）。③甲戌、己丑：甲戌是正月二十一日，己丑是二月九日，从甲戌到己丑共十六天。④五父：《左传》上说佗就是五父。厉公：佗在第二年八月被害，没有谥号。厉公是公子跃即利公的谥号。⑤赴：通"讣"。报告丧期。

厉公二年，生子敬仲完①。周太史过陈②，陈厉公使以《周易》筮之③，卦得《观》之《否》④："是为观国之光⑤，利用宾于王。此其代陈有国乎！不在此，其在异国⑥。非此其身，在其子孙⑦。若在异国，必姜姓⑧。姜姓，太岳之后⑨。物莫能两大，陈衰⑩，此其昌乎⑪！"

【注释】

①敬仲完：名完，谥（或曰字）敬仲。②太史：官名。西周、春秋时，太史掌管起草文书，策命诸侯、卿大夫，记载史事，编写史书，兼管国家典籍、天文历法、祭祀等。③《周易》：即《易经》，儒家经典之一。④《观》之《否》：《观》爻在六四，变而之《否》（pǐ）。《观》《否》两卦，除六四九四外，其余五爻相同，故可变通。《观》：六十四卦之一，《坤》（☷）下《巽》（☴）上。《否》：六十四卦之一，《坤》（☷）下《乾》（☰）上。⑤"观国之光"二句：这是《观》六四爻辞。意思是说，《观》爻在六四，最接近九五至尊的位置，可以观看国家的光彩。居在至尊亲近而得到高贵的位置，就会熟习国家的礼仪，所以有利于在王庭为宾。⑥异国：其他国家。⑦在其子孙：《史记正义》说："内卦为身，外卦为子孙，故知在子孙也。"⑧必姜姓：《史记正义》说："六四变，此爻是辛未，《观》上体《巽》；未为羊，《巽》为女，女乘羊，故为姜。姜，齐姓，故知在齐。"⑨太岳：尧时四方部落的领袖。⑩陈衰：指周敬王四十一年（前479年），楚惠王杀陈湣（mǐn）公，灭陈。⑪此其昌：指周敬王三十九年（前481年）田常弑齐简公，为齐相，从此齐国大权归田常。

厉公取蔡女，蔡女与蔡人乱①，厉公数如蔡淫②。七年，厉公所杀桓公太子免之三弟，长曰跃，中曰林③，少曰杵臼，共令蔡人诱厉公以好女，与蔡人共杀厉公而立跃，是为利公。利公者，桓公子也。利公立五月卒，立中弟林，是为庄公。庄公七年卒，少弟杵臼立，是为宣公。

宣公三年，楚武王卒④，楚始强。十七年，周惠王娶陈女为后⑤。

【注释】

①乱：淫乱。②数（shuò）：屡次。如：往，去。③中（zhòng）：通"仲"。老二。④楚：国名。芈（mǐ）姓。始祖鬻熊。西周时立国于荆山一带，建都丹阳（故城在今湖北省秭归县东南）。周人称之为荆蛮。楚武王：熊通。前740—前690年在位。⑤周惠王：姬阆。前676—前652年在位。

二十一年，宣公后有嬖姬生子款①，欲立之，乃杀其太子御寇。御寇素爱厉公子完，完惧祸及己，乃奔齐。齐桓公欲使陈完为卿②，完曰：

"羁旅之臣③，幸得免负檐④，君之惠也，不敢当高位。"桓公使为工正⑤。齐懿仲欲妻陈敬仲⑥，卜之，占曰⑦："是谓凤皇于飞，和鸣锵锵⑧。有妫之后⑨，将育于姜⑩。五世其昌⑪，并于正卿⑫。八世之后，莫之与京⑬。"

【注释】

①嬖（bì）姬：宠爱的妾。②卿：诸侯国的高级大臣。③羁旅：寄居作客。羁，寄。旅，客。④负檐（dàn）：同"负担"。指害怕陈宣公杀死自己的事。⑤工正：主管百工的官。⑥懿仲：齐国大夫。⑦占：此指占卜预测的话。⑧凤皇：通作"凤凰"。古代传说中的鸟王。雄的叫凤，雌的叫凰。于：助词。锵锵：凤凰和鸣的声音，像敲击金属器物一样。⑨有：助词。常用在名词之前。妫（guī）：陈姓。⑩姜：齐姓。⑪五世其昌：说敬仲的五代孙会昌盛起来。⑫并于正卿：言其后代五世与正卿并列，意即为正卿。⑬京：高大。

三十七年，齐桓公伐蔡，蔡败；南侵楚，至召陵①，还过陈。陈大夫辕涛涂恶其过陈②，诈齐令出东道。东道恶③，桓公怒，执陈辕涛涂。是岁，晋献公杀其太子申生④。

【注释】

①召（shào）陵：楚邑名。在今河南省郾城县东。也作"邵陵"。②恶（wù）：憎恨。③恶（è）：恶劣。④晋献公：姬诡诸。前676—前651年在位。

四十五年，宣公卒，子款立，是为穆公。穆公五年，齐桓公卒。十六年，晋文公败楚师于城濮①。是岁，穆公卒，子共公朔立。共公六年，楚太子商臣弑其父成王代立，是为穆王。十一年，秦穆公卒②。十八年，共公卒，子灵公平国立。

【注释】

①晋文公：姬重耳。前636—前628年在位。城濮：卫国地名。在今山东省鄄（juàn）城县西南临濮集。②秦穆公：嬴任好。前659—前621年在位。任用百里奚、蹇叔、由余为谋臣，击败晋国，俘晋惠公。灭梁、芮两国。后在崤（今河南省三门峡市东南）被晋军袭击，大

《东周列国志》版画之陈灵公祖服戏朝图，讲
述陈灵公君臣与夏姬淫乱之事。

败。转而向西发展，攻灭十二国，称霸西戎。

灵公元年，楚庄王即位①。六年，楚伐陈。十年，陈及楚平②。

【注释】

①楚庄王：熊侣。前 613—前 591 年在位。②平：讲和。

十四年，灵公与其大夫孔宁、仪行父皆通于夏姬①，衷其衣以戏于朝②。泄冶谏曰③："君臣淫乱，民何效焉？"灵公以告二子，二子请杀泄冶，公弗禁，遂杀泄冶。十五年，灵公与二子饮于夏氏。公戏二子曰："徵舒似汝。"二子曰："亦似公。"徵舒怒。灵公罢酒出，徵舒伏弩厩门射杀灵公④。孔宁、仪行父皆奔楚，灵公太子午奔晋。徵舒自立为陈侯。徵舒，故陈大夫也。夏姬，御叔之妻，舒之母也。

【注释】

①通：通奸。夏姬：郑穆公女，陈大夫御叔的妻子，陈大夫夏徵舒的

母亲。②亵：贴肉的内衣。这里作动词用，即穿着贴肉的内衣。③泄冶：人名。陈国大夫。④厩（jiù）：马棚。

成公元年冬，楚庄王为夏徵舒杀灵公，率诸侯伐陈。谓陈曰："无惊①！吾诛徵舒而已。"已诛徵舒，因县陈而有之②，群臣毕贺。申叔时使于齐来还③，独不贺。庄王问其故，对曰："鄙语有之，'牵牛径人田④，田主夺之牛⑤。径则有罪矣，夺之牛，不亦甚乎？'今王以徵舒为贼弑君，故征兵诸侯⑥，以义伐之，已而取之，以利其地，则后何以令于天下！是以不贺。"庄王曰："善。"乃迎陈灵公太子午于晋而立之，复君陈如故⑦，是为成公。孔子读史记至楚复陈，曰："贤哉，楚庄王！轻千乘之国而重一言⑧。"

【注释】

①无：莫，不要。②县陈：改陈国为县。③申叔时：楚国大夫。使（shì）：出使。④径：直路。此处作动词用。⑤之：其，他的。⑥征：召集。⑦君陈：作陈国的国君。⑧一言：指申叔时说的话。

八年，楚庄王卒。二十九年，陈倍楚盟①。三十年，楚共王伐陈。是岁，成公卒，子哀公弱立。楚以陈丧，罢兵去。

【注释】

①倍：通"背"。背叛。

哀公三年，楚围陈，复释之。二十八年，楚公子围弑其君郏敖自立①，为灵王。

【注释】

①郏（jiá）敖：前544—前541年在位。

三十四年，初，哀公娶郑，长姬生悼太子师①，少姬生偃。二劈妾，长妾生留，少妾生胜。留有宠哀公，哀公属之其弟司徒招②。哀公病，三月，招杀悼太子，立留为太子。哀公怒，欲诛招，招发兵围守哀公，哀公自经杀③。招卒立留为陈君④。四月，陈使使赴楚⑤。楚灵王闻陈乱，乃杀陈使者，使公子弃疾发兵伐陈，陈君留奔郑。九月，楚围陈。

十一月，灭陈，使弃疾为陈公⑥。

【注释】

①姬：妇女的美称。②属（zhǔ）：托付。司徒招：司徒，官名；招，人名。③经：缢死，上吊。④卒：终于。⑤使使：前"使"字读 shǐ，派遣。后"使"字旧读 shì，今读 shǐ，使者。⑥陈公：陈地的长官。

招之杀悼太子也，太子之子名吴，出奔晋。晋平公问太史赵曰："陈遂亡乎？"对曰："陈，颛顼之族①。陈氏得政于齐，乃卒亡②。自幕至于瞽瞍③，无违命④。舜重之以明德⑤。至于遂⑥，世世守之。及胡公，周赐之姓⑦，使祀虞帝。且盛德之后，必百世祀。虞之世未⑧也，其在齐乎？"

【注释】

①颛顼（zhuān xū）：古史中"五帝"之一。陈国以虞舜为祖，舜出于颛顼，所以是"颛顼之族"。②乃卒亡：这是推测之词，意谓陈氏在齐国得到政权，陈国才会最后灭亡。③幕：虞舜的先人。瞽瞍：虞舜的父亲。④无违命：没有违背天命以至废绝国家的人。⑤舜重之以明德：舜以明德为重，即舜有明德，得为天子。重，重视。⑥遂：虞舜的后人。⑦"及胡公"二句：胡公满是虞遂的后代，事周武王，赐姓妫，续封于陈。⑧未：没有断绝。"未"下省"绝"字。

楚灵王灭陈五岁，楚公子弃疾弑灵王代立，是为平王。平王初立，欲得和诸侯，乃求故陈悼太子师之子吴，立为陈侯，是为惠公。惠公立，探续哀公卒时年而为元①，空籍五岁矣②。

【注释】

①探续：追溯连接。元：元年。②空籍：空出君位。

十年，陈火。十五年，吴王僚使公子光伐陈，取胡、沈而去①。二十八年，吴王阖闾与子胥败楚入郢②。是年，惠公卒，子怀公柳立。

【注释】

①胡：国名。归姓。在现在的安徽省阜阳县。前 495 年为楚国所灭。沈：国名。姬姓。在今河南省平舆县北。②郢：楚都。旧址在今湖北省江

陵县东北。原郢都在今江陵县西北纪南城。

怀公元年，吴破楚，在郢，召陈侯。陈侯欲往，大夫曰："吴新得意；楚王虽亡，与陈有故，不可倍①。"怀公乃以疾谢吴②。四年，吴复召怀公。怀公恐，如吴。吴怒其前不往，留之，因卒吴。陈乃立怀公之子越，是为湣公。

【注释】

①倍：通"背"，背离。②谢：推辞。

湣公六年，孔子适陈①。吴王夫差伐陈②，取三邑而去。十三年，吴复来伐陈，陈告急楚，楚昭王来救③，军于城父④，吴师去。是年，楚昭王卒于城父。时孔子在陈。十五年，宋灭曹⑤。十六年，吴王夫差伐齐，则之艾陵⑥，使人召陈侯。陈侯恐，如吴。楚伐陈。二十一年，齐田常弑其君简公⑦。二十三年，楚之白公胜杀令君子西、子綦⑧，袭惠王。叶公攻败白公⑨，白公自杀。

【注释】

①适：往，去到。②吴王夫差：吴王阖间的儿子。前495—前473年在位。③楚昭王：熊珍。前515—前489年在位。④城父：楚邑名。旧城在今安徽省亳县。⑤宋：公元前11世纪周公平定武庚后，把商的旧都周围地区分封给商纣的庶兄微子启，建都商丘（故城在今河南省商丘市南）。曹：公元前11世纪周分封的诸侯国。姬姓。始封的君主为周武王弟振铎。⑥艾陵：齐地名。在今山东泰安县东南。一说在莱芜市东北。⑦田常：一名恒。齐国大臣。陈完的后代，据说是八世孙。⑧白公胜：熊胜。楚平王之孙，曾任曹大夫，号白公。⑨叶（旧读 shè）公：沈诸梁，时任叶邑大夫。叶：楚邑名。故城在今河南叶县南。

二十四年，楚惠王复国，以兵北伐，杀陈湣公，遂灭陈而有之。是岁，孔子卒。

杞东楼公者①，夏后禹之后苗裔也②。殷时或封或绝。周武王克殷纣，求禹之后，得东楼公，封之于杞③，以奉夏后氏祀。

孔子在陈当阨图。讲述孔子仕鲁，途中困于
陈、蔡之事。

【注释】

①杞（qǐ）：姒姓。始建国于前 11 世纪，在今河南省东部。②夏后氏：本部落名。禹为夏后氏部落首领，因称夏后禹。苗裔：后代子孙。③杞：在今河南省杞县。

东楼公生西楼公，西楼公生题公，题公生谋娶公。谋娶公当周厉王时。谋娶公生武公。武公立四十七年卒，子靖公立。靖公二十三年卒，子共公立。共公八年卒，子德公立。德公十八年卒，弟桓公姑容立。桓公十七年卒，子孝公匄立①。孝公十七年卒，弟文公益姑立。文公十四年卒，弟平公郁立。平公十八年卒，子悼公成立。悼公二十三年卒，子隐公乞立。七月，隐公弟遂弑隐公自立，是为禧公。禧公十九年卒，子湣公维立。湣公十五年，楚惠王灭陈。十六年，湣公弟阏路弑湣公代立，是为哀公。哀公立十年卒，湣公子敕立，是为出公。出公十二年卒，子简公春立。立一年，楚惠王之四十四年，灭杞。杞后陈亡三十四年。

【注释】

①匄（gài）："丐"的异体字。

杞小微，其事不足称述。

舜之后，周武王封之陈，至楚惠王灭之，有世家言。禹之后，周武王封之杞，楚惠王灭之，有世家言。契之后为殷①，殷有本纪言。殷破，周封其后于宋，齐湣王灭之②，有世家言。后稷之后为周③，秦昭王灭之④，有本纪言。皋陶之后⑤，或封英、六⑥，楚穆王灭之⑦，无谱⑧。伯夷之后⑨，至周武王复封于齐，曰太公望⑩，陈氏灭之⑪，有世家言。伯翳之后⑫，至周平王时封为秦，项羽灭之⑬，有本纪言。垂、益、夔、龙⑭，其后不知所封，不见也。右十一人者，皆唐虞之际名有功德臣也⑮；其五人之后皆至帝王⑯，余乃为显诸侯。滕、薛、驺⑰，夏、殷、周之间封也，小，不足齿列，弗论也。

【注释】

①契（xiè）：相传为商的始祖，帝喾的儿子。②齐湣王：田地。约前301—前284年在位。③后稷：古代周族的始祖，名弃。曾在尧舜时做农官，教人民耕种。④秦昭王：嬴稷。前306—前251年在位。⑤皋陶（gāo yáo）：相传为东夷族的领袖，偃姓。曾被舜任为掌管刑法的官。⑥英、六：二国名。或作蓼、六。偃姓。皋陶的后代。其地在今安徽六安市一带。前622年为楚国所灭。⑦楚穆王：熊商臣。前625—前614年在位。⑧谱：记述帝王诸侯世系的史书。⑨伯夷：尧舜时代的贤臣。曾任秩宗（掌宗庙祭祀）。不是商、周之际的伯夷。⑩太公望：即吕尚，为前十一世纪周所分封的齐国的开国之君。⑪陈氏：即田氏，指田和。⑫伯翳：即伯益。古代嬴姓各族的祖先，相传善于畜牧和狩猎，被舜任为虞（主管山泽之官）。⑬项羽：项籍，字羽。下相（故城在今江苏省宿迁市西南）人。⑭垂、益、夔、龙：垂，尧舜时代的贤臣，曾任共工（掌百工之官）。益，即伯翳，前已言，此为衍文。夔，尧舜时代的贤臣，曾任典乐（掌管对卿大夫以上的子弟的教育）。龙，尧舜时代的贤臣，曾任纳言（掌喉舌议论之官）。⑮名：称为。⑯按舜、禹本身为帝王，稷、

契、罴都是后代为帝王。⑰滕：姬姓。在今山东省滕州市西南。薛：任姓。在现在的山东省滕州市南。驺：也作邹、邾。曹姓。都城在今山东省邹县。

周武王时，侯伯尚千余人。及幽、厉之后，诸侯力攻相并。江、黄、胡、沈之属①，不可胜数，故弗采著于传云。

【注释】

①江、黄、胡、沈：江、黄二国都是嬴姓。江，在今河南省息县西南。黄，在今河南省潢川县西。

太史公曰：舜之德可谓至矣！禅位于夏，而后世血食者历三代①。及楚灭陈，而田常得政于齐，卒为建国，百世不绝，苗裔兹兹②，有土者不乏焉。至禹，于周则杞，微甚，不足数也。楚惠王灭杞，其后越王勾践兴。

【注释】

①血食：享受祭祀。②兹兹：蕃多。

卫康叔世家第七

卫康叔名封[1]，周武王同母少弟也。其次尚有冉季，冉季最少。

周公像。周武王去世后，其子成王年幼，由
其弟周公旦代理国政。

【注释】

①卫康叔：叔封初封于康（在西周京都地区之内。一说在今河南禹县西北。），故称康叔；后改封于卫，故称卫康叔。卫：始建国于前11世纪。领地在现在的河北省南部、河南省北部一带。建都朝歌（故城在今河南省淇县境），后迁楚丘（故城在今河南省滑县境），再迁帝丘（故城在今河南省濮阳县境）。前254年为魏所灭。

武王已克殷纣[1]，复以殷余民封纣子武庚禄父[2]，比诸侯，以奉其先祀勿绝。为武庚未集[3]，恐其有贼心[4]，武王乃令其弟管叔、蔡叔傅

相武庚禄父⑤，以和其民。武王既崩，成王少。周公旦代成王治，当国。管叔、蔡叔疑周公，乃与武庚禄父作乱，欲攻成周⑥。周公旦以成王命兴师伐殷⑦，杀武庚禄父、管叔，放蔡叔⑧，以武庚殷余民封康叔为卫君，居河、淇间故商墟⑨。

【注释】

①克：战胜。殷纣：即商王纣。②武庚禄父：名武庚，字禄父。③集：通"辑"。和顺。④贼心：图谋叛乱之心。⑤傅相：辅佐。⑥成周：即雒邑，故城在今河南省洛阳市。武庚叛乱时，雒邑还没有营为东都，但是把它当作"宗周"。⑦师：军队。⑧放：放逐。⑨河淇：河即黄河。淇指淇水，在河北省北部，古为黄河支流。商墟：商代末期京都朝歌遗址。在今河南省淇县。

周公旦惧康叔齿少，乃申告康叔曰①："必求殷之贤人君子长者，问其先殷所以兴，所以亡，而务爱民②。"告以纣所以亡者以淫于酒，酒之失，妇人是用，故纣之乱自此始。为《梓材》③，示君子可法则。故谓之《康诰》《酒诰》《梓材》以命之④。康叔之国，即以此命，能和集其民⑤，民大说⑥。

【注释】

①申：一再。②务：必须。③《梓材》：《尚书》篇名。梓，匠人。④谓：称说。《康诰》《酒诰》：都是《尚书》篇名。命：教诲。⑤和集：和顺安定。⑥说：通"悦"。

成王长，用事，举康叔为周司寇①，赐卫宝祭器②，以章有德③。

【注释】

①司寇：官名。掌管刑狱、纠察等事。②宝祭器：宝器（指高级车辆、旗帜、乐器、玉饰等）和祭器（祭祀时用的礼器）。③章：表彰。

康叔卒，子康伯代立。康伯卒，子孝伯立。孝伯卒，子嗣伯立。嗣伯卒，子庵伯立①。庵伯卒，子靖伯立。靖伯卒，子贞伯立。贞伯卒，子顷侯立。

【注释】

①疌：音 jié。

顷侯厚赂周夷王^①，夷王命卫为侯^②。顷侯立十二年卒，子禧侯立^③。

【注释】

①赂：行贿。②命卫为侯：周制，诸侯分公、侯、伯、子、男五等，侯高于伯。但《史记索隐》认为：卫国从康叔起就是侯爵，不是伯爵。上文从"康伯"到"贞伯"六代称伯，是方伯（一方诸侯之长）而不是伯爵。③禧（xī）：通"僖"。

禧侯十三年，周厉王出奔于彘^①，共和行政焉^②。二十八年，周宣王立^③。

【注释】

①周厉王：姬胡。？—前841年在位。彘（zhì）：地名。在现在的山西霍县东北。②共和行政：周厉王暴虐，前841年，国人暴动，厉王逃到彘，由召公、周公共同行政，史称"共和行政"，凡十四年。③周宣王：姬靖。厉王子。前828—前782年在位，废降籍田制度（一说废除在籍田上的奴隶集体耕作）。

四十二年，禧侯卒，太子共伯馀立为君。共伯弟和有宠于禧侯，多予之赂^①；和以其赂赂士^②，以袭攻共伯于墓上，共伯入禧侯羡自杀^③。卫人因葬之禧侯旁，谥曰共伯^④，而立和为卫侯，是为武公。

【注释】

①赂：财物。②赂赂：上"赂"字指所得的财物，下"赂"字指行贿。③羡（yán）：通"埏"。墓道。④谥：封建时代在人死后，按其生前行迹，评定褒贬所给予的称号。

武公即位，修康叔之政，百姓和集。四十二年，犬戎杀周幽王^①，武公将兵往佐周平戎，甚有功，周平王命武公为公^②。五十五年，卒，子庄公扬立。

史 记

【注释】

①犬戎：中国古代部族名，戎人的一支。②命武公为公：《史记志疑》认为周朝东迁以后，诸侯在他的国内都称公，从来没有天子命诸侯为公的。

庄公五年，取齐女为夫人，好而无子。又取陈女为夫人，生子，蚤死①。陈女女弟亦幸于庄公②，而生子完。完母死，庄公令夫人齐女子之③，立为太子。庄公有宠妾，生子州吁。十八年，州吁长，好兵，庄公使将④。石碏谏庄公曰⑤："庶子好兵⑥，使将，乱自此起。"不听。二十三年，庄公卒，太子完立，是为桓公。

【注释】

①蚤：通"早"。②女弟：妹妹。幸：宠信。③子：养他为子。④将（jiàng）：带领军队。⑤石碏（què）：卫国上卿。⑥庶子：妾所生的儿子。

桓公二年，弟州吁骄奢，桓公绌之①，州吁出奔。十三年，郑伯弟段攻其兄，不胜，亡，而州吁求与之友。十六年，州吁收聚卫亡人以袭杀桓公②，州吁自立为卫君。为郑伯弟段欲伐郑，请宋、陈、蔡与俱，三国皆许州吁。州吁新立，好兵，弑桓公，卫人皆不爱。石碏乃因桓公母家于陈，详为善州吁。至郑郊，石碏与陈侯共谋，使右宰丑进食④，因杀州吁于濮⑤，而迎桓公弟晋于邢而立之⑥，是为宣公。

【注释】

①绌：通"黜"。贬退。②亡人：逃亡在外的人。③详：通"佯"。诈。④右宰丑：卫大夫。⑤濮：水名。即今安徽芡河上游。⑥邢：前11世纪周分封的诸侯国。姬姓。故地在今河北邢台市一带。

宣公七年，鲁弑其君隐公。九年，宋督弑其君殇公，及孔父①。十年，晋曲沃庄伯弑其君哀侯②。

【注释】

①宋督：宋国华父督。孔父：孔父嘉。宋国大夫。②曲沃：邑名。旧址在今山西省闻喜县东北。东周初，晋昭侯封他的叔父姬成师于此。

十八年，初，宣公爱夫人夷姜，夷姜生子伋，以为太子，而令右公子傅之[1]。右公子为太子取齐女，未入室，而宣公见所欲为太子妇者好[2]，说而自取之，更为太子取他女。宣公得齐女，生子寿、子朔，令左公子傅之。太子伋母死，宣公正夫人与朔共谗恶太子伋[3]。宣公自以其夺太子妻也，心恶太子[4]，欲废之。及闻其恶[5]，大怒，乃使太子伋于齐而令盗遮界上杀之[6]，与太子白旄[7]，而告界盗见持白旄者杀之。且行，子朔之兄寿，太子异母弟也，知朔之恶太子而君欲杀之，乃谓太子曰："界盗见太子白旄，即杀太子，太子可毋行[8]！"太子曰："逆父命求生[9]，不可。"遂行。寿见太子不止，乃盗其白旄而先驰至界。界盗见其验[10]，即杀之。寿已死，而太子伋又至，谓盗曰："所当杀，乃我也。"盗并杀太子伋，以报宣公。宣公乃以子朔为太子。十九年，宣公卒，太子朔立，是为惠公。

【注释】

①右公子：左右媵（yìng 随嫁或陪嫁的女子）的儿子叫左公子、右公子。傅：教导。②好：美丽。③正夫人：指齐女。谗恶（wù）：说坏话。④恶（wù）：厌恶，憎恶。⑤恶（è）：坏处。⑥于：往。遮：拦阻。⑦白旄：指用白旄（白色牦牛尾）作装饰的使节（古代卿大夫聘于诸侯时所持的符信）。⑧毋：莫，不要。⑨逆：违背。⑩验：证据，凭证。

左右公子不平朔之立也，惠公四年，左右公子怨惠公之谗杀前太子伋而代立，乃作乱，攻惠公，立太子伋之弟黔牟为君，惠公奔齐。

卫君黔牟立八年，齐襄公率诸侯奉王命共伐卫[1]，纳卫惠公，诛左右公子。卫君黔牟奔于周，惠公复立。惠公立三年出亡，亡八年复入，与前通年凡十三年矣。

【注释】

①奉王命：《春秋》说诸侯纳惠公是逆王命，《史记》说奉王命，说法有出入。

二十五年，惠公怨周之容舍黔牟[1]，与燕伐周。周惠王奔温[2]，卫、燕立惠王弟穨为王。二十九年，郑复纳惠王[3]。三十一年，惠公卒，子懿公赤立。

【注释】

①容舍：允许居留。②温：西周时国名。地在今河南省温县境。③郑：指郑厉公。

懿公即位，好鹤，淫乐奢侈。九年，翟伐卫①，卫懿公欲发兵，兵或畔②。大臣言曰："君好鹤，鹤可令击翟。"翟于是遂入，杀懿公。

【注释】

①翟：通"狄"，部族名。②畔：通"叛"。

懿公之立也，百姓大臣皆不服。自懿公父惠公朔之谗杀太子伋代立至于懿公，常欲败之，卒灭惠公之后而更立黔牟之弟昭伯顽之子申为君，是为戴公。

戴公申元年卒。齐桓公以卫数乱，乃率诸侯伐翟，为卫筑楚丘①，立戴公弟燬为卫君，是为文公。文公以乱故奔齐，齐人入之②。

初，翟杀懿公也，卫人怜之，思复立宣公前死太子伋之后，伋子又死，而代伋死者子寿又无子。太子伋同母弟二人：其一曰黔牟，黔牟尝代惠公为君，八年复去；其二曰昭伯。昭伯、黔牟皆已前死，故立昭伯子申为戴公。戴公卒，复立其弟燬为文公。

文公初立，轻赋平罪③，身自劳，与百姓同苦，以收卫民。

【注释】

①楚丘：卫都。故城在今河南省滑县东。②入：纳；送进去。③轻赋：减轻赋税。平罪：持平断狱。

十六年，晋公子重耳过①，无礼。十七年，齐桓公卒。二十五年，文公卒，子成公郑立。

【注释】

①重耳：因受其父晋献公迫害，逃亡在外十九年，后回晋为君，即晋文公。前636—628年在位。

成公三年，晋欲假道于卫救宋①，成公不许。晋更从南河度②，救宋。征师于卫，卫大夫欲许，成公不肯。大夫元咺攻成公③，成公出

《东周列国志》版画之杀宁喜子鲜出奔图。讲述卫
献公除掉宁喜，而宁喜是听从子鲜之语立卫献公，
如今宁喜被卫献公所杀，子鲜认为宁喜不当获罪，
拒不留在卫国，遂出奔晋国。

奔④。晋文公重耳伐卫，分其地予宋，讨前过无礼及不救宋患也。卫成公遂出奔陈。二岁，如周求入⑤，与晋文公会。晋使人鸩卫成公⑥，成公私于周主鸩⑦，令薄，得不死。已而周为请晋文公，卒入之卫，而诛元咺，卫君瑕出奔。七年，晋文公卒。十二年，成公朝晋襄公⑧。十四年，秦穆公卒。二十六年，齐邴歜弑其君懿公⑨。三十五年，成公卒，子穆公遨立⑩。

【注释】

①假：借。②更（gēng）：改变。南河：黄河的一段。度：通"渡"。③咺：音 xuān。④成公出奔：奔往楚国。⑤如：往；去。⑥鸩（zhèn）：以毒酒杀人。⑦私：私下以财物收买。⑧晋襄公：姬欢。前 627—前

621 年在位。⑨邴歜：（bǐng chù）：齐国大夫。⑩遬：音 sù。

　　穆公二年，楚庄王伐陈①，杀夏徵舒。三年，楚庄王围郑，郑降，复释之。十一年，孙良夫救鲁伐齐②，复得侵地。穆公卒，子定公臧立。定公十二年卒，子献公衎立③。

【注释】

　　①楚庄王：熊侣。前 613—前 591 年在位。春秋时霸主之一。②孙良夫：卫国大夫。③衎：音 kàn。

　　献公十三年，公令师曹教宫姜鼓琴①，姜不善，曹笞之。姜以幸恶曹于公②，公亦笞曹三百。十八年，献公戒孙文子、宁惠子食③，皆往。日旰不召④，而去射鸿于囿⑤。二子从之，公不释射服与之言⑥。二子怒，如宿⑦。孙文子子数侍公饮⑧，使师曹歌《巧言》之卒章⑨。师曹又怒公之尝笞三百，乃歌之，欲以怒孙文子，报卫献公⑩。文子语蘧伯玉⑪，伯玉曰："臣不知也。"遂攻出献公。献公奔齐，齐置卫献公于聚邑⑫。孙文子、宁惠子共立定公弟秋为卫君，是为殇公。

【注释】

　　①师曹：乐人名曹。②恶（wù）：说人家的坏话。③戒：命令，告请。孙文子：孙林父。卫国大夫。宁惠子：宁殖。卫国大夫。④旰（gàn）：晏；晚。⑤囿：王侯养禽畜兽的园林。⑥释：脱下。⑦宿：邑名。《左传》作"戚"。在今河南濮阳县北。⑧孙文子子：孙蒯。⑨《巧言》：《诗·小雅》篇名。⑩报：报复。⑪语（yù）：告诉。蘧伯玉：卫国贤大夫。⑫聚邑：齐邑名。今地不详。

　　殇公秋立，封孙文子林父于宿。十二年，宁喜与孙林父争宠相恶①，殇公使宁喜攻孙林父。林父奔晋，复求入故卫献公。献公在齐，齐景公闻之②，与卫献公如晋求入。晋为伐卫，诱与盟。卫殇公会晋平公③，平公执殇公与宁喜而复入卫献公。献公亡在外十二年而入。

【注释】

　　①宁喜：卫国大夫。②齐景公：姜杵臼。前 547—前 490 年在位。③晋平公：姬彪。前 557—前 532 年在位。

　　献公后元年，诛宁喜。

　　三年，吴延陵季子使过卫[1]，见蘧伯玉、史鰌[2]，曰："卫多君子，其国无故[3]。"过宿，孙林父为击磬[4]，曰："不乐，音大悲，使卫乱乃此矣。"是年，献公卒，子襄公恶立。

【注释】

　　①吴：国名。姬姓。始祖是周太王的儿子太伯、仲雍。延陵：吴国邑名。在今江苏省常州市。延陵季子：吴公子季札。封于延陵（今江苏常州市），故称延陵季子。②史鰌（qiú）：卫国贤大夫。鰌，通"鳅"。③故：事故；问题。④磬：乐器。用玉或石制成。

　　襄公六年，楚灵王会诸侯，襄公称病不往。

　　九年，襄公卒。初，襄公有贱妾，幸之，有身，梦有人谓曰："我康叔也，令若子必有卫[1]，名而子曰'元'[2]。"妾怪之，问孔成子[3]。成子曰："康叔者，卫祖也。"及生子，男也，以告襄公。襄公曰："天所置也[4]。"名之曰"元"。襄公夫人无子，于是乃立元为嗣，是为灵公。

【注释】

　　①若：你（们）。②而：你（们）。③孔成子：孔烝鉏。卫国大夫。④置：设立；安排。

　　灵公五年，朝晋昭公[1]。六年，楚公子弃疾弑灵王自立，为平王。十一年，火。

【注释】

　　①晋昭公：姬夷。前531—前526年在位。

　　三十八年，孔子来，禄之如鲁[1]。后有隙，孔子去[2]。后复来。

【注释】

　　①禄：俸禄；官吏的薪金。这里作动词用。②事见《孔子世家》。

　　三十九年，太子蒯聩与灵公夫人南子有恶[1]，欲杀南子。蒯聩与其徒戏阳遫谋[2]，朝，使杀夫人。戏阳后悔，不果。蒯聩数目之[3]，夫人觉之，惧，呼曰："太子欲杀我！"灵公怒，太子蒯聩奔宋，已而之晋赵氏。

【注释】

①南子：宋国女子。恶（wù）：嫌怨。②戏（xī）阳遬（sù）：蒯聩（kuì）的家臣。③数（shuò）：多次。目：以目示意。

四十二年春，灵公游于郊，令子郢仆①。郢，灵公少子也，字子南。灵公怨太子出奔，谓郢曰："我将立若为后。"郢对曰："郢不足以辱社稷②，君更图之③。"夏，灵公卒，夫人命子郢为太子，曰："此灵公命也。"郢曰："亡人太子蒯聩之子辄在也，不敢当。"于是卫乃以辄为君，是为出公。

【注释】

①仆：驾御车马。②辱：玷辱；污辱。③更：另。

六月乙酉，赵简子欲入蒯聩，乃令阳虎诈命卫十余人衰绖归①，简子送蒯聩。卫人闻之，发兵击蒯聩。蒯聩不得入，入宿而保②，卫人亦罢兵。

【注释】

①衰绖（cuī dié）归：穿着丧服，伪装从卫国来迎接太子回去似的。②宿：邑名，见前注。

出公辄四年，齐田乞弑其君孺子。八年，齐鲍子弑其君悼公。

孔子自陈入卫。九年，孔文子问兵于仲尼①，仲尼不对。其后，鲁迎仲尼，仲尼反鲁②。

【注释】

①孔文子：孔圉（yǔ）：卫国大夫。②反：通"返"。

十二年，初，孔圉文子取太子蒯聩之姊，生悝①。孔氏之竖浑良夫美好②，孔文子卒，良夫通于悝母。太子在宿，悝母使良夫于太子③。太子与良夫言曰："苟能入我国，报子以乘轩④，免子三死⑤，毋所与⑥。"与之盟，许以悝母为妻。闰月，良夫与太子入，舍孔氏之外圃。昏，二人蒙衣而乘⑦，宦者罗御⑧，如孔氏。孔氏之老栾宁问之⑨，称姻妾以

告⑩。遂人，适伯姬氏⑪。既食，悝母杖戈而先⑫，太子与五人介⑬，舆豭从之⑭。伯姬劫悝于厕⑮，强盟之，遂劫以登台⑯。栾宁将饮酒，炙未熟⑰，闻乱，使告仲由⑱。召护驾乘车⑲，行爵食炙⑳，奉出公辄奔鲁。

【注释】

①悝：音 kuī。②竖：童仆。③于：往；到……去。④轩：大夫所乘的车。⑤三死：三种死罪，即着紫衣（君服）、袒裘（天热偏袒裘为不敬）、带剑。⑥与（yù）：在其中。⑦蒙衣：穿着妇人的衣服，用头巾蒙着头。⑧罗：人名。⑨老：家臣。⑩姻妾：亲戚家的小妻。⑪伯姬：即孔文子之妻，孔悝之母。⑫杖：执持。先：走在前面。⑬介：甲；披甲。⑭舆：扛；抬。豭（jiā）：公猪。舆豭：抬着公猪，将用来盟誓。⑮劫：威逼。⑯台：居高临下的建筑物，可凭以发号令。⑰炙（zhì）：烤肉。⑱仲由：字子路，孔子弟子。⑲召（shào）护：卫国大夫。驾乘车：驾着坐人的车，不是兵车，以示不想作战。⑳爵：酒器。

　　仲由将入，遇子羔将出①，曰："门已闭矣。"子路曰："吾姑至矣②。"子羔曰："不及③，莫践其难。"子路曰："食焉不辟其难④。"子羔遂出。子路入，及门，公孙敢阖门⑤，曰："毋入为也！"子路曰："是公孙也？求利而逃其难。由不然，利其禄，必救其患。"有使者出，子路乃得入。曰："太子焉用孔悝？虽杀之，必或继之。"且曰："太子无勇。若燔台，必舍孔叔。"太子闻之，惧，下石乞、孟黡敌子路⑥，以戈击之，割缨⑦。子路曰："君子死，冠不免⑧。"结缨而死。孔子闻卫乱，曰："嗟乎！柴也其来乎⑨？由也其死矣⑩。"孔悝竟立太子蒯聩，是为庄公。

【注释】

①子羔：高柴字。卫国大夫，孔子弟子。②姑：暂且。至：到门前去。③不及：子羔认为子路要为国事而死难，这时出公已出奔，事情已来不及了。④焉：于此。辟：通"避"。⑤公孙敢：卫国大夫。⑥石乞、孟黡（yǎn）：蒯聩的臣子。敌：当。⑦缨：结冠的带子。⑧免：脱落。⑨柴：即高柴。⑩由：即子路。

　　庄公蒯聩者，出公父也，居外，怨大夫莫迎立。元年即位，欲尽诛大臣，曰："寡人居外久矣，子亦尝闻之乎？"群臣欲作乱，乃止。

二年，鲁孔丘卒。

三年，庄公上城，见戎州①，曰："戎虏何为是？"戎州病之。十月，戎州告赵简子，简子围卫。十一月，庄公出奔，卫人立公子斑师为卫君②。齐伐卫，虏斑师，更立公子起为卫君③。

【注释】

①戎州：戎人的城邑。②斑师（般师）：卫襄公之孙。③起：卫灵公子。

卫君起元年，卫石曼尃逐其君起①，起奔齐。卫出公辄自齐复归立。初，出公立十二年亡，亡在外四年复入。出公后元年，赏从亡者。立二十一年卒②，出公季父黔攻出公子而自立，是为悼公。

【注释】

①石曼尃（fū）：卫大夫。《左传》作"石圃"。②立二十一年卒：指前后共立二十一年，前十二年，后九年。

悼公五年卒，子敬公弗立。敬公十九年卒，子昭公纠立。是时三晋强①，卫如小侯，属之②。

【注释】

①三晋：春秋末年，晋国大夫韩、赵、魏三家瓜分晋国，就是战国时的韩、赵、魏三国，历史上称为"三晋"。②之：指赵氏。

昭公六年，公子亹弑之代立①，是为怀公。怀公十一年，公子颓弑怀公而代立，是为慎公。慎公父，公子适；适父，敬公也。慎公四十二年卒，子声公训立。声公十一年卒，子成侯遫立。

【注释】

①亹：音 wěi。适：音 dí。

成侯十一年，公孙鞅人秦①。十六年，卫更贬号曰侯。

【注释】

①公孙鞅：卫国人，一称卫鞅。辅佐秦孝公变法，国以富强。以功封

于商（今陕西丹凤县），号商君，因称商鞅。

二十九年，成侯卒，子平侯立。平侯八年卒，子嗣君立。

嗣君五年，更贬号曰君，独有濮阳[1]。

【注释】

[1]濮阳：卫国都城，在今河南濮阳县西南。卫原是个大国，都朝歌。后被北狄打败，靠齐的帮助，迁都楚丘，成为小国。春秋末年，又迁都帝丘（即濮阳），国土更狭小了。

四十二年卒，子怀君立。怀君三十一年，朝魏，魏囚杀怀君。魏更立嗣君弟，是为元君。元君为魏婿，故魏立之。元君十四年，秦拔魏东地，秦初置东郡[1]，更徙卫野王县[2]，而并濮阳为东郡。二十五年，元君卒，子君角立。

【注释】

[1]东郡：郡名。治所在濮阳。[2]野王县：其地为现在的河南省沁阳市。

君角九年，秦并天下，立为始皇帝。二十一年，二世废君角为庶人，卫绝祀。

太史公曰：余读世家言，至于宣公之太子以妇见诛，弟寿争死以相让，此与晋太子申生不敢明骊姬之过同[1]，俱恶伤父之志[2]。然卒死亡，何其悲也！或父子相杀，兄弟相灭，亦独何哉[3]？

【注释】

[1]骊姬：春秋时骊戎的女子。晋献公攻克骊戎，夺之立为夫人，生奚齐。[2]恶（wù）：厌恶。[3]亦：语助词，无义。独：犹"其"，这。

宋微子世家第八

　　微子开者[1]，殷帝乙之首子而帝纣之庶兄也[2]。纣既立，不明，淫乱于政，微子数谏[3]，纣不听。及祖伊以周西伯昌之修德[4]，灭阰国[5]，惧祸至，以告纣。纣曰："我生不有命在天乎？是何能为！"于是微子度纣终不可谏[6]，欲死之；及去，未能自决，乃问于太师、少师曰[7]："殷不有治政，不治四方[8]。我祖遂陈于上[9]，纣沉湎于酒[10]，妇人是用，乱败汤德于下[11]。殷既小大好草窃奸宄[12]，卿士师师非度[13]，皆有罪辜[14]，乃无维获[15]，小民乃并兴，相为敌仇。今殷其典丧[16]！若涉水无津涯[17]。殷遂丧[18]，越至于今[19]。"曰："太师，少师[20]，我其发出往[21]？吾家保于丧[22]？今女无故告予[23]，颠跻[24]，如之何其[25]？"太师若曰[26]："王子[27]，天笃下灾亡殷国[28]，乃毋畏畏[29]，不用老长[30]。今殷民乃陋淫神祇之祀[31]。今诚得治国，国治身死不恨。为死[32]，终不得治，不如去。"遂亡。

【注释】

　　①微：殷京都地区的封国名，在现在的山西省潞城县东。子：爵位。开：微子本名启，这里作"开"，是避汉景帝刘启的名讳。②殷：商王盘庚从奄（今山东省曲阜县城东）迁到殷（今河南省安阳县西北小屯村），因而商朝也称为殷朝。首子：长子。③数（shuò）：屡次。④祖伊：殷纣王的大臣。⑤阰（音耆）：一作黎。古国名。其地在今山西省长治市西南。⑥度（duó）：推测；估计。⑦太师：三公之一。这是指箕子。少师：三孤卿之一。这是指比干。⑧四方：指全国。⑨我祖：指商汤。遂：成就。陈：奉献。上：上世。⑩沉湎：指饮酒没有限制。⑪下：下世。⑫草窃奸宄（guǐ）：草野盗窃，犯法作乱。⑬卿士：王朝的执政官。师师：转相效法。非度：没有法度。⑭辜（gū）：罪。⑮维：常。⑯典：制度；法则。⑰津：渡口。涯：边际。⑱遂：就会，定会，注定。⑲越：助词，无意义。⑳太师，少师：再一次召唤，提出自己的问题。㉑发：起来。㉒家：指所受封之国。㉓女：通"汝"。你（们）。故：旨意。㉔颠：仆倒；坠

落。跻（jī）：坠落。马融说："跻犹坠也。"按跻的本义为"登""升"，这里是用它的反义。㉕其：音jī。语气助词，无意义。㉖若：顺。㉗王子：微子是帝乙的儿子，所以称王子。㉘笃：沉重；严重。㉙乃毋畏畏：指纣王上不畏天灾，下不畏贤人。乃，竟然。毋，不。㉚老长：元老中的领袖人物。㉛陋淫：轻视污损。神祇（qí）：天神和地神。㉜为：如果。

箕子者①，纣亲戚也②。纣始为象箸，箕子叹曰："彼为象箸③，必为玉杯；为杯，则必思远方珍怪之物而御之矣④。舆马宫室之渐自此始，不可振也。"纣为淫泆⑤，箕子谏，不听。人或曰："可以去矣。"箕子曰："为人臣谏不听而去，是彰君之恶而自说于民⑥，吾不忍为也。"乃被发详狂而为奴⑦。遂隐而鼓琴以自悲，故传之曰"箕子操"⑧。

【注释】

①箕子：箕是殷末封国名，在今山西省榆社县南；子是爵。箕子名胥余。②亲戚：箕子是纣的同宗族伯叔。③象箸（zhù）：用象牙制的筷子。④御：用。⑤泆（yì）：通"逸"。放荡；荒淫。⑥彰：显扬。⑦被：通"披"。详（yáng）：通"佯"。假装。⑧箕子操（cāo）：琴曲名。操，操守。

王子比干者，亦纣之亲戚也①。见箕子谏不听而为奴，则曰："君有过而不以死争②，则百姓何辜③？"乃直言谏纣。纣怒曰："吾闻圣人之心有七窍④，信有诸乎⑤？"乃遂杀王子比干，刳视其心⑥。

【注释】

①亲戚，比干是纣的同宗族伯叔。②争：通"诤"。直言劝诫。③百姓：古代对贵族的总称，战国以后则泛指不在官位的人。④窍（qiào）：孔穴。⑤诸：之。代词。⑥刳（kū）：剖开。

微子曰："父子有骨肉，而臣主以义属。故父有过，子三谏不听，则随而号之；人臣三谏不听，则其义可以去矣。"于是太师、少师乃劝微子去，遂行。

周武王伐纣克殷，微子乃持其祭器造于军门①，肉袒面缚②，左牵羊，右把茅③，膝行而前以告④。于是武王乃释微子，复其位如故。

微子像，出自清·顾沅辑《古圣贤像传略》。

【注释】

①祭器：商王室宗庙中祭祀用的礼器。持祭器去见周武王，以示投降。造：往，去。②肉袒：脱去上衣，露出肉体。面缚：把手缚在背后，面向前。③把：拿着。④膝行：跪着前进，表示畏服。

武王封纣子武庚禄父以续殷祀，使管叔、蔡叔傅相之。

武王既克殷，访问箕子。

武王曰："於乎①！维天阴定下民②，相和其居③，我不知其常伦所序④。"

【注释】

①於乎：同"呜呼"，叹词。②维：发语词。阴定：默默地安定。③相（xiàng）：帮助。④常伦：常道，通常的道理。

箕子对曰："在昔鲧堙鸿水①，汨陈其五行②，帝乃震怒③，不从鸿范九等④，常伦所斁⑤。鲧则殛死⑥，禹乃嗣兴⑦。天乃锡禹鸿范九等⑧，常伦所序。"

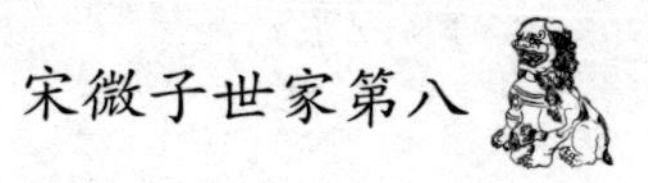

【注释】

①鲧（gǔn）：我国古史中的人物，传说居于崇（今陕西户县东），称有崇氏，号崇伯。由四岳推举，奉尧命治水。堙（yīn）：堵塞。鸿：通"洪"。②汩（gǔ）：乱。陈：列。③帝：天。④从：给予。鸿范：大法。等：种类。⑤斁（dù）：败坏。⑥殛：惩罚。⑦嗣：继承。⑧锡：赐予。

初一曰五行；二曰五事；三曰八政；四曰五纪；五曰皇极①；六曰三德；七曰稽疑；八曰庶征②；九曰向用五福③，畏用六极④。

【注释】

①皇极：皇帝统治天下、施行政教的准则。皇，君王。②庶征：众多的证验。③五福：五种幸福的事。④六极：六种极不幸的事。

五行：一曰水，二曰火，三曰木，四曰金，五曰土①。水曰润下②，火曰炎上③，木曰曲直④，金曰从革⑤，土曰稼穑⑥。润下作咸⑦，炎上作苦⑧，曲直作酸，从革作辛⑨，稼穑作甘⑩。

【注释】

①这次序是根据阴阳所生的顺序而排列的。②润下：滋润万物，而向下行。③炎上：炎热旺盛而向上升。④曲直：木可以用揉的方法使它由直变曲，由曲变直。⑤从革：金可以销熔，随从人意改变形状。⑥稼：种植。穑：收获。⑦咸：盐卤味。⑧苦：焦味。⑨辛：辣味。⑩甘：甜味。

五事①：一曰貌，二曰言，三曰视，四曰听，五曰思。貌曰恭②，言曰从③，视曰明④，听曰聪⑤，思曰睿⑥。恭作肃⑦，从作治⑧，明作智，聪作谋⑨，睿作圣。

【注释】

①五事：人主本身应该注意的五件事。②恭：容貌庄重而庄敬。③从：言语正确，令人遵从。④明：审察正邪善恶。⑤聪：善听意见，明辨是非。⑥睿（ruì）：通达；明智。⑦肃：必敬。⑧治：治理。⑨谋：在下的人进献计策。

八政：①一曰食②，二曰货③，三曰祀④，四曰司空⑤，五曰司徒⑥，六曰司寇⑦，七曰宾⑧，八曰师⑨。

【注释】

①八政：人主施政教于民的八个方面的事情。②食：粮食生产。③货：财货流通。指令民发展工商。④祀：祭祀。指教民敬鬼神。⑤司空：官名。主管经营城郭，建筑住宅。这是指土木建造以安定人民。⑥司徒：官名。主管教育。这是指教民以礼义。⑦司寇：官名。主管刑狱。⑧宾：官名。掌管诸侯朝觐的礼仪。这是指礼宾，使各国往来亲好。⑨师：军事。

五纪：①一曰岁②，二曰月③，三曰日④，四曰星辰⑤，五曰历数⑥。

【注释】

①五纪：指从五个方面经纪天时，使它和顺，为人所用。②岁：从冬至到明年冬至为一岁。纪四时。③月：从朔到晦为一月。纪月。④日：从夜半到明日夜半为一日。纪日。⑤星辰：指日、月、五星、二十八宿及其运行规律。⑥历数：推测岁时节候的次序。

皇极：皇建其有极①，敛时五福②，用傅锡其庶民③，维时其庶民于女极，锡女保极④。凡厥庶民，毋有淫朋⑤，人毋有比德⑥，维皇作极。凡厥庶民⑦，有猷有为有守⑧，女则念之⑨。不协于极⑩，不离于咎⑪，皇则受之。而安而色⑫，曰予所好德，女则锡之福⑬。时人斯其维皇之极⑭。毋侮鳏寡而畏高明⑮。人之有能有为，使羞其行⑯，而国其昌⑰。凡厥正人，既富方毂⑱，女不能使有好于而家，时人斯其辜。于其毋好，女虽锡之福，其作女用咎⑲。毋偏毋颇⑳，遵王之义㉑。毋有作好，遵王之道。毋有作恶，遵王之路。毋偏毋党㉒，王道荡荡㉓。毋党毋偏，王道平平㉔。毋反毋侧㉕，王道正直。会其有极㉖，归其有极。曰王极之傅言㉗，是夷是训㉘，于帝其顺。凡厥庶民，极之傅言，是顺是行，以近天子之光㉙。曰天子作民父母，以为天下王。

【注释】

①建：树立。②敛（liǎn）：聚集，求得。时：这。③傅：同"敷"。布施。锡：赐予。庶：众。④保：守；维持。⑤淫：邪恶。朋：朋党，即

以谋私利为目的而结合的集团。⑥比：曲从勾结。⑦厥：其。⑧犹：谋划。守：操守。⑨念：思念；考虑。⑩协：合。⑪离：通"罹"。遭遇。⑫而：你（们）。⑬福：指爵禄。⑭斯：此；这。⑮高明：指宠幸贵显的人。⑯羞：原义是进献食品，这里用为进献的意思。⑰昌：兴盛。⑱方：接待。榖：善道。⑲咎：罪恶。⑳偏：不平。颇：不正。㉑遵：依照。㉒党：偏私。㉓荡荡：广大貌。㉔平平（pián pián）：治理貌。㉕反：背逆。侧：倾斜；偏差。㉖会：会集。㉗傅言：宣扬帝王的言论。㉘夷：常道。训：教训。㉙近：益；增加。

　　三德①：一曰正直②，二曰刚克③，三曰柔克④。平康正直⑤，强不友刚克⑥，内友柔克⑦，沉渐刚克⑧，高明柔克⑨。维辟作福⑩，维辟作威⑪，维辟玉食⑫。臣无有作福、作威、玉食。臣有作福、作威、玉食，其害于而家⑬，凶于而国，人用侧颇辟⑭，民用僭忒⑮。

【注释】

　　①三德：人君随时张弛而用的三种德行。②正直：能正人之曲使直。③刚克：刚强能立事。④柔克：和柔能治事。⑤平康：和平安康。⑥强不友：强暴不顺。友，顺。⑦内友：和顺。⑧沉渐：深隐未露的阴谋。渐，通"潜"。⑨高明：指君子。⑩辟（bì）：君主。作福：专爵赏。⑪作威：专刑罚。⑫玉食：美食。⑬家：指卿大夫的封邑。⑭辟（pì）：通"僻"。偏邪。⑮僭忒（jiàn tè）：逾越常规，心怀疑贰。

　　稽疑①：择建立卜筮人②，乃命卜筮，曰雨③，曰济④，曰涕⑤，曰雾⑥，曰克⑦，曰贞⑧，曰悔⑨，凡七。卜五，占之用二，衍贰⑩。立时人为卜筮，三人占则从二人之言。女则有大疑，谋及女心，谋及卿士，谋及庶人，谋及卜筮。女则从。龟从，筮从，卿士从，庶民从，是之谓大同⑪，而身其康强⑫，而子孙其逢吉⑬。女则从，龟从，筮从，卿士逆，庶民逆，吉。卿士从，龟从，筮从，女则逆，庶民逆，吉。庶民从，龟从，筮从，女则逆，卿士逆，吉。女则从，龟从，筮逆，卿士逆，庶民逆，作内吉，作外凶⑭。龟筮共违于人，用静吉，用作凶⑮。

【注释】

　　①稽疑：决断疑难问题。②卜：用火烧龟甲，观察灼开的裂纹（兆），

去推测吉凶。筮：用蓍（shī）草占卦。③雨：兆象下雨。④济：通"霁"，兆象雨止。⑤涕（yí）：《尚书·洪范》作"圉"。兆象气络绎不绝。⑥雾：兆象气阴暗模糊。⑦克：兆象阴阳二气相侵犯。⑧贞：内卦下三爻叫贞。贞，正。⑨悔：外卦上三爻叫悔。⑩衍忒（tè）：推演变化。忒，通"忒"。⑪大同：人神的意见一致。⑫康强：康乐强健。⑬逢：大。⑭内吉外凶：谓举事于境内则吉，境外则凶。⑮作：动；兴起。

庶征：曰雨，曰阳，曰奥，曰寒，曰风，曰时①。五者来备，各以其序，庶草繁庑②。一极备③，凶。一极亡④，凶。曰休征⑤：曰肃，时雨若⑥；曰治，时旸若⑦；曰知，时奥若；曰谋，时寒若；曰圣，时风若。曰咎征⑧：曰狂，常雨若；曰僭⑨，常旸若；曰舒⑩，常奥若；曰急，常寒若；曰雾⑪，常风若。王眚维岁⑫，卿士维月，师尹维日⑬。岁、月、日、时毋易⑭，百谷用成⑮，治用明，畯民用章⑯，家用平康。日、月、岁、时既易，百谷用不成，治用昏不明，畯民用微，家用不宁。庶民维星，星有好风⑰，星有好雨⑱。日月之行，有冬有夏。月之从星，则以风雨。

【注释】

①庶征：众多的征验。庶，众多。雨以润物，阳以干物，奥以长物，寒以成物，风以动物。五者都适时，所以是众多的证验。时，适时。奥（yù），通"燠（yù）"，暖。②庑：通"芜"。草木茂盛。③极备：过多。④亡（wú）：通"无"。⑤休征：美好行为的证验。休，美好。⑥肃：谓君主行为肃敬。若：顺。⑦旸：出太阳；天晴。⑧咎征：恶行的证验。⑨僭（jiàn）：差失。⑩舒：逸豫；安乐。⑪雾：昏暗。⑫眚：通省（xǐng）。察看；职掌。维：为；是。⑬师尹：各部门的主官。⑭毋易：各顺正常不改变。⑮百谷：谷类的总称。用：以；因。⑯畯（jùn）民：贤臣。畯，通"俊"。⑰星：指箕宿。二十八宿之一。⑱星：指毕宿。二十八宿之一。

"五福：一曰寿，二曰富，三曰康宁①，四曰攸好德②，五曰考终命③。六极④：一曰凶、短、折⑤，二曰疾，三曰忧，四曰贫，五曰恶⑥，六曰弱⑦。"

【注释】

①康宁：平安，无疾病。②攸好德：爱好道德。攸，语助词，无义。③考终命：享尽天年，获得善终。考，老。④极：不幸的事。⑤凶、短、折：早死，夭折。⑥恶：丑陋。⑦弱：愚蠢而怯懦。

于是武王乃封箕子于朝鲜而不臣也①。

【注释】

①朝鲜：传说其地在今朝鲜半岛。臣：以动用法。

其后箕子朝周，过故殷虚①，感宫室毁坏，生禾黍，箕子伤之，欲哭则不可，欲泣为其近妇人②，乃作《麦秀》之诗以歌咏之。其诗曰："麦秀渐渐兮③，禾黍油油④。彼狡童兮⑤，不与我好兮！"所谓狡童者，纣也。殷民闻之，皆为流涕。

【注释】

①故：旧。殷虚：商代后期的都城遗址。在今河南省安阳县小屯村。虚，通"墟"。②近妇人：谓与妇人喜爱涕泣的性格相近。③渐渐：麦芒的形状。④油油：禾黍苗光润貌。⑤狡童：美好的少年。

武王崩①，成王少②，周公旦代行政当国③。管蔡疑之，乃与武庚作乱，欲袭成王、周公。周公既承成王命诛武庚，杀管叔，放蔡叔④，乃命微子开代殷后，奉其先祀，作《微子之命》以申之⑤，国于宋⑥。微子故能仁贤，乃代武庚，故殷之余民甚戴爱之。

【注释】

①崩：古代称天子死。②成王：姬诵，武王子。③周公旦：姬旦。④放：流放。⑤《微子之命》：《尚书》篇名。申：表明告诫。⑥国：建国。宋：子姓。

微子开卒，立其弟衍，是为微仲①。微仲卒，子宋公稽立。宋公稽卒，子丁公申立。丁公申卒，子湣公共立。湣公共卒，弟炀公熙立。炀公即位，湣公子鲋祀弑炀公而自立，曰"我当立"，是为厉公。厉公卒，子釐公举立。

《东周列国志》版画之立新君华督行赂图，讲
述宋国华督谋杀宋殇公，另立新君，为防诸侯
干涉，行贿于各诸侯国之事。

禧公十七年，周厉王出奔彘[2]。

【注释】

①微仲：《史记志疑》认为是微子的儿子。②周厉王：姬胡。

二十八年，禧公卒，子惠公覸立[1]。惠公四年，周宣王即位[2]。三十年，惠公卒，子哀公立。哀公元年卒，子戴公立。

【注释】

①覸：音 jiàn。②周宣王：姬靖。

戴公二十九年，周幽王为犬戎所杀[1]，秦始列为诸侯[2]。

【注释】

①周幽王：姬宫湦（shēng）。前 781—前 771 年在位。②秦：部

落名。

三十四年，戴公卒，子武公司空立。武公生女为鲁惠公夫人，生鲁桓公。十八年，武公卒，子宣公力立。

宣公有太子与夷。十九年，宣公病，让其弟和，曰："父死子继，兄死弟及，天下通义也。我其立和。"和亦三让而受之。宣公卒，弟和立，是为穆公。

穆公九年，病，召大司马孔父谓曰①："先君宣公舍太子与夷而立我，我不敢忘。我死，必立与夷也。"孔父曰："群臣皆愿立公子冯。"穆公曰："毋立冯，吾不可以负宣公②。"于是穆公使冯出居于郑③。八月庚辰，穆公卒，兄宣公子与夷立，是为殇公。君子闻之，曰："宋宣公可谓知人矣，立其弟以成义，然卒其子复享之。"

【注释】

①大司马：官名。掌邦国政治。孔父：即孔父嘉。②负：背弃。③郑：国名。姬姓。开国君主是周宣王的弟弟郑桓公。

殇公元年，卫公子州吁弑其君完自立，欲得诸侯，使告于宋曰："冯在郑，必为乱，可与我伐之。"宋许之，与伐郑，至东门而还。二年，郑伐宋，以报东门之役①。其后诸侯数来侵伐②。

【注释】

①报：报复。②数（shuò）：屡次。

九年，大司马孔父嘉妻好①，道遇太宰华督②，督说③，目而观之④。督利孔父妻⑤，乃使人宣言国中曰："殇公即位十年耳⑥，而十一战⑦，民苦不堪，皆孔父为之，我且杀孔父以宁民。"是岁，鲁弑其君隐公。十年，华督攻杀孔父，取其妻。殇公怒，遂弑殇公，而迎穆公子冯于郑而立之，是为庄公。

【注释】

①好：美丽。②太宰：官名。辅佐国君治理国家。③说：通"悦"。喜欢。④目：注视。⑤利：贪。⑥耳：而已；罢了。⑦十一战：贾逵说："一战，伐郑，围其东门；二战，取其禾；三战，取邾田；四战，邾郑伐

宋，入其郛；五战，伐郑，围长葛；六战，郑以王命伐宋；七战，鲁败宋师于菅；八战，宋、卫入郑；九战，伐戴；十战，郑入宋；十一战，郑伯以虢师大败宋。”

庄公元年，华督为相。九年，执郑之祭仲①，要以立突为郑君②。祭仲许，竟立突。十九年，庄公卒，子湣公捷立。

【注释】

①祭（zhài）仲：郑国大夫。②要（yāo）：要挟。突：姬突。后为郑厉公。

湣公七年，齐桓公即位。九年，宋水①，鲁使臧文仲往吊水②。湣公自罪曰：“寡人以不能事鬼神，政不修，故水。”臧文仲善此言。此言乃公子子鱼教湣公也③。

【注释】

①水：水灾。②吊：慰问遭遇不幸。③子鱼：宋桓公的儿子。

十年夏，宋伐鲁，战于乘丘①，鲁生虏宋南宫万②。宋人请万，万归宋。十一年秋，湣公与南宫万猎，因博争行③，湣公怒，辱之，曰：“始吾敬若④；今若，鲁虏也。”万有力，病此言⑤，遂以局杀湣公于蒙泽⑥。大夫仇牧闻之，以兵造公门⑦。万搏牧，牧齿著门阖死⑧。因杀太宰华督，乃更立公子游为君。诸公子奔萧⑨，公子御说奔亳⑩。万弟南宫牛将兵围亳。冬，萧及宋之诸公子共击杀南宫牛，杀宋新君游而立湣公弟御说，是为桓公。宋万奔陈。宋人请以赂陈，陈人使妇人饮之醇酒⑪，以革裹之，归宋。宋人醢万也⑫。

【注释】

①乘丘：鲁地名。在今山东省兖州西北。②生虏：活捉。南宫万：南宫，氏；万，名。宋国卿。③博：局戏，即弈棋一类的游戏。④若：你（们）。⑤病：不满。⑥局：棋盘。蒙泽：宋地名。北。⑦仇（qiú）牧：宋大夫。造：往；到。⑧阖：门扇。⑨萧：宋邑名。故城在今安徽省萧县西北。⑩亳（bó）：宋邑名。在今河南省商丘市南。⑪醇酒：浓酒。⑫醢（bǎi）：剁成肉酱。

桓公二年，诸侯伐宋，至郊而去。三年，齐桓公始霸。二十三年，迎卫公子燬于齐，立之，是为卫文公。文公女弟为桓公夫人。秦穆公即位①。三十年，桓公病，太子兹甫让其庶兄目夷为嗣②。桓公义太子意③，竟不听。三十一年春，桓公卒，太子兹甫立，是为襄公。以其庶兄目夷为相。未葬，而齐桓公会诸侯于葵丘④。襄公往会。

【注释】

①秦穆公：嬴任好。前659—前621年在位，称霸西戎。②目夷：字子鱼。③义：认为合乎事宜。以动用法。④葵丘：宋地名。在今河南兰考县境。

襄公七年，宋地霣星如雨①，与雨偕下；六鹢退蜚②，风疾也③。

【注释】

①霣（yǔn）：通"陨"。坠落。②鹢（yì）：鸟名，即鹢。蜚，通"飞"。③风疾：风起于远处，到宋国都城，迅猛异常，所以鹢遇风退飞。

八年，齐桓公卒，宋欲为盟会。十二年春，宋襄公为鹿上之盟①，以求诸侯于楚，楚人许之。公子目夷谏曰："小国争盟，祸也。"不听。秋，诸侯会宋公盟于盂②。目夷曰："祸其在此乎？君欲已甚，何以堪之！"于是楚执宋襄公以伐宋。冬，会于亳，以释宋公。子鱼曰③："祸犹未也。"十三年夏，宋伐郑。子鱼曰："祸在此矣。"秋，楚伐宋以救郑。襄公将战，子鱼谏曰："天之弃商久矣，不可。"冬，十一月，襄公与楚成王战于泓④。楚人未济⑤，目夷曰："彼众我寡，及其未济击之。"公不听。已济未陈⑥，又曰："可击。"公曰："待其已陈。"陈成，宋人击之。宋师大败，襄公伤股。国人皆怨公。公曰："君子不困人于厄⑦，不鼓不成列⑧。"子鱼曰："兵以胜为功，何常言与⑨！必如公言，即奴事之耳⑩，又何战为？"

【注释】

①鹿上：宋地名。在今山东省巨野县西南。②盂（yú）：宋地名。在今河南省睢县西北。③子鱼：即公子目夷。④楚成王：熊恽。前671—前626年在位。泓：水名。⑤济：渡河。⑥陈：同"阵"。排列战斗队形。⑦厄：危难。⑧不鼓：不击鼓，表示不进击。不成列；没有列成阵

势。⑨常言：指不切合实际的空谈。与（yú）：通"欤"。语气助词。⑩奴事：当奴隶奉事人家。

　　楚成王已救郑，郑享之①；去而取郑二姬以归②。叔瞻曰③："成王无礼，其不没乎？为礼卒于无别，有以知其不遂霸也。"

【注释】

　　①享：通"飨"。用酒食款待。②二姬：郑文公夫人芈（mǐ）氏和姜氏的两个女儿。③叔瞻：郑国大夫。

　　是年，晋公子重耳过宋，襄公以伤于楚，欲得晋援，厚礼重耳以马二十乘①。

【注释】

　　①乘（shèng）：一车四马为一乘。

　　十四年夏①，襄公病伤于泓而竟卒，子成公王臣立。

【注释】

　　①按《春秋》记载：宋、楚战于泓是在鲁僖公二十三年（前637年），重耳过宋与宋襄公卒是在鲁僖公二十四年（前636年）。

　　成公元年，晋文公即位。三年，倍楚盟亲晋①，以有德于文公也。四年，楚成王伐宋，宋告急于晋。五年，晋文公救宋，楚兵去。九年晋文公卒。十一年，楚太子商臣弑其父成王代立。十六年，秦穆公卒。

【注释】

　　①倍：通"背"。背叛。

　　十七年，成公卒。成公弟御杀太子及大司马公孙固而自立为君①。宋人共杀君御而立成公少子杵臼，是为昭公。
　　昭公四年，宋败长翟缘斯于长丘②。七年，楚庄王即位③。

【注释】

　　①公孙固：宋庄公之孙。②长翟：部族名。狄人的一支。缘斯：鄋（sōu）瞒（长翟的一支）国君。长丘：地名。在今河南省封丘县西南。③楚

庄王：熊侣。前 613—前 591 年在位。春秋五霸之一。

九年，昭公无道，国人不附。昭公弟鲍革贤而下士①。先，襄公夫人欲通于公子鲍②，不可，乃助之施于国③，因大夫华元为右师④。昭公出猎，夫人王姬使卫伯攻杀昭公杵臼。弟鲍革立，是为文公。

【注释】

①鲍革：《史记志疑》以为"革"是衍文，当删。就是下文的公子鲍。②襄公夫人：即夫人王姬。周惠王的女儿。③施：布施恩惠。④华元：华督的曾孙。右师：宋国设有右师、左师，都是执政官。

文公元年，晋率诸侯伐宋，责以弑君。闻文公定立，乃去。二年，昭公子因文公母弟须与武、缪、戴、庄、桓之族为乱，文公尽诛之，出武、缪之族①。

【注释】

①出：逐出。

四年春，楚命郑伐宋。宋使华元将，郑败宋，囚华元。华元之将战，杀羊以食士，其御羊羹不及①，故怨，驰入郑军，故宋师败，得囚华元。宋以兵车百乘、文马四百匹赎华元②。未尽入，华元亡归宋。

【注释】

①御：驾车的人，名羊斟。②文马：毛色有文彩的马。

十四年，楚庄王围郑。郑伯降楚，楚复释之。

十六年，楚使过宋，宋有前仇，执楚使。九月，楚庄王围宋。十七年，楚以围宋五月不解①，宋城中急，无食，华元乃夜私见楚将子反。子反告庄王。王问："城中何如？"曰："析骨而炊②，易子而食③。"庄王曰："诚哉言！我军亦有二日粮。"以信故，遂罢兵去。

【注释】

①以：通"已"。已经。②析骨：把人骨劈开。③易子：交换子女。易，交换。

二十二年，文公卒，子共公瑕立。始厚葬。君子讥华元不臣矣①。

【注释】

①不臣：不能尽到臣子的职责。

共公十年，华元善楚将子重，又善晋将栾书，两盟晋、楚。十三年，共公卒。华元为右师，鱼石为左师。司马唐山攻杀太子肥，欲杀华元，华元奔晋，鱼石止之，至河乃还，诛唐山。乃立共公少子成，是为平公。

平公三年，楚共王拔宋之彭城，以封宋左师鱼石。四年，诸侯共诛鱼石，而归彭城于宋。三十五年，楚公子围弑其君自立，为灵王。四十四年，平公卒，子元公佐立。

元公三年，楚公子弃疾弑灵王，自立为平王。八年，宋火。十年，元公毋信，诈杀诸公子，大夫华、向氏作乱。楚平王太子建来奔，见诸华氏相攻乱，建去如郑。十五年，元公为鲁昭公避季氏居外，为之求入鲁，行道卒，子景公头曼立。

景公十六年，鲁阳虎来奔①，已复去②。二十五年，孔子过宋，宋司马桓魋恶之③，欲杀孔子，孔子微服去④。三十年，曹倍宋，又倍晋，宋伐曹，晋不救，遂灭曹有之⑤。三十六年，齐田常弑简公。

【注释】

①阳虎：又名阳货。鲁国季孙氏的家臣。②已：没有多久。③魋：音 tuí。④微服：平民的服装。⑤有：取得；占有。

三十七年，楚惠王灭陈。荧惑守心①。心，宋之分野也②。景公忧之。司星子韦曰③："可移于相。"景公曰："相，吾之股肱④。"曰："可移于民。"景公曰："君者待民。"曰："可移于岁。"景公曰："岁饥民困，吾谁为君！"子韦曰："天高听卑。君有君人之言三⑤，荧惑宜有动。"于是候之⑥，果徙三度。

【注释】

①荧惑：即火星。心：心宿，二十八宿之一。②分野：古代天文学说，把天上星宿的位置跟地上州国的位置相对应，如说房宿、心宿的分野是宋国或豫州之类。③司星：观测星象的官员。④股肱（gōng）：股，大

腿。肱，手臂从肘到腕的部分。⑤君人：君临人民。有配当人民的君主之意。君，作动词用。⑥候：观测；占验。

六十四年，景公卒。宋公子特攻杀太子而自立，是为昭公。昭公者，元公之曾庶孙也。昭公父公孙纠，纠父公子褍秦①，褍秦即元公少子也。景公杀昭公父纠，故昭公怨杀太子而自立。

【注释】

①褍（duān）秦：人名。

昭公四十七年卒，子悼公购由立。悼公八年卒，子休公田立。休公田二十三年卒，子辟公辟兵立。辟公三年卒，子剔成立。剔成四十一年，剔成弟偃攻袭剔成，剔成败奔齐，偃自立为宋君。

君偃十一年，自立为王。东败齐，取五城；南败楚，取地三百里；西败魏军，乃与齐、魏为敌国。盛血以韦囊①，县而射之②，命曰"射天"。淫于酒、妇人。群臣谏者辄射之。于是诸侯皆曰"桀宋"③。"宋其复为纣所为，不可不诛。"告齐伐宋。王偃立四十七年，齐湣王与魏、楚伐宋，杀王偃，遂灭宋而三分其地。

【注释】

①韦：熟牛皮。②县（xuán）：通"悬"。③桀宋：说他是像夏桀一样的宋君。

太史公曰：孔子称"微子去之，箕子为之奴，比干谏而死，殷有三仁焉①"。《春秋》讥宋之乱自宣公废太子而立弟②，国以不宁者十世。襄公之时，修行仁义，欲为盟主。其大夫正考父美之，故追道契、汤、高宗③，殷所以兴，作《商颂》④。襄公既败于泓，而君子或以为多⑤，伤中国阙礼义⑥，褒之也⑦，宋襄之有礼让也。

【注释】

①三仁：指微子、箕子、比干。②《春秋》：指《春秋公羊传》。③契（xiè）：传说中商朝的始祖。汤：商朝的建立者。高宗：武丁。④《商颂》：《诗·颂》的一部分，有五篇，为祝颂之诗。⑤多：赞许。⑥阙（què）：通"缺"，缺少。⑦褒：称赞；表扬。

晋世家第九[1]

晋唐叔虞者[2]，周武王子而成王弟[3]。初，武王与叔虞母会时[4]，梦天谓武王曰："余命女生子，名虞，余与之唐。"及生子，文在其手曰"虞"，故遂因命之曰虞。

【注释】

①晋：始建国于公元前 11 世纪。姬姓。②叔虞：周成王的弟弟。周公诛灭唐国（今山西省翼城县西）以后，成王把唐地封给弟弟叔虞。叔是字，虞是名。因为封在唐，所以叫唐叔虞。叔虞的儿子燮（xiè）迁都曲沃（故城在今山西省闻喜县东北），因南临晋水，改称为晋，但晋初封于唐，所以又称晋唐叔虞。③周武王：姬发。成王：武王的儿子姬诵。④叔虞母：邑姜。武王正妃，齐太公姜尚的女儿。

武王崩，成王立，唐有乱[1]，周公诛灭唐。成王与叔虞戏，削桐叶为珪以与叔虞[2]，曰："以此封若[3]。"史佚因请择日立叔虞[4]。成王曰："吾与之戏耳。"史佚曰："天子无戏言。言则史书之，礼成之，乐歌之。"于是遂封叔虞于唐。唐在河、汾之东[5]，方百里，故曰唐叔虞。姓姬氏，字子于。

【注释】

①唐：夏、商时即为诸侯国，相传是唐帝尧的后裔。祁姓。②珪：帝王诸侯所持的玉版，上圆或尖，下方。③若：你（们）。④史佚（yì）：史官名佚。⑤河：黄河。汾：汾河，在山西省中部。

唐叔子燮，是为晋侯。晋侯子宁族，是为武侯。武侯之子服人，是为成侯。成侯子福，是为厉侯。厉侯之子宜曰，是为靖侯。靖侯已来[1]，年纪可推[2]。自唐叔至靖侯五世，无其年数。

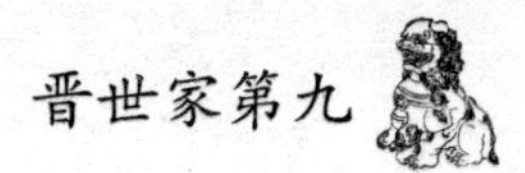

【注释】

①已：通"以"。②年纪：在位的年数。

靖侯十七年，周厉王迷惑暴虐[1]，国人作乱，厉王出奔于彘[2]，大臣行政，故曰"共和"[3]。

【注释】

①周厉王：姬胡。②彘（zhì）：地名。在今山西省霍县。③共和：厉王出奔以后，由大臣周公、召公共同行政。

十八年，靖侯卒，子釐侯司徒立[1]。釐侯十四年，周宣王初立[2]。十八年，釐侯卒，子献侯籍立。献侯十一年卒，子穆侯费王立[3]。

【注释】

①釐（xī）：通"僖"。②周宣王：姬静。前828—前782年在位。③费：音 bì。

穆侯四年，取齐女姜氏为夫人[1]。七年，伐条[2]。生太子仇。十年，伐千亩[3]，有功。生少子，名曰成师。晋人师服曰[4]："异哉，君之命子也！太子曰仇，仇者雠也。少子曰成师，成师大号，成之者也。名，自命也；物，自定也。今适庶名反逆[5]，此后晋其能毋乱乎！"

【注释】

①取：通"娶"。②条：晋地名。今地不详。③千亩：晋地名。在今山西省介休市南。④师服：晋国大夫。⑤适（dí）：通"嫡"。古代称正妻为"嫡"，称正妻所生的子、女为嫡出。也为正妻所生的长子（嫡子）的简称。

二十七年，穆侯卒，弟殇叔自立，太子仇出奔。殇叔三年，周宣王崩。四年，穆侯太子仇率其徒袭殇叔而立，是为文侯。

文侯十年，周幽王无道[1]，犬戎杀幽王，周东徙。而秦襄公始列为诸侯。

【注释】

①周幽王：姬宫涅（shēng）。前781—前771年在位。因任用虢

石父为政，剥削严重，人民流离失所。

　　三十五年，文侯仇卒，子昭侯伯立。

　　昭侯元年，封文侯弟成师于曲沃①。曲沃邑大于翼②。翼，晋君都邑也。成师封曲沃，号为桓叔。靖侯庶孙栾宾相桓叔。桓叔是年五十八矣，好德，晋国之众皆附焉。君子曰："晋之乱其在曲沃矣。末大于本而得民心，不乱何待？"

【注释】

　　①曲沃：原为晋国都城，在今山西省闻喜县东北。②翼：晋邑名。

　　七年，晋大臣潘父弑其君昭侯而迎曲沃桓叔。桓叔欲入晋，晋人发兵攻桓叔。桓叔败，还归曲沃。晋人共立昭侯子平为君，是为孝侯。诛潘父。

　　孝侯八年，曲沃桓叔卒，子鳝代桓叔①，是为曲沃庄伯。孝侯十五年，曲沃庄伯弑其君晋孝侯于翼，晋人攻曲沃庄伯，庄伯复入曲沃。晋人复立孝侯子郤为君②，是为鄂侯。

【注释】

　　①鳝（shàn）：人名。②郤（xì）：人名。

　　鄂侯二年，鲁隐公初立①。

　　鄂侯六年卒。曲沃庄伯闻晋鄂侯卒，乃兴兵伐晋。周平王使虢公将兵伐曲沃庄伯①，庄伯走保曲沃。晋人共立鄂侯子光，是为哀侯。

【注释】

　　①鲁隐公：姬息。前 722—前 711 年在位。《春秋》纪年从此开始。②周平王：据《十二诸侯年表》和《左传》是周桓王，此误。

　　哀侯二年，曲沃庄伯卒，子称代庄伯立①，是为曲沃武公。哀侯六年，鲁弑其君隐公。哀侯八年，晋侵陉廷②。陉廷与曲沃武公谋，九年，伐晋于汾旁，虏哀侯。晋人乃立哀侯小子为君，是为小子侯③。

【注释】

　　①称：音 chèn。②陉（xíng）廷：贾逵说："翼南鄙邑名。"在今山西

省侯马市东北。③小子：古代帝王诸侯父丧未除，不能正式登位，称子或小子。

小子元年，曲沃武公使韩万杀所虏晋哀侯①。曲沃益强，晋无如之何。

【注释】

①韩万：曲沃桓叔的儿子，庄伯的弟弟。

晋小子之四年，曲沃武公诱召晋小子杀之。周桓王使虢仲伐曲沃武公①，武公入于曲沃，乃立晋哀侯弟缗为晋侯②。

【注释】

①虢（guó）仲：人名。虢国的君主。②缗：音 mín。

晋侯缗四年，宋执郑祭仲而立突为郑君①。晋侯十九年，齐人管至父弑其君襄公②。

【注释】

①祭（zhài）仲：郑国大夫。郑君：郑厉公姬突。②管至父：齐国大夫。

晋侯二十八年，齐桓公始霸①。曲沃武公伐晋侯缗，灭之，尽以其宝器赂献于周禧王②。禧王命曲沃武公为晋君，列为诸侯，于是尽并晋地而有之。

【注释】

①齐桓公：姜小白。春秋五霸之首。②周禧王：姬胡齐。前 681—前 677 年在位。

曲沃武公已即位三十七年矣，更号曰晋武公。晋武公始都晋国，前即位曲沃，通年三十八年。

武公称者，先晋穆侯曾孙也，曲沃桓叔孙也。桓叔者，始封曲沃。武公，庄伯子也。自桓叔初封曲沃以至武公灭晋也，凡六十七岁，而卒代晋为诸侯。武公伐晋二岁，卒。与曲沃通年，即位凡三十九年而卒。

子献公诡诸立。

献公元年，周惠王弟穨攻惠王①，惠王出奔，居郑之栎邑②。

【注释】

①周惠王：姬阆（làng）。前 676—前 652 年在位。②栎（lì）邑：郑邑名。故城在今河南省禹县境。

五年，伐骊戎①，得骊姬、骊姬弟②，俱爱幸之。

八年，士蒍说公曰③："故晋之群公子多，不诛，乱且起。"乃使尽杀诸公子，而城聚都之④，命曰绛⑤，始都绛。九年，晋群公子既亡奔虢⑥，虢以其故再伐晋，弗克。十年，晋欲伐虢，士蒍曰："且待其乱。"

【注释】

①骊戎：西戎别居在骊山的一支。②骊姬弟：即骊姬的妹妹。③士蒍（wěi）：晋国大夫。④聚：晋邑名。故城在今山西省绛县东南。⑤绛：音 jiàng。⑥虢：指北虢。地在今河南三门峡市东南。

十二年，骊姬生奚齐。献公有意废太子，乃曰："曲沃吾先祖宗庙所在，而蒲边秦①，屈边翟②，不使诸子居之，我惧焉。"于是使太子申生居曲沃，公子重耳居蒲，公子夷吾居屈。献公与骊姬子奚齐居绛。晋国以此知太子不立也。太子申生，其母齐桓公女也，曰齐姜，早死。申生同母女弟为秦穆公夫人。重耳母，翟之狐氏女也。夷吾母，重耳母女弟也。献公子八人③，而太子申生、重耳、夷吾皆有贤行。及得骊姬，乃远此三子④。

【注释】

①蒲：晋邑名。故城在今山西省隰县北。②屈：晋邑名。故城在今山西省吉县东北。翟：部族名。③八人：下文引述介子推的话说有九人，《左传》也说有九人，此误。④远（yuǎn）：疏远。动词。

十六年，晋献公作二军①。公将上军，太子申生将下军，赵夙御戎②，毕万为右③，伐灭霍④，灭魏⑤，灭耿⑥。还，为太子城曲沃，赐赵夙耿，赐毕万魏，以为大夫。士蒍曰："太子不得立矣。分之都城⑦，而位以卿⑧，先为之极⑨，又安得立！不如逃之，无使罪至。为吴太伯⑩，不亦可乎，犹有令名⑪。"太子不从。卜偃曰⑫："毕万之后必大。万，盈数也；魏，大名也⑬。以是始赏，天开之矣⑭。天子曰兆民，诸侯曰万民，今命之大，以从盈数，其必有众。"初，毕万卜仕于晋国，遇《屯》之《比》⑮。辛廖占之曰⑯："吉。屯固比入⑰，吉孰大焉⑱。其后必蕃昌。"

【注释】

①二军：周制，周王设六军，诸侯大国设三军，其余依次递减，每军一万二千五百人。②御戎：驾驶兵车。③右：马车上防备车子倾侧或受阻的力士，位置在驾车者之右。④霍：古国名。故城在今山西省霍县西南。⑤魏：古国名。故城在今山西省芮城县东北。⑥耿：古国名。故城在今山西省河津市东南。⑦都：有先代国君神主的邑叫都。⑧卿：指下军将。⑨极：说他的禄位到了极点。⑩吴太伯：周太王的长子。⑪令名：好名声。⑫卜偃：晋国掌卜的大夫郭偃。⑬盈数：数从一到万是满。魏：通"巍"，高大的意思。⑭开：开通。⑮《屯》之《比》：《震》（☳）下《坎》（☵）上为《屯》（zhūn），《坤》（☷）下《坎》（☵）上为比。《屯》之初九变为《比》之初六。其余五爻（从六二到上六）相同。⑯辛廖：晋国大夫。⑰屯固比入："屯"的意义是艰险，所以意味着坚固；⑱孰：哪个；谁。

十七年，晋侯使太子申生伐东山①。里克谏献公曰②："太子奉冢祀社稷之粢盛③，以朝夕视君膳者也④，故曰'冢子'⑤。君行则守，有守则从，从曰'抚军'⑥，守曰'监国'⑦，古之制也。夫率师，专行谋也⑧；誓军旅⑨，君与国政之所图也⑩：非太子之事也。师在制命而已⑪，禀命则不威⑫，专命则不孝，故君之嗣适不可以帅师⑬。君失其官⑭，率师不威⑮，将安用之？"公曰："寡人有子，未知其太子谁立？"里克不对而退。见太子，太子曰："吾其废乎？"里克曰："太子勉之！教以军旅，不共是惧⑯，何故废乎？且子惧不孝，毋惧不得立。修己而不责人，则免于难。"太子帅师，公衣之偏衣⑰，佩之金玦⑱。里克谢病，不从太子。太子遂伐东山。

【注释】

①东山：狄族中赤狄的一支。②里克：晋国大臣。③冢祀：古代帝王、诸侯在宗庙举行的大祭礼。社稷：古代帝王、诸侯祭祀的土神和谷

神。④膳：饮食。⑤冢子：嫡长子。⑥抚军：协助国君安抚军士。⑦监国：代替国君监管国政。⑧专行谋：专门谋划军事。⑨誓军旅：宣布号令。⑩国政：同"国正"。国家的正卿；首席大臣。⑪制命：制订命令。⑫禀命：请命。⑬嗣适：继承君位的嫡子。⑭君失其官：君使太子统率军队，用人不当。⑮率师不威：太子率师，专命就会陷于不孝，只能禀命，这样就不能有威严。⑯共（gōng）：通"恭"。⑰衣（yì）：给人穿上衣服。偏衣：左右两边颜色不同的衣服。⑱金玦（jué）：金制的开缺口的环。

十九年，献公曰："始吾先君庄伯、武公之诛晋乱，而虢常助晋伐我，又匿晋亡公子，果为乱。弗诛，后遗子孙忧。"乃使荀息以屈产之乘假道于虞①。虞假道，遂伐虢，取其下阳以归②。

【注释】

①屈产：一说是地名。乘（shèng）：四匹马叫一乘。虞：国名。周文王时建立的诸侯国，姬姓。开国君主是周太王的玄孙虞仲。②下阳：虢邑名。在今山西省平陆县北。

献公私谓骊姬曰："吾欲废太子，以奚齐代之。"骊姬泣曰："太子之立，诸侯皆已知之，而数将兵①，百姓附之，奈何以贱妾之故废适立庶？君必行之，妾自杀也。"骊姬详誉太子②，而阴令人谮晋太子③，而欲立其子。

【注释】

①数（shuò）：多次；频繁。②详：通"佯"。假装。③谮恶（zèn wù）：诬陷；诽谤。

二十一年，骊姬谓太子曰："君梦见齐姜，太子速祭曲沃，归禧于君①。"太子于是祭其母齐姜于曲沃，上其荐胙于献公②。献公时出猎，置胙于宫中。骊姬使人置毒药胙中。居二日③，献公从猎来还，宰人上胙献公，献公欲飨之。骊姬从旁止之，曰："胙所从来远，宜试之。"祭地，地坟④；与犬，犬死；与小臣⑤，小臣死。骊姬泣曰："太子何忍也！其父而欲弑代之，况他人乎？且君老矣，旦暮之人，曾不能待而欲弑之！"谓献公曰："太子所以然者，不过以妾及奚齐之故。妾愿子母辟之他国⑥，若早自杀⑦，毋徒使母子为太子所鱼肉也⑧。始君欲废之，妾犹恨之⑨；至于今，妾殊自失于此⑩。"太子闻之，奔新城⑪。献公怒，乃诛其傅杜原款。或谓太子曰："为此药者乃骊姬也，太子何不自辞明之⑫？"太子曰："吾君老矣，非骊姬，寝不安，食不甘。即辞之⑬，君且怒之。不可。"或谓太子曰："可奔他国。"太子曰："被此恶名以出⑭，人谁内我⑮？我自杀耳。"十二月戊申，申生自杀于新城。

【注释】

①禧（xī）：祭过鬼神的福食。②荐胙（zuò）：进献的祭肉。③居：停留；经过。④坟：隆起。⑤小臣：阉官。⑥辟：通"避"。之：往。⑦若：或者。⑧徒：徒然。⑨恨：遗憾。⑩自失：自己认为错了。⑪新城：即曲沃，因新为太子筑的城，故称。⑫自辞明之：自己用言语说明真相。⑬即：如果。⑭被：遭受。⑮内：通"纳"，接受；收容。

此时重耳、夷吾来朝。人或告骊姬曰："二公子怨骊姬谮杀太子。"骊姬恐，因谮二公子："申生之药胙，二公子知之。"二子闻之，恐，重耳走蒲，夷吾走屈，保其城，自备守。初，献公使士芌为二公子筑蒲、屈城，弗就。夷吾以告公，公怒士芌①。士芌谢曰②："边城少寇，安用之？"退而歌曰："狐裘蒙茸③，一国三公④，吾谁適从⑤？"卒就城。及申生死，二子亦归保其城。

【注释】

①怒：谴责。②谢：谢罪；认错。③蒙茸（róng）：散乱貌。④三公：指献公与二公子。⑤適（dí）：专主。

二十二年，献公怒二公子不辞而去，果有谋矣，乃使兵伐蒲。蒲人之宦者勃鞮命重耳促自杀①。重耳逾垣，宦者追斩其衣袪②。重耳遂奔翟。使人伐屈，屈城守③，不可下。

【注释】

①勃鞮（dī）：宦者名。②袪（qū）：袖子。③城守：据城守御。

是岁也，晋复假道于虞以伐虢。虞之大夫宫之奇谏虞君曰："晋不可假道也，是且灭虞①。"虞君曰："晋我同姓，不宜伐我②。"宫之奇曰：

“太伯、虞仲，太王之子也，太伯亡去，是以不嗣。虢仲、虢叔，王季之子也，为文王卿士③，其记勋在王室，藏于盟府④。将虢是灭，何爱于虞？且虞之亲能亲于桓、庄之族乎⑤？桓、庄之族何罪，尽灭之。虞之与虢，唇之与齿，唇亡则齿寒。”虞公不听，遂许晋。宫之奇以其族去虞。其冬，晋灭虢，虢公丑奔周。还，袭灭虞，虏虞公及其大夫井伯、百里奚以媵秦穆姬⑥，而修虞祀。荀息牵曩所遗虞屈产之乘马奉之献公⑦，献公笑曰：“马则吾马，齿亦老矣⑧！”

【注释】

①且：将。②宜：应当。③卿士：执政官。④盟府：掌管保存盟书的官府。⑤桓、庄之族：指晋献公的曾祖（桓叔）和祖父（庄伯）的后代，即晋献公的从堂或堂房亲属。⑥井伯、百里奚：同为宛地人。媵（yìng）：陪嫁。⑦曩（nǎng）：从前。⑧齿亦老矣：马齿随年龄而添换，看马齿可知马的年龄。

二十三年，献公遂发贾华等伐屈①，屈溃②。夷吾将奔翟，冀芮曰③：“不可，重耳已在矣，今往，晋必移兵伐翟，翟畏晋，祸且及。不如走梁④，梁近于秦，秦强，吾君百岁后可以求入焉⑤。”遂奔梁。二十五年，晋伐翟，翟以重耳故，亦击晋于啮桑⑥，晋兵解而去。

【注释】

①贾华：晋国大夫。②溃：人民逃散。③冀芮：晋国大夫。④梁：国名。嬴姓。地在今陕西省韩城市南。⑤吾君：指晋献公。⑥啮桑：《左传》作采桑。晋地，在今山西吉县。

当此时，晋强，西有河西①，与秦接境，北边翟，东至河内②。

【注释】

①河西：地区名。指今山西、陕西两省间黄河南段之西。②河内：地区名。指今河南省黄河以北地区。

骊姬弟生悼子①。

二十六年夏，齐桓公大会诸侯于葵丘②。晋献公病，行后，未至，逢周之宰孔③。宰孔曰：“齐桓公益骄，不务德而务远略，诸侯弗平。君弟毋会④，毋如晋何。"献公亦病，复还归。病甚，乃谓荀息曰："吾以奚齐为后，年少，诸大臣不服，恐乱起，子能立之乎？"荀息曰："能"。献公曰："何以为验⑤？"对曰："使死者复生⑥，生者不惭⑦，为之验。"于是遂属奚齐于荀息⑧。荀息为相，主国政。秋九月，献公卒。里克、邳郑欲纳重耳⑨，以三公子之徒作乱⑩，谓荀息曰："三怨将起，秦、晋辅之，子将何如？"荀息曰："吾不可负先君言。"十月，里克杀奚齐于丧次⑪，献公未葬也。荀息将死之⑫，或曰："不如立奚齐弟悼子而傅之。"荀息立悼子而葬献公。十一月，里克弑悼子于朝，荀息死之。君子曰："《诗》所谓'白珪之玷⑬，犹可磨也；斯言之玷，不可为也。'其荀息之谓乎！不负其言。"初，献公将伐骊戎，卜曰"齿牙为祸"⑭。及破骊戎，获骊姬，爱之，竟以乱晋。

【注释】

①弟：女弟，即妹妹。悼子：他书多作"卓子"。②葵丘：宋邑名。故城在今河南省兰考县东北。③宰孔：周之太宰姬孔。④弟：通"第"，但。⑤验：证明。⑥死者复生：说荀息接受献公的命令，拥立奚齐，虽然自己身死，也不背弃献公生前的命令，这就等于死者复生。⑦生者不惭：说生者看见荀息不背弃君命而死，不替他感到惭愧。⑧属（zhǔ）：通"嘱"，托付。⑨里克、邳郑：皆晋国大夫。内：通"纳"。⑩三公子：指申生、重耳、夷吾。⑪丧次：服丧的地方。⑫死：效死。为动用法。⑬《诗》：引诗出于《诗·大雅·抑》。白珪：白玉。玷：玉的斑点。引申为缺点、过失。⑭齿牙为祸：占卜时所得的龟甲兆纹左右间隙分裂好像齿牙，中间有直画，像有人进谗言为害。

里克等已杀奚齐、悼子，使人迎公子重耳于翟，欲立之。重耳谢曰："负父之命出奔①，父死不得修人子之礼侍丧，重耳何敢入！大夫其更立他子②。"还报里克，里克使迎夷吾于梁。夷吾欲往，吕省、郤芮曰："内犹有公子可立者而外求，难信。计非之秦，辅强国之威以入，恐危。"乃使郤芮厚赂秦，约曰："即得入，请以晋河西之地与秦。"乃遗里克书曰③："诚得立，请遂封子于汾阳之邑④。"秦穆公乃发兵送夷吾于晋⑤。齐桓公闻晋内乱，亦率诸侯如晋⑥。秦兵与夷吾亦至晋，齐乃使隰朋会秦俱入夷吾⑦，立为晋君，是为惠公。齐桓公至晋之高梁而还归[8]。

【注释】

①负：辜负；违背。②更：改。③遗（wèi）：致送；给予。④汾（fén）阳：晋地名。⑤秦缪公：嬴任好。春秋五霸之一。前659—前621年在位。缪，通"穆"，谥号用字。⑥如：往；去。⑦入：纳。使动用法。⑧高梁：晋地名。在今山西省临汾市东北。

惠公夷吾元年，使邳郑谢秦曰[1]："始夷吾以河西地许君，今幸得入立。大臣曰：'地者先君之地，君亡在外，何以得擅许秦者？'寡人争之弗能得，故谢秦。"亦不与里克汾阳邑，而夺之权[2]。四月，周襄王使周公忌父会齐、秦大夫共礼晋惠公[3]。惠公以重耳在外，畏里克为变，赐里克死。谓曰："微里子寡人不得立[4]。虽然，子亦杀二君一大夫，为子君者不亦难乎？"里克对曰："不有所废，君何以兴？欲诛之，其无辞乎[5]？乃言为此！臣闻命矣。"遂伏剑而死。于是邳郑使谢秦未还[6]，故不及难。

【注释】

①谢：道歉。②之：其；他（们）的。③周公忌父：周朝卿士。礼：聘问；访问。动词。④微：无。⑤其：岂；难道。⑥于是：在这时。

晋君改葬恭太子申生[1]。秋，狐突之下国[2]，遇申生，申生与载而告之曰[3]："夷吾无礼[4]，余得请于帝[5]，将以晋予秦，秦将祀余。"狐突对曰："臣闻神不食非其宗，君其祀毋乃绝乎[6]？君其图之。"申生曰："诺，吾将复请帝。后十日，新城西偏将有巫者见我焉[7]。"许之，遂不见[8]。及期而往，复见，申生告之曰："帝许罚有罪矣，毙于韩[9]。"儿乃谣曰："恭太子更葬矣，后十四年，晋亦不昌，昌乃在兄。"

【注释】

①改葬：献公时没有按礼安葬申生，所以惠公改葬他。②下国：即新城，指曲沃。③遇申生，申生与载：忽然像在梦中相见。④无礼：指改葬申生事暴露了其父晋献公的过恶。⑤帝：天帝。⑥其：之。结构助词。毋乃：难道不。疑问副词。⑦巫者见（xiàn）：申生借托巫者出现。见，同"现"。⑧许之，遂不见。⑨毙：失败。韩：指韩原。晋地名，在今陕西省

韩城市西南。毙于韩，事见后文秦晋韩原之战。

邳郑使秦，闻里克诛，乃说秦缪公曰："吕省、郤（xì）称、冀芮实为不从①。若重赂与谋，出晋君②，入重耳，事必就。"秦缪公许之，使人与归报晋，厚赂三子。三子曰："币厚言甘③，此必邳郑卖我于秦。"遂杀邳郑及里克、邳郑之党七舆大夫④。邳郑子豹奔秦，言伐晋，缪公弗听。

【注释】

①吕省、郤（xì）称、冀芮：都是晋国大夫。冀芮，即郤芮。②出：逐出。③币：礼物；财物。④七舆大夫：指申生所统率的下军的大夫们，当时申生有副车七乘，每车有一大夫主管，故称七舆大夫。

惠公之立，倍秦地及里克，诛七舆大夫，国人不附。二年，周使召公过礼晋惠公①，惠公礼倨②，召公讥之。

【注释】

①召公过：召武公姬过。为周朝卿士。②礼倨：受礼时态度傲慢。

二年，周室派召公过拜访惠公，惠公傲慢无礼，召公讥笑他。

四年，晋饥，乞籴于秦。缪公问百里奚，百里奚曰："天灾流行，国家代有，救灾恤邻，国之道也。与之。"邳郑子豹曰："伐之。"缪公曰："其君是恶①，其民何罪！"卒与粟，自雍属绛②。

【注释】

①恶（wù）：憎恨；讨厌。②雍：秦国都城。在今陕西省凤翔县东南。

五年，秦饥，请籴于晋，晋君谋之，庆郑曰①："以秦得立，已而倍其地约②。晋饥而秦贷我，今秦饥请籴，与之何疑？而谋之！"虢射曰③："往年天以晋赐秦，秦弗知取而贷我。今天以秦赐晋，晋其可以逆天乎？遂伐之。"惠公用虢射谋，不与秦粟，而发兵且伐秦。秦大怒，亦发兵伐晋。

【注释】

①庆郑：晋国大夫。②倍：通"背"。③虢射：晋惠公舅父。

秦缪公送晋公子重耳归国图。春秋时期，
晋献公晚年宠信骊姬，骊姬要害太子申
生，祸及诸公子，公子重耳出亡，在狄时，
献公死，秦缪公派人去问丧，并劝重耳
把握时机图取君位。

　　六年春，秦缪公将兵伐晋。晋惠公谓庆郑曰："秦师深矣[①]，奈何？"
郑曰："秦内君，君倍其赂；晋饥秦输粟，秦饥而晋倍之，乃欲因其饥
伐之；其深不亦宜乎！"晋卜御右，庆郑皆吉。公曰："郑不孙[②]。"乃
更令步阳御戎，家仆徒为右[③]，进兵。九月壬戌，秦缪公、晋惠公合战韩
原。惠公马鸷不行[④]，秦兵至，公窘，召庆郑为御。郑曰："不用卜，败
不亦当乎！"遂去。更令梁繇靡御[⑤]，虢射为右，辂秦缪公[⑥]。缪公壮士
冒败晋军[⑦]，晋军败，遂失秦缪公，反获晋公以归。秦将以祀上帝。晋君
姊为缪公夫人，衰绖涕泣[⑧]。公曰："得晋侯将以为乐，今乃如此。且吾
闻箕子见唐叔之初封，曰'其后必当大矣'，晋庸可灭乎[⑨]！"乃与晋侯
盟王城而许之归[⑩]。晋侯亦使吕省等报国人曰："孤虽得归，毋面目见社
稷[⑪]，卜日立子圉。"晋人闻之，皆哭。秦缪公问吕省："晋国和乎？"
对曰："不和。小人惧失君亡亲[⑫]，不惮立子圉，曰'必报仇，宁事戎、
狄[⑬]'。其君子则爱君而知罪，以待秦命，曰'必报德'。有此二故，不

和。"于是秦穆公更舍晋惠公⑭，馈之七牢⑮。十一月，归晋侯⑯。晋侯至国，诛庆郑，修政教。谋曰："重耳在外，诸侯多利内之⑰。"欲使人杀重耳于狄。重耳闻之，如齐。

【注释】

①深：入境。一说深犹重。②孙（xùn）：通"逊"。恭顺。③步阳、家仆徒：都是晋国大夫。④鸷（zhì）：马重貌。鸷不行，谓马重陷在泥里。⑤梁繇靡：晋国大夫。⑥辂（yà）：通"迓"。迎；迎战。⑦冒：冲击。⑧衰绖（cuī dié）：丧服。⑨庸：岂；难道。⑩王城：秦地名。在今陕西省大荔县东。⑪毋：通"无"。⑫君：指晋惠公。亲：指父母。⑬戎狄：泛指西北各部族。⑭更舍：改变住宿的地方。⑮馈之七牢：赠送晋惠公七牢作食物，即待以诸侯之礼。⑯归：送回。使动用法。⑰利：认为有利。以动用法。

八年，使太子圉质秦①。初，惠公亡在梁，梁伯以其女妻之②，生一男一女。梁伯卜之，男为人臣，女为人妾，故名男为圉③，女为妾④。

【注释】

①质：作为保证的人或物。这里作动词用。②妻：以女嫁人。③圉：养马的人。这里用作人名。④妾：小妻。这里用作人名。

十年，秦灭梁。梁伯好土功①，治城沟②，民力罢③，怨，其众数相惊，曰"秦寇至"，民恐惑，秦竟灭之。

【注释】

①好（hào）：喜爱。土功：建筑、水利等工程。②沟：壕沟。③罢（pí）：通"疲"。

十三年，晋惠公病，内有数子。太子圉曰："吾母家在梁，梁今秦灭之，我外轻于秦而内无援于国。君即不起，病大夫轻①，更立他公子。"乃谋与其妻亡归。秦女曰："子一国太子，辱在此。秦使婢子侍②，以固子之心。子亡矣，我不从子，亦不敢言。"子圉遂亡归晋。十四年九月，惠公卒，太子圉立，是为怀公。

《东周列国志》版画之齐姜氏乘醉遣夫图。重耳逃
难至齐国，娶齐宗室女，怀安丧志。齐女与众谋士
设计灌醉重耳，乘机使他离开齐国。

【注释】

①病：忧虑。轻：轻视。②婢子：妇女自谦的称呼。

子圉之亡，秦怨之，乃求公子重耳，欲内之。子圉之立，畏秦之伐也，乃令国中诸从重耳亡者与期①，期尽不到者尽灭其家，狐突之子毛及偃从重耳在秦，弗肯召。怀公怒，囚狐突。突曰："臣子事重耳有年数矣，今召之，是教之反君也，何以教之？"怀公卒杀狐突。秦缪公乃发兵送内重耳，使人告栾、郤之党为内应②，杀怀公于高梁，入重耳。重耳立，是为文公。

【注释】

①与期：给以限期，勒令回国。与，给予。②栾（luán）、郤（xì）：栾枝、郤縠。

晋文公重耳，晋献公之子也。自少好士，年十七，有贤士五人：曰赵衰；狐偃咎犯①，文公舅也；贾佗；先轸；魏武子。自献公为太子时，重耳固已成人矣。献公即位，重耳年二十一。献公十三年，以骊姬故，重耳备蒲城守秦。献公二十一年，献公杀太子申生，骊姬谗之，恐，不辞献公而守蒲城。献公二十二年，献公使宦者履鞮趣杀重耳[2]。重耳逾垣，宦者逐斩其衣袪。重耳遂奔狄。狄，其母国也。是时重耳年四十三。从此五士[3]，其余不名者数十人，至狄。

【注释】

①狐偃咎犯：狐偃，字子犯，因他是文公的舅父，故又称咎（通"舅"）犯。②履鞮：即前献公二十二年提到的"蒲人之宦者勃鞮"。趣（cù）：急；从速。③从：跟随；追随。被动用法。

狄伐咎如[1]，得二女：以长女妻重耳，生伯鯈、叔刘[2]；以少女妻赵衰，生盾。居狄五岁而晋献公卒，里克已杀奚齐、悼子，乃使人迎，欲立重耳。重耳畏杀，因固谢，不敢入。已而晋更迎其弟夷吾立之，是为惠公。惠公七年，畏重耳，乃使宦者履鞮与壮士欲杀重耳。重耳闻之，乃谋赵衰等曰："始吾奔狄，非以为可用与[3]，以近易通，故且休足。休足久矣，固愿徙之大国。夫齐桓公好善，志在霸王，收恤诸侯[4]。今闻管仲、隰朋死[5]，此亦欲得贤佐，盍往乎[6]？"于是遂行。重耳谓其妻曰："待我二十五年不来，乃嫁。"其妻笑曰："犁二十五年[7]，吾冢上柏大矣[8]。虽然，妾待子。"重耳居狄凡十二年而去。

【注释】

①咎（gāo）如：狄族中赤狄的一支。②鯈：音chóu。③与：援助。④恤：相爱。⑤管仲：齐国执政大臣。隰（xí）朋：齐国大夫。⑥盍：何不。⑦犁：比及；等到。⑧冢：高大的坟墓。

过卫，卫文公不礼。去，过五鹿[1]，饥而从野人乞食，野人盛土器中进之。重耳怒。赵衰曰："土者，有土也，君其拜受之。"

【注释】

①五鹿：卫地名。在今河南省清丰县西北。

至齐，齐桓公厚礼，而以宗女妻之[1]，有马二十乘，重耳安之。重耳至齐二岁而桓公卒，会竖刀等为内乱[2]，齐孝公之立，诸侯兵数至。留齐凡五岁。重耳爱齐女，毋去心。赵衰、咎犯乃于桑下谋行。齐女侍者在桑上闻之，以告其主。其主乃杀侍者[3]，劝重耳趣行[4]。重耳曰：

“人生安乐，孰知其他！必死于此，不能去。”齐女曰：“子一国公子，穷而来此，数士者以子为命。子不疾反国，报劳臣，而怀女德⑤，窃为子羞之。且不求，何时得功？”乃与赵衰等谋，醉重耳，载以行。行远而觉，重耳大怒，引戈欲杀咎犯。咎犯曰：“杀臣成子，偃之愿也。”重耳曰：“事不成，我食舅氏之肉。”咎犯曰：“事不成，犯肉腥臊⑥，何足食！”乃止，遂行。

【注释】

①宗女：同宗的女儿。②竖刀（diāo）：齐国的宦官。刀，通“刁”。③杀侍者：齐女害怕孝公知道了来阻止，所以杀掉侍者灭口。④趣（cù）：赶快。⑤女德：女色。⑥腥臊（xīng sāo）：骚气。腥，像鱼的臭气。

过曹①，曹共公不礼②，欲观重耳骈胁③。曹大夫禧负羁曰：“晋公子贤，又同姓，穷来过我，奈何不礼！”共公不从其谋。负羁乃私遗重耳食，置璧其下。重耳受其食，还其璧。

【注释】

①曹：国名。前十一世纪周分封的诸侯国。②共（gōng）：通“恭”。③骈（pián）胁：一种生理畸形，肋骨紧密相连，像一块整骨一样。

去，过宋。宋襄公新困兵于楚①，伤于泓②，闻重耳贤，乃以国礼礼于重耳③。宋司马公孙固善于咎犯，曰：“宋小国新困，不足以求入，更之大国。”乃去。

【注释】

①宋襄公：名兹甫。春秋五霸之一。前650—前637年在位。②泓：水名。③国礼：接待国君的礼节。

过郑，郑文公弗礼。郑叔瞻谏其君曰：“晋公子贤，而其从者皆国相，且又同姓。郑之出自厉王，而晋之出自武王。”郑君曰：“诸侯亡公子过此者众，安可尽礼！”叔瞻曰：“君不礼，不如杀之，且后为国患。”郑君不听。

重耳去之楚，楚成王以适诸侯礼待之①，重耳谢不敢当。赵衰曰：“子亡在外十余年，小国轻子，况大国乎？今楚大国而固遇子②，子其毋让，此天开子也。"遂以客礼见之。成王厚遇重耳，重耳甚卑。成王曰："子即反国③，何以报寡人？"重耳曰："羽毛齿角玉帛④，君王所余，未知所以报。"王曰："虽然，何以报不穀⑤？"重耳曰："即不得已，与君王以兵车会平原广泽，请辟王三舍⑥。"楚将子玉怒曰："王遇晋公子至厚，今重耳言不孙，请杀之。"成王曰："晋公子贤而困于外久，从者皆国器⑦，此天所置，庸可杀乎？且言何以易之⑧！"居楚数月，而晋太子圉亡秦，秦怨之，闻重耳在楚，乃召之。成王曰："楚远，更数国乃至晋⑨。秦晋接境，子其勉行！"厚送重耳。

【注释】

①適（dí）：通"敌"。相当。②遇：接待。③反：通"返"。④羽毛齿角：指珍禽奇兽。⑤不穀：不善。古代王侯自称的谦辞。⑥辟：通"避"。⑦国器：可使主持国政的人才。⑧易：更换。⑨更：经过；经历。

重耳至秦，缪公以宗女五人妻重耳，故子圉妻与往①。重耳不欲受，司空季子曰②："其国且伐，况其故妻乎？且受以结秦亲而求入，子乃拘小礼，忘大丑乎！"遂受。缪公大欢，与重耳饮。赵衰歌《黍苗》诗③。缪公曰："知子欲急反国矣。"赵衰与重耳下，再拜曰："孤臣之仰君，如百谷之望时雨。"是时晋惠公十四年秋。惠公以九月卒，子圉立。十一月，葬惠公。十二月，晋国大夫栾、郤等闻重耳在秦，皆阴来劝重耳、赵衰等反国，为内应甚众。于是秦缪公乃发兵与重耳归晋④。晋闻秦兵来，亦发兵拒之。然皆阴知公子重耳入也。唯惠公之故贵臣吕、郤之属不欲立重耳⑤。重耳出亡凡十九岁而得入，时年六十二矣，晋人多附焉。

【注释】

①故：旧。与（yù）：在其中。②司空季子：重耳的随臣。③《黍苗》：《诗·小雅》篇名。④与：援助。⑤吕、郤：吕甥、郤芮。

文公元年春，秦送重耳至河。咎犯曰："臣从君周旋天下①，过亦多矣。臣犹知之，况于君乎？请从此去矣。"重耳曰："若反国，所不与子犯共者，河伯视之②！"乃投璧河中，以与子犯盟。是时介子推从，在船中，乃笑曰："天实开公子，而子犯以为己功而要市于君③，固足羞也。

吾不忍与同位。”乃自隐渡河。秦兵围令狐④，晋军于庐柳⑤。二月辛丑，
咎犯与秦、晋大夫盟于郇⑥。壬寅，重耳入于晋师。丙午，入于曲沃。丁未，
朝于武宫⑦，即位为晋君，是为文公。群臣皆往。怀公圉奔高梁。戊申，
使人杀怀公。

【注释】

①周旋：追随流亡。②河伯：河神。视：见。③要（yāo）市：求
取。④令（lìng）狐：晋地名。在今山西省临猗县西。⑤庐柳：晋地名。
在今山西省临猗县西北。⑥郇（xún）：晋地名。在今山西省临猗县西南。
⑦武宫：文公的祖父武公庙。

怀公故大臣吕省、郤芮本不附文公，文公立，恐诛，乃欲与其徒谋
烧公宫，杀文公。文公不知。始尝欲杀文公宦者履鞮知其谋，欲以告文公，
解前罪，求见文公。文公不见，使人让曰①：“蒲城之事，女斩予袪②。
其后我从狄君猎，女为惠公来求杀我。惠公与女期三日至，而女一日至，
何速也？女其念之。”宦者曰：“臣刀锯之余③，不敢以二心事君倍主，
故得罪于君。君已反国，其毋蒲、翟乎？且管仲射钩④，桓公以霸。今
刑余之人以事告而君不见，祸又且及矣。”于是见之，遂以吕、郤等告
文公。文公欲召吕、郤，吕、郤等党多，文公恐初入国，国人卖己，乃
为微行⑤，会秦缪公于王城，国人莫知。三月己丑，吕、郤等果反，焚
公宫，不得文公。文公之卫徒与战，吕、郤等引兵欲奔，秦缪公诱吕、
郤等，杀之河上，晋国复而文公得归。夏，迎夫人于秦，秦所与文公妻
者卒为夫人。秦送三千人为卫，以备晋乱。

【注释】

①让：责备。②女：通“汝”。你（们）。③刀锯之余：指受过宫
刑的人。④管仲射钩：事详《齐太公世家》。⑤微行：隐瞒自己的身份，
改装出行。

文公修政，施惠百姓。赏从亡者及功臣，大者封邑，小者尊爵。未
尽行赏，周襄王以弟带难出居郑地①，来告急晋。晋初定，欲发兵，恐
他乱起，是以赏从亡未至隐者介子推。推亦不言禄，禄亦不及。推曰：
“献公子九人，唯君在矣。惠、怀无亲，外内弃之；天未绝晋，必将有

主，主晋祀者，非君而谁？天实开之，二三子以为己力，不亦诬乎？窃人之财，犹曰是盗，况贪天之功以为己力乎？下冒其罪，上赏其奸，上下相蒙[2]，难与处矣！"其母曰："盍亦求之，以死谁怼[3]？"推曰："尤而效之[4]，罪有甚焉[5]。且出怨言，不食其禄。"母曰："亦使知之，若何？"对曰："言，身之文也[6]；身欲隐，安用文之？文之，是求显也。"其母曰："能如此乎？与女偕隐。"至死不复见。

【注释】

①周襄王以弟带难出居郑地：事详《周本纪》。②蒙：欺骗。③怼（duì）：怨恨。④尤：过失。⑤有：通"又"。⑥文：文饰；修饰。

介子推从者怜之，乃悬书宫门曰："龙欲上天[1]，五蛇为辅[2]。龙已升云，四蛇各入其宇；一蛇独怨，终不见处所。"文公出，见其书，曰："此介子推也。吾方忧王室，未图其功。"使人召之，则亡。遂求所在，闻其入绵上山中[3]，于是文公环绵上山中而封之，以为介推田，号曰介山，"以记吾过，且旌善人[4]。"

《东周列国志》版画之晋文公伐卫破曹图

【注释】

①龙：比喻重耳。②五蛇：比喻狐偃、赵衰、魏武子、司空季子和介

子推。③绵上：晋地名。④旌：表彰。

从亡贱臣壶叔曰："君行三赏，赏不及臣，敢请罪。"文公报曰："夫导我以仁义，防我以德惠，此受上赏。辅我以行，卒以成立，此受次赏。矢石之难，汗马之劳，此复受次赏。若以力事我而无补吾缺者，此复受次赏。三赏之后，故且及子①。"晋人闻之，皆说②。

【注释】

①故：通"固"。本来；一定。②说：通"悦"。

二年春，秦军河上①，将入王②。赵衰曰："求霸莫如入王尊周。周、晋同姓，晋不先入王，后秦入之，毋以令于天下。方今尊王，晋之资也③。"三月甲辰，晋乃发兵至阳樊④，围温⑤，入襄王于周。四月，杀王弟带。周襄王赐晋河内阳樊之地。

【注释】

①河上：黄河边上。②王：指周襄王。③资：资本。谓称霸的资本。④阳樊：周王畿内邑名。⑤温：周王畿内邑名，一说国名。故城在今河南省温县西南。当时姬叔带住在温。阳樊、温，后来都成了晋地。

四年，楚成王及诸侯围宋，宋公孙固如晋告急。先轸曰："报施定霸①，于今在矣。"狐偃曰："楚新得曹而初婚于卫，若伐曹、卫，楚必救之，则宋免矣。"于是晋作三军。赵衰举郤縠将中军，郤臻佐之；使狐偃将上军，狐毛佐之；命赵衰为卿②；栾枝将下军，先轸佐之；荀林父御戎，魏犨为右③：往伐。冬十二月，晋兵先下山东④，而以原封赵衰⑤。

【注释】

①报施：报答施与。②卿：西周、春秋时周王、诸侯所属的高级长官都叫卿。③犨：音 chōu。④山东：此指太行山以东之地。⑤原：地名。在今河南省济源县西北。

五年春，晋文公欲伐曹，假道于卫，卫人弗许。还自河南度①，侵曹，伐卫。正月，取五鹿。二月，晋侯、齐侯盟于敛盂②。卫侯请盟晋，晋人不许。卫侯欲与楚，国人不欲，故出其君以说晋[3]。卫侯居襄牛[4]，公子买守卫[5]。楚救卫，不卒[6]。晋侯围曹。三月丙午，晋师入曹，数之[7]，以其不用禧负羁言，而用美女乘轩者三百人也。令军毋入禧负羁宗家以报德[8]。楚围宋，宋复告急晋。文公欲救则攻楚，为楚尝有德，不欲伐也；欲释宋[9]，宋又尝有德于晋：患之[10]。先轸曰："执曹伯，分曹、卫地以予宋，楚急曹、卫，其势宜释宋。"于是文公从之，而楚成王乃引兵归。

【注释】

①度：通"渡"。②敛盂：卫地名。③出：驱逐。使动用法。④襄牛：卫地名。在今河南省睢县境。一说在今山东省菏泽市西北。⑤公子买：鲁国大夫。⑥卒：一作"胜"。⑦数（shǔ）：列举罪状。⑧宗家：同族人的家。⑨释：放弃。⑩患：忧虑。楚、宋两国都有恩于晋文公，所以他感到左右为难。

楚将子玉曰："王遇晋至厚，今知楚急曹、卫而故伐之[1]，是轻王。"王曰："晋侯亡在外十九年，困日久矣，果得反国[2]，险厄尽知之，能用其民，天之所开，不可当。"子玉请曰："非敢必有功，愿以间执谗慝之口也[3]。"楚王怒，少与之兵。于是子玉使宛春告晋[4]："请复卫侯而封曹，臣亦释宋。"咎犯曰："子玉无礼矣，君取一[5]，臣取二[6]，勿许。"先轸曰："定人之谓礼。楚一言而定三国，子一言而亡之，我则毋礼[7]。不许楚，是弃宋也。不如私许曹、卫以诱之，执宛春以怒楚，既战而后图之。"晋侯乃囚宛春于卫，且私许复曹、卫。曹、卫告绝于楚[8]。楚得臣怒[9]，击晋师，晋师退。军吏曰："为何退？"文公曰："昔在楚，约退三舍，可倍乎？"楚师欲去，得臣不肯。四月戊辰，宋公、齐将、秦将与晋侯次城濮[10]。己巳，与楚兵合战，楚兵败，得臣收余兵去。甲午，晋师还至衡雍[11]，作王宫于践土[12]。

【注释】

①急：着急；关切。②果：终于。③间执：堵塞。④宛春：楚国大夫。⑤君：指文公。一：指释宋国之围。⑥臣：指子玉。二：指复卫、封曹。⑦则：才是。⑧绝：断绝关系。⑨得臣：即子玉。⑩宋公：宋成公。齐将：国归父。秦将：小子憖（yìn）。城濮：卫地名。濮集。⑪衡雍：郑

地名。在今河南省原阳县西南。⑫王宫：晋国打败楚国以后，周襄王亲自前往践土，赐命晋侯，晋侯替周襄王在践土建造行宫。

初，郑助楚，楚败，惧，使人请盟晋侯。晋侯与郑伯盟。

五月丁未，献楚俘于周①，驷介百乘②，徒兵千③。天子使王子虎命晋侯为伯④，赐大辂⑤，彤弓矢百⑥，玈弓矢千⑦，秬鬯一卣⑧，珪瓒⑨，虎贲三百人⑩。晋侯三辞，然后稽首受之⑪。周作《晋文侯命》⑫："王若曰⑬：父义和⑭，丕显文、武⑮，能慎明德，昭登于上⑯，布闻在下⑰，维时上帝集厥命于文、武⑱。恤朕身⑲，继予一人永其在位⑳。"于是晋文公称伯。癸亥，王子虎盟诸侯于王庭㉑。

【注释】

①俘：被俘虏的人。②驷介：披甲的驷马。③徒兵：步兵。④王子虎：周朝大夫。伯（bà）：诸侯国的盟主。⑤大辂：大车。⑥彤弓矢：朱红色的弓和箭。⑦玈（lú）：黑色。⑧秬鬯（jù chàng）：祭祀时降神所用的以郁金草和黑黍酿造的酒。⑨珪瓒：以珪为柄的瓒，就是祭祀时用来盛灌香酒的勺子。⑩虎贲（bēn）：勇士。常指帝王的亲兵。贲，通"奔"。⑪稽（qǐ）首：叩头至地，古时跪拜礼中最恭敬的形式。⑫《晋文侯命》：现存《尚书》中有《文侯之命》，那是周平王命晋文侯的话。⑬若：顺。⑭父：周与晋同为姬姓，所以称父。义和：用道义使诸侯和睦。⑮丕：大。显：昭明；彰显。⑯昭：明亮。上：上天。⑰布：流传。下：人民。⑱时：是；这。集：集成。厥命：帝王之命。⑲恤：忧念。⑳予一人：帝王自称。㉑王庭：王宫。指践土行宫。

晋焚楚军，火数日不息，文公叹。左右曰："胜楚而君犹忧，何？"文公曰："吾闻能战胜安者唯圣人，是以惧。且子玉犹在，庸可喜乎？"子玉之败而归，楚成王怒其不用其言，贪与晋战，让责子玉，子玉自杀。晋文公曰："我击其外，楚诛其内，内外相应。"于是乃喜。

六月，晋人复入卫侯。壬午，晋侯度河北归国。行赏，狐偃为首。或曰："城濮之事，先轸之谋。"文公曰："城濮之事，偃说我毋失信。先轸曰'军事胜为右'①，吾用之以胜。然此一时之说，偃言万世之功，奈何以一时之利而加万世功乎②？是以先之。"

【注释】

①右：古代尚右，故有比较好、优胜、佳等含意。②加：超过。

冬，晋侯会诸侯于温，欲率之朝周。力未能，恐其有畔者①，乃使人言周襄王狩于河阳②。壬申，遂率诸侯朝王于践土。孔子读史记至文公③，曰"诸侯无召王④"、"王狩河阳"者，《春秋》讳之也⑤。

【注释】

①畔：通"叛"。②狩：特指君王冬天打猎。河阳：晋地名。在今河南省孟州市西南。③史记：泛称史书，实指《春秋》。④无：不可；不当。⑤《春秋》：编年体史书。相传是孔丘根据鲁国史官所编《春秋》加以整理修订而成。讳：隐瞒。

丁丑，诸侯围许①。曹伯臣或说晋侯曰："齐桓公合诸侯而国异姓②，今君为会而灭同姓。曹，叔振铎之后；晋，唐叔之后。合诸侯而灭兄弟，非礼。"晋侯说，复曹伯。

【注释】

①许：国名。②国：保存国家。

于是晋始作三行①。荀林父将中行②，先縠将右行，先蔑将左行。

【注释】

①三行（háng）：晋国军制的名称。春秋时各国都用战车作战，晋文公为了抵御狄族，在上、中、下三军之外，增设三支步兵，即右行、中行、左行，称为"三行"，以回避周王六军的名称。②将：作将领。

七年，晋文公、秦缪公共围郑，以其无礼于文公亡过时，及城濮时郑助楚也。围郑，欲得叔瞻①。叔瞻闻之，自杀。郑持叔瞻告晋。晋曰："必得郑君而甘心焉。"郑恐，乃间令使谓秦缪公曰②："亡郑厚晋，于晋得矣，而秦未为利。君何不解郑，得为东道交③？"秦伯说，罢兵。晋亦罢兵。

【注释】

①欲得叔瞻：因重耳流亡时过郑，叔瞻曾劝郑文公杀重耳。②间

《东周列国志》版画之弦高假命犒秦军图。春
秋时期郑国爱国商人弦高，在秦国准备偷袭郑
国时，以犒师为名，进入秦驻地使秦国误以为
郑国已有准备，遂退兵。

（jiàn）：乘空隙。使（shǐ）：使者。③东道交：东方路上的朋友。

九年冬，晋文公卒，子襄公欢立。是岁郑伯亦卒。

郑人或卖其国于秦①，秦缪公发兵往袭郑②。十二月，秦兵过我郊。襄公元年春，秦师过周，无礼，王孙满讥之③。兵至滑④，郑贾人弦高将市于周，遇之，以十二牛劳秦师。秦师惊而还，灭滑而去。

【注释】

①卖：出卖。②袭：乘人不备去进攻。③王孙满：后为周朝大夫。④滑：国名。地在今河南省偃师县东南。

晋先轸曰："秦伯不用蹇叔，反其众心，此可击。"栾枝曰："未报先君施于秦，击之，不可。"先轸曰："秦侮吾孤①，伐吾同姓，何德之报？"遂击之。襄公墨衰绖②。四月，败秦师于殽③，虏秦三将孟明视、西乞秫、白乙丙以归。遂墨以葬文公。文公夫人秦女，谓襄公曰："秦欲得其三将戮之。"公许，遣之。先轸闻之，谓襄公曰："患生矣。"轸乃追秦将。秦将渡河，已在船中，顿首谢，卒不反。

【注释】

①孤：襄公初丧父，故称孤。②墨衰绖（cuī dié）：黑色丧服。③殽（yáo）：殽山，即崤山。在今河南省灵宝市东南，形势险要。

后三年，秦果使孟明伐晋，报殽之败，取晋汪以归①。四年，秦缪公大兴兵伐我，度河，取王官②，封殽尸而去③。晋恐，不敢出，遂城守。五年，晋伐秦，取新城④，报王官役也。

【注释】

①汪：秦、晋边境邑名。今地不详。②王官：晋地名。在今山西省闻喜县南。③封：聚土筑坟。④新城：秦邑名。

六年，赵衰成子、栾贞子、咎季子犯、霍伯皆卒①。赵盾代赵衰执政。

【注释】

①栾贞子：栾枝。霍伯：先且居。

七年八月，襄公卒。太子夷皋少。晋人以难故①，欲立长君②。赵盾曰："立襄公弟雍。好善而长，先君爱之；且近于秦，秦故好也③。立善则固，事长则顺，奉爱则孝，结旧好则安。"贾季曰："不如其弟乐。辰嬴嬖于二君④，立其子，民必安之。"赵盾曰："辰嬴贱，班在九人下⑤，其子何震之有⑥！且为二君嬖，淫也。为先君子，不能求大而出在小国，僻也⑦。母淫子僻，无威；陈小而远，无援：将何可乎？"使士会如秦迎公子雍。贾季亦使人召公子乐于陈⑧。赵盾废贾季，以其杀阳处父。十月，葬襄公。十一月，贾季奔翟。是岁，秦缪公亦卒。

【注释】

①难（nàn）：患难。指屡与秦发生战事。②长（zhǎng）：年长。③故：旧。④辰嬴：即怀嬴，本晋怀公之妻，后又为晋文公之妻。⑤班：位次。⑥震：威望。⑦僻：僻远。⑧陈：陈国。

灵公元年四月，秦康公曰："昔文公之入也无卫①，故有吕、郤之患。"乃多与公子雍卫。太子母缪嬴日夜抱太子以号泣于朝，曰："先君何罪？其嗣亦何罪？舍适而外求君，将安置此②？"出朝，则抱以适赵盾所③，顿首曰④："先君奉此子而属之子⑤，曰'此子材，吾受其赐；不材，吾怨子⑥'。今君卒，言犹在耳，而弃之，若何？"赵盾与诸大夫皆患缪嬴，且畏诛，乃背所迎而立太子夷皋，是为灵公。发兵以距秦送公子雍者⑦。赵盾为将，往击秦，败之令狐。先蔑、随会往奔秦⑧。秋，齐、宋、卫、郑、曹、许君皆会赵盾，盟于扈⑨，以灵公初立故也。

【注释】

①卫：警卫人员。②此：指太子。③适：往；去到。④顿首：头叩地而拜，规格略次于稽首。⑤奉（pěng）：通"捧"。⑥怨：怨他教导不好。⑦距：通"拒"。⑧先蔑、随会：二人受命往秦迎公子雍，今既立太子夷皋，故逃往秦国。⑨扈：郑邑名。在今河南省原阳县西南。

四年，伐秦，取少梁①。秦亦取晋之殽②。六年，秦康公伐晋，取羁马③。晋侯怒，使赵盾、赵穿、郤缺击秦，大战河曲④，赵穿最有功。七年，晋六卿患随会之在秦⑤，常为晋乱，乃佯令魏寿馀反晋降秦。秦使随会之魏，因执会以归晋。

【注释】

①少梁：秦邑名。在今陕西省韩城市南。②殽（xiáo）：按十二诸侯年表作"北徵"，"殽"字误。③羁马：晋地名。在今山西省风陵渡北。有人说在今陕西省合阳县东。④河曲：晋邑名。在今山西省永济市西。⑤六卿：指执掌晋国政的六家贵族。

八年，周顷王崩①，公卿争权，故不赴②。晋使赵盾以车八百乘平周乱而立匡王③。是年，楚庄王初即位④。十二年，齐人弑其君懿公。

【注释】

①周顷王：姬壬臣。前618—前613年在位。②赴：通"讣"。报丧。③周匡王：姬班。前612—前607年在位。④楚庄王：熊侣。前613—前591年在位。春秋五霸之一。

十四年，灵公壮，侈，厚敛以雕墙。从台上弹人，观其避丸也。宰夫胹熊蹯不熟②，灵公怒，杀宰夫，使妇人持其尸出弃之，过朝。赵盾、随会前数谏，不听；已又见死人手，二人前谏。随会先谏，不听。灵公患之，使锄麑刺赵盾③。盾闺门开④，居处节，锄麑退，叹曰：“杀忠臣，弃君命，罪一也。”遂触树而死。

【注释】

①雕：用彩画装饰。②宰夫：掌管膳食的小吏。③锄麑（chú ní）：晋国的力士。④闺：内室。

初，盾常田首山①，见桑下有饿人。饿人，示眯明也②。盾与之食，食其半。问其故，曰：“宦三年③，未知母之存不，愿遗母。”盾义之，益与之饭肉。已而为晋宰夫，赵盾弗复知也。九月，晋灵公欲饮赵盾酒④，伏甲将攻盾。公宰示眯明知之，恐盾醉不能起，而进曰：“君赐臣，觞三行可以罢⑤。”欲以去赵盾⑥，令先，毋及难。盾既去，灵公伏士未会，先纵啮狗名敖⑦。明为盾搏杀狗。盾曰：“弃人用狗，虽猛何为。”然不知明之为阴德也。已而灵公纵伏士出逐赵盾，示眯明反击灵公之伏士，伏士不能进，而竟脱盾⑧。盾问其故，曰：“我桑下饿人。”问其名，弗告。明亦因亡去。

【注释】

①首山：即雷首山。在今山西省永济市南。②示眯（qí mī）明：人名。姓示眯，名明。③宦：出游学仕。④饮（yìn）：给人喝。⑤觞（shāng）：行酒，以酒饮人或自饮。⑥去：离开。⑦啮（niè）：咬。敖（áo）：通“獒”。高大的猛犬。⑧脱：逃脱；脱身。使动用法。

盾遂奔，未出晋境。乙丑，盾昆弟将军赵穿袭杀灵公于桃园而迎赵盾①。赵盾素贵，得民和；灵公少，侈，民不附，故为弑易。盾复位。晋太史董狐书曰“赵盾弑其君”②，以视于朝③。盾曰：“弑者赵穿，我无罪。”太史曰：“子为正卿，而亡不出境，反不诛国乱，非子而谁？”孔子闻之，曰：“董狐，古之良史也，书法不隐④。宣子⑤，良大夫也，为法受恶。惜也，出疆乃免⑥。”

【注释】

①昆弟：兄弟。桃园：园名。②太史：官名。史官、历官之长。③视：给大家看。④隐：隐瞒赵盾的罪过。⑤宣子：赵盾的谥号。⑥出疆乃免：逃出国境，就断绝了君臣关系，可以不负"弑君""讨贼"的责任了。

赵盾使赵穿迎襄公弟黑臀于周而立之，是为成公。

成公者，文公少子，其母周女也。壬申，朝于武宫。

成公元年，赐赵氏为公族①。伐郑，郑倍晋故也。三年，郑伯初立，附晋而弃楚。楚怒，伐郑，晋往救之。

【注释】

①公族：公族大夫。即国君同族的大夫。

六年，伐秦，虏秦将赤①。

七年，成公与楚庄王争强，会诸侯于扈。陈畏楚，不会。晋使中行桓子伐陈②，因救郑，与楚战，败楚师。是年，成公卒，子景公据立。

【注释】

①赤：人名。②中行桓子：即荀林父。

景公元年春，陈大夫夏徵舒弑其君灵公。二年，楚庄王伐陈，诛徵舒。

三年，楚庄王围郑，郑告急晋。晋使荀林父将中军，随会将上军，赵朔将下军，郤克、栾书、先縠、韩厥、巩朔佐之。六月，至河①。闻楚已服郑，郑伯肉袒与盟而去②，荀林父欲还。先縠曰："凡来救郑，不至不可，将率离心③。"卒度河。楚已服郑，欲饮马于河为名而去④。楚与晋军大战。郑新附楚，畏之，反助楚攻晋。晋军败，走河，争度，船中人指甚众。楚虏我将智䓨。归而林父曰："臣为督将，军败当诛，请死。"景公欲许之。随会曰："昔文公之与楚战城濮，成王归杀子玉，而文公乃喜。今楚已败我师，又诛其将，是助楚杀仇也。"乃止。

【注释】

①河：黄河。②肉袒：去衣露体。表示惶恐。③率：通"帅"。④饮（yìn）：使之喝。为名：显示威名。

四年，先縠以首计而败晋军河上^①，恐诛，乃奔翟，与翟谋伐晋。晋觉，乃族縠^②。縠，先轸子也。

五年，伐郑，为助楚故也。是时楚庄王强，以挫晋兵河上也^③。

【注释】

①首计：为首倡议。②族：灭族。动词。③以：通"巳"。

六年，楚伐宋，宋来告急晋，晋欲救之，伯宗谋曰^①："楚，天方开之，不可当。"乃使解扬绐为救宋^②。郑人执与楚，楚厚赐，使反其言，令宋急下。解扬绐许之，卒致晋君言^③。楚欲杀之，或谏，乃归解扬。

《东周列国志》版画之郑伯牵羊迎楚君图，讲述
楚庄王围郑，楚军攻入城中，楚庄王下令不得掳
掠，郑襄公肉袒牵羊迎接楚庄王并谢罪之事。

【注释】

①伯宗：晋国大夫。②解扬：晋国大夫。③致：传达。

七年，晋使随会灭赤狄①。

八年，使郤克于齐。齐顷公母从楼上观而笑之。所以然者，郤克偻①，而鲁使蹇②，卫使眇③，故齐亦令人如之以导客④。郤克怒，归至河上，曰："不报齐者，河伯视之！"至国，请君，欲伐齐。景公问知其故，曰："子之怨，安足以烦国！"弗听。魏文子请老休，辟郤克⑤，克执政。

【注释】

①赤狄：狄族的一支。服而得名。②偻（lǚ）：驼背。③蹇（jiǎn）：跛足。④眇（miǎo）：眼瞎。⑤如：像，似。⑥辟（bì）：征召；推荐。

九年，楚庄王卒。晋伐齐，齐使太子强为质于晋，晋兵罢。

十一年春，齐伐鲁，取隆①。鲁告急卫，卫与鲁皆因郤克告急于晋②。晋乃使郤克、栾书、韩厥以兵车八百乘与鲁、卫共伐齐。夏，与顷公战于鞍③，伤困顷公。顷公乃与其右易位，下取饮④，以得脱去。齐师败走，晋追北至齐⑤。顷公献宝器以求平⑥，不听。郤克曰："必得萧桐侄子为质⑦。"齐使曰："萧桐湲子，顷公母⑧；顷公母犹晋君母，奈何必得之？不义，请复战。"晋乃许与平而去。

【注释】

①隆：鲁地名。一作"龙"。②因：通过。③鞍：齐地名。在今山东济南市西北。④饮：饮料。⑤追北：追击溃败的敌人。⑥平：讲和。⑦萧桐侄子：《齐太公世家》作萧桐叔子。⑧顷公：齐顷公现在，生时称谥号。

楚申公巫臣盗夏姬以奔晋①，晋以巫臣为邢大夫②。

【注释】

①夏姬：郑穆公之女，陈国大夫夏御叔之妻。②邢：晋邑名。

十二年冬，齐顷公如晋，欲上尊晋景公为王，景公让不敢。晋始作六军，韩厥、巩朔、赵穿、荀骓、赵括、赵旃皆为卿①。智䓨自楚归。

【注释】

①骓：音 zhuī。旃：音 zhān。

十三年，鲁成公朝晋，晋弗敬，鲁怒去，倍晋。晋伐郑，取氾①。

【注释】

①氾（fàn）：郑地名。在今河南省襄城县南。

十四年，梁山崩①。问伯宗，伯宗以为不足怪也。

【注释】

①梁山：山名。即今山西省吕梁市离石区东北之吕梁山。

十六年，楚将子反怨巫臣，灭其族。巫臣怒，遗子反书曰："必令子罢于奔命①！"乃请使吴，令其子为吴行人②，教吴乘车用兵。吴晋始通，约伐楚。

【注释】

①罢（pí）：通"疲"。②行人：官名。

十七年，诛赵同、赵括，族灭之①。韩厥曰："赵衰、赵盾之功岂可忘乎？奈何绝祀！②"乃复令赵庶子武为后③，复与之邑。

【注释】

①赵同、赵括：晋大夫，都是赵衰之后。②绝祀：断绝祭祀。③赵武：赵朔的儿子。

十九年夏，景公病，立其太子寿曼为君，是为厉公。后月余，景公卒。

厉公元年，初立，欲和诸侯，与秦桓公夹河而盟①。归而秦倍盟，与翟谋伐晋。三年，使吕相让秦②，因与诸侯伐秦。至泾③，败秦于麻隧④，虏其将成差。

【注释】

①夹河而盟：秦国、晋国约在令狐会盟，晋厉公先到。秦桓公不肯渡黄河，在王城停下来，派史颗到河东与晋君订盟。晋国派郤犨到河西与秦君订盟。②吕相：晋国大夫。③泾：水名。即泾河，在今陕西省中部。④麻隧：秦地名。在今陕西省泾阳县西北。

五年，三郤谗伯宗①，杀之。伯宗以好直谏得此祸，国人以是不附厉公。

【注释】

①三郤：郤锜、郤犨、郤至。

六年春，郑倍晋与楚盟，晋怒。栾书曰："不可以当吾世而失诸侯。"乃发兵。厉公自将，五月度河。闻楚兵来救，范文子请公欲还。郤至曰："发兵诛逆，见强辟之，无以令诸侯。"遂与战。癸巳，射中楚共王目，楚兵败于鄢陵①。子反收余兵，拊循欲复战②，晋患之。共王召子反，其侍者坚阳竖进觳酒③，子反醉，不能见。王怒，让子反，子反死。王遂引兵归。晋由此威诸侯，欲以令天下求霸。

【注释】

①鄢陵：郑邑名。故城在今河南省鄢陵县西北。②拊（fǔ）循：安抚；抚慰。③觳：音 gǔ。

厉公多外嬖姬①，归，欲尽去诸大夫而立诸姬兄弟。宠姬兄曰胥童，尝与郤至有怨，及栾书又怨郤至不用其计而遂败楚②，乃使人间谢楚。楚来诈厉公曰："鄢陵之战，实至召楚，欲作乱，内子周立之。会与国不具，是以事不成。"厉公告栾书。栾书曰："其殆有矣③！愿公试使人之周微考之④。"果使郤至于周⑤。栾书又使公子周见郤至，郤至不知见卖也。厉公验之，信然，遂怨郤至，欲杀之。八年，厉公猎，与姬饮，郤至杀豕奉进，宦者夺之⑥。郤至射杀宦者。公怒，曰："季子欺予⑦！"将诛三郤，未发也。郤锜欲攻公，曰："我虽死，公亦病矣。"郤至曰："信不反君，智不害民，勇不作乱。失此三者，谁与我？我死耳！"十二月壬午，公令胥童以兵八百人袭攻杀三郤。胥童因以劫栾书、中行偃于朝，曰："不杀二子，患必及公。"公曰："一旦杀三卿，寡人不忍益也。"对曰："人将忍君。"公弗听，谢栾书等以诛郤氏罪："大夫复位。"二子顿首曰："幸甚幸甚！"公使胥童为卿。闰月乙卯，厉公游匠骊氏，栾书、中行偃以其党袭捕厉公，囚之，杀胥童，而使人迎公子周于周而立之，是为悼公。

【注释】

①外嬖(bì)：一说为男宠，非妇人，如胥童之类。②据《左传》记载：栾书想等楚国军队撤退时进击，郤至以为楚国有六个间隙可乘，必须立刻进击，不可失掉时机。③殆：大概。④周：指周朝京都洛邑。⑤于：往。⑥宦者：孟张。⑦季子欺予：厉公反以为郤至夺豕。⑧匠骊氏：厉公的宠臣，住在翼城。

悼公元年正月庚申，栾书、中行偃弑厉公，葬之以一乘车①。厉公囚六日死，死十日庚午，智䓨迎公子周来，至绛，刑鸡与大夫盟而立之②，是为悼公。辛巳，朝武宫。二月己酉，即位。

《东周列国志》版画之曲沃城栾盈（栾逞）灭族图，讲述晋国权臣栾逞在曲沃身死族灭之事。

【注释】

①一乘车：按照当时礼制，诸侯葬车七乘。②刑：杀。

悼公周者，其大父捷，晋襄公少子也，不得立，号为桓叔，桓叔最爱。桓叔生惠伯谈，谈生悼公周。周之立，年十四矣。悼公曰："大父、父皆大得立而辟难于周，客死焉。寡人自以疏远，毋几为君①。今大夫

不忘文、襄之意而惠立桓叔之后，赖宗庙、大夫之灵，得奉晋祀，岂敢不战战乎②？大夫其亦佐寡人！"于是逐不臣者七人，修旧功，施德惠，收文公入时功臣后③。秋，伐郑。郑师败，遂至陈。

【注释】

①几（jì）：通"冀"。希望。②战战：戒慎恐惧。③收：抚恤录用。

三年，晋会诸侯。悼公问群臣可用者，祁傒举解狐。解狐，傒之仇。复问，举其子祁午。君子曰："祁傒可谓不党矣①！外举不隐仇，内举不隐子。"方会诸侯，悼公弟杨干乱行②，魏绛戮其仆③。悼公怒，或谏公，公卒贤绛，任之政，使和戎，戎大亲附。十一年，悼公曰："自吾用魏绛，九合诸侯④，和戎、翟，魏子之力也。"赐之乐，三让乃受之。冬，秦取我栎⑤。

【注释】

①不党：不偏私。②行（háng）：阵势；队列。③仆：驾驶马车的人。④九合诸侯：一会于戚（卫邑，故城在今河南省濮阳县北），二会于城棣（郑地，在今河南省原武县北）救陈，三会于鄢（郑邑，故城在今河南省鄢陵县境），四会于邢丘（晋邑，故城在今河南省温县东），五同盟于戏（xī）（秦地，在今陕西省临潼东北），六会于柤（zhā）（楚地，今地不详），七戍郑虎牢（郑地，在今河南省荥阳市境），八同盟于亳（bó）城（郑地，在今河南省商丘市境），九会于萧鱼（郑地，在今河南省原武县东）。⑤栎（lì）：郑地，在今河南省禹县。

十四年，晋使六卿率诸侯伐秦，度泾，大败秦军，至棫林而去①。

【注释】

①棫（yù）林：秦地名，在今陕西泾阳县西南。

十五年，悼公问治国于师旷①。师旷曰："惟仁义为本。"冬，悼公卒，子平公彪立。

【注释】

①师旷：晋国著名乐师。

平公元年，伐齐，齐灵公与战靡下①，齐师败走。晏婴曰②："君亦毋勇，何不止战？"遂去。晋追，遂围临菑③，尽烧屠其郭中。东至胶④，南至沂⑤，齐皆城守，晋乃引兵归。

【注释】

①靡下：靡笄（jī）山下。②晏婴：齐国大臣。③临菑（zī）：齐都城。④胶：水名。在今山东省境。⑤沂：水名。在今山东省南境。

六年，鲁襄公朝晋。晋栾逞有罪①，奔齐。八年，齐庄公微遣栾逞于曲沃，以兵随之。齐兵上太行②，栾逞从曲沃中反，袭入绛。绛不戒，平公欲自杀，范献子止公，以其徒击逞，逞败走曲沃。曲沃攻逞，逞死，遂灭栾氏宗。逞者，栾书孙也。其入绛，与魏氏谋。齐庄公闻逞败，乃还，取晋之朝歌去③，以报临菑之役也。

【注释】

①栾逞：《左传》作栾盈。②太行：山名。纵贯今山西、河南、河北三省边界。③朝歌：晋邑名。故城在今河南省淇县。

十年，齐崔杼弑其君庄公。晋因齐乱，伐败齐于高唐去①，报太行之役也。

【注释】

①高唐：齐邑名。

十四年，吴延陵季子来使①，与赵文子、韩宣子、魏献子语："晋国之政，卒归此三家矣。"

【注释】

①延陵季子：季礼。

十九年，齐使晏婴如晋，与叔向语。叔向曰："晋，季世也①。公厚赋为台池而不恤政②，政在私门，其可久乎？"晏子然之③。

【注释】

①季世：末世；衰微的时代。②厚赋：多征赋税。③然：认为对。

顷公六年，周景王崩①，王子争立。晋六卿平王室乱，立敬王②。

【注释】

①周景王：姬贵。前544—前520年在位。②周敬王：姬丐。前519—前476年在位。

九年，鲁季氏逐其君昭公，昭公居乾侯①。十一年，卫、宋使使请晋纳鲁君②。季平子私赂范献子，献子受之，乃谓晋君曰："季氏无罪。"不果入鲁君。③。

【注释】

①乾（gān）侯：晋邑名。②使使：上"使（shǐ）"字动词。派遣。下"使"（旧读 shì 今读 shǐ）字名词，使者。③果：成为事实。

二十二年，伐燕。二十六年，平公卒，子昭公夷立。

昭公六年卒。六卿强①，公室卑。子顷公去疾立。

【注释】

①六卿：韩氏、赵氏、魏氏、范氏、中行氏、智氏。

十二年，晋之宗家祁傒孙①，叔向子，相恶于君②。六卿欲弱公室，乃遂以法尽灭其族，而分其邑为十县，各令其子为大夫。晋益弱，六卿皆大。

【注释】

①宗家：同宗族的人。②恶（wù）：诋毁，诽谤。

十四年，顷公卒，子定公午立。

定公十一年，鲁阳虎奔晋，赵鞅简子舍之①。十二年，孔子相鲁②。

【注释】

①舍（shè）：给住宿。②相（xiàng）：为国相。动词。

十五年，赵鞅使邯郸大夫午，不信，欲杀午。午与中行寅、范吉射亲攻赵鞅①，鞅走保晋阳②。定公围晋阳。荀栎、韩不信、魏侈与范、中行为仇，乃移兵伐范、中行。范、中行反，晋君击之，败范、中行。

范、中行走朝歌，保之。韩、魏为赵鞅谢晋君，乃赦赵鞅，复位。二十二年，晋败范、中行氏，二子奔齐。

【注释】

①范吉射（yì）：范献子。②晋阳：晋邑名。

三十年，定公与吴王夫差会黄池①，争长②，赵鞅时从，卒长吴。

【注释】

①黄池：宋地名。在今河南省封丘县西南。②长（zhǎng）：列首位者。下句"长"字以动用法。

三十一年，齐田常弑其君简公，而立简公弟骜为平公。三十三年，孔子卒。

三十七年，定公卒，子出公凿立。

出公十七年，知伯与赵、韩、魏共分范、中行地以为邑①。出公怒，告齐、鲁，欲以伐四卿。四卿恐，遂反攻出公。出公奔齐，道死。故知伯乃立昭公曾孙骄为晋君，是为哀公。

【注释】

①知伯：也作智伯。知瑶，本姓荀，故又称荀瑶。

哀公大父雍①，晋昭公少子也，号为戴子。戴子生忌。忌善知伯，蚤死②，故知伯欲尽并晋，未敢，乃立忌子骄为君。当是时，晋国政皆决知伯③，晋哀公不得有所制。知伯遂有范、中行地，最强。

【注释】

①大父：祖父。②蚤：通"早"。③决：决定。被动用法。

哀公四年，赵襄子、韩康子、魏桓子共杀知伯，尽并其地。

十八年，哀公卒，子幽公柳立。

幽公之时，晋畏①，反朝韩、赵、魏之君。独有绛②、曲沃，余皆入三晋③。

【注释】

①晋畏：晋君畏惧韩、赵、魏。②独：仅。绛：这时为晋都。③三

晋：韩、赵、魏为三卿，而分晋政，故称"三晋"。

十五年，魏文侯初立①。十八年，幽公淫妇人，夜窃出邑中，盗杀幽公。魏文侯以兵诛晋乱，立幽公子止，是为烈公。

【注释】

①魏文侯：魏斯。前424—前387年在位。

烈公十九年，周威烈王赐赵、韩、魏皆命为诸侯①。

【注释】

①周威烈王：姬午。前425—前402年在位。

二十七年，烈公卒，子孝公颀立①。孝公九年，魏武侯初立②，袭邯郸③，不胜而去。十七年，孝公卒，子静公俱酒立。是岁，齐威王元年也④。

【注释】

①颀：音 qí。②魏武侯：魏击。前395—前370年在位。③邯郸：赵都城，故城在今河北省邯郸市西南。④齐威王：田因齐。前356—前320年在位。

静公二年，魏武侯、韩哀侯①、赵敬侯灭晋后而三分其地②。静公迁为家人③，晋绝不祀。

【注释】

①韩哀侯：前376—前375年在位。②赵敬侯：赵章。前386—前375年在位。③家人：平民。

太史公曰：晋文公，古所谓明君也，亡居外十九年，至困约，及即位而行赏，尚忘介子推，况骄主乎？灵公既弑，其后成、景致严①，至厉大刻，大夫惧诛，祸作。悼公以后日衰，六卿专权。故君道之御其臣下②，固不易哉！

【注释】

①致：通"至"。极。②御：驾驭；控制。

楚世家第十

  楚之先祖出自帝颛顼高阳①。高阳者，黄帝之孙②，昌意之子也③。高阳生称④，称生卷章，卷章生重黎。重黎为帝喾高辛居火正⑤，甚有功，能光融天下，帝喾命曰祝融⑥。共工氏作乱⑦，帝喾使重黎诛之而不尽。帝乃以庚寅日诛重黎，而以其弟吴回为重黎后，复居火正，为祝融。

【注释】

  ①颛顼（zhuān xū）：传说中的五帝之一。号高阳氏。②黄帝：传说中中原各族的共同祖先。姬姓，号轩辕氏、有熊氏。③昌意：黄帝次子，为嫘（léi）祖所生。④称（chèn）：人名。⑤帝喾（kù）：传说中的五帝之一。号高辛氏。黄帝重孙。居亳（故城在今河南偃师县）。⑥祝融：掌火官的封号。⑦共工氏：古代部族名。传说与颛顼、帝喾、尧、禹等都有冲突。

  吴回生陆终。陆终生子六人，坼剖而产焉①。其长一曰昆吾；二曰参胡；三曰彭祖；四曰会人；五曰曹姓；六曰季连，芈姓②，楚其后也。昆吾氏，夏之时尝为侯伯③，桀之时汤灭之④。彭祖氏，殷之时尝为侯伯⑤，殷之末世灭彭祖氏。季连生附沮，附沮生穴熊，其后中微⑥，或在中国⑦，或在蛮夷⑧，弗能纪其世。

【注释】

  ①坼（chè）剖：割裂，剖开。②昆吾，国名，相传在今河南濮阳县一带。参胡：国名，相传在今陕西韩城市南。彭祖：人名，大彭国祖先，相传其国在今江苏徐州市。会（guì）人：即郐国，故址在今河南密县东北。曹姓：曹氏祖先，封国在今山东西南部。芈（mǐ）：季连始据以为姓。③夏：我国历史上第一个朝代，约当今公元前21—前16世纪左右。④桀：夏朝末代君主。暴虐无道，被商汤推翻，败于鸣条（今山西夏

县北。一说在夏县西。夏县即古安邑），流放于南巢（今安徽巢县）而死。
汤：商朝开国君主。又名成汤。建都亳（今河南商丘市南）。⑤殷：朝
代名。商王盘庚从奄（今山东省曲阜市）迁到殷（今河南安阳市西北），
因而商也称殷。约公元前 16 世纪至前 1066 年。详见《殷本纪》。⑥中微：
中途衰落。⑦中国：指华夏族居住的中原地区。⑧蛮夷：对边远部族的
泛称。

周文王之时①，季连之苗裔曰鬻熊②。鬻熊子事文王③，蚤卒④。其子
曰熊丽。熊丽生熊狂，熊狂生熊绎。

【注释】

①周文王：姬昌。商代末年周族领袖。②苗裔：后代子孙。③子事：
像儿子般服侍。④蚤：通"早"。

熊绎当周成王之时①，举文、武勤劳之后嗣②，而封熊绎于楚蛮③，
封以子男之田④，姓芈氏，居丹阳⑤。楚子熊绎与鲁公伯禽、卫康叔子牟、
晋侯燮、齐太公子吕伋俱事成王⑥。

【注释】

①周成王：姬诵。武王儿子。年幼继位。②举：推荐；选拔。文、武：
即周文王、周武王。周武王，姬发，文王儿子。③楚蛮：楚国蛮荒地区。
④子男：爵位名。⑤丹阳：邑名。故城在今湖北省秭归县东南。⑥伯禽：
周公旦的儿子，公爵，封于鲁。卫康叔：卫国始祖。周武王弟。初封于康（今
河南禹县西北），所以叫"康叔"。牟：姬牟。康叔子，侯爵。封于卫（今
河南淇县一带）。晋侯燮：成王封弟叔虞于唐。侯爵。子燮嗣改国号为晋。
齐太公：吕尚。齐国始祖。封于齐。吕伋：公爵，封于齐。

熊绎生熊艾，熊艾生熊䵣①，熊䵣生熊胜。熊胜以弟熊杨为后。熊
杨生熊渠②。

【注释】

①䵣（dàn）：通"亶"。②熊杨：又作"熊钖""熊炀"。

熊渠生子三人。当周夷王之时①，王室微，诸侯或不朝，相伐。熊

渠甚得江汉间民和②，乃兴兵伐庸、杨粤③，至于鄂④。熊渠曰：“我蛮夷也，不与中国之号谥⑤。”乃立其长子康为句亶王⑥，中子红为鄂王⑦，少子执疵为越章王⑧，皆在江上楚蛮之地。及周厉王之时⑨，暴虐，熊渠畏其伐楚，亦去其王⑩。

楚祖熊绎像

【注释】

①周夷王：姬燮。②江汉：长江、汉水。③庸：国名。在今湖北省竹山县西南。杨粤：国名。一本作杨雩，或作杨越，今地不详。④鄂：地名。在今湖北鄂州市一带。⑤号：称号。⑥康：熊康，即后面提到的熊毋康。句亶（gōu dàn）：地名。在今湖北江陵县境。⑦中（zhòng）子：第二个儿子；中间的儿子。中，通“仲”。红：即后面提到的熊挚红。鄂：今武昌市。与上文“鄂”非一地。⑧越章：地名。今地不详。有的指在今湖北江陵一带。⑨周厉王：姬胡。⑩去（qù）其王：免除自己的王号。

后为熊毋康，毋康蚤死。熊渠卒，子熊挚红立。挚红卒，其弟弑而代立①，曰熊延。熊延生熊勇。

【注释】

①三国蜀谯周认为此处文有脱漏，应为"熊渠卒，子熊翔立；卒，长子挚有疾，少子熊延立"。

熊勇六年，而周人作乱，攻厉王，厉王出奔彘。熊勇十年，卒，弟熊严为后。

熊严十年，卒。有子四人，长子伯霜，中子仲雪，次子叔堪，少子季徇。熊严卒，长子伯霜代立，是为熊霜。

熊霜元年，周宣王初立①。熊霜六年，卒，三弟争立。仲雪死；叔堪亡，避难于濮②；而少弟季徇立，是为熊徇。熊徇十六年，郑桓公初封于郑③。二十二年，熊徇卒，子熊咢立。熊咢九年，卒，子熊仪立，是为若敖。

【注释】

①周宣王：姬静。前827—前782年在位。②濮（pú）：古代部族名，又称百濮。居住在今湖北省西南部和湖南省西北。③郑桓公：姬友。郑国开国君主。前806—前771年在位。初封于郑（今陕西华县境）。

若敖二十年，周幽王为犬戎所弑①，周东徙②，而秦襄公始列为诸侯③。

【注释】

①周幽王：姬宫涅（shēng）：前781—前771年在位。②东徙：幽王子平王因为镐京残破，又畏犬戎逼犯，就东迁洛邑，历史上称为东周。③秦襄公：春秋时秦国的创立者。

二十七年，若敖卒，子熊坎立，是为霄敖。霄敖六年，卒，子熊眴立①，是为蚡冒②。蚡冒十三年，晋始乱，以曲沃之故③。蚡冒十七年，卒。蚡冒弟熊通弑蚡冒子而代立，是为楚武王。

【注释】

①眴，音 xún，xuàn，shùn。②蚡，音 fén。③曲沃：晋邑名。在今山西闻喜县东北。东周初年，晋昭侯封桓叔于此，从此引起内乱。

武王十七年，晋之曲沃庄伯弑主国晋孝侯①。十九年，郑伯弟段作乱②。二十一年，郑侵天子之田③。二十三年，卫弑其君桓公④。二十九年，鲁弑其君隐公⑤。三十一年，宋太宰华督弑其君殇公⑥。

【注释】

①庄伯：桓叔子。主国：宗主国。因为曲沃是由晋国分封的，故称晋为"主国"。事详。②段：郑庄公弟姬段。③郑侵天子之田：郑庄公二十四年（前720年），命令祭足带兵收割周王境内的麦和稻。事见《郑世家》。④桓公：姬宠。前734—前719年在位。⑤隐公：姬息姑。前722—前712年在位。⑥太宰：官名。辅佐国君治理国家，简称为宰。华督：杀死大司马孔父嘉，抢走其妻子。殇公：子姓，名与夷。前719—前711年在位。

三十五年，楚伐随①。随曰："我无罪。"楚曰："我蛮夷也。今诸侯皆为叛相侵，或相杀。我有敝甲②，欲以观中国之政③，请王室尊吾号④。"随人为之周⑤，请尊楚，王室不听，还报楚。三十七年，楚熊通怒曰："吾先鬻熊，文王之师也，蚤终。成王举我先公，乃以子男田令居楚，蛮夷皆率服，而王不加位，我自尊耳⑥。"乃自立，为武王，与随人盟而去⑦。于是始开濮地而有之⑧。

【注释】

①随：周初姬姓封国。都城在今湖北随县境。②敝甲：破旧的铠甲，指代武装力量。③观：参与；观察。④王室：指周王室。⑤之：前往。⑥自尊：自己加封尊位。⑦盟：在神面前立誓缔约；联合。⑧濮：地域名。

五十一年，周召随侯，数以立楚为王①。楚怒，以随背己，伐随。武王卒，师中而兵罢②。子文王熊赀立③，始都郢④。

【注释】

①数（shǔ）：数说；责备。②师：军队。兵：指战役。罢：停止。③赀（zī）：通"资"。④郢（yǐng）：邑名。

文王二年，伐申过邓①，邓人曰"楚王易取"，邓侯不许也。六年，伐蔡，虏蔡哀侯以归②，已而释之。楚强，陵江汉间小国③，小国皆畏之。十一年，齐桓公始霸④，楚亦始大。

【注释】

①申：相传为伯夷的后裔，居于今陕西、山西两省间。邓：国名，曼姓。地在今湖北襄樊市北。②蔡哀侯：姬献舞。前694—前675年在位。③陵：通"凌"。侵侮。④齐桓公：姜小白。前685—前643年在位。任用管仲、鲍叔牙等进行改革，国力富强，成为春秋时期的第一个霸主。

十二年，伐邓，灭之。十三年，卒，子熊囏立①，是为庄敖②。庄敖五年，欲杀其弟熊恽③，恽奔随，与随袭弑庄敖代立，是为成王。

【注释】

①囏：古"艰"字。②庄敖（áo）：楚国从武王称王立谥以后，对无谥号的君主称敖，不称王，与以前称若敖、霄敖的情况有所不同。③恽，音 yùn。

成王恽元年，初即位，布德施惠，结旧好于诸侯。使人献天子，天子赐胙①，曰："镇尔南方夷越之乱②，无侵中国。"于是楚地千里。

【注释】

①胙（zuò）：祭过宗庙的供肉。②镇：镇抚。夷越：泛指东南各部族。

十六年，齐桓公以兵侵楚，至陉山①。楚成王使将军屈完以兵御之，与桓公盟。桓公数以周之赋不入王室②，楚许之③，乃去。

【注释】

①陉（xíng）山：楚地。在今河南漯河市东。②周之赋：指向周纳苞茅之类的贡品。③许：答应；承应。

十八年，成王以兵北伐许①，许君肉袒谢②，乃释之。二十二年，伐黄③。二十六年，灭英④。

【注释】

①许：国名。公元前11世纪周初所封。②肉袒：裸露上身，表示惶

恐。谢：认罪。③黄：国名。都城在今河南潢川县西北。④英：国名。其地在今安徽省西部金寨县一带。

三十三年，宋襄公欲为盟会①，召楚。楚王怒曰："召我，我将好往袭辱之。"遂行，至孟②，遂执辱宋公，已而归之。三十四年，郑文公南朝楚③。楚成王北伐宋，败之泓④，射伤宋襄公，襄公遂病创死⑤。

【注释】

①宋襄公：子姓，名兹甫。前650—前637年在位。②孟：宋邑名。故城在今河南睢县西北。③郑文公：姬捷。前762—前628年在位。④泓：水名。这里指今河南柘城县西北泓水北岸。⑤创（chuāng）：创伤。

三十五年，晋公子重耳过楚①，成王以储侯客礼飨②，而厚送之于秦。

【注释】

①重耳（前697—前628年）：即晋文公。前636—前628年在位。②飨（xiǎng）：通"享"。用酒食款待。

三十九年，鲁僖公来请兵以伐齐①，楚使申侯将兵伐齐，取穀②，置齐桓公子雍焉③。齐桓公七子皆奔楚，楚尽以为上大夫④。灭夔⑤，夔不祀祝融、鬻熊故也。

【注释】

①鲁僖公：姬申。前659—前627年在位。②穀（gǔ）：齐邑名。故城在今山东东阿县东。③雍：姜雍。④上大夫：官名。周代卿以下设大夫，分上、中、下三等。⑤夔（kuí）：国名。与楚国同姓。

夏，伐宋，宋告急于晋，晋救宋，成王罢归。将军子玉请战，成王曰："重耳亡居外久，卒得反国①，天之所开②，不可当③。"子玉固请，乃与之少师而去。晋果败子玉于城濮④。成王怒，诛子玉。

【注释】

①反：通"返"。②开：启发。③当：抵挡。④城濮：晋邑名。在今

山东鄄城县西南临濮集。

　　四十六年，初，成王将以商臣为太子，语令尹子上①。子上曰："君之齿未也②，而又多内宠③，绌乃乱也④。楚国之举常在少者⑤。且商臣蜂目而豺声，忍人也⑥，不可立也。"王不听，立之。后又欲立子职而绌太子商臣。商臣闻而未审也⑦，告其傅潘崇曰⑧："何以得其实？"崇曰："飨王之宠姬江芈而勿敬也。"商臣从之。江芈怒曰："宜乎王之欲杀若而立职也⑨。"商臣告潘崇曰："信矣⑩。"崇曰："能事之乎？"曰："不能。""能亡去乎？"曰："不能。""能行大事乎⑪？"曰："能。"冬十月，商臣以宫卫兵围成王。成王请食熊蹯而死⑫，不听。丁未，成王自绞杀。商臣代立，是为穆王。

【注释】

　　①语（yù）：告诉。令尹：官名。②齿未：年纪不大。齿，年龄。③内宠：宫内宠幸的妃妾。④绌（chù）：通"黜"。废弃；贬退。⑤举：立。指确立太子。⑥忍：残忍。⑦审：详查；细究。⑧傅：老师。⑨宜：合适；应当。⑩信：果真；的确。⑪大事：指杀君夺位的事。⑫熊蹯（fán）：熊掌。

　　穆王立，以其太子宫予潘崇，使为太师①，掌国事。穆王三年，灭江②。四年，灭六、蓼③。六、蓼，皋陶之后④。八年，伐陈⑤。十二年，卒。子庄王侣立。

【注释】

　　①太师：官名。位列三公（太师、太傅、太保）之首。②江：国名，嬴姓。③六（lù）：国名。其都城在今安徽六安市东北。蓼（liáo）：国名。其都城在今河南固始县东北。④皋陶（yáo）：传说中东夷族的首领。⑤陈：国名。其地辖今河南东部、安徽一部分。都陈（今河南淮阳县）。

　　庄王即位三年，不出号令，日夜为乐，令国中曰："有敢谏者死无赦！"伍举入谏①。庄王左抱郑姬，右抱越女②，坐钟鼓之间③。伍举曰："愿有进隐④。"曰："有鸟在于阜⑤，三年不蜚不鸣⑥，是何鸟也？"庄王曰："三年不蜚，蜚将冲天；三年不鸣，鸣将惊人。举退矣，吾知之矣。"居数月，淫益甚。大夫苏从乃入谏。王曰："若不闻令乎？"对曰："杀身以明君⑦。臣之愿也。"于是乃罢淫乐，听政，所诛者数百人，所进者数百人，任伍举、苏从以政，国人大说⑧。是岁灭庸。六年，伐宋，获五百乘⑨。

【注释】

①伍举：封在椒邑，又名椒举。②郑姬、越女：泛指美女。③钟鼓：乐器，此处指代歌舞乐人。④隐：隐语，名词。⑤阜（fù）：土山。⑥蜚：通"飞"。⑦明：使……明白；感悟，使动用法。⑧说（yuè）：通"悦"。⑨乘（shèng）：古代一车四马为一乘。

八年，伐陆浑戎①，遂至洛②，观兵于周郊③，周定王使王孙满劳楚王④。楚王问鼎小大轻重⑤，对曰："在德不在鼎。"庄王曰："子无阻九鼎⑥！楚国折钩之喙⑦，足以为九鼎。"王孙满曰："呜呼！君王其忘之乎？昔虞夏之盛⑧，远方皆至，贡金九牧⑨，铸鼎象物，百物而为之备，使民知神奸⑩。桀有乱德，鼎迁于殷，载祀六百⑪。殷纣暴虐⑫，鼎迁于周。德之休明⑬，虽小必重；其奸回昏乱⑭，虽大必轻。昔成王定鼎于郏鄏⑮，卜世三十⑯，卜年七百，天所命也。周德虽衰，天命未改⑰。鼎之轻重，未可问也。"楚王乃归。

【注释】

①陆浑戎：居住在陆浑的戎族。居住在今河南嵩县西北。②洛：水名。今流经河南省西北部的洛河。③观兵：检阅军队。④周定王：姬瑜。前606—前586年在位。王孙满：周王朝大夫。⑤鼎：相传为夏禹收集九州的铜铸成的九个鼎，后以表示权位的象征，成为历代传国的重宝。⑥阻：恃；依仗。⑦钩：剑一类的兵器。喙（huì）：指刀剑上的刃尖。⑧虞：虞舜时代。⑨九牧：九州之牧。⑩神奸：鬼神怪异之物为害的情况。⑪桀（jié）：夏朝末代君主，后被商汤推翻，出奔南方而死。载祀：年岁，唐虞称载，夏称岁，商称祀，周称年。⑫殷：商朝的别称。⑬休明：美好清明。⑭奸回：邪恶。回，邪僻。⑮郏鄏（jiá rǔ）：地名。在今河南洛阳市西王城公园一带。⑯卜：占卜。用火烤裂龟甲，凭灼开的裂纹来推测吉凶祸福。⑰天命：上天的意志。

九年，相若敖氏①，人或谗之王，恐诛，反攻王，王击灭若敖氏之族。十三年，灭舒②。

【注释】

①若敖：复姓。②舒：国名。地在今安徽庐江县西南。

十六年，伐陈，杀夏徵舒①。徵舒弑其君②，故诛之也。已破陈，即县之③。群臣皆贺，申叔时使齐来④，不贺。王问，对曰："鄙语曰⑤，牵牛径人田⑥，田主取其牛。径者则不直矣，取之牛不亦甚乎？且王以陈之乱而率诸侯伐之，以义伐之而贪其县，亦何以复令于天下！"庄王乃复国陈后⑦。

【注释】

①夏徵舒：陈国大夫。②弑其君：夏徵舒杀死陈灵公，因其母与灵公通奸。③县：设县。动词。④申叔时：楚国大夫。⑤鄙语：俗语。⑥径：笔直走。⑦复国陈后：使陈国太子重建国家。

十七年春，楚庄王围郑，三月克之。入自皇门①，郑伯肉袒牵羊以逆②，曰："孤不天③，不能事君，君用怀怒，以及敝邑④，孤之罪也。敢不唯命是听！宾之南海⑤，若以臣妾赐诸侯⑥，亦唯命是听，若君不忘厉、宣、桓、武⑦，不绝其社稷⑧，使改事君，孤之愿也，非所敢望也。敢布腹心⑨。"楚群臣曰："王勿许。"庄王曰："其君能下人⑩，必能信用其民，庸可绝乎⑪！"庄王自手旗⑫，左右麾军⑬，引兵去三十里而舍⑭，遂许之平⑮。潘尪入盟⑯，子良出质⑰。夏六月，晋救郑，与楚战，大败晋师河上，遂至衡雍而归⑱。

【注释】

①皇门：郑都新郑的外城门。②郑伯：郑襄公姬坚。前604—前587年在位。肉袒牵羊：裸露上身牵着羊，表示认罪。逆：迎接。③不天：不为天所保佑。④及：到。⑤宾：通"摈"。放逐；屏弃。南海：南方海边。⑥若：或者。臣妾：奴隶。男奴叫奴，女奴叫妾。⑦厉、宣：周厉王、周宣王，郑建国前的先祖。⑧社稷：土神和谷神。⑨布：表白。腹心：真诚的心意。⑩下人：对人卑下谦逊。⑪庸：岂；难道。⑫手旗：用手举旗。手，动词。⑬麾（huī）：通"挥"。指挥。⑭舍：休息；住宿。

《东周列国志》版画之华元登床劫子反图，讲
述宋楚交战，宋国人华元乘夜混入楚营，劫持
楚军主帅子侧请和之事。

⑮平：议和。⑯潘尫（wāng）：楚国大夫。⑰子良：郑襄公弟。⑱衡雍：郑
邑名。故城在今河南原阳县西南。

二十年，围宋，以杀楚使也[1]。围宋五月，城中食尽，易子而食，
析骨而炊。宋华元出告以情[2]。庄王曰："君子哉！"遂罢兵去。

【注释】

①杀楚使：前年，宋国杀死了楚使臣申舟。②华元：宋国大夫。

二十三年，庄王卒，子共王审立[1]。

【注释】

①共（gōng）：通"恭"。谥号用字。

共王十六年，晋伐郑。郑告急，共王救郑。与晋兵战鄢陵[1]，晋败楚，射中共王目。共王召将军子反。子反嗜酒，从者竖阳榖进酒②，醉。王怒，射杀子反，遂罢兵归。

【注释】

①鄢陵：郑邑名。②从者：随从人员；卫士。

三十一年，共王卒，子康王招立。康王立十五年卒，子员立①，是为郏敖。

【注释】

①员（yún）：《左传》作"麇"。

康王宠弟公子围、子比、子皙、弃疾。郏敖三年，以其季父康王弟公子围为令尹，主兵事。四年，围使郑，道闻王疾而还。十二月己酉，围入问王疾，绞而弑之，遂杀其子莫及平夏。使使赴于郑①。伍举问曰②："谁为后？"对曰③："寡大夫围④。"伍举更曰：⑤"共王之子围为长。"子比奔晋，而围立，是为灵王。

【注释】

①使使（shǐ）：派遣使者，第一个"使"音shǐ，动词派遣。赴：讣告；报丧。②伍举问：这是伍举设作郑君问使者，作为使者出使前的演习。③对曰：这是使者向扮演郑君的伍举的回答。④寡：帝王自称或臣下对别国自称本国的君主与夫人等的谦辞。这句话是使者向扮演郑君的伍举所欲回答的讣辞。⑤更：改变；更正。这里指伍举为使者更改讣辞。意在掩饰公子围杀君之事。

灵王三年六月，楚使使告晋，欲会诸侯。诸侯皆会楚于申。伍举曰："昔夏启有钧台之飨①，商汤有景亳之命②，周武王有盟津之誓③，成王有岐阳之蒐④，康王有丰宫之朝⑤，穆王有涂山之会⑥，齐桓有召陵之师⑦，晋文有践土之盟⑧，君其何用？"灵王曰："用桓公。"时郑子产在焉⑨。于是晋、宋、鲁、卫不往。灵王已盟，有骄色。伍举曰："桀为有仍之会⑩，有缗叛之⑪。纣为黎山之会⑫，东夷叛之⑬。幽王为太室之盟⑭，戎、翟叛之⑮。君其慎终⑯！"

【注释】

①夏启：夏禹的儿子。夏朝的建立者。钧台：台名。相传故址在今河南禹县南。②商汤：商朝开国君主。景亳（bó）：即北亳。命：文告。③盟津：即孟津，古黄河津渡口名。故址在今河南孟津县东。誓：誓师。④岐阳：岐山之南，在今陕西岐山县东北一带。蒐（sōu）：打猎。⑤康王：周康王姬钊。在位时继承父亲成王的政策，加强了统治，史称"成康之治"。丰宫：周成王庙。在今陕西户县东。⑥穆王：周穆王姬满。曾西击犬戎，东伐徐戎。⑦召（shào）陵：楚邑名。故城在今河南郾城县东。⑧践土：郑地名。在今河南原阳县西南。⑨子产：公孙侨，字子产。郑国大夫，春秋时有名的政治家。⑩有仍：古国名。地在今山东济宁县境。⑪有缗：古国名。地在今河南虞城县北。⑫黎山：古地名。在今河南省浚县东南。⑬东夷：泛指东方各部族。⑭太室：山名。即今河南登封市北的嵩山。⑮戎、翟（dí）：泛指西北地区各部族。翟，通"狄"。⑯慎终：事情一开始就考虑后果，表示谨慎从事。

七月，楚以诸侯兵伐吴，围朱方①。八月，克之，囚庆封②，灭其族。以封徇③，曰："无效齐庆封弑其君而弱其孤④，以盟诸大夫⑤！"封反曰："莫如楚共王庶子围弑其君兄之子员而代之立！"于是灵王使疾杀之。

【注释】

①朱方：吴地名。在今江苏镇江市丹徒区境。②囚：囚禁；关押。③徇：当众宣示。④弱：欺压；挟制。孤：指年幼继位的齐景公。⑤盟诸大夫：指庆封、崔杼强迫卿大夫订盟，支持他们控制齐国政权。

七年，就章华台①，下令内亡人实之②。

【注释】

①就：建成。章华台：供游览的高台，相传在今湖北沙市市东北。②内：通"纳"。收容。

八年，使公子弃疾将兵灭陈。十年，召蔡侯①，醉而杀之。使弃疾定蔡，因为陈、蔡公②。

【注释】

　　①蔡侯：蔡灵侯姬般。前542—前531年在位。②陈、蔡公：楚灭陈、蔡后设为县，称县的长官为公。

　　十一年，伐徐以恐吴①。灵王次于乾谿以待之②。王曰："齐、晋、鲁、卫，其封皆受宝器，我独不③。今吾使使周求鼎以为分④，其予我乎？"析父对曰⑤："其予君王哉！昔我先王熊绎辟在荆山⑥，荜露蓝蒌⑦，以处草莽，跋涉山林，以事天子，唯是桃弧棘矢以共王事⑧。齐，王舅也⑨；晋及鲁、卫，王母弟也⑩：楚是以无分而彼皆有。周今与四国服事君王，将唯命是从，岂敢爱鼎？"灵王曰："昔我皇祖伯父昆吾旧许是宅⑪，今郑人贪其田，不我予，今我求之，其予我乎？"对曰："周不爱鼎，郑安敢爱田？"灵王曰："昔诸侯远我而畏晋⑫，今吾大城陈、蔡、不羹⑬，赋皆千乘⑭，诸侯畏我乎？"对曰："畏哉！"灵王喜曰："析父善言古事焉⑮。"

【注释】

　　①徐：国名。其地在今江苏泗洪县南。②次：驻扎。乾（gān）谿：楚邑名。③不：通"否"。④分：指分器。古代帝王分赐诸侯世代保存的宗庙宝器。⑤析父：楚国大夫。⑥辟：通"僻"。偏僻。荆山：山名。在今湖北南漳县西。⑦荜（bì）露：简陋的车子。蓝蒌：通"褴褛"。衣服破烂。⑧桃弧棘矢：桃木制的弓，棘枝制的箭。共：通"供"。供给；服劳役。⑨王舅：齐丁公吕伋是周成王的舅父。⑩母弟：同母所生的弟弟。⑪昆吾：人名。见前注。许：地名。宅：居住。昆吾曾居许地，故曰"旧许是宅"。⑫远：疏远；抛弃。动词。⑬大城：扩建加固城池。大，动词。陈：指原陈国都城宛丘（故城在今河南淮阳市）。不羹（láng）：古城名。东不羹故城在今河南舞阳县西北，西不羹故城在今河南襄城县东南。此处指西不羹。⑭赋：军队。古代按田赋出士兵，所以称军队为赋。乘（shèng）：甲车，一乘配甲士三人，步卒七十二人。⑮此对王言为子革之词，非析父。

　　十二年春，楚灵王乐乾谿，不能去也。国人苦役。初，灵王会兵于申，缪越大夫常寿过①，杀蔡大夫观起。起子从亡在吴，乃劝吴王伐楚，为间越大夫常寿过而作乱②，为吴间。使矫公子弃疾命召公子比于晋③，至蔡，与吴、越兵欲袭蔡。令公子比见弃疾，与盟于邓。遂入杀灵王太子禄，立子比为王，公子子皙为令尹，弃疾为司马④。先除王宫⑤，观从从师于乾谿，令楚众曰："国有王矣。先归，复爵邑田室⑥。后者迁之。"楚众皆溃，去灵王而归。

【注释】

①缪（lù）：侮辱。②间（jiàn）：从中挑拨离间。下句的"间"，指间谍。③矫：假托，诈称。④司马：官名。掌握军政和军赋。⑤除：清除。⑥爵邑：官位；封地。

灵王闻太子禄之死也，自投车下①，而曰："人之爱子亦如是乎？"侍者曰："甚是。"王曰："余杀人之子多矣，能无及此乎？"右尹曰②："请待于郊以听国人。"王曰："众怒不可犯。"曰："且入大县而乞师于诸侯。"王曰："皆叛矣。"又曰："且奔诸侯以听大国之虑③。"王曰："大福不再，只取辱耳。"于是王乘舟将欲入鄢④。右尹度王不用其计，惧俱死，亦去王亡。

【注释】

①投：跌倒。②右尹：官名。次于令尹。③虑：调停；谋划。④鄢：又名鄢郢，楚别都。

灵王于是独傍偟山中①，野人莫敢入王②。王行遇其故锅人③，谓曰："为我求食，我已不食三日矣。"锅人曰："新王下法④，有敢饷王从王者⑤，罪及三族⑥，且又无所得食。"王因枕其股而卧。锅人又以土自代，逃去。王觉而弗见，遂饥弗能起。芋尹申无宇之子申亥曰⑦："吾父再犯王命⑧，王弗诛，恩孰大焉！"乃求王，遇王饥于釐泽⑨，奉之以归。夏五月癸丑，王死申亥家，申亥以二女从死，并葬之。

【注释】

①傍偟：同"彷徨"，徘徊。②野人：郊野的农民。③锅（juān）人：主管宫廷打扫清洁的人员。锅，同"涓"。④新王：指公子比。⑤饷：用食物款待。⑥三族：有几种说法：一指父母、兄弟、妻子；一指父族、母族、妻族；一指父、子、孙。⑦芋尹：有两解：一指芋邑的大夫；一指管

理芋园的官。⑧再犯：两次解犯。⑨鳖泽：地名在今湖北监利县西北。

是时楚国虽已立比为王，畏灵王复来，又不闻灵王死，故观从谓初王比曰①："不杀弃疾，虽得国犹受祸。"王曰："余不忍。"从曰："人将忍王。"王不听，乃去。弃疾归。国人每夜惊②，曰："灵王入矣③！"乙卯夜，弃疾使船人从江上走呼曰："灵王至矣！"国人愈惊。又使曼成然告初王比及令尹子晳曰④："王至矣！国人将杀君，司马将至矣⑤！君蚤自图，无取辱焉。众怒如水火，不可救也。"初王及子晳遂自杀。丙辰，弃疾即位为王，改名熊居，是为平王。

【注释】

①初王：子比在位时间很短，死后没给谥号，所以称"初王"。②国人：春秋时对居住在国都的人的通称，属于统治阶级，有参与议论国事的权利。③灵王入矣："灵"是谥号，此当为衍文。④曼成然：任郊尹。弃疾的得力助手。⑤司马：指弃疾。

平王以诈弑两王而自立①，恐国人及诸侯叛之，乃施惠百姓。复陈蔡之地而立其后如故，归郑之侵地。存恤国中②，修政教。吴以楚乱故，获五率以归③。平王谓观从："恣尔所欲④。"欲为卜尹⑤，王许之。

【注释】

①两王：灵王和初王。②存恤：慰问赈济。③五率：灵王派去进攻徐国的五员将领：荡侯、潘子、司马督、嚣尹午、陵尹喜。率，通"帅"。④恣：听任；任凭。⑤卜尹：掌管卜筮的官，相当于大夫的职位。

初，共王有宠子五人，无适立①，乃望祭群神②，请神决之，使主社稷，而阴与巴姬埋璧于室内③，召五公子斋而入④。康王跨之，灵王肘加之，子比、子晳皆远之。平王幼，抱其上而拜，压纽⑤。故康王以长立，至其子失之；围为灵王，乃身而弑；子比为王十余日，子晳不得立，又俱诛。四子皆绝无后。唯独弃疾后立，为平王，竟续楚祀⑥，如其神符⑦。

【注释】

①适（dí）：通"嫡"。②望祭：遥望而祭祀。望，祭祀山川名。③室

《东周列国志》版画之楚平王娶媳逐世子图，
讲述楚平王听信佞臣费无极之言，为太子建
聘定秦国之女为媳，见秦女美而自纳之，并
逐太子之事。

内：指祖庙内。④斋：祭祀前洗濯洁身，表示庄严恭敬。⑤纽：璧的把手。
⑥祀：祭祀。指代王位。⑦神符：神灵的符应。

初，子比自晋归，韩宣子问叔向曰①："子比其济乎②？"对曰："不
就。"宣子曰："同恶相求，如市贾焉，何为不就？"对曰："无与同好，
谁与同恶？取国有五难：有宠无人，一也；有人无主③，二也；有主无
谋，三也；有谋而无民，四也；有民而无德，五也。子比在晋十三年
矣，晋、楚之从不闻通者，可谓无人矣；族尽亲叛，可谓无主矣；无衅
而动④，可谓无谋矣；为羁终世⑤，可谓无民矣；亡无爱征，可谓无德
矣。王虐而不忌，子比涉五难以弑君⑥，谁能济之⑦！有楚国者，其弃疾
乎？君陈、蔡，方城外属焉⑧。苛慝不作⑨，盗贼伏隐，私欲不违，民无

怨心。先神命之，国民信之。芈姓有乱，必季实立⑩，楚之常也。子比之官，则右尹也；数其贵宠，则庶子也；以神所命，则又远之；民无怀焉，将何以立？"宣子曰："齐桓、晋文不亦是乎？"对曰："齐桓，卫姬之子也，有宠于釐公⑪。有鲍叔牙、宾须无、隰朋以为辅⑫，有莒、卫以为外主⑬，有高、国以为内主⑭。从善如流⑮，施惠不倦，有国，不亦宜乎？昔我文公，狐季姬之子也，有宠于献公⑯。好学不倦。生十七年，有士五人⑰，有先大夫子馀、子犯以为腹心⑱，有魏犨、贾佗以为股肱⑲，有齐、宋、秦、楚以为外主⑳，有栾、郤、狐、先以为内主㉑。亡十九年，守志弥笃㉒。惠、怀弃民㉓，民从而与之。故文公有国，不亦宜乎？子比无施于民，无援于外，去晋，晋不送；归楚，楚不迎。何以有国！"子比果不终焉，卒立者弃疾，如叔向言也。

【注释】

①韩宣子：韩起，晋国执政大臣。叔向：羊舌肸（xī）。晋国大夫，博学多识。②济：成功。③主：主力；依靠力量。④衅（xìn）：间隙；破绽；可乘之机。⑤羁：寄居；在外作客。终世：一辈子。⑥涉：涉足；经历。⑦济：帮助。⑧方城：山名。即今河南叶县南的一线大山。属：归附。⑨苛慝（tè）：暴虐邪恶。⑩必季实立：即前文子上所云"楚国之举常在少者"。如季连为陆终少子，以后有多次少者立位之事。季，排行末位。⑪釐公：齐釐公。桓公之父。⑫鲍叔牙：齐国大夫。帮助齐桓公杀公子纠后，力荐管仲为相，使齐桓公完成霸业。宾须无：齐国贤臣。隰（xí）朋：齐国大夫。⑬莒（jǔ）：国名。都城在今山东莒县。齐桓公曾在这里避难。卫：国名。都楚丘（今河南滑县东）。卫国也曾帮助齐桓公回国。⑭高、国：高氏、国氏。齐国贵族。⑮从善：听从好的、正确的意见。⑯献公：晋献公，文公之父。⑰士五人：赵衰、狐偃、贾佗、先轸、魏犨（chōu）。⑱子馀：赵衰字。跟从文公流亡十九年，回国后，帮助文公创建霸业。子犯：狐偃字。文公舅父，又称舅犯。机智多谋，帮助文公创建霸业。腹心：即心腹。⑲股肱（gōng）：比喻帝王左右辅助得力的臣子。⑳齐、宋、秦、楚以为外主：这四国都曾支持晋文公。㉑栾、郤（xì）、狐、先：指栾枝、郤縠（hú）、狐突、先轸，四人都是晋国大夫。㉒弥：更加。笃：深厚。㉓惠、怀：指晋惠公、怀公父子。

平王二年，使费无忌如秦为太子建取妇①。妇好，来，未至，无忌先归，说平王曰②："秦女好，可自娶，为太子更求。"平王听之，卒自娶秦女，生熊珍。更为太子娶。是时伍奢为太子太傅③，无忌为少傅。无忌无宠于太子，常谗恶太子建。建时年十五矣，其母蔡女也，无宠于王，王稍益疏外建也。

【注释】

①费无忌：楚国大夫，平王宠臣。如：往；到。取：通"娶"。②说（shuì）：劝说。③伍奢：伍举的儿子。楚国大夫。太子太傅、少傅：教导、辅佐太子的官。

六年，使太子建居城父①，守边。无忌又日夜谗太子建于王曰："自无忌入秦女，太子怨，亦不能无望于王②，王少自备焉。且太子居城父，擅兵③，外交诸侯，且欲入矣。"平王召其傅伍奢责之。伍奢知无忌谗，乃曰："王奈何以小臣疏骨肉？"无忌曰："今不制，后悔也。"于是王遂囚伍奢。乃令司马奋扬召太子建，欲诛之。太子闻之，亡奔宋。

【注释】

①城父：楚邑名。故城在今安徽亳县东南。②望：怨恨。③擅：专；独揽。

无忌曰："伍奢有二子，不杀者为楚国患。盍以免其父召之①，必至。"于是王使使谓奢："能致二子则生，不能将死。"奢曰："尚至，胥不至②。"王曰："何也？"奢曰："尚之为人，廉，死节，慈孝而仁，闻召而免父，必至，不顾其死。胥之为人，智而好谋，勇而矜功③，知来必死，必不来。然为楚国忧者必此子。"于是王使人召之，曰："来，吾免尔父。"伍尚谓伍胥曰："闻父免而莫奔，不孝也；父戮莫报，无谋也；度能任事，知也④。子其行矣，我其归死。"伍尚遂归。伍胥弯弓属矢，出见使者，曰："父有罪，何以召其子为？"将射，使者还走，遂出奔吴。伍奢闻之，曰："胥亡，楚国危哉。"楚人遂杀伍奢及尚。

【注释】

①盍：何不。②胥：伍子胥，名员（yún）。逃奔吴国后，帮助吴王阖闾刺杀吴王僚，夺取王位，使吴国日益强大。③矜（jīn）：崇尚。④知：

通"智"。

十年，楚太子建母在居巢[1]，开吴[2]。吴使公子光伐楚[3]，逐败陈、蔡，取太子建母而去。楚恐，城郢[4]。初，吴之边邑卑梁与楚边邑钟离小童争桑[5]，两家交怒相攻，灭卑梁人[6]。卑梁大夫怒[7]，发邑兵攻钟离。楚王闻之怒，发国兵灭卑梁。吴王闻之大怒，亦发兵，使公子光因建母家攻楚，遂灭钟离、居巢。楚乃恐而城郢。

【注释】

[1]居巢：楚邑名。故城在今安徽巢县东北。一说在今合肥市西北。[2]开：引导。[3]公子光：即吴王阖闾。[4]城：筑城。动词郢：平王将郢都移至今江陵县东北。[5]卑梁：楚邑名。在今安徽天长市西北。钟离：楚邑名。在今安徽凤阳县东。[6]卑梁人：指卑梁争桑的小童一家。[7]大夫：指地方行政长官。

十三年，平王卒。将军子常曰："太子珍少，且其母乃前太子建所当娶也。"欲立令尹子西，子西，平王之庶弟也，有义。子西曰："国有常法，更立则乱，言之则致诛。"乃立太子珍，是为昭王。

昭王元年，楚众不说费无忌，以其谗亡太子建，杀伍奢子父与郤宛[1]。宛之宗姓伯氏子嚭及子胥皆奔吴[2]，吴兵数侵楚[3]，楚人怨无忌甚。楚令尹子常诛无忌以说众，众乃喜。

【注释】

[1]郤宛：楚国左尹。[2]宗姓：同姓同族。伯氏子嚭（pǐ）：又称嚭伯。[3]数（shuò）：多次。

四年，吴三公子奔楚[1]，楚封之以扞吴[2]。五年，吴伐取楚之六、潜[3]。七年，楚使子常伐吴，吴大败楚于豫章[4]。

【注释】

[1]三公子：据《佐传》所载，只有掩馀和烛庸二人。[2]扞：通"捍"。抵御。[3]潜：楚邑名。故城在今安徽霍山县东北。[4]豫章：汉水以东、长江以北地区名。

十年冬，吴王阖闾、伍子胥、伯嚭与唐、蔡俱伐楚①，楚大败，吴兵遂入郢，辱平王之墓②，以伍子胥故也。吴兵之来，楚使子常以兵迎之，夹汉水阵。吴伐败子常，子常亡奔郑。楚兵走，吴乘胜逐之，五战及郢。己卯，昭王出奔。庚辰，吴人入郢。

【注释】

①唐：国名。都城在今湖北随县西北唐县镇。②辱平王墓：掘开平王墓，挖出平王尸体，鞭打了三百下。

昭王亡也至云梦①。云梦不知其王也，射伤王。王走郧②。郧公之弟怀曰：“平王杀吾父③，今我杀其子，不亦可乎？”郧公止之，然恐其弑昭王，乃与王出奔随。吴王闻昭王往，即进击随，谓随人曰：“周之子孙封于江汉之间者，楚尽灭之。”欲杀昭王。王从臣子綦乃深匿王④，自以为王，谓随人曰：“以我予吴。”随人卜予吴，不吉，乃谢吴王曰⑤：“昭王亡，不在随。”吴请入自索之，随不听，吴亦罢去。

【注释】

①云梦：泽名。②郧（yún）：楚邑名。故城在今湖北安陆市。原是诸侯国，被楚所灭。③吾父：即曼成然。平王杀死曼成然后，不忘他旧日的功劳，命其子斗（dòu）辛为郧邑大夫。④子綦（qí）：人名。⑤谢：推辞；拒绝。

昭王之出郢也，使申鲍胥请救于秦①。秦以车五百乘救楚，楚亦收余散兵，与秦击吴。十一年六月，败吴于稷②。会吴王弟夫概见吴王兵伤败，乃亡归，自立为王。阖闾闻之，引兵去楚，归击夫概。夫概败，奔楚，楚封之堂谿③，号为堂谿氏。

【注释】

①申鲍胥：楚国大夫。一作申包胥。②稷：楚邑名。故城在今河南桐柏县东南。③堂谿：楚邑名。故城在今河南西平县西。

楚昭王灭唐。九月，归入郢。十二年，吴复伐楚，取番①。楚恐，去郢，北徙都鄀②。

【注释】

①番（pó）：楚邑名。故城在今江西鄱阳县。②鄀（ruò）：楚邑名，故城在今湖北宜城市东南。

十六年，孔子相鲁①。二十年，楚灭顿②，灭胡③。二十一年，吴王阖闾伐越。越王勾践射伤吴王，遂死④。吴由此怨越而不西伐楚。

【注释】

①孔子（前 551—前 479 年）：孔丘，字仲尼。②顿：国名。地在今河南项城市东。③胡：国名。地在今安徽阜阳市。④勾践射伤吴王，遂死：事详《吴太伯世家》。

二十七年春，吴伐陈，楚昭王救之，军城父。十月，昭王病于军中。有赤云如鸟，夹日而蜚。昭王问周太史①，太史曰："是害于楚王，然可移于将相。"将相闻是言，乃请自以身祷于神。昭王曰："将相，孤之股肱也，今移祸，庸去是身乎②！"弗听。卜而河为祟③，大夫请祷河。昭王曰："自吾先王受封，望不过江、汉，而河非所获罪也。"止不许。孔子在陈，闻是言，曰："楚昭王通大道矣。其不失国，宜哉！"

【注释】

①太史：官名。②庸：岂；难道。③河：黄河。

昭王病甚，乃召诸公子大夫曰："孤不佞①，再辱楚国之师②，今乃得以天寿终③，孤之幸也。"让其弟公子申为王，不可。又让次弟公子结，亦不可。乃又让次弟公子间，五让，乃后许为王。将战，庚寅，昭王卒于军中。子间曰："王病甚，舍其子让群臣，臣所以许王，以广王意也④。今君王卒，臣岂敢忘君王之意乎！"乃与子西、子綦谋，伏师闭涂⑤，迎越女之子章立之⑥，是为惠王。然后罢兵归，葬昭王。

【注释】

①佞（nìng）：有才能。②再辱楚国之师：指昭王七年吴军大败楚军于豫章，十年吴军攻入郢都两次败楚。再，两次。③天寿：天年；自然的寿数。④广：宽慰。⑤伏师闭涂：秘密行军，断绝沿途交通。⑥越女：昭王娶自越国的妃子。

《东周列国志》版画之楚昭王弃郢西奔图，讲
述吴国打败楚国，楚昭王从国都郢出逃之事。

惠王二年，子西召故平王太子建之子胜于吴，以为巢大夫[1]，号曰
白公[2]。白公好兵而下士，欲报仇。六年，白公请兵令尹子西伐郑。初，
白公父建亡在郑，郑杀之，白公亡走吴，子西复召之，故以此怨郑，欲
伐之。子西许而未为发兵。八年，晋伐郑，郑告急楚，楚使子西救郑，
受赂而去。白公胜怒，乃遂与勇力死士石乞等袭杀令尹子西、子綦于朝，
因劫惠王，置之高府[3]，欲弑之。惠王从者屈固负王亡走昭王夫人宫[4]。
白公自立为王。月余，会叶公来救楚[5]，楚惠王之徒与共攻白公，杀之。
惠王乃复位。是岁也，灭陈而县之。

【注释】

①巢：楚邑名。故城在今安徽巢县东北。②白：楚邑名。故城在今
河南息县东北。③高府：楚王别宫。④昭王夫人：惠王母越女。⑤叶（shè）
公：名沈诸梁。任叶邑大夫，所以称叶公。叶，今河南叶县南。

　　十三年，吴王夫差强①，陵齐、晋，来伐楚。十六年，越灭吴。四十二年，楚灭蔡。四十四年，楚灭杞②。与秦平。是时越已灭吴而不能正江、淮北③；楚东侵，广地至泗上④。

【注释】

　　①夫差：详见《吴太伯世家》。②杞：国名。周朝分封的诸侯国。③正：长，统治；管辖。江、淮北：指今江苏江都市到安徽盱眙县一带。④泗上：泗水之滨。

　　五十七年，惠王卒，子简王中立①。

【注释】

　　①中，音 zhòng。

　　简王元年，北伐灭莒①。八年，魏文侯、韩武子、赵桓子始列为诸侯②。

【注释】

　　①莒：小国名，在今山东莒县。②魏文侯：魏斯。魏国的建立者。前445—前396年在位。曾任用李悝、吴起、西门豹，兴修水利，进行改革，使魏国成为当时的强国。韩武子：韩启章。前424—前409年在位。赵桓子：赵嘉。前424年在位。

　　二十四年，简王卒，子声王当立。声王六年，盗杀声王，子悼王熊疑立。悼王二年，三晋来伐楚①，至乘丘而还②。四年，楚伐周。郑杀子阳③。九年，伐韩，取负黍④。十一年，三晋伐楚，败我大梁、榆关⑤。楚厚赂秦，与之平。二十一年，悼王卒，子肃王臧立。

【注释】

　　①三晋：本指从晋国分裂的韩、赵、魏三国，有时也可单指其中的一国。②乘（shèng）丘：邑名。③子阳：郑国相。④负黍：韩邑名。故城在今河南登封市西南。⑤大梁：邑名。故城在今河南开封市。榆关：大梁西边的一个关口。

　　肃王四年，蜀伐楚①，取兹方②。于是楚为扞关以距之③。十年，魏取我鲁阳④。十一年，肃王卒，无子，立其弟熊良夫，是为宣王。

【注释】

　　①蜀：国名。在今巴县到成都市一带。②兹方：地名。在今湖北松滋市西。③扞（hàn）关：楚关名。在今湖北长阳县西。距：通“拒”。④鲁阳：楚邑名。古鲁县。

　　宣王六年，周天子贺秦献公①。秦始复强，而三晋益大，魏惠王、齐威王尤强②。三十年，秦封卫鞅于商③，南侵楚。是年，宣王卒，子威王熊商立。

【注释】

　　①秦献公：嬴师隰。前384—前362年在位。②魏惠王：魏nd823。前369—前319年在位。齐威王：田因齐。前356—前320年在位。③卫鞅：公孙鞅。卫国人。封于商（今陕西商县东南），也称商鞅。

　　威王六年，周显王致文武胙于秦惠王①。

【注释】

　　①周显王：姬扁。前368—前321年在位。文武胙：祭祀周文王、周武王的祭肉。秦惠王：即秦惠文王。嬴驷。前337—前311年在位。

　　七年，齐孟尝君父田婴欺楚①，楚威王伐齐，败之于徐州②，而令齐必逐田婴，田婴恐，张丑伪谓楚王曰③：“王所以战胜于徐州者，田盼子不用也④。盼子者，有功于国，而百姓为之用。婴子弗善而用申纪⑤。申纪者，大臣不附，百姓不为用，故王胜之也。今王逐婴子，婴子逐，盼子必用矣。复搏其士卒以与王遇⑥，必不便于王矣。”楚王因弗逐也。

【注释】

　　①孟尝君：田文。齐国贵族。田婴：齐国相。封于薛（今山东滕州市南）。称薛君。欺楚：田婴表面上装着与楚国亲善，暗中却唆使越王进攻楚国。②徐州：齐邑名。故城在今山东滕州市南。③张丑：田婴门客。④田盼子：齐国将军，田婴的同族。⑤申纪：齐国将军。⑥搏：通“抚”，安抚；慰勉。

十一年，威王卒，子怀王熊槐立。魏闻楚丧，伐楚，取我陉山。

怀王元年，张仪始相秦惠王①。四年，秦惠王初称王。

【注释】

①张仪：魏国贵族后代。相（xiàng）：辅佐为相。

六年，楚使柱国昭阳将兵而攻魏①，破之于襄陵②，得八邑。又移兵而攻齐，齐王患之。陈轸适为秦使齐③，齐王曰："为之奈何？"陈轸曰："王勿忧，请令罢之。"即往见昭阳军中，曰："愿闻楚国之法，破军杀将者何以贵之？"昭阳曰："其官为上柱国，封上爵执珪④。"陈轸曰："其有贵于此者乎？"昭阳曰："令尹。"陈轸曰："今君已为令尹矣，此国冠之上⑤。臣请得譬之。人有遗其舍人一卮酒者⑥，舍人相谓曰：'数人饮此，不足以遍，请遂画地为蛇，蛇先成者独饮之。'一人曰：'吾蛇先成。'举酒而起，曰：'吾能为之足。'及其为之足，而后成人夺之酒而饮之，曰：'蛇固无足，今为之足，是非蛇也。'今君相楚而攻魏，破军杀将，功莫大焉，冠之上不可以加矣。今又移兵而攻齐，攻齐胜之，官爵不加于此；攻之不胜，身死爵夺，有毁于楚：此为蛇为足之说也。不若引兵而去以德齐⑦，此持满之术也⑧。"昭阳曰："善。"引兵而去。

【注释】

①柱国：楚官名，为最高武官，也称上柱国，地位仅次于令尹。②襄陵：魏地名。在今河南睢县。③陈轸：楚国人。善于游说。④执珪：楚最高爵位名。⑤国冠之上：喻指最高的官位。⑥遗（wèi）：赠送。舍人：王公贵族的家臣。卮（zhī）：古代酒器。⑦德：施恩惠。⑧持满：保守成业，保全功业。

燕、韩君初称王。秦使张仪与楚、齐、魏相会，盟啮桑①。

【注释】

①啮桑：魏邑名。故城在今江苏沛县西南。

十一年，苏秦约从山东六国共攻秦①，楚怀王为从长②。至函谷关③，秦出兵击六国，六国兵皆引而归，齐独后。十二年，齐湣王伐败赵、魏军④，秦亦伐败韩，与齐争长。

【注释】

①苏秦：东周洛阳人。②从：通"纵横"的"纵"。从长：六国合纵之长。③函谷关：关名。故址在今河南灵宝市东北。④齐湣王：田地。前300—284年在位。

十六年，秦欲伐齐，而楚与齐从亲①，秦惠王患之，乃宣言张仪免相②，使张仪南见楚王，谓楚王曰："敝邑之王所甚说者无先大王③，虽仪之所甚愿为门阑之厮者亦无先大王④。敝邑之王所甚憎者无先齐王，虽仪之所甚憎者亦无先齐王。而大王和之⑤，是以敝邑之王不得事王，而令仪亦不得为门阑之厮也。王为仪闭关而绝齐⑥，今使使者从仪西取故秦所分楚商於之地方六百里⑦，如是则齐弱矣。是北弱齐，西德于秦，私商於以为富，此一计而三利俱至也。"怀王大悦，乃置相玺于张仪⑧，日与置酒，宣言"吾复得吾商於之地"。群臣皆贺，而陈轸独吊⑨。怀王曰："何故？"陈轸对曰："秦之所为重王者，以王之有齐也。今地未可得而齐交先绝，是楚孤也。夫秦又何重孤国哉，必轻楚矣。且先出地而后绝齐，则秦计不为。先绝齐而后责地⑩，则必见欺于张仪。见欺于张仪，则王必怨之。怨之，是西起秦患，北绝齐交。西起秦患，北绝齐交，则两国之兵必至⑪。臣故吊。"楚王弗听，因使一将军西受封地。

【注释】

①从亲：合纵亲善。②宣言：扬言；宣扬。③敝邑：古代称自己国家的谦辞。先：先于；前于。④门阑之厮：看门的仆役。门阑：门框。厮：干粗活的奴隶或仆役。⑤和：和睦亲近。⑥闭关：闭塞关门。⑦商於(wū)：地区名。方：方圆；纵横。⑧玺：印。⑨吊：慰问遭遇不幸的人。⑩责：责求；索取。⑪两国：韩、魏两国。

张仪至秦，详醉坠车①，称病不出三月，地不可得。楚王曰："仪以吾绝齐为尚薄邪②？"乃使勇士宋遗北辱齐王。齐王大怒，折楚符而合于秦③。秦齐交合，张仪乃起朝，谓楚将军曰："子何不受地？从某至某，广袤六里④。"楚将军曰："臣之所以见命者六百里⑤，不闻六里。"即以归报怀王。怀王大怒，兴师将伐秦。陈轸又曰："伐秦非计也。不如因赂之一名都，与之伐齐，是我亡于秦⑥，取偿于齐也，吾国尚可全。今王已绝于齐而责欺于秦，是吾合秦齐之交而来天下之兵也，国必大伤矣。"
楚王不听，遂绝和于秦，发兵西攻秦。秦亦发兵击之。

【注释】

①详：通"佯"。假装。坠：落；跌下。②薄：不深刻。邪：通"耶"。
③楚符：指楚国勇士宋遗所持符信。④广袤（mào）：指土地的面积。
东西为广，南北为袤。⑤见命：接受命令。⑥我亡于秦：指贿赂秦国的
都邑。

十七年春，与秦战丹阳①，秦大败我军，斩甲士八万，虏我大将军屈匄、
裨将军逢侯丑等七十余人②，遂取汉中之郡③。楚怀王大怒，乃悉国兵复
袭秦，战于蓝田④，大败楚军。韩、魏闻楚之困，乃南袭楚，至于邓⑤。
楚闻，乃引兵归。

【注释】

①丹阳：此丹阳在汉中丹水北岸地区，今陕西丹凤县东南，河南淅
川县西。②大将军：官名。为将军的最高称号，职掌统兵征战。匄：通"丐"。
裨（pí）：次；副。逢：读páng。③汉中：郡名。地在今陕西南部和湖
北西北部。④蓝田：秦县名。故城在今陕西蓝田县西。⑤邓：邑名，在
今河南漯河市东南，蔡地。

十八年，秦使使约复与楚亲，分汉中之半以和楚。楚王曰："愿得
张仪，不愿得地。"张仪闻之，请之楚。秦王曰："楚且甘心于子，奈何？"
张仪曰："臣善其左右靳尚①，靳尚又能得事于楚王幸姬郑袖②，袖所言
无不从者。且仪以前使负楚以商於之约③，今秦楚大战，有恶④，臣非面
自谢楚不解。且大王在，楚不宜敢取仪。诚杀仪以便国，臣之愿也。"
仪遂使楚。

【注释】

①靳（jìn）尚：楚怀王的宠臣。②幸姬：宠妃。③负：背弃；违背。
④恶（wù）：仇恨；憎恨。

至，怀王不见，因而囚张仪，欲杀之。仪私于靳尚①，靳尚为请怀
王曰："拘张仪，秦王必怒。天下见楚无秦，必轻王矣。"又谓夫人郑袖

曰：“秦王甚爱张仪，而王欲杀之，今将以上庸之地六县赂楚②，以美人聘楚王③，以宫中善歌者为之媵④。楚王重地，秦女必贵，而夫人必斥矣⑤。夫人不若言而出之。”郑袖卒言张仪于王而出之。仪出，怀王因善遇仪，仪因说楚王以叛从约而与秦合亲，约婚姻。张仪已去，屈原使从齐来⑥，谏王曰：“何不诛张仪？”怀王悔，使人追仪，弗及。是岁，秦惠王卒。

【注释】

①私：私下；秘密。②上庸之地六县：相当今湖北房县、竹山、保康、竹溪等县之地。③聘：古代出嫁、娶妇都叫聘。④媵（yìng）：随嫁，也指随嫁的人。⑤斥：斥退；排斥。被动用法。⑥屈原（约前340—前278年）：屈平，字原。

二十年，齐湣王欲为从长，恶楚之与秦合，乃使使遗楚王书曰：“寡人患楚之不察于尊名也①。今秦惠王死，武王立②，张仪走魏，樗里疾、公孙衍用③，而楚事秦。夫樗里疾善乎韩④，而公孙衍善乎魏；楚必事秦，韩、魏恐，必因二人求合于秦，则燕、赵亦宜事秦。四国争事秦，则楚为郡县矣⑤。王何不与寡人并力收韩、魏、燕、赵，与为从而尊周室，以案兵息民⑥，令于天下？莫敢不乐听，则王名成矣。王率诸侯并伐，破秦必矣。王取武关、蜀、汉之地⑦，私吴、越之富而擅江海之利⑧，韩、魏割上党⑨，西薄函谷⑩，则楚之强百万也。且王欺于张仪，亡地汉中，兵锉蓝田⑪，天下莫不代王怀怒。今乃欲先事秦！愿大王孰计之⑫。”

【注释】

①察：考虑。尊名：珍贵的名号。②武王：嬴荡。前310—前307年在位。③樗（chū）里疾：秦惠王异母弟。因住在樗里（今陕西渭南）得名。号称“智囊”。公孙衍：号犀首，魏人。④乎：通“于”。樗里疾的母亲是韩国人，所以樗里疾与韩国友善。⑤楚为郡县：楚地将成为秦国的郡县，意即楚国将被秦国灭亡。⑥案：通“按”。按住；停止。息：养息。⑦武关：秦关名。旧址在今陕西丹凤县东南丹江上，非今址。蜀：今四川长江以北地区。汉：汉中郡。⑧私：私自享有。擅：独占。⑨上党：郡名。⑩薄：迫近。⑪锉：折伤；挫败。⑫孰：通“熟”。仔细；

认真。

　　楚王业已欲和于秦，见齐王书，犹豫不决，下其议群臣[1]。群臣或言和秦，或曰听齐。昭雎曰[2]："王虽东取地于越，不足以刷耻；必且取地于秦，而后足以刷耻于诸侯。王不如深善齐、韩以重樗里疾[3]，如是则王得韩、齐之重以求地矣。秦破韩宜阳[4]，而韩犹复事秦者，以先王墓在平阳[5]，而秦之武遂去之七十里[6]，以故尤畏秦。不然，秦攻三川[7]，赵攻上党，楚攻河外[8]，韩必亡。楚之救韩，不能使韩不亡，然存韩者楚也。韩已得武遂于秦，以河山为塞[9]，所报德莫如楚厚，臣以为其事王必疾[10]。齐之所信于韩者，以韩公子眜为齐相也。韩已得武遂于秦，王甚善之[11]，使之以齐、韩重樗里疾，疾得齐、韩之重，其主弗敢弃疾也。今又益之以楚之重，樗里子必言秦，复与楚之侵地矣。"于是怀王许之，竟不合秦，而合齐以善韩。

【注释】

　　①下：交下。②昭雎（jū）：楚国大夫，谋臣。③重：加强；抬高。④宜阳：韩邑名。故城在今河南宜阳县境。⑤平阳：韩邑名。故城在今山西临汾市西南。⑥武遂：韩邑名。故城在今山西临汾县西南。⑦三川：地区名。属韩国。⑧河外：当时三晋人称黄河以南地区。这里指韩国南境。⑨河山：河，黄河。山，韩国西部的崤山、华山。塞：险要之处。⑩疾：迅速；不迟疑。⑪善：赞助。

　　二十四年，倍齐而合秦[1]，秦昭王初立[2]，乃厚赂于楚。楚往迎妇。二十五年，怀王入与秦昭王盟，约于黄棘[3]。秦复与楚上庸。二十六年，齐、韩、魏为楚负其从亲而合于秦，三国共伐楚。楚使太子入质于秦而请救[4]。秦乃遣客卿通将兵救楚[5]，三国引兵去。

【注释】

　　①倍：通"背"。背弃。②秦昭王：即秦昭襄王。嬴稷（一作"则"）。前306—前251年在位。③黄棘：楚邑名。故城在今河南新野县东北。④太子：即后来继位的顷襄王。⑤客卿：官名。通：人名。

　　二十七年，秦大夫有私与楚太子斗，楚太子杀之而亡归。二十八年，秦乃与齐、韩、魏共攻楚，杀楚将唐眜，取我重丘而去①。二十九年，秦复攻楚，大破楚，楚军死者二万，杀我将军景缺。怀王恐，乃使太子为质于齐以求平。三十年，秦复伐楚，取八城。秦昭王遗楚王书曰："始寡人与王约为弟兄，盟于黄棘，太子为质，至欢也。太子陵杀寡人之重臣②，不谢而亡去，寡人诚不胜怒，使兵侵君王之边。今闻君王乃令太子质于齐以求平。寡人与楚接境壤界，故为婚姻，所从相亲久矣。而今秦楚不欢，则无以令诸侯。寡人愿与君王会武关③，面相约，结盟而去，寡人之愿也。敢以闻下执事④。"楚怀王见秦王书，患之。欲往，恐见欺；无往，恐秦怒。昭雎曰："王毋行，而发兵自守耳。秦虎狼，不可信，有并诸侯之心。"怀王子子兰劝王行，曰："奈何绝秦之欢心！"于是往会秦昭王。昭王诈令一将军伏兵武关，号为秦王。楚王至，则闭武关，遂与西至咸阳⑤，朝章台⑥，如蕃臣⑦，不与亢礼⑧。楚怀王大怒，悔不用昭子言。秦因留楚王，要以割巫、黔中之郡⑨。楚王欲盟，秦欲先得地。楚王怒曰："秦诈我而又强要我以地！"不复许秦，秦因留之。

【注释】

①重丘：楚邑名。故城在今河南泌阳县东北。②重臣：在朝廷中居重要职位的大臣。③武关：关塞名。在今陕西丹凤县东南丹江上。④下执事：实指对方，但不直说对方的一种委婉辞令。⑤咸阳：秦都城。故城在今陕西咸阳市东北。⑥章台：秦王离宫的台名。旧址在今陕西西安市长安区旧城西南隅。⑦蕃臣：属国的君主。蕃，通"藩"。⑧亢礼：以平等之礼相待。亢，同"抗"。⑨要（yāo）：要挟。巫：楚郡名。地在今四川巫山县一带。黔中：楚郡名。地在今湖南、湖北、四川和贵州四省交界地区。

楚大臣患之，乃相与谋曰①："吾王在秦不得还，要以割地，而太子为质于齐，齐、秦合谋，则楚无国矣。"乃欲立怀王子在国者。昭雎曰："王与太子俱困于诸侯，而今又倍王命而立其庶子，不宜。"乃诈赴于齐，齐湣王谓其相曰："不若留太子以求楚之淮北。"相曰："不可。郢中立王，是吾抱空质而行不义于天下也②。"或曰："不然，郢中立王，因与其新王市曰'予我下东国③，吾为王杀太子，不然，将与三国共立之'，然则东国必可得矣。"齐王卒用其相计而归楚太子。太子横至，立为王，是为顷襄王。乃告于秦曰："赖社稷神灵，国有王矣。"

《东周列国志》版画之楚怀王陷秦图，讲述秦
昭王约楚怀王赴武关会盟，楚怀王到武关后被
秦国扣留，以此要胁楚国割地之事。

【注释】

①相与：互相。②空质：空废无用的人质。③下东国：指前面说的
淮北地区，因在长江下游，属楚国东部，所以称下东国。

顷襄王横元年，秦要怀王不可得地，楚立王以应秦①。秦昭王怒，
发兵出武关攻楚，大败楚军，斩首五万，取析十五城而去②。二年，楚
怀王亡逃归，秦觉之，遮楚道，怀王恐，乃从间道走赵以求归③。赵主
父在代④，其子惠王初立⑤，行王事，恐，不敢入楚王。楚王欲走魏，秦
追至，遂与秦使复之秦。怀王遂发病。顷襄王三年，怀王卒于秦，秦归
其丧于楚⑥。楚人皆怜之，如悲亲戚⑦。诸侯由是不直秦⑧。秦楚绝。

【注释】

①应：应付；对付。②析十五城：指析邑和邻近的十五城。析，楚邑名。故城在今河南西峡县。③间（jiàn）道：小道；秘密道路。④赵主父：即赵武灵王。前325—前295年在位。改穿胡服，学习骑射，陆续攻灭中山、林胡等国，国势大振。后传位给庶子何，自称主父。代：赵郡名。治所在今河北蔚县东北。⑤惠王：即赵惠文王。前298—前266年在位。⑥丧（sāng）：尸棺。⑦亲戚：有两解，一谓父母兄弟；二谓内外亲属，族内曰亲，族外曰戚。⑧直：正直；以动用法。

六年，秦使白起伐韩于伊阙①，大胜，斩首二十四万。秦乃遗楚王书曰："楚倍秦，秦且率诸侯伐楚，争一旦之命。愿王饬士卒②，得一乐战。"楚顷襄王患之，乃谋复与秦平。七年，楚迎妇于秦，秦楚复平。

【注释】

①白起（？—前257年）：公孙起。秦国名将。身经七十多次战斗，屡战屡胜，封武安君。伊阙：山名。在今河南洛阳市南。②饬（chì）：整顿。

十一年，齐秦各自称为帝；月余，复归帝为王①。

十四年，楚顷襄王与秦昭王好会于宛②，结和亲。十五年，楚王与秦、三晋、燕共伐齐，取淮北。十六年，与秦昭王好会于鄢。其秋，复与秦王会穰③。

【注释】

①周报王二十七年（前288年）十月，秦昭襄王称西帝，齐湣王称东帝。十二月，齐湣王去帝号，秦昭襄王也去帝号。③宛（yuān）：楚邑名。④穰（ràng）：楚邑名。

十八年，楚人有好以弱弓微缴加归雁之上者①，顷襄王闻，召而问之。对曰："小臣之好射鹄雁②，罗鸢③，小矢之发也，何足为大王道也。且称楚之大，因大王之贤，所弋非直此也④。昔者三王以弋道德⑤，五霸以弋战国⑥。故秦、魏、燕、赵者，躯雁也；齐、鲁、韩、卫者，青首也⑦；驺、费、郯、邳者⑧，罗鸢也。外其余则不足射者。见鸟六双⑨，以王何取？王何不以圣人为弓，以勇士为缴，时张而射之？此六双者，可得而囊载也。其乐非特朝昔之乐也⑩，其获非特凫雁之实也⑪。王朝张弓而射魏之大梁之南，加其右臂而径属之于韩，则中国之路绝而上蔡之郡坏矣⑫。还射圉之东⑬，解魏左肘而外击定陶⑭，则魏之东外弃而大宋、方与二郡者举矣⑮。且魏断二臂，颠越矣⑯；膺击郯国⑰，大梁可得而有也。王绩缴兰台⑱，饮马西河⑲，定魏大梁，此一发之乐也⑳。若王之于弋诚好而不厌，则出宝弓，碆新缴㉑，射嘴鸟于东海㉒，还盖长城以为防㉓，朝射东莒㉔，夕发浿丘㉕，夜加即墨㉖，顾据午道㉗，则长城之东收而太山之北举矣㉘。西结境于赵，而北达于燕，三国布瓶㉙，则从不待约而可成也。北游目于燕之辽东而南登望于越之会稽㉚，此再发之乐也。若夫泗上十二诸侯㉛，左萦而右拂之㉜，可一旦而尽也。今秦破韩以为长忧，得列城而不敢守也；伐魏而无功，击赵而顾病㉝，则秦魏之勇力屈矣㉞，楚之故地汉中、析、郦可得而复有也㉟。王出宝弓，碆新缴，涉郇塞㊱，而待秦之倦也，山东、河内可得而一也㊲。劳民休众，南面称王矣㊳。故曰秦为大鸟，负海内而处，东面而立，左臂据赵之西南，右臂傅楚鄢郢㊴，膺击韩、魏，垂头中国㊵，处既形便，势有地利，奋翼鼓瓶，方三千里，则秦未可得独招而夜射也。"欲以激怒襄王，故对以此言。襄王因召与语，遂言曰："夫先王为秦所欺而客死于外，怨莫大焉。今以匹夫有怨，尚有报万乘㊶，白公、子胥是也。今楚之地方五千里，带甲百万，犹足以踊跃中野也㊷，而坐受困，臣窃为大王弗取也。"于是顷襄王遣使于诸侯，复为从，欲以伐秦。秦闻之，发兵来伐楚。

【注释】

①缴（zhuó）：系在箭上的生丝绳。②鹎（qí）雁：小雁。③罗鸶（lóng）：小鸟；野鸟。④弋（yì）：用绳系在箭上射；取。直：特；只。⑤三王：一说指夏禹、商汤、周文王。⑥五霸：一说指齐桓公、晋文公、楚庄王、宋襄公、秦穆公；⑦青首：头有青毛的小野鸭。⑧驺：同"邹"。国名。地在今山东邹县、费县、滕州市一带。费（bì）：鲁邑名。郯（tán）：国名。地在今山东郯城县境。邳（pí）：国名。地在今江苏邳州市境。以上四个国家当时已分别属于楚国和齐国，这里同秦、魏等国对举，是就各自的战略地位而言。⑨鸟六双：用以比喻秦、魏等十二个国家。⑩朝昔：一

朝一夕。昔，通"夕"。⑪凫（fú）：野鸭。⑫上蔡：韩郡名。地在今河南上蔡县一带。⑬圉（yǔ）：魏邑名。故城在今河南杞县南。⑭定陶：魏邑名。⑮大宋：魏郡名。治所在今河南商丘市。方与（fáng yǔ）：魏郡名。治所在今山东鱼台县西北。⑯颠越：颠簸；动荡。⑰膺（yīng）击：正面进攻。膺，胸脯。⑱缯（zhēng）缴：卷收弋射的绳索。兰台：桓山之别名。在今江苏铜山县东北。⑲饮（yìn）马：牵马喝水。这里意为阅兵。西河：指当时魏国境内的一段黄河，在今河南安阳市以东一带。⑳发：发射。㉑砮（bō）：射鸟用的石制箭头。这里作动词用。㉒䴔（zhòu）鸟：嘴曲如钩的大水鸟。这里指代齐国。东海：泛指东方大海。㉓还：环绕。盖：覆盖；遮拦。㉔东莒：齐国东部的莒邑。㉕沛（pèi）丘：一作"贝丘"。齐地名。在今山东博兴县东南。㉖即墨：齐邑名。故城在今山东平度市东南。㉗顾：反转；转身。午道：纵横交错的大路。㉘太山：即泰山。㉙三国：燕、赵、楚三国。瓟：同"翅"，一作"属"。㉚辽东：燕郡名。地在今辽宁东南部辽河以东，治所在襄平（今辽阳市）。会稽：山名。在今浙江绍兴东南。㉛十二诸侯：指宋、卫、鲁、邹等小国。十二，虚指数。㉜萦（yíng）：拘系。拂：轻微打击。㉝病：危害。㉞屈（jué）：竭；穷尽。㉟郦（lì）：邑名。故城在今河南南阳市西北。㊱鄳（méng）塞：又作冥阨。隘道名。即今河南信阳市西南的平靖关。㊲山东、河内：指今陕西华山以东到河南北部广大地区。㊳南面：古代帝王坐北向南接见诸侯臣下，因此以南面表帝王的尊位。㊴傅：接近。㊵垂头：低下头；伸长颈项。㊶万乘（shèng）：万辆兵车，借指帝位。㊷踊跃：耀武；争雄。中野：旷野之中。

　　楚欲与齐韩连和伐秦，因欲图周①。周王赧使武公谓楚相昭子曰②："三国以兵割周郊地以便输③，而南器以尊楚④，臣以为不然。夫弑共主⑤，臣世君⑥，大国不亲；以众胁寡，小国不附。大国不亲，小国不附，不可以致名实⑦。名实不得，不足以伤民。夫有图周之声，非所以为号也。"昭子曰："乃图周则无之。虽然，周何故不可图也？"对曰："军不五不攻⑧，城不十不围⑨。夫一周为二十晋⑩，公之所知也。韩尝以二十万之众辱于晋之城下，锐士死，中士伤⑪，而晋不拔。公之无百韩以图周，此天下之所知也。夫怨结于两周以塞驺鲁之心⑫，交绝于齐，声失天下，其为事危矣。夫危两周以厚三川[13]，方城之外必为韩弱矣。何以知其然也？西周之地，绝长补短，不过百里。名为天下共主，裂其地不足以肥国，得其众不足以劲兵[14]。虽无攻之，名为弑君。然而好事之君[15]，喜攻之臣[16]，发号用兵，未尝不以周为终始。是何也？见祭器在焉[17]，欲器之至而忘弑君之乱。今韩以器之在楚，臣恐天下以器仇楚也。臣请譬之。夫虎肉臊，其兵利身[18]，人犹攻之也。若使泽中之麋蒙虎之皮[19]，人之攻之必万于虎矣。裂楚之地，足以肥国；诎楚之名[20]，足以尊主。今子将以欲诛残天下之共主，居三代之传器[21]，吞三翮六翼[22]，以高世主，非贪而何？《周书》曰'欲起无先[23]'，故器南则兵至矣。"于是楚计辍不行[24]。

【注释】

①图：图谋；谋害。②周王赧：即周赧王姬延，周朝最后的一个王。武公：西周一个小诸侯国的国君。昭子：昭雎。③三国：指齐、楚、韩三国。④南器：南移宝器，即把周王朝的宝器运到南方的楚国。⑤共主：诸侯共同尊奉的君主。⑥世君：世代相传的君主。⑦名实：名声和实利。⑧五：五倍于敌人。⑨十：十倍于敌人。⑩一周为二十晋：周王的土地虽小，但诸侯共同尊奉，相当于二十个晋国。为，相当；等于。⑪中士：一般士兵。⑫两周：指西周和东周两个小国。⑬三川：今河南省黄河、洛河、伊河地区。这里借指韩国，因韩国有三川。⑭劲：强。使动用法。⑮好事之君：暗指问鼎的楚庄王、求鼎的楚灵王和想南移周器的楚顷襄王。⑯喜攻之臣：暗指子玉和昭子。⑰祭器：祭祀所用的礼器，如钟、鼎、樽、俎、豆之类。⑱其兵：指虎的爪牙。⑲麋（mí）：麋鹿。鹿的一种。⑳诎（qū）：谴责。㉑居：占有。㉒三翮（lì）六翼：指九鼎。三翮：指鼎足。六翼：指鼎耳。㉓《周书》：今本《尚书·周书》中无此句。㉔辍（chuò）：中止；停止。

十九年，秦伐楚，楚军败，割上庸、汉北地予秦①。二十年，秦将白起拔我西陵②。二十一年，秦将白起遂拔我郢，烧先王墓夷陵③。楚襄王兵散，遂不复战，东北保于陈城④。二十二年，秦复拔我巫、黔中郡。

【注释】

①汉北：指汉江以北。②西陵：楚国南部的要隘。③夷陵：楚国先王墓地，在夷山，因置夷陵县，故城在今湖北宜昌市东南。一说在今宜城市西郊。④陈城：原陈国都城宛丘，故城在今河南淮阳市。

二十三年，襄王乃收东地兵，得十余万，复西取秦所拔我江旁十五邑以为郡①，距秦②。二十七年，使三万人助三晋伐燕。复与秦平，而入太子为质于秦③。楚使左徒侍太子于秦④。

【注释】

①江旁：长江旁边。②距：通“拒”。③太子：熊元，即后来的考烈王。④左徒：楚官名。

三十六年，顷襄王病，太子亡归。秋，顷襄王卒，太子熊元代立，是为考烈王。考烈王以左徒为令尹，封以吴①，号春申君②。

【注释】

①吴：原吴国之地。即今江苏苏州、上海市一带。上海别号申，与春申君曾居此有关。②春申君（？—前238年）：黄歇。楚国贵族。

考烈王元年，纳州于秦以平①。是时楚益弱。

【注释】

①州：县名。故城在今湖北江陵县境。一说在今沔阳县东南。

六年，秦围邯郸①，赵告急楚，楚遣将军景阳救赵。七年，至新中②。秦兵去。十二年，秦昭王卒，楚王使春申君吊祠于秦③。十六年，秦庄襄王卒④，秦王赵政立⑤。二十二年，与诸侯共伐秦，不利而去。楚东徙都寿春⑥，命曰郢。

【注释】

①邯郸：赵都城。在今河北省邯郸市。②新中：一说为赵邑新市（在今河北巨鹿县），“中”是“市”之讹；③祠：祭祀。④秦庄襄王：嬴子楚。前249—前247年在位。⑤赵政：即嬴政。秦国的远祖与赵国远祖同宗。⑥寿春：楚邑名。

二十五年，考烈王卒，子幽王悍立。李园杀春申君[1]。幽王三年，秦、魏伐楚。秦相吕不韦卒[2]。九年，秦灭韩。十年，幽王卒，同母弟犹代立，是为哀王。哀王立二月余，哀王庶兄负刍之徒袭杀哀王而立负刍为王。是岁，秦虏赵王迁[3]。

【注释】

①李园：考烈王妃兄，幽王舅父。②吕不韦（？—前235年）：原为阳翟（今河南禹县）大商人。③赵王迁：前235—前228年在位。

王负刍元年，燕太子丹使荆轲刺秦王[1]。二年，秦使将军伐楚，大破楚军，亡十余城。三年，秦灭魏。四年，秦将王翦破我军于蕲[2]，而杀将军项燕[3]。

【注释】

①燕太子丹：燕王喜的儿子。②王翦：秦国大将。先后攻破赵国、燕国和楚国，封武信侯。蕲（qí）：楚邑名。故城在今安徽宿州市东南。③项燕：下相（今江苏宿迁市西南）人，楚国大将。

五年，秦将王翦、蒙武遂破楚国，虏楚王负刍，灭楚名为郡云[1]。

【注释】

①灭楚名为郡：取消楚国称号，设置南郡、九江、会稽三郡。

太史公曰：楚灵王方会诸侯于申，诛齐庆封，作章华台，求周九鼎之时，志小天下[1]；及饿死于申亥之家，为天下笑。操行之不得[2]，悲夫！势之于人也[3]，可不慎与[4]？弃疾以乱立，嬖淫秦女[5]；甚乎哉，几再亡国[6]！

【注释】

①小：以……为小。以动用法。②操行：品行。③势：权位；势力。④与：通"欤"。语气词。⑤嬖（bì）：宠爱。⑥几（jī）：几乎；差不多。

越王句践世家第十一

越王句践①，其先禹之苗裔②，而夏后帝少康之庶子也③。封于会稽④，以奉守禹之祀⑤。文身断发⑥，披草莱而邑焉⑦。后二十余世⑧，至于允常⑨。允常之时，与吴王阖庐战而相怨伐⑩。允常卒，子句践立，是为越王。

【注释】

①越王句（gōu 勾）践（？—前465年）：②禹：夏后氏部落联盟首领，夏朝的建立者。姒姓，名文命。苗裔：后代子孙。③夏后：禹所在部族名。后为夏朝的别称。少康：夏朝的第六代帝王。庶子：妾所生的儿子。④封：帝王授予臣子土地或封号。⑤奉守：恭敬地掌管。祀：祭祀。⑥文身断发：古代吴越一带风俗，在身上刺上花纹，削短头发，以避水中蛟龙之害。⑦披草莱：除去丛生之草木；开辟荒野。⑧世：代。⑨至于：到，到了。⑩吴王阖庐：即姬光（？—前496年）。吴国国君。吴王诸樊之子，夫差之父。在位十九年（前514—前496年）。吴国建都于吴（今江苏苏州）。疆域有今江苏、上海市大部和安徽、浙江的一部分。公元前473年为越所灭。相怨伐：因有仇恨互相攻伐。

元年①，吴王阖庐闻允常死，乃兴师伐越②。越王句践使死士挑战③，三行④，至吴陈⑤，呼而自刭⑥。吴师观之⑦，越因袭击吴师⑧，吴师败于槜李⑨，射伤吴王阖庐。阖庐且死⑩，告其子夫差曰⑪："必毋忘越。"

【注释】

①元年：公元前496年。②兴师：起兵，出兵。③死士：敢死之士。④三行（háng）：排成三行。⑤陈：同"阵"。⑥自刭：自刎。⑦观：注视。⑧因：乘机，趁势。⑨槜（zuì）李：地名。⑩且：将。⑪夫差（？—前473年）：吴国国君。姬姓，吴王阖庐之子。在位二十三年（前

495——前 473 年）。

　　三年①，句践闻吴王夫差日夜勒兵②，且以报越③，越欲先吴未发往伐之④。范蠡谏曰⑤："不可。臣闻兵者凶器也⑥，战者逆德也⑦，争者事之末也⑧。阴谋逆德⑨，好用凶器，试身于所末⑩，上帝禁之⑪，行者不利⑫。"越王曰："吾已决之矣。"遂兴师。吴王闻之，悉发精兵击越，败之夫椒⑬。越王乃以余兵五千人保栖于会稽⑭。吴王追而围之。

《东周列国志》版画之栖会稽文种通宰嚭图，讲述春秋时期吴越争霸，开始时越王句践被夫差打败，越国几乎灭亡，越王使大夫文种厚赂吴国太宰伯嚭，使吴王没有灭掉越国之事。

【注释】

　　①三年：句践三年。②勒兵：统帅军队。③报：报复。④先吴未发：抢先于吴国发兵前。⑤范蠡（lí）：越国大夫，楚国宛（今河南南阳）人。

⑥兵：武器。凶器：杀人之器。⑦逆德：违背道义。⑧争：争夺。⑨阴谋逆德：暗中策划违背道义的事情。⑩试身于所末：亲身参与战争。末，指争夺。⑪上帝：天帝。⑫不利：没有好处。⑬夫椒：山名。在今苏州市吴中区西南太湖中。⑭保栖（qī）：守卫居住。

越王谓范蠡曰："以不听子故至于此①，为之奈何②？"蠡对曰："持满者与天③，定倾者与人④，节事者以地⑤。卑辞厚礼以遗之⑥，不许⑦，而身与之市⑧。"句践曰："诺。"乃令大夫种行成于吴⑨，膝行顿首曰⑩："君王亡臣句践使陪臣种敢告下执事⑪：句践请为臣，妻为妾。"吴王将许之。子胥言于吴王曰⑫："天以越赐吴，勿许也。"种还，以报句践。句践欲杀妻子，燔宝器，触战以死⑬。种止句践曰："夫吴太宰嚭贪⑭，可诱以利，请间行言之⑮。"于是句践乃以美女宝器令种间献吴太宰嚭。嚭受，乃见大夫种于吴王⑯。种顿首言曰："愿大王赦句践之罪，尽入其宝器⑰。不幸不赦，句践将尽杀其妻子，燔其宝器，悉五千人触战⑱，必有当也⑲。"嚭因说吴王曰："越以服为臣⑳，若将赦之，此国之利也。"吴王将许之。子胥进谏曰："今不灭越，后必悔之。句践贤君，种、蠡良臣，若反国㉑，将为乱。"吴王弗听，卒赦越，罢兵而归。

【注释】

①子：古代对男子的尊称。②奈何：怎么，怎么办。③持满：保守成业。与天：得到上天的保佑。④定倾：挽危为安。与人：即"人与之"，得到人的帮助。⑤节事：事事精简节约。以地：得到地利。以地，《国语》作"与地"。⑥卑辞：恭敬谦虚的话。厚礼：重礼。遗（wèi位）：赠送。⑦许：答应。⑧身与之市：亲身去侍候他，就像把自己卖给他一样。身，本身。市，交易，做买卖。⑨种：姓文名种。越国大夫。行成：求和。⑩膝行：跪着前行。表示尊敬或畏服。顿首：叩头。⑪亡臣：亡国之臣。下执事：指下级办事人员。⑫子胥：即伍子胥，名员（yún）（？—前484年），吴国大夫。⑬触战：拼命决战。⑭太宰：官名，首席大臣。嚭（pǐ）：伯氏，名嚭。⑮间（jiàn）行：潜行，从小路走。⑯见（xiàn）：推荐，介绍。⑰尽入：全部送来。入，纳。⑱悉：尽其所有。⑲必有当：必定可以取得相当的代价。⑳以：通"已"。㉑反国：返回越国。反，通"返"。

　　勾践之困会稽也，喟然叹曰①："吾终于此乎②？"种曰："汤系夏台③，文王囚羑里④，晋重耳奔翟⑤，齐小白奔莒⑥，其卒王霸⑦。由是观之，何遽不为福乎⑧？"

【注释】

　　①喟（kuì）然：叹息的样子。②终：完结。③汤：商朝的建立者，原为商族领袖，任用伊尹执政，后灭夏，建立商朝。系：拘囚，监禁。夏台：指均台，传说是夏桀的监狱。在今河南省禹县南。商汤曾被夏桀囚于均台。④文王：周文王，姬昌。⑤晋重耳：即晋文公（前697—前628年），姬姓，名重耳。在位九年（前636—前628年）。翟：通"狄"。部族名。当时活动于今山西、河北、河南、山东一带。⑥齐小白：即齐桓公（？—前643年），姜姓，名小白。在位四十三年（前685—前643年）。在齐国发生内乱时曾逃奔莒国（今山东莒县）。⑦其：他们。⑧何遽：如何，难道，怎见得。

　　吴既赦越，越王句践反国，乃苦身焦思①，置胆于坐②，坐卧即仰胆③，饮食亦尝胆也④。曰："女忘会稽之耻耶⑤？"身自耕作，夫人自织，食不加肉⑥，衣不重彩⑦，折节下贤人⑧，厚遇宾客⑨，振贫吊死⑩，与百姓同其劳。欲使范蠡治国政⑪，蠡对曰："兵甲之事⑫，种不如蠡；填抚国家⑬，亲附百姓⑭，蠡不如种。"于是举国政属大夫种⑮，而使范蠡与大夫柘稽行成⑯，为质于吴⑰。二岁而吴归蠡⑱。

【注释】

　　①苦身：让自身勤劳受苦。焦思：忧心苦思。②坐：通"座"。座位。③仰胆：仰望挂着的苦胆。④尝胆：尝胆汁。⑤女：通"汝"。⑥加：增加，两样。⑦重（chóng）彩：两层华丽的衣服。⑧折节：降低身份。下：屈己尊人。⑨厚遇：优厚地对待。⑩振贫：救济贫困。振，同"赈"。吊死：悼念死者。⑪治：治理，管理。国政：国家的政事。⑫兵甲：武装，军事，战争。⑬填（zhèn）抚：即镇抚。镇定安抚。⑭亲附：亲近归附。⑮举：整个，全部。属（zhǔ）：委托，交付。⑯柘（zhè）稽：越国大夫。⑰质：抵押。⑱归：放回。

　　句践自会稽归七年，拊循其士民①，欲用以报吴②。大夫逢同谏

曰③："国新流亡④，今乃复殷给⑤，缮饰备利⑥，吴必惧，惧则难必至。且鸷鸟之击也⑦，必匿其形⑧。今夫吴兵加齐、晋⑨，怨深于楚、越，名高天下，实害周室，德少而功多⑩，必淫自矜⑪。为越计，莫若结齐，亲楚，附晋⑫，以厚吴⑬。吴之志广⑭，必轻战⑮。是我连其权⑯，三国伐之，越承其弊⑰，可克也。"句践曰："善。"

【注释】

①拊（fǔ）循：教养，训练，抚慰。士民：战士和平民。②报吴：向吴国报仇。③逢（páng）同：越国大夫。④新：最近，刚。⑤殷给：殷实富裕。⑥缮饰：整治。备利：齐全。⑦鸷（zhì）鸟：凶猛的鸟。⑧匿：隐藏。⑨加：进攻。⑩德：仁义，道德。⑪淫：满盈。⑫附：依附。⑬厚吴：巴结奉承吴国。⑭志广：欲望很大。⑮轻战：随便发动战争。⑯我连其权：指越联络齐、楚、晋的势力。权，势力。⑰越承其弊：指齐、楚、晋攻吴，越乘吴疲劳，就可以打败吴国。

居二年，吴王将伐齐。子胥谏曰："未可。臣闻句践食不重味①，与百姓同苦乐。此人不死，必为国患。吴有越，腹心之疾②，齐与吴，疥癣也③。愿王释齐先越④"。吴王弗听，遂伐齐，败之艾陵⑤，虏齐高、国以归⑥。让子胥⑦。子胥曰："王毋喜！"王怒，子胥欲自杀，王闻而止之。越大夫种曰："臣观吴王政骄矣⑧，请试尝之贷粟⑨，以卜其事⑩。"请贷，吴王欲与⑪，子胥谏勿与，王遂与之，越乃私喜。子胥言曰："王不听谏，后三年吴其墟乎⑫！"太宰嚭闻之，乃数与子胥争越议⑬，因谗子胥曰："伍员貌忠而实忍人⑭，其父兄不顾⑮，安能顾王？王前欲伐齐，员强谏⑯，已而有功⑰，用是反怨王⑱。王不备伍员⑲，员必为乱。"与逢同共谋⑳，谗之王。王始不从，乃使子胥于齐，闻其托子于鲍氏㉑，王乃大怒，曰："伍员果欺寡人㉒！"役反㉓，使人赐子胥属镂剑以自杀㉔。子胥大笑曰："我令而父霸㉕，我又立若㉖，若初欲分吴国半予我，我不受，已，今若反以谗诛我。嗟乎，嗟乎，一人固不能独立㉗！"报使者曰㉘："必取吾眼置吴东门，以观越兵入也！"于是吴任嚭政。

【注释】

①食不重（chóng）味：不吃两样好菜。②腹心之疾：比喻要害部位的大祸患。③疥癣（xuǎn）：犹"疥癣"。比喻小毛病。④释齐：放弃攻

宋。先越：先对付越国。⑤艾陵：地名。在今山东省莱芜市东北。⑥高、国：这里指齐国的大臣高张和国夏。⑦让：责备，责怪。⑧骄：骄傲。⑨试尝：试探。⑩卜：估计，猜测。⑪与：给予，授予。⑫墟：变成废墟。⑬数（shuò）：屡次，频繁。议：意见，主张。⑭忍人：残忍的人，狠心肠的人。⑮父兄不顾：即不顾父兄。⑯强（qiǎng）谏：极力劝说。⑰已而：后来，不久。⑱用是：因此。⑲备：防备，戒备。⑳逢同：可能是范蠡回越后，越另派逢同到吴为质。㉑托子于鲍氏：伍员把儿子伍丰托付给齐国大夫鲍牧。㉒寡人：帝王的谦称。㉓役反：出使回来。㉔属（zhǔ）镂：剑名。㉕而：你（们）。霸：称霸。㉖若：你（们）。㉗一人：指夫差。㉘报：告诉。

居三年，句践召范蠡曰："吴已杀子胥，导谀者众①，可乎？"对曰："未可。"

【注释】

①导谀：阿谀，曲意逢迎。

至明年春，吴王北会诸侯于黄池①，吴国精兵从王，惟独老弱与太子留守②。句践复问范蠡，蠡曰："可矣。"乃发习流二千人③，教士四万人④，君子六千人⑤，诸御千人⑥，伐吴。吴师败，遂杀吴太子。吴告急于王⑦，王方会诸侯于黄池，惧天下闻之，乃秘之。吴王已盟黄池⑧，乃使人厚礼以请成越⑨。越自度亦未能灭吴⑩，乃与吴平⑪。

【注释】

①诸侯：由帝王分封并受帝王统辖的列国国君。黄池：地名。在今河南省封丘县西南。②惟独：只有。留守：古时帝王离开京城，命太子或大臣驻守，叫留守。③发：派遣，动员。习流：有两解：一、赦免流放的罪犯，训练成为士兵。二、进行过水战训练的士兵，即水军。④教士：受过训练的士兵。⑤君子：君王亲近有恩的禁卫军。⑥诸御：在军中有职掌的军官。⑦告急：报告紧急情况。⑧盟：立誓缔约。⑨厚礼：重礼。⑩自度（duó）：自己估量。⑪平：讲和。

其后四年，越复伐吴。吴士民罢弊①，轻锐尽死于齐、晋②。而越大

句践三战灭吴图

破吴，因而留围之三年，吴师败，越遂复栖吴王于姑苏之山[3]。吴王使公孙雄肉袒膝行而前[4]，请成越王曰："孤臣夫差敢布腹心[5]，异日尝得罪于会稽[6]，夫差不敢逆命[7]，得与君王成以归。今君王举玉趾而诛孤臣[8]，孤臣惟命是听[9]，意者亦欲如会稽之赦孤臣之罪乎[10]？"句践不忍，欲许之。范蠡曰："会稽之事，天以越赐吴[11]，吴不取。今天以吴赐越，越其可逆天乎[12]？且夫君王蚤朝晏罢[13]，非为吴邪？谋之二十二年，一旦而弃之[14]，可乎？且夫天与弗取，反受其咎[15]。'伐柯者其则不远'[16]，君忘会稽之厄乎[17]？"句践曰："吾欲听子言，吾不忍其使者。"范蠡乃鼓进兵，曰："王已属政于执事[18]，使者去，不者且得罪[19]。"吴使者泣而去。句践怜之，乃使人谓吴王曰："吾置王甬东[20]，君百家[21]。"吴王谢曰："吾老矣，不能事君王！"遂自杀。乃蔽其面[22]，曰："吾无面以见子胥也！"越王乃葬吴王而诛太宰嚭。

【注释】

①罢弊：疲惫，困苦贫乏。罢，通"疲"。②轻锐：有快速强大战斗

力的军队。③姑苏：山名。在今江苏省苏州市西南。④公孙雄：吴国大夫。
⑤孤臣：失势无援之臣。布：披露。腹心：衷诚。⑥异日：当初，从前。
⑦逆命：违背命令。⑧举玉趾：高抬贵足。⑨惟命是听：完全听从您的
命令。⑩意者：想来，料想。⑪以越赐吴：把越国赏赐给了吴国。⑫其：岂，
难道。逆天：违背天意。⑭蚤朝晏罢：说他勤劳国事，发愤图强，早上朝，
迟罢朝。蚤，通"早"。晏，晚，迟。⑭一旦：忽然有一天。⑮咎（jiù）：
灾祸。⑯伐柯：《诗经·豳（bīn）风·伐柯》中有"伐柯伐柯，其则不
远"等句。⑰厄（è）：穷困，灾难。⑱属（zhǔ）政：托付政事。执事：
范蠡指自己。⑲不者：否则，如果不这样。⑳甬东：地名。在今浙江省
定海县东北的舟山岛。㉑君百家：作一百户人家的统治者。君，统治，
主宰。㉒蔽：遮。

句践已平吴，乃以兵北渡淮①，与齐、晋诸侯会于徐州②，致贡于周③。
周元王使人赐句践胙④，命为伯⑤。句践已去，渡淮南，以淮上地与楚⑥，
归吴所侵宋地与宋，与鲁泗东方百里⑦。当是时，越兵横行于江、淮东⑧，
诸侯毕贺，号称霸王。

【注释】

①淮：淮河。古四渎之一。②会：盟会。徐州：地名。在今山东省
滕州市南。③致贡：进献贡品。④周元王：敬王之子，名仁。在位七年（前
475—前469年）。胙（zuò）：祭祀用的肉，祭后分送给参与祭祀的人。
⑤伯：方伯，诸侯的领袖。⑥淮上地：淮河流域一带。⑦泗：泗水。⑧横行：
纵横驰骋。谓所向无阻。

范蠡遂去，自齐遗大夫种书曰①："蜚鸟尽②，良弓藏；狡兔死③，
走狗烹④。越王为人长颈鸟喙⑤，可与共患难⑥，不可与共乐。子何不去？"
种见书，称病不朝。人或谗种且作乱，越王乃赐种剑曰："子教寡人伐
吴七术⑦，寡人用其三而败吴，其四在子，子为我从先王试之⑧。"种遂
自杀。

【注释】

①遗（wèi）：送，给予。②蜚：通"飞"。③狡兔：狡猾的兔子。
④走狗：猎狗。⑤鸟喙（huì）：嘴尖似鸟。⑥患难艰苦危险的处境。⑦术：

方法，策略。⑧先王：死去的国王。

句践卒，子王鼫与立①。王鼫与卒，子王不寿立。王不寿卒，子王翁立。王翁卒，子王翳立。王翳卒，子王之侯立。王之侯卒，子王无强立②。

【注释】

①鼫（shí）与：句践的儿子。②无强：约前343—前323年在位。

王无强时，越兴师北伐齐，西伐楚，与中国争强①。当楚威王之时②，越北伐齐，齐威王使人说越王曰③："越不伐楚，大不王④，小不伯⑤。图越之所为不伐楚者⑥，为不得晋也⑦。韩、魏固不攻楚。韩之攻楚，覆其军⑧，杀其将，则叶、阳翟危⑨；魏亦覆其军，杀其将，则陈、上蔡不安⑩。故二晋之事越也，不至于覆军杀将⑪，马汗之力不效⑫。所重于得晋者何也？"越王曰："所求于晋者，不至顿刃接兵⑬，而况于攻城围邑乎？愿魏以聚大梁之下⑭，愿齐之试兵南阳、莒地⑮，以聚常、郯之境⑯，则方城之外不南⑰，淮、泗之间不东⑱；商、於、析、郦、宗胡之地⑲，夏路以左⑳，不足以备秦㉑，江南、泗上不足以待越矣㉒。则齐、秦、韩、魏得志于楚也㉓，是二晋不战而分地，不耕而获之。不此之为，而顿刃于河山之间以为齐、秦用㉔，所待者如此其失计㉕，奈何其以此王也！"齐使者曰，"幸也越之不亡也㉖！吾不贵其用智之如目㉗，见毫毛而不见其睫也㉘。今王知晋之失计，而不自知越之过，是目论也㉙。王所待于晋者，非有马汗之力也，又非可与合军连和也，将待之以分楚众也㉚。今楚众已分，何待于晋？"越王曰："奈何？"曰："楚三大夫张九军㉛，北围曲沃、於中㉜，以至无假之关者三千七百里㉝，景翠之军北聚鲁、齐、南阳㉞，分有大此者乎？且王之所求者，斗晋楚也㉟；晋楚不斗，越兵不起，是知二五而不知十也。此时不攻楚，臣以是知越大不王，小不伯。复雠、庞、长沙㊱，楚之粟也㊲；竟泽陵㊳，楚之材也㊴。越窥兵通无假之关㊵，此四邑者不上贡事于郢矣㊶。臣闻之，图王不王，其敝可以伯㊷。然而不伯者，王道失也㊸。故愿大王之转攻楚也。"

【注释】

　　①中国：指中原各诸侯国。②楚威王：熊商。在位十一年（前339—前329年）。③齐威王（？—前320年）：田婴齐。在位三十七年（前356—前320年）。说（shuì）：劝说，说服。④王（wàng）：称王，统一天下。⑤伯：通"霸"。称霸，做诸侯的盟主。⑥图：估计，猜想。⑦晋：这时晋已分为韩、魏、赵三国，此处以晋代指韩、魏两国。⑧覆：覆没，全军被消灭。⑨叶（旧读shè）：邑名。在今河南省叶县南。阳翟（zhái）：邑名。在今河南省禹县。二邑当时属韩。⑩陈：邑名。在今河南省淮阳县。上蔡：邑名。在今河南省上蔡县西南。二邑当时属魏。⑪不至于：表示不会达到某种程度。⑫马汗之力不效：不肯为越效力。马汗，战马疾驰出汗。⑬顿刃接兵：使用武器互相砍杀。顿，坏，刀刃砍坏。兵，兵器。⑭聚：聚集。大梁：魏国都，在今河南省开封市。⑮南阳：地区名。在今山东省邹县。当时属齐。莒（jǔ）：邑名。在今山东省莒县。当时属齐。⑯常：亦作"尝"，在今山东省滕州市南。郯（tán）：在今山东省郯城县西北。常、郯皆齐国南境之邑。⑰方城之外不南：魏国聚兵在大梁牵制楚国，使楚军不能南下侵越。方城之外，方城以北。方城，山名。⑱淮、泗之间不东：齐国聚兵在常、郯境上，使淮、泗之间的楚军不能东进侵齐。⑲商、於、析、郦（lì又音zhì）：四邑并属楚。商、於，在今河南省淅川县西南。析，在今河南西峡县。郦，在今河南省南阳市西北。宗胡：古邑名。在今安徽合肥市。⑳夏路以左：楚国通向中原地区大路的左边。指楚国西北部一带，即方城以西地方。夏，古代中原居民自称为夏或华夏。这里指华夏族聚居的地区，即中原地区。㉑不足：不能，不可以。㉒江南：楚国东境。泗上：楚国北境。待：防备。㉓得志：满足愿望。㉔顿刃：指作战，见上解。河：黄河。山：指华山。㉕其：之，的。㉖幸：侥幸。㉗贵：值得珍视或重视。㉘毫毛：人或鸟兽身上的细毛。㉙目论：言越王知晋之失而不自觉越之过，犹人眼睛能见毫毛而不自见其睫。后亦比喻见识短浅。目，眼睛。㉚众：军队。㉛张：扩大，铺开。九军：多路军队的总称。㉜曲沃：邑名。在今河南省陕县西南。当时属魏。於（wū）中：邑名。在今河南省淅川县。当时属秦。㉝无假之关：即无假关，在今湖南省湘阴县北。㉞景翠：楚国大夫。㉟斗晋楚：使晋楚相斗。㊱复：复次，再则。雔：当作"犫"，楚邑名。在今河南省鲁山县东南。庞、长沙：皆楚

邑名。庞，在今湖南省衡阳市东。长沙，即今长沙市。㊲楚之粟：上述三邑，是楚国的产粮地区。㊳竟泽陵：亦作“竟陵泽”。楚七泽之一。㊴楚之材：楚国产木材的地方。㊵窥兵：观兵。检阅军队以显示武力。这里指进兵。㊶不上贡事于郢（yǐng）：不向楚国进贡，即不服从楚国，不属于楚国的意思。郢，楚国都。在今湖北省江陵县西北。这里指楚国。㊷敝：坏，有“不成功”的意思。㊸王道：君主以仁义治天下的政策。

于是越遂释齐而伐楚[1]。楚威王兴兵而伐之，大败越，杀王无强，尽取故吴地至浙江[2]，北破齐于徐州。而越以此散[3]，诸族子争立[4]，或为王，或为君，滨于江南海上[5]，服朝于楚[6]。

【注释】

①释：放弃。②故：旧有的，原来的。浙江：即钱塘江。③散：纷乱，分崩离析。④族子：同族兄弟之子。⑤滨：傍水。江南：地区名。泛指长江以南。海上：指今浙江沿海地区。⑥服：顺从。朝（cháo）：朝见。

后七世，至闽君摇，佐诸侯平秦[1]。汉高帝复以摇为越王，以奉越后[2]。东越[3]，闽君，皆其后也。

【注释】

①佐：帮助。平：平息，平定。②奉：承奉，继承。③东越：越人的一支。

范蠡事越王句践，既苦身戮力[1]，与句践深谋二十余年[2]，竟灭吴[3]，报会稽之耻[4]，北渡兵于淮以临齐、晋[5]，号令中国[6]，以尊周室，句践以霸，而范蠡称上将军[7]。还反国[8]，范蠡以为大名之下，难以久居[9]，且句践为人，可与同患，难于处安[10]，为书辞句践曰[11]：“臣闻主忧臣劳，主辱臣死。昔者君王辱于会稽[12]，所以不死，为此事也。今既以雪耻[13]，臣请从会稽之诛[14]。”句践曰：“孤将与子分国而有之。不然，将加诛于子[15]。”范蠡曰：“君行令，臣行意[16]。”乃装其轻宝珠玉[17]，自与其私徒属乘舟浮海以行[18]，终不反。于是句践表会稽山以为范蠡奉邑[19]。

【注释】

①既：已经。苦：劳苦，困苦。②深谋：周密地谋划。③竟：终于。④耻：耻辱。⑤临：到，进逼。⑥号令：发号施令。⑦称：称作，号称。上将军：官名。⑧反：同"返"。⑨居：维持，占有。⑩处安：共处安乐。⑪辞：辞别，告别。⑫辱：受侮辱。⑬以：通"已"。⑭诛：罪过。⑮加：施加。⑯意：意志。⑰轻宝：轻便珍贵的东西。⑱私徒属：私家的徒隶。浮海：在海上浮行。⑲表：表彰，表扬。

范蠡浮海出齐①，变姓名，自谓鸱夷子皮②，耕于海畔，苦身戮力，父子治产③。居无几何，致产数十万④。齐人闻其贤，以为相⑤。范蠡喟然叹曰⑥："居家则致千金，居官则至卿相，此布衣之极也⑦。久受尊名⑧，不祥⑨。"乃归相印，尽散其财，以分与知友乡党⑩，而怀其重宝⑪，间行以去⑫，止于陶⑬，以为此天下之中⑭，交易有无之路通⑮，为生可以致富矣⑯。于是自谓陶朱公。复约要父子耕畜⑰，废居⑱，候时转物⑲，逐什一之利⑳。居无何㉑，则致赀累巨万㉒。天下称陶朱公㉓。

【注释】

①出：去到。②自谓：自称。鸱（chī）夷：皮制的口袋。吴王夫差杀伍员，用鸱夷装了他的尸体，投之于江。范蠡认为自己的罪同伍员一样，故用"鸱夷子皮"为别号。③治产：治理产业。④致：取得，得到。⑤相：相国，辅助君主掌管国事的最高官吏。⑥喟（kuì）然：叹息的样子。⑦布衣：指平民。⑧尊名：高贵的名位。⑨不祥：不吉利。⑩乡党：周制以五百家为党，一万二千五百家为乡，后用以泛指乡里或乡亲。⑪怀：揣着，深藏。⑫间行：潜行，从小路走。⑬止：停留。陶：邑名。⑭中：中心。⑮交易：指物物交换，即买卖。⑯为生：做生意。⑰约要（yāo）：约定。⑱废居：销售储存。废，出卖。居，囤积。⑲候时：等待时机。转物：转卖货物。⑳逐什一之利：指经商赚钱。㉑居无何：待了不久。㉒致赀：得到的钱财。赀，通"资"。㉓称：称道，赞扬。

朱公居陶，生少子①。少子及壮，而朱公中男杀人②，囚于楚。朱公曰："杀人而死，职也③。然吾闻千金之子不死于市④。"告其少子往视之。乃装黄金千溢⑤，置褐器中⑥，载以一牛车。且遣其少子，朱公长男固请欲行⑦，朱公不听。长男曰："家有长子曰家督⑧，今弟有罪，大人不遣⑨，乃遣少弟，是吾不肖⑩。"欲自杀。其母为言曰："今遣少子，未必能生中子也⑪，而先空亡长男，奈何？"朱公不得已而遣长子，为一封书遗故所善庄生⑫。曰："至则进千金于庄生所⑬，听其所为⑭，慎无与争事⑮。"长男既行，亦自私赍数百金⑯。

【注释】

①少子：小儿子。②中男：次子。③职：本分。④千金之子：指富贵人家的子弟。⑤溢：即镒，二十两或二十四两为一镒。⑥褐器：粗布袋。⑦固请：坚决请求。⑧家督：长子督理家政，故称"家督"。⑨大人：父亲。⑩不肖：不才，不贤。⑪生：使之得生。⑫故所善：原来相好的朋友。⑬进：进献。所：处所。⑭听（tīng）：任凭。⑮慎：表示告诫，相当于"千万"。⑯赍（jī）：携带。

至楚，庄生家负郭①，披藜藋到门②，居甚贫。然长男发书进千金③，如其父言。庄生曰："可疾去矣，慎毋留！即弟出，勿问所以然。"长男既去，不过庄生而私留④，以其私赍献遗楚国贵人用事者⑤。

【注释】

①负郭：靠近城郭。负，背倚。郭，外城。②藜藋（diào）：草名。③发：打开。④不过：不再探望。⑤献遗（wèi）：赠送。贵人：地位显贵的人。用事：执政，当权。

庄生虽居穷阎①，然以廉直闻于国②，自楚王以下皆师尊之③。及朱公进金，非有意受也④，欲以成事后复归之以为信耳⑤。故金至，谓其妇曰："此朱公之金。有如病不宿诚⑥，后复归，勿动。"而朱公长男不知其意，以为殊无短长也⑦。

【注释】

①穷阎：贫民区。阎，闾里之门，意谓街巷。②廉直：廉洁正直。③师尊：当作老师一样尊重。④非：不是。⑤以为信：以显示讲信用。⑥病不宿诚：生病死了，来不及提前交代。诚，告诫。⑦殊无短长：不见得会起什么重要作用。

　　庄生间时入见楚王①，言"某星宿某②，此则害于楚。"楚王素信庄生，曰："今为奈何？"庄生曰："独以德为可以除之③。"楚王曰："生休矣，寡人将行之。"王乃使使者封三钱之府④。楚贵人惊告朱公长男曰："王且赦。"曰："何以也？"曰："每王且赦，常封三钱之府⑤。昨暮王使使封之。"朱公长男以为赦，弟固当出也，重千金虚弃庄生⑥，无所为也，乃复见庄生。庄生惊曰："若不去邪⑦？"长男曰："固未也。初为事弟⑧，弟今议自赦，故辞生去。"庄公知其意欲复得其金，曰："若自入室取金。"长男即自入室取金持去，独自欢幸。

【注释】

　　①间时：适当的时机。②某星宿某：天上某星的位置移动到了某处。③为：因而。④封三钱之府：封闭存储三钱（金、银、铜）的库房。⑤每王且赦，常封三钱之府：加强戒备，以防有人预知赦令而进行盗窃。⑥重：重视。虚弃：白送给。⑦若：你（们）。⑧事弟：弟弟的事情。

　　庄生羞为儿子所卖①，乃入见楚王曰："臣前言某星事，王言欲以修德报之②。今臣出，道路皆言陶之富人朱公之子杀人囚楚③，其家多持金钱赂王左右，故王非能恤楚国而赦④，乃以朱公子故也。"楚王大怒曰："寡人虽不德耳，奈何以朱公之子故而施惠乎！"令论杀朱公子⑤，明日遂下赦令。朱公长男竟持其弟丧归⑥。

【注释】

　　①儿子：小儿辈。指范蠡长男。②修德：做好事。报：报答。③道路：指路人。④恤：体恤，怜悯。⑤令：下令。论：判处。⑥丧：跟死者有关的事。

　　至，其母及邑人尽哀之①，唯朱公独笑，曰："吾固知必杀其弟也②！彼非不爱其弟，顾有所不能忍者也③。是少与我俱④，见苦⑤，为生难⑥，故重弃财⑦。至如少弟者，生而见我富⑧，乘坚驱良逐狡兔⑨，岂知财所从来⑩，故轻弃之，非所吝惜。前日吾所为欲遣少子，固为其能弃财故也。而长者不能，故卒以杀其弟。事之理也⑪，无足悲者。吾日夜固以望其丧之来也。"

【注释】

　　①邑人：同邑人，即当地人。②杀：致之于死。③顾：只是，不过。不能忍：不能容忍，舍不得。④是：此，这。俱：在一起。⑤见苦：受过苦。⑥为生：谋生。⑦重弃财：重视花钱，不轻易弃财。⑧生：出生以来。⑨坚：坚车。逐狡兔：指打猎。⑩岂：哪里。⑪理：道理。一般规律。

　　故范蠡三徙①，成名于天下，非苟去而已②，所止必成名③。卒老死于陶，故世传曰陶朱公④。

【注释】

　　①三徙：自越徙于齐，又自齐徙于陶。②苟：随便。③所止：所到之处。④世传：世人相传。

　　太史公曰①：禹之功大矣，渐九川②，定九州③，至于今诸夏艾安④。及苗裔句践，苦身焦思，终灭强吴，北观兵中国，以尊周室，号称霸王。句践可不谓贤哉！盖有禹之遗烈焉⑤。范蠡三迁，皆有荣名⑥，名垂后世。臣主若此，欲毋显得乎！

【注释】

　　①太史公：指司马迁。②渐：引导疏通。③九州：指冀、兖、青、徐、扬、荆、豫、梁、雍九个州。④诸夏：指周王朝分封的各国，也泛指中国。艾（yì）安：太平。艾，通"乂"。⑤遗烈：遗留的业绩。烈，事业，功绩。⑥荣名：美名。

郑世家第十二

郑桓公友者[1]，周厉王少子而宣王庶弟也。宣王立二十二年，友初封于郑。封三十三岁，百姓皆便爱之。幽王以为司徒[2]。和集周民[3]，周民皆说[4]，河雒之间[5]，人便思之。为司徒一岁，幽王以褒后故[6]，王室治多邪[7]，诸侯或畔之[8]。于是桓公问太史伯曰[9]："王室多故[10]，予安逃死乎？"太史伯对曰："独雒之东土，河济之南可居[11]。"公曰："何以？"对曰："地近虢、郐[12]，虢、郐之君贪而好利，百姓不附。今公为司徒，民皆爱公，公诚请居之[13]，虢、郐之君见公方用事[14]，轻分公地[15]。公诚居之，虢、郐之民皆公之民也。"公曰："吾欲南之江上[16]，何如？"对曰："昔祝融为高辛氏火正[17]，其功大矣，而其于周未有兴者，楚其后也。周衰，楚必兴。兴，非郑之利也。"公曰："吾欲居西方，何如？"对曰："其民贪而好利，难久居。"公曰："周衰，何国兴者？"对曰："齐、秦、晋、楚乎？夫齐，姜姓，伯夷之后也，伯夷佐尧典礼[18]。秦，嬴姓，伯翳之后也[19]，伯翳佐舜怀柔百物[20]。及楚之先，皆尝有功于天下[21]。而周武王克纣后，成王封叔虞于唐[22]，其地阻险[23]，以此有德与周衰并亦必兴矣。"桓公曰："善。"于是卒言王[24]，东徙其民雒东，而虢、郐果献十邑[25]，竟国之[26]。

【注释】

①郑：公元前806年，周宣王封其庶弟姬友（即郑桓公）于郑，都城在今陕西华县。周幽王时，迁移至东虢和郐之间。公元前375年为韩国所灭。②司徒：官名，西周置。掌管国家的土地和人民。官司籍田，负责征发徒役。③和集：同"和辑"，和协安抚。④说（yuè）：通"悦"。高兴。⑤河：黄河。雒（luò）：雒水，今河南洛河。⑥幽王、褒后：均见《周本纪》。褒后：褒姒。褒国人，姒姓。周幽王的宠妃。⑦王室：王族；朝廷。⑧畔：通"叛"。⑨太史：官名。掌起草文书，策命诸侯卿大夫，记载史事，编写史书，兼管国家典籍、天文历法、祭祀等。伯：人名。⑩故：事

故；灾难。⑪济：济水。⑫虢（ guó ）：国名。姬姓。有东虢、西虢、北虢之分。郐（ kuài ）：国名。亦作桧。妘姓。在今河南密县东南，前769年为郑所灭。⑬诚：真。此处有假设之意。⑭方：正在。用事；当权。⑮轻：容易。愿意的意思。⑯之：前往；去，到。⑰祝融：帝喾时火官的称号，后人尊为火神。高辛氏：即帝喾。五帝之一。火正：掌火官。⑱伯夷：尧舜时为秩宗（掌郊庙之官），见《五帝本纪》。典礼：掌管礼仪。⑲伯翳：即伯益。古代嬴姓各族的祖先，相传善于驯养禽兽。⑳怀柔：以文德感化人。此处意为驯服。㉑尝：曾经。㉒叔虞：周武王子，周成王弟。㉓阻险：指山川艰险梗塞之地。㉔卒：通“猝”，急速、突然。㉕十邑：指虢、郐、鄢、蔽、补、丹、依、辅、历、莘。地当今河南新郑一带。㉖竟：终于。

二岁，犬戎杀幽王于骊山下①，并杀桓公。郑人共立其子掘突，是为武公。

【注释】

①犬戎：戎族的一支。

武公十年，娶申侯女为夫人①，曰武姜②。生太子寤生③，生之难，及生，夫人弗爱④。后生少子叔段，段生易，夫人爱之。二十七年，武公疾⑤。夫人请公，欲立段为太子，公弗听。是岁，武公卒，寤生立，是为庄公⑥。

【注释】

①申：国名。都城在今河南南阳市东北。②武姜：武是武公之谥，姜是姓，因称武姜。③寤生：逆生。寤通“忤”。④弗：不。⑤疾：患病。⑥庄公：郑庄公，前743—前701年在位，继武公为周平王卿士。

庄公元年①，封弟段于京②，号太叔。祭仲曰③：“京大于国，非所以封庶也④。”庄公曰：“武姜欲之，我弗敢夺也。”段至京，缮治甲兵⑤，与其母武姜谋袭郑。二十二年，段果袭郑，武姜为内应。庄公发兵伐段，段走⑥。伐京，京人叛段，段出走鄢⑦。鄢溃⑧，段出奔共⑨。于是庄公迁其母武姜于城颍⑩，誓言曰：“不至黄泉⑪，毋相见也。”居岁余⑫，已悔思母。颍谷之考叔有献于公⑬，公赐食。考叔曰："臣有母，请君食赐臣母。"庄公曰："我甚思母，恶负盟⑭，奈何？"考叔曰："穿地至黄泉⑮，则相见矣。"于是遂从之，见母。

【注释】

①庄公元年：即周平王二十八年（前743年）。②京：邑名。在今河南荥阳市东南。③祭（zhài）仲：即祭足。郑国大夫。④国：国都。⑤缮治甲兵：整顿军备。缮，修整；治，训练；甲，士兵穿的用金属做的护身衣；这里指战士。兵，武器。⑥走：逃跑。⑦鄢：邑名。故城在今河南鄢陵县西北。⑧溃：乱；散。⑨共：国名。都城在今河南辉县。西周时为共伯封国，后为卫国的别邑。⑩迁：放逐；贬谪。⑪黄泉：地下深处、多有泉水，故称地下深处为黄泉。这里是指坟墓，下句"掘地至黄泉"的黄泉，则是指地下泉水。⑫居：停留。⑬颍谷：故城在今河南登封市西南。⑭恶（wù）：讨厌。⑮穿：掘通。

二十四年，宋缪公卒①，公子冯奔郑②。郑侵周地③，取禾④。二十五年，卫州吁弑其君桓公自立⑤，与宋伐郑，以冯故也。二十七年，始朝周桓王⑥。桓王怒其取禾，弗礼也⑦。二十九年，庄公怒周弗礼，与鲁易祊、许田⑧。三十三年，宋杀孔父⑨。三十七年，庄公不朝周，周桓王率陈、蔡、虢、卫伐郑⑩。庄公与祭仲、高渠弥发兵自救⑪，王师大败⑫。祝瞻射中王臂⑬。祝瞻请从之⑭，郑伯止之，曰："犯长且难之⑮，况敢陵天子乎⑯？"乃止。夜令祭仲问王疾⑰。

【注释】

①宋缪公：亦作宋穆公。②公子冯：宋缪公子，后立为君，即宋庄公。③郑侵周地：《左传·隐公三年》："四月，郑祭足帅师取温之麦。秋，又取成周之禾。"周制：除分封给诸侯的领地外，周王室还直接辖有京都周围的许多城邑。温、成周都是周王室的直辖地。④禾：此指粟。⑤州吁：卫庄公庶子。⑥始：方；才。⑦礼：以礼相待。⑧祊（bēng）：邑名。⑨孔父：又称孔父嘉。宋穆公、殇公时为大司马。⑩陈、蔡、卫：均春秋时国名。详见《陈杞世家》《管蔡世家》《卫康叔世家》。⑪高渠弥：郑国大夫。⑫王师：古代指天子的军队。⑬祝瞻：郑国大夫。⑭从：追逐。⑮犯：触犯；侵犯。长（zhǎng）：年高、位高或辈分高。⑯陵；

欺侮。⑰问：慰问。

　　三十八年，北戎伐齐①，齐使求救②，郑遣太子忽将兵救齐③。齐釐公欲妻之④，忽谢曰："我小国，非齐敌也⑤。"时祭仲与俱，劝使取之⑥，曰："君多内宠⑦，太子无大援将不立，三公子皆君也。"所谓三公子者，太子忽，其弟突，次弟子亹也⑧。

【注释】

　　①北戎：部族名，即山戎。分布在今河北省北部。②使（shǐ）：使者。③将兵：带兵。④齐釐公：釐（xī），通"僖"。⑤敌：般配。⑥取：通"娶"。⑦内宠：指宠爱的姬妾。⑧三公子：一说指子突、子亹（wěi）、子仪。

　　四十三年，郑庄公卒。初，祭仲甚有宠于庄公，庄公使为卿①；公使娶邓女②，生太子忽，故祭仲立之，是为昭公。

【注释】

　　①卿：西周、春秋时天子、诸侯所属的高级大臣。②娶：迎。邓：国名。曼姓。

　　庄公又娶宋雍氏女①，生厉公突。雍氏有宠于宋。宋庄公闻祭仲之立忽，乃使人诱召祭仲而执之②，曰："不立突，将死。"亦执突以求赂焉③。祭仲许宋④，与宋盟⑤。以突归，立之。昭公忽闻祭仲以宋要立其弟突，九月丁亥，忽出奔卫。己亥，突至郑，立，是为厉公。

【注释】

　　①雍氏：宋国大夫，姞姓。②执：捉；逮捕。③赂：财物。④许：答应。⑤盟：发誓立约。

　　厉公四年，祭仲专国政①。厉公患之②，阴使其婿雍纠欲杀祭仲③。纠妻，祭仲女也，知之，谓其母曰："父与夫孰亲？"母曰："父一而已，人尽夫也。"女乃告祭仲，祭仲反杀雍纠，戮之于市。厉公无奈祭仲何，怒纠曰："谋及妇人，死固宜哉④！"夏，厉公出居边邑栎⑤。祭仲迎昭公忽，六月乙亥，复入郑，即位。

《东周列国志》版画之擒尃瑕厉公复国图，讲
郑国权臣祭仲死后，当初被祭仲放逐的郑厉公
在尃瑕的帮助下归国复位之事。

【注释】

①专国政：专擅国家大事。②患：厌恨。③阴使：暗中指使。④固：
本来；诚然。⑤栎（lì）：邑名。故址在今河南禹县。

秋，郑厉公突因栎人杀其大夫单伯①，遂居之。诸侯闻厉公出奔，伐郑，
弗克而去②。宋颇予厉公兵③，自守于栎，郑以故亦不伐栎。

【注释】

①单伯：栎邑大夫。《左传》作"檀伯"。②克：战胜。③颇：
很；甚。

昭公二年，自昭公为太子时，父庄公欲以高渠弥为卿，太子忽恶
之①，庄公弗听，卒用渠弥为卿。及昭公即位，惧其杀己，冬十月辛卯，

渠弥与昭公出猎，射杀昭公于野。祭仲与渠弥不敢入厉公[2]，乃更立昭公弟子亹为君[3]，是为子亹也，无谥号[4]。

【注释】

①恶（wù）：憎恨；诋毁。②入：纳。③更：改。④谥（shì）号：封建时代在人死后按其生前事迹评定褒贬给予的称号。

子亹元年七月，齐襄公会诸侯于首止[1]，郑子亹往会，高渠弥相[2]，从，祭仲称疾不行[3]。所以然者，子亹自齐襄公为公子之时，尝会斗，相仇，及会诸侯，祭仲请子亹无行。子亹曰："齐强，而厉公居栎，即不往，是率诸侯伐我，内厉公[4]。我不如往，往何遽必辱[5]，且又何至是！"卒行[6]。于是祭仲恐齐并杀之，故称疾。子亹至，不谢齐侯，齐侯怒，遂伏甲而杀子亹[7]。高渠弥亡归[8]，归与祭仲谋，召子亹弟公子婴于陈而立之[9]，是为郑子。是岁，齐襄公使彭生醉拉杀鲁桓公。

【注释】

①首止：卫邑，靠近郑国，故城在今河南睢县东南。②相（xiàng）：辅佐。③称疾：声称有病。④内（nà）：通"纳"。纳入。⑤何遽（jù）：如何。⑥卒：终于。⑦伏甲：埋伏武士。⑧亡：逃。⑨公子婴：《左传》作"子仪"。

郑子八年，齐人管至父等作乱，弑其君襄公。十二年，宋人长万弑其君湣公。郑祭仲死。

十四年，故郑亡厉公突在栎者使人诱劫郑大夫甫假[1]，要以求入。假曰："舍我[2]，我为君杀郑子而入君。"厉公与盟，乃舍之。六月甲子，假杀郑子及其二子而迎厉公突，突自栎复入即位。初，内蛇与外蛇斗于郑南门中，内蛇死。居六年，厉公果复入。入而让其伯父原曰[3]："我亡国外居，伯父无意入我，亦甚矣[4]。"原曰："事君无二心[5]，人臣之职也[6]。原知罪矣。"遂自杀。厉公于是谓甫假曰："子之事君有二心矣[7]。"遂诛之。假曰："重德不报[8]，诚然哉！"

【注释】

①故：从前。甫假：亦作甫瑕、傅瑕。郑国大夫。②舍：释放。③让：责备。④甚：过分。⑤事：侍奉；服侍。⑥职：职分；职责。⑦子：

古代对男子的尊称。⑧重德：大德；厚德。

厉公突后元年，齐桓公始霸。

五年，燕、卫与周惠王弟颓伐王①，王出奔温②，立弟颓为王。六年，惠王告急郑，厉公发兵击周王子颓，弗胜，于是与周惠王归，王居于栎。七年春，郑厉公与虢叔袭杀王子颓而入惠王于周。

【注释】

①弟颓伐王：事详《周本纪》。②温：邑名。故城在今河南温县西南。

秋，厉公卒，子文公踕立①。厉公初立四岁，亡居栎，居栎十七岁，复入，立七岁，与亡凡二十八年。

【注释】

①文公：姬踕（jié）。公元前 672—前 628 年在位。

文公十七年，齐桓公以兵破蔡，遂伐楚①，至召陵②。

【注释】

①遂：就；于是。②召（shào）陵：楚邑名。

二十四年，文公之贱妾曰燕姞①，梦天与之兰，曰："余为伯儵。余，尔祖也。以是为而子②，兰有国香③。"以梦告文公，文公幸之④，而予之草兰为符⑤。遂生子，名曰兰。

【注释】

①燕姞（jí）：燕，国名。姞，姓。燕之都邑，在今河南延津县东北。②是：此；这。指示代词。此处指兰。而：你。③国香：极为浓烈的香气。后多称兰花为国香。④幸：指房事。⑤符：符信，即作为祥瑞的凭证。

三十六年，晋公子重耳过①，文公弗礼。文公弟叔詹曰："重耳贤，且又同姓②，穷而过君，不可无礼。"文公曰："诸侯亡公子过者多矣，安能尽礼之！"詹曰："君如弗礼，遂杀之；弗杀，使即反国③，为郑忧矣。"

文公弗听。

【注释】

①重耳：即晋文公。②同姓：晋、郑同为姬姓。③即：或作"得"。反：通"返"。

三十七年春，晋公子重耳反国，立，是为文公。秋，郑入滑①，滑听命②，已而反与卫③，于是郑伐滑。周襄王使伯犕请滑④。郑文公怨惠王之亡在栎，而文公父厉公入之，而惠王不赐厉公爵禄⑤，又怨襄王之与卫滑，故不听襄王请而囚伯犕。王怒，与翟人伐郑⑥，弗克。冬，翟攻伐襄王，襄王出奔郑，郑文公居王于氾⑦。三十八年，晋文公入襄王成周⑧。

【注释】

①滑：国名。姬姓。②听：听从；顺从。③与：亲附。④伯犕（fú）：即伯服。周王室的大夫。请：请求和解。⑤爵禄：爵位和俸禄。⑥翟（dí）：通"狄"，部族名。⑦氾（fàn）：郑邑名。故城在今河南襄城县。⑧成周：城名。

四十一年，助楚击晋。自晋文公之过无礼，故背晋助楚。四十三年，晋文公与秦穆公共围郑①，讨其助楚攻晋者，及文公过时之无礼也。初，郑文公有三夫人，宠子五人，皆以罪蚤死②。公怒，溉逐群公子③。子兰奔晋，从晋文公围郑。时兰事晋文公甚谨④，爱幸之，乃私于晋，以求入郑为太子。晋于是欲得叔詹为僇⑤。郑文公恐，不敢谓叔詹言⑥。詹闻，言于郑君曰："臣谓君，君不听臣，晋卒为患。然晋所以围郑，以詹，詹死而赦郑国，詹之愿也。"乃自杀。郑人以詹尸与晋。晋文公曰："必欲一见郑君，辱之而去。"郑人患之，乃使人私于秦曰："破郑益晋⑦，非秦之利也。"秦兵罢。晋文公欲入兰为太子，以告郑。郑大夫石癸曰："吾闻姞姓乃后稷之元妃⑧，其后当有兴者。子兰母，其后也。且夫人子尽已死，余庶子无如兰贤。今围急，晋以为请，利孰大焉！"遂许晋，与盟，而卒立子兰为太子，晋兵乃罢去。

【注释】

①秦穆公：见《秦本纪》。②蚤：通"早"。③溉（jì）：通"既"，尽。

④谨：恭敬。⑤僇（lù）：通"戮"。杀。⑥谓：劝说。⑦益：有利于。
⑧后稷：名弃。元妃：帝王、诸侯的元配。

　　四十五年，文公卒，子兰立，是为缪公。
　　缪公元年春，秦缪公使三将将兵欲袭郑①，至滑，逢郑贾人弦高诈
以十二牛劳军②，故秦兵不至而还，晋败之于崤③。初，往年郑文公之卒也，
郑司城缯贺以郑情卖之④，秦兵故来。三年，郑发兵从晋伐秦，败秦兵
于汪⑤。

【注释】

　　①三将：指孟明视、西乞术、白乙丙。②贾（gǔ）人：商人。弦高：
郑国商人。③崤：山名。亦作"穀"。在今河南洛宁县西北。④司城：
掌管城门的官吏。缯贺：人名。⑤汪：秦邑名。

　　往年楚太子商臣弑其父成王代立①。二十一年，与宋华元伐郑②。华
元杀羊食士③，不与其御羊斟④，怒以驰郑，郑囚华元⑤。宋赎华元，元
亦亡去。晋使赵穿以兵伐郑⑥。

【注释】

　　①往年：指穆公二年（公元前626年）。商臣：即楚穆王。②华元：
宋国右师（执政大臣）。③食（sì）士：饴士；犒劳士兵。④御：驾车
马的人。羊斟：人名。⑤囚：俘虏。⑥赵穿：晋国大夫。

　　二十二年，郑缪公卒，子夷立，是为灵公。
　　灵公元年春，楚献鼋于灵公①。子家、子公将朝灵公②，子公之食指
动③，谓子家曰："佗日指动④，必食异物。"及入，见灵公进鼋羹⑤，
子公笑曰："果然！"灵公问其笑故，具告灵公⑥。灵公召之，独弗予羹。
子公怒，染其指，尝之而出。公怒，欲杀子公。子公与子家谋先。夏，
弑灵公。郑人欲立灵公弟去疾，去疾让曰："必以贤，则去疾不肖；必
以顺⑦，则公子坚长。"坚者，灵公庶弟⑧，去疾之兄也。于是乃立子坚，
是为襄公。

【注释】

　　①鼋（yuán）：动物名。亦称"绿团鱼"。生活于河中。②子家、子

804

公：都是郑国的大臣。③食指：第二指。④佗（tuō）：同“他”。⑤羹：
煮成浓汁的食品。⑥具：通“俱”。都；完全。⑦顺：指长幼顺序。⑧庶弟：
灵公父妾所生的儿子。

襄公立，将尽去缪氏①。缪氏者，杀灵公，子公之族家也②。去疾曰：
“必去缪氏，我将去之。”乃止。皆以为大夫。

【注释】

①尽去缪氏：襄公要全部驱逐他的众兄弟。缪氏，指缪公的诸子，
襄公的众兄弟，不只是子公的家族。②族家：即家族。

襄公元年，楚怒郑受宋赂纵华元①，伐郑。郑背楚，与晋亲。五年，
楚复伐郑，晋来救之。六年，子家卒，国人复逐其族，以其弑灵公也②。

【注释】

①纵：释放。②以：因为。

七年，郑与晋盟鄢陵①。八年，楚庄王以郑与晋盟，来伐，围郑三月，
郑以城降楚。楚王入自皇门②，郑襄公肉袒擎羊以迎③，曰：“孤能事边
邑④，使君王怀怒以及弊邑⑤，孤之罪也。敢不惟命是听。君王迁之江南⑥，
及以赐诸侯，亦惟命是听。若君王不忘厉、宣王⑦，桓、武公⑧，哀不忍
绝其社稷⑨，锡不毛之地⑩，使复得改事君王，孤之愿也，然非所敢望也。
敢布腹心⑪，惟命是听。”庄王为却三十里而后舍⑫。楚群臣曰：“自郢
至此⑬，士大夫亦久劳矣⑭。今得国舍之，何如？”庄王曰：“所为伐，
伐不服也。今已服，尚何求乎？”卒去。晋闻楚之伐郑，发兵救郑。其
来持两端⑮，故迟，比至河⑯，楚兵已去。晋将率或欲渡⑰，或欲还，卒渡河。
庄王闻，还击晋。郑反助楚，大破晋军于河上。十年，晋来伐郑，以其
反晋而亲楚也。

【注释】

①鄢陵：郑邑名。故城在今河南鄢陵县西北。②皇门：郑国城门，或
云郭门。③肉袒：去衣露体。擎（qiān）：通“牵”。④孤：古代王侯的自
称。事：治理。边邑：边远地区；边陲。⑤弊：通“敝”。谦辞。⑥江南：
地区名。泛指长江以南，但各个时代所指不同。⑦厉、宣：指周厉王、周

宣王。郑桓公为厉王子，厉王是郑之祖。但郑桓公受封于宣王之时，是郑的被封之始。⑧桓、武：指郑桓公、郑武公。⑨哀：怜悯。社稷：本指古代帝王所祭祀的土神和谷神，后用作国家的代称。⑩锡：赐。⑪布：陈述。腹心：真诚之心。⑫却：撤退。舍：住宿。⑬郢（yǐng）：楚国都城。故城在今湖北江陵县西北。⑭士大夫：春秋战国称军士将佐。⑮持两端：怀二心；动摇不定。⑯比：及；等到。

十一年，楚庄王伐宋①，宋告急于晋。晋景公欲发兵救宋，伯宗谏晋君曰："天方开楚②，未可伐也。"乃求壮士得霍人解扬③，字子虎，诳楚④，令宋毋降。过郑，郑与楚亲，乃执解扬而献楚⑤。楚王厚赐与约，使反其言，令宋趣降⑥，三要乃许⑦。于是楚登解扬楼车⑧，令呼宋。遂负楚约而致其晋君命曰⑨："晋方悉国兵以救宋，宋虽急，慎毋降楚，晋兵今至矣！"楚庄王大怒，将杀之。解扬曰："君能制命为义⑩，臣能承命为信⑪。受吾君命以出，有死无陨⑫。"庄王曰："若之许我⑬，已而背之，其信安在？"解扬曰："所以许王，欲以成吾君命也。"将死，顾谓楚军曰："为人臣无忘尽忠得死者！"楚王诸弟皆谏王赦之，于是赦解扬使归。晋爵之为上卿⑭。

【注释】

①楚庄王：见《楚世家》。②方：始；正在；将。开楚：扩充楚国的势力。③霍：国名。都城在今山西霍县西南。④诳：（kuāng）：欺骗；迷惑。⑤执：逮捕。⑥趣（cù）：赶快。⑦要（yāo）：要挟。⑧楼车：设有望楼用以瞭望敌人的战车。⑨负：背弃。致：传达；表达。⑩制命：制定与发布命令。⑪承命：接受并贯彻命令。承，奉行。⑫陨（yǔn）：废弃。⑬若：你。许：应许；许可。⑭爵：授予官爵。

十八年，襄公卒，子悼公滑立①。

【注释】

①滑（fèi）：《左传》作"费"。

悼公元年，郓公恶郑于楚①，悼公使弟睔于楚自讼②。讼不直③，楚囚睔。于是郑悼公来与晋平，遂亲。睔私于楚子反④，子反言归睔于郑。

【注释】

①邟（xǔ）公：邟，古国名，许（今河南许昌市东）的古称。恶（wù）：诽谤。②盷（gùn）：人名。讼：申诉辩解。③不直：不伸。④私：秘密活动。

二年，楚伐郑，晋兵来救。是岁，悼公卒，立其弟盷，是为成公。

成公三年，楚共王曰"郑成公孤有德焉①"，使人来与盟。成公私与盟。秋，成公朝晋，晋曰"郑私平于楚②"，执之。使栾书伐郑③。四年春，郑患晋围，公子如乃立成公庶兄繻为君④。其四月⑤，晋闻郑立君，乃归成公。郑人闻成公归，亦杀君繻，迎成公。晋兵去。

【注释】

①郑成公：此时成公尚在，无称谥之理。②平：媾和。③栾书：晋国执政大臣。④繻（xū）：人名。⑤其：回指上文提及的事或人，此处指"成公四年"。

十年，背晋盟，盟于楚。晋厉公怒，发兵伐郑。楚共王救郑。晋楚战鄢陵，楚兵败，晋射伤楚共王目，俱罢而去。十三年，晋悼公伐郑，兵于洧上①。郑城守②，晋亦去。

【注释】

①洧（wěi）：水名。今河南双洎河。自长葛县以下，故道原经鄢陵、扶沟两县南，至西华县西入颍水。②城守：据城守御。

十四年，成公卒，子恽立。是为釐公①。

【注释】

①釐（xī）：通"僖"。

釐公五年，郑相子驷朝釐公，釐公不礼。子驷怒，使厨人药杀釐公①，赴诸侯曰"釐公暴病卒"②。立釐公子嘉，嘉时年五岁，是为简公。

【注释】

①药杀：毒死。②赴：通"讣"。讣告；报丧。

子产像，春秋时期郑国政治家。出自清·顾
沅辑《古圣贤像传略》。

简公元年，诸公子谋欲诛相子驷，子驷觉之，反尽诛诸公子。二年，晋伐郑，郑与盟，晋去。冬，又与楚盟。子驷畏诛，故两亲晋、楚。三年，相子驷欲自立为君，公子子孔使尉止杀相子驷而代之。子孔又欲自立。子产曰：[①]"子驷为不可，诛之，今又效之，是乱无时息也。"于是子孔从之而相郑简公。

【注释】

①子产（？—前522年）：公孙侨，字子产，谥成子。郑国执政大臣。

四年，晋怒郑与楚盟，伐郑，郑与盟。楚共王救郑，败晋兵。简公欲与晋平，楚又囚郑使者。

十二年，简公怒相子孔专国权，诛之，而以子产为卿。十九年，简公如晋请卫君还[①]，而封子产以六邑。子产让，受其三邑。二十二年，吴使延陵季子于郑[②]，见子产如旧交，谓子产曰："郑之执政者侈[③]，难将至，政将及子。子为政，必以礼；不然，郑将败。"子产厚遇季子[④]。

二十三年，诸公子争宠相杀⑤，又欲杀子产。公子或谏曰⑥："子产仁人，郑所以存者子产也，勿杀！"乃止。

【注释】

①如：往；去。②延陵：吴邑名。故城在今江苏常州市。季子：季札，又称公子札。③执政：指执政大臣伯有。侈：放纵。④厚遇：厚待。遇，款待。⑤争宠：古代贵族官僚或妃妾等互相竞争角逐，以求得到帝王的宠爱和信任。⑥公子：指子皮。

二十五年，郑使子产于晋，问平公疾。平公曰："卜而曰实沈、台骀为祟①，史官莫知，敢问②？"对曰："高辛氏有二子，长曰阏伯③，季曰实沈，居旷林④，不相能也⑤，日操干戈以相征伐。后帝弗臧⑥，迁阏伯于商丘⑦，主辰⑧，商人是因，故辰为商星。迁实沈于大夏⑨，主参⑩，唐人是因⑪，服事夏、商⑫，其季世曰唐叔虞⑬。当武王邑姜方娠大叔⑭，梦帝谓己⑮：'余命而子曰虞，乃与之唐，属之参而蕃育其子孙⑯。'及生有文在其掌曰'虞'⑰，遂以命之。及成王灭唐而国大叔焉⑱。故参为晋星。由是观之，则实沈，参神也。昔金天氏有裔子曰昧⑲，为玄冥师⑳，生允格、台骀。台骀能业其官㉑，宣汾、洮㉒，障大泽㉓，以处太原㉔。帝用嘉之㉕，国之汾川㉖。沈、姒、蓐、黄实守其祀㉗。今晋主汾川而灭之。由是观之，则台骀，汾、洮神也。然是二者不害君身。山川之神，则水旱之灾祟之㉘；日月星辰之神，则雪霜风雨不时祟之；若君疾，饮食哀乐女色所生也。"平公及叔向曰："善，博物君子也㉙！"厚为之礼于子产。

【注释】

①祟（suì）：古人想象中的鬼怪或鬼怪害人。②敢：自言冒昧之词。③阏（è）伯：人名。④旷：大；空阔。⑤能：亲善；和睦。⑥后帝：指唐尧。⑦商丘：邑名。商始祖契所居，故城在今河商丘市南。⑧主：主持祭祀。辰：即心宿，亦名商星、大火。二十八宿之一。⑨大夏：地名。在今山西太原市西南。⑩参（shēn）：参宿。二十八宿之一。⑪唐：国名。唐尧后代刘累的封国。都城在今山西翼城县西。⑫服事：诸侯定期朝贡，各依服数以事天子，称为服事。⑬季世：末世。⑭邑姜：周武王正妃，齐太公女娠（shēn）：怀孕。⑮帝：天帝。己：指邑姜。⑯蕃育：繁殖养育。⑰文：字。虞：《石经》古文"虞"作"怣"，手掌纹也许有这种形状的。

⑱国：封。《左传》作"封"。大叔：即叔虞。⑲金天氏：传说中古帝少昊的国号。⑳玄冥：水官。师：首长。㉑业：继承。㉒宣：宣泄；疏通。汾：水名。即今山西省中部的汾河。洮（táo）：水名。在今山西绛县西南。㉓障：修筑堤防。大泽：指台骀泽，在今山西太原市南。㉔处：居住。太原：此处太原非专名，是指汾水流域一带高平的地方。㉕帝：指颛顼。嘉：赞许；嘉奖。㉖汾川：汾水流域。㉗沈、姒、蓐（rù）、黄：四国名。都在当时晋国境内。㉘崇（yǒng，又读 yíng）：古代禳除灾祸之祭。㉙博物：能辨识许多事物。

二十七年夏，郑简公朝晋。冬，畏楚灵王之强，又朝楚，子产从。二十八年，郑君病，使子产会诸侯，与楚灵王盟于申①，诛齐庆封②。

【注释】

①申：地名。在今河南南阳市北。②庆封（？—前 532 年）：齐国大夫。

三十六年，简公卒，子定公宁立。秋，定公朝晋昭公。

定公元年，楚公子弃疾弑其君灵王而自立，为平王。欲行德诸侯，归灵王所侵郑地于郑。

四年，晋昭公卒，其六卿强①，公室卑②。子产谓韩宣子曰③："为政必以德，毋忘所以立④。"

【注释】

①六卿：指晋国的范氏、中行氏、知氏、韩氏、赵氏、魏氏六家。②公室：春秋战国时期诸侯的家族，也用以指诸侯国的政权。卑：衰微。③韩宣子：韩起，谥宣子。④所以立：巩固政权的条件。

六年，郑火，公欲禳之①。子产曰："不如修德②。"

【注释】

①禳（ráng）：祭祷消灾。②修德：修养德行；施行德政。

八年，楚太子建来奔①。十年，太子建与晋谋袭郑。郑杀建，建子胜奔吴。

【注释】

①楚太子建来奔：事见《楚世家》。来奔，犹奔来。奔，逃亡。

十一年，定公如晋。晋与郑谋，诛周乱臣①，入敬王于周②。

【注释】

①乱臣：指王弟子朝的同党。②周：指成周城。

十三年，定公卒，子献公虿立。献公十三年卒，子声公胜立。当是时，晋六卿强，侵夺郑，郑遂弱。

声公五年，郑相子产卒，郑人皆哭泣，悲之如亡亲戚①。子产者，郑成公少子也②。为人仁爱人③，事君忠厚。孔子尝过郑，与子产如兄弟云。及闻子产死，孔子为泣曰："古之遗爱也④！"

【注释】

①亲戚：古代指内外亲属，包括父母子女在内。②子产和郑成公是堂兄弟，本文记载有误。③仁爱人：仁是儒家的一种含义极广的道德范畴，其主旨是人与人互相亲爱，所以这里的"爱人"是对"仁"的具体说明。④遗爱：遗留下来的仁爱之人。

八年，晋范、中行氏反晋，告急于郑，郑救之。晋伐郑，败郑军于铁①。

【注释】

①铁：即铁丘。地名。在今河南濮阳县西北。

三十六年，晋知伯伐郑，取九邑。

三十七年，声公卒，子哀公易立。哀公八年，郑人弑哀公而立声公弟丑，是为共公。共公三年，三晋灭知伯①。三十一年，共公卒，子幽公已立。幽公元年，韩武子伐郑，杀幽公。郑人立幽公弟骀，是为缪公②。

【注释】

①三晋：春秋末，晋国被韩、赵、魏三家所瓜分，史称三晋。知（zhì）伯：晋国执政大臣。②缪（xū）公：骀，幽公弟，或作"繻"。

　　繻公十五年，韩景侯伐郑，取雍丘①。郑城京②。

【注释】

　　①取：轻易征服城邑或打败敌军之意。②城：筑城。

　　十六年，郑伐韩，败韩兵于负黍①。二十年，韩、赵、魏列为诸侯。二十三年，郑围韩之阳翟②。

【注释】

　　①负黍：邑名。又名黄城。②阳翟：邑名。

　　二十五年，郑君杀其相子阳①。二十七年，子阳之党共弑繻公骀而立幽公弟乙为君②，是为郑君③。

　　郑君乙立二年，郑负黍反，复归韩。十一年，韩伐郑，取阳城①。

　　二十一年，韩哀侯灭郑，并其国。

【注释】

　　①郑君：此指郑繻公。②党：同伙。③郑君：即郑康公。④阳城：郑邑名。故城在今河南登封市东南。

　　太史公曰：语有之，“以权利合者①，权利尽而交疏②”，甫瑕是也。甫瑕虽以劫杀郑子内厉公，厉公终背而杀之，此与晋之里克何异③？守节如荀息④，身死而不能存奚齐⑤。变所从来，亦多故矣⑥！

【注释】

　　①权利：权势和利益。②疏：疏远。③里克：晋献公时大夫。④荀息：晋献公时大夫。⑤奚齐：晋献公宠妃骊姬之子。⑥故：缘故；原因。

赵世家第十三

　　赵氏之先①，与秦共祖。至中衍，为帝大戊御②。其后世蜚廉有子二人③，而命其一子曰恶来④，事纣，为周所杀，其后为秦。恶来弟曰季胜，其后为赵。

【注释】

　　①赵：赵氏。原为晋卿。前403年烈侯赵籍始为诸侯。②帝大戊：殷商第七代国君，在位期间，起用伊陟、巫咸等贤臣，较有政绩，曾任命中衍担任管理车马的车正。③蜚廉：亦作飞廉。④命：即命名。

　　季胜生孟增。孟增幸于周成王①，是为宅皋狼②。皋狼生衡父，衡父生造父。造父幸于周缪王③。造父取骥之乘匹④，与桃林盗骊、骅骝（骝）、绿耳⑤，献之缪王。缪王使造父御，西巡狩⑥，见西王母⑦，乐之忘归。而徐偃王反⑧，缪王日驰千里马，攻徐偃王，大破之。乃赐造父以赵城⑨，由此为赵氏。

【注释】

　　①幸：宠爱。②宅皋狼：孟增居住皋狼，因以为号。③周缪王：即周穆王。缪，通"穆"。④骥：良马的通称。乘（shèng）匹：即八匹。并四为乘，并两为匹，两四得八。⑤桃林：地区名，在今黄河及渭水南岸，河南灵宝县至陕西渭南县一带。其地多良马。盗骊、骅骝、绿耳：周穆王所乘八骏中的三骏。⑥巡狩：相传古代帝王五年一巡狩，视察诸侯所守的地方，其后帝王外出游历亦名巡狩。⑦西王母：神话人物。也称金母，王母。⑧徐偃王：相传周穆王时期的徐国国君。嬴姓，亦称徐子，"有地方五百里。"古徐国，在今江苏泗洪县南。⑨赵城：邑名。在今山西洪洞县北赵城镇。

　　自造父已下六世至奄父，曰公仲，周宣王时伐戎①，为御。及千亩战②，奄父脱宣王③。奄父生叔带。叔带之时，周幽王无道，去周如晋，事晋文侯④，始建赵氏于晋国。

【注释】

①戎：我国古代西部民族的泛称，这里指西戎之别种姜氏之戎。②千亩：邑名。在今山西安泽县东北。③脱：使……脱险。④晋文侯：姬仇。

自叔带以下，赵宗益兴，五世而至赵夙。

赵夙，晋献公之十六年伐霍、魏、耿①，而赵夙为将伐霍。霍公求奔齐②。晋大旱，卜之③，曰"霍太山为祟"④。使赵夙召霍君于齐，复之⑤，以奉霍太山之祀，晋复穰⑥。晋献公赐赵夙耿。

【注释】

①晋献公：详见《晋世家》。霍：姬姓国。魏：国名。在今山西芮城县东北。耿：春秋时小国，在今山西省河津市东南。②求：霍公之名。③卜：占卜。④霍太山：即霍山，也称太岳山，在今山西省霍县东南。⑤复之：使他恢复。⑥穰（ráng）：丰收。

夙生共孟，当鲁闵公之元年也①。共孟生赵衰，字子余②。

【注释】

①鲁闵公元年：前661年。②赵衰（cuī）：即赵成子。春秋时晋国的卿。

赵衰卜事晋献公及诸公子①，莫吉；卜事公子重耳②，吉，即事重耳。重耳以骊姬之乱亡奔翟③，赵衰从。翟伐廧咎如④，得二女，翟以其少女妻重耳，长女妻赵衰而生盾。初，重耳在晋时，赵衰妻亦生赵同、赵括、赵婴齐。赵衰从重耳出亡，凡十九年，得反国。重耳为晋文公，赵衰为原大夫，居原，任国政⑤。文公所以反国及霸，多赵衰计策，语在晋事中⑥。

【注释】

①卜事：用占卜决定事奉对象。诸公子：指晋献公的几个儿子。②重耳：即后来的晋文公，献公之子。③骊姬之乱：指骊姬欲立己子奚齐为太子，于是谮杀太子申生，驱逐诸公子而引起晋国内乱的事件。翟（dí）：

《东周列国志》版画之赵盾背秦立灵公
图，讲述晋国大臣赵盾立晋灵公之事。

同"狄"。春秋时活动于齐、晋、鲁、宋、卫、邢等国之间的少数民族。
④廧咎（qiáng gāo）如：春秋时赤狄部落名。⑤原：邑名。故城在今河
南省济源市西北。原大夫：原邑的长官。⑥晋事：指《晋世家》。

赵衰既反晋，晋之妻固要迎翟妻[1]，而以其子盾为适嗣[2]，晋妻三子
皆下事之。晋襄公之六年，而赵衰卒，谥为成季。

【注释】

①固要（yāo）：坚持要求。②适（dí）嗣：即"嫡子"。嫡，正妻
所生的儿子。有时也专指正妻所生的长子。

赵盾代成季任国政二年而晋襄公卒，太子夷皋年少。盾为国多难，
欲立襄公弟雍。雍时在秦，使使迎之。太子母日夜啼泣，顿首谓赵盾曰[1]：
"先君何罪？释其适子而更求君[2]？"赵盾患之，恐其宗与大夫袭诛之[3]，
乃遂立太子，是为灵公，发兵距所迎襄公弟于秦者[4]。灵公既立，赵盾
益专国政。

【注释】

①顿首：头叩至地。②释：舍弃。更求：重新选择。③宗：宗族。同

祖称宗。太子母即穆嬴，秦国宗室女。赵盾担心不答应穆嬴的要求，会引起秦国的干预、声讨。④距：同"拒"。阻挡，抵御。

　　灵公立十四年，益骄。赵盾骤谏①，灵公弗听。及食熊蹯，胹不熟，杀宰人②，持其尸出，赵盾见之。灵公由此惧③，欲杀盾。盾素仁爱人④，尝所食桑下饿人反扞救盾，盾以得亡⑤。未出境，而赵穿弑灵公而立襄公弟黑臀⑥，是为成公。赵盾复反，任国政。君子讥盾"为正卿⑦，亡不出境，反不讨贼"，故太史书曰："赵盾弑其君⑧"。晋景公时而赵盾卒，谥为宣孟⑨，子朔嗣。

【注释】

　　①骤：屡次，多次。②熊蹯（fán）：即熊掌。胹（ér）：煮。宰人：主持掌管君主饮食膳馐的小臣。③惧：害怕。④素：一向，向来。仁爱：指同情、爱护、热心帮助人的思想感情。⑤"桑下饿人反扞救盾"事，详见《晋世家》。扞，通"捍"。保护，捍卫。以：因此。得：能够；得以。⑥赵穿：赵盾的堂弟。黑臀（tún）：晋文公的小儿子。⑦正卿：春秋各国诸侯所属高级长官的通称。⑧太史：官名。春秋时太史掌管起草文书、记载史事，兼管国家典籍、天文历法、祭祀、卜筮等。⑨宣孟：《史记志疑》卷二十三说：孟非谥也，当作"宣子"。

　　赵朔，晋景公之三年①，朔为晋将下军救郑②，与楚庄王战河上③。朔娶晋成公姊为夫人。

【注释】

　　①晋景公之三年：公元前597年。②下军：三军之一。③河上：河畔。此处"河上"指今郑州西北、荥阳东北的黄河沿岸。

　　晋景公之三年，大夫屠岸贾欲诛赵氏①。初，赵盾在时，梦见叔带持要而哭②，甚悲；已而笑，拊手且歌③。盾卜之，兆绝而后好④。赵史援占之⑤，曰："此梦甚恶，非君之身⑥，乃君之子，然亦君之咎⑦。至孙，赵将世益衰⑧。"屠岸贾者，始有宠于灵公，及至于景公而贾为司寇，将作难，乃治灵公之贼以致赵盾⑨，遍告诸将曰："盾虽不知，犹为贼首⑩。以臣弑君，子孙在朝，何以惩罪⑪？请诛之。"韩厥曰⑫："灵公

《东周列国志》版画之赵宣子桃园强谏
图，讲述晋灵公荒淫无道，大臣赵盾屡
次劝谏，结果招致权臣屠岸贾与晋灵公
对赵家的迫害之事。

遇贼，赵盾在外，吾先君以为无罪[13]，故不诛。今诸君将诛其后，是非
先君之意而今妄诛。妄诛谓之乱。臣有大事而君不闻，是无君也。"屠
岸贾不听。韩厥告赵朔趣亡[14]。朔不肯，曰："子必不绝赵祀[15]，朔死不
恨。"韩厥许诺，称疾不出[16]。贾不请而擅与诸将攻赵氏于下宫[17]，杀赵
朔、赵同、赵括、赵婴齐，皆灭其族。

【注释】

①屠岸贾（gǔ）：姓屠岸，名贾。②要：同"腰"。③拊手：拍手。
④兆：即"卜兆"，龟甲上灼的裂纹显示出来的吉凶。绝：中断，断绝。
⑤史援：史官名援。⑥身：自身，自己。⑦咎（jiù）：罪过，过失。⑧世：
父子相继为一世。⑨司寇：官名。西周始置。作难：发难，起事。治：惩处。
贼：杀人者。致：牵连。⑩贼首：杀人的首领，祸首。⑪惩罪：判罪。
惩，处罚。⑫韩厥：即韩献子。时为晋六卿之一。⑬先君：指晋襄公。
⑭趣（cù）亡：赶快逃跑。⑮必：果真。祀：祭祀。⑯称疾：声称有
病。⑰下宫：后宫。

　　赵朔妻成公姊，有遗腹，走公宫匿①。赵朔客曰公孙杵臼，杵臼谓朔友人程婴曰："胡不死？"程婴曰："朔之妇有遗腹，若幸而男，吾奉之②；即女也，吾徐死耳。"居无何，而朔妇免身③，生男。屠岸贾闻之，索于宫中。夫人置儿绔中④，祝曰："赵宗灭乎，若号⑤；即不灭，若无声。"及索，儿竟无声。已脱⑥，程婴谓公孙杵臼曰："今一索不得，后必且复索之，奈何？"公孙杵臼曰："立孤与死孰难⑦？"程婴曰："死易，立孤难耳。"公孙杵臼曰："赵氏先君遇子厚⑧，子强为其难者⑨，吾为其易者，请先死。"乃二人谋取他人婴儿负之⑩，衣以文葆⑪，匿山中。程婴出，谬谓诸将军曰："婴不肖⑫，不能立赵孤。谁能与我千金，吾告赵氏孤处。"诸将皆喜，许之，发师随程婴攻公孙杵臼。杵臼谬曰："小人哉程婴！昔下宫之难不能死，与我谋匿赵氏孤儿，今又卖我。纵不能立，而忍卖之乎！"抱儿呼曰："天乎天乎！赵氏孤儿何罪？请活之，独杀杵臼可也。"诸将不许，遂杀杵臼与孤儿。诸将以为赵氏孤儿良已死⑬，皆喜。然赵氏真孤乃反在，程婴卒与俱匿山中。

【注释】

　　①遗腹：妇人于丈夫死前怀孕未生的子女。走：跑。②奉：事奉。此处引申为"抚养"。③免身：妇女分娩生孩子。免，同"娩"。④绔（kù）：同"袴""裤"。此指裤裆。⑤号（háo）：大声哭，大声喊叫。⑥脱：脱身。⑦立孤：抚养孤儿。⑧先君：指赵朔。⑨强（qiǎng）：勉强。⑩谋取：设法取得。负：抱持。⑪文葆：文绣的襁褓。⑫不肖：不贤，没出息。⑬良：确实，真的。

　　居十五年①，晋景公疾，卜之，大业之后不遂者为祟②。景公问韩厥，厥知赵孤在，乃曰："大业之后在晋绝祀者，其赵氏乎？夫自中衍者皆嬴姓也。中衍人面鸟噣③，降佐殷帝大戊④，及周天子，皆有明德⑤。下及幽厉无道⑥，而叔带去周适晋，事先君文侯，至于成公，世有立功，未尝绝祀。今吾君独灭赵宗⑦，国人哀之，故见龟策⑧。唯君图之⑨。"景公问："赵尚有后子孙乎？"韩厥具以实告。于是景公乃与韩厥谋立赵孤儿，召而匿之宫中。诸将入问疾，景公因韩厥之众以胁诸将而见赵孤⑩。赵孤名曰武。诸将不得已，乃曰："昔下宫之难，屠岸贾为之，矫以君命⑪，并命群臣。非然，孰敢作难！微君之疾，群臣固且请立赵后⑫。今君有命，群臣之愿也⑬。"于是召赵武、程婴遍拜诸将，遂反与程婴、赵武攻屠岸贾，灭其族。复与赵武田邑如故。

【注释】

①居十五年：过了十五年。这一年是景公十九年（前581年）。②大业：即赵氏的祖先皋陶。不遂：不能顺利地成长。③喙（zhòu）：同"咮"。鸟嘴，特指钩形的鸟嘴。赵氏的祖先以鸟为图腾，作为崇拜对象，所以这里说人面鸟喙。④降（jiàng）佐：下来辅佐。⑤明德：完美的德性。⑥幽厉：指周幽王和周厉王。⑦赵宗：赵氏宗族。⑧见：同"现"。显示，显现。龟：占卜用的龟甲。策：占筮用的蓍草。⑨唯：希望。⑩因：依靠。⑪矫：假托，诈称。⑫微：如果不是。⑬愿：心愿，愿望。

及赵武冠①，为成人，程婴乃辞诸大夫，谓赵武曰："昔下宫之难，皆能死。我非不能死，我思立赵氏之后。今赵武既立，为成人，复故位，我将下报赵宣孟与公孙杵臼②。"赵武啼泣顿首固请，曰："武愿苦筋骨以报子至死③，而子忍去我死乎！"程婴曰："不可。彼以我为能成事④，故先我死；今我不报，是以我事为不成。"遂自杀。赵武服齐衰三年⑤，为之祭邑⑥，春秋祠之，世世勿绝。

【注释】

①冠（guàn）：冠礼。②下报：到九泉之下去报告，意谓死。③苦：劳苦。④成事：指能完成立孤的重任。⑤齐衰（zī cuī）：古人守丧时穿的一种衣服。⑥祭邑：供给祭祀用费的封邑。

赵氏复位十一年①，而晋厉公杀其大夫三郤②。栾书畏及③，乃遂弑其君厉公，更立襄公曾孙周，是为悼公。晋由此大夫稍强。

【注释】

①赵氏复位十一年：即晋厉公七年（前574年）。②三郤（xì）：指郤锜、郤犨（chōu）、郤至。③栾书（？—前573年）：即栾武子。初为下军之佐，后为中军元帅，代郤克为政。

赵武续赵宗二十七年①，晋平公立。平公十二年，而赵武为正卿。十三年，吴延陵季子使于晋②，曰："晋国之政卒归于赵武子、韩宣子、魏献子之后矣③。"赵武死，谥为文子。

【注释】

①二十七年：应为"二十五年"。赵武自晋景公十九年（前581年）复位，至晋平公元年（前557年），适二十五年。②延陵季子：即季札。③赵武子：即赵武。"武子"为"文子"之误。"宣子""献子"皆谥号，三子并称，赵武也应称谥号。

文子生景叔①。景叔之时，齐景公使晏婴于晋，晏婴与晋叔向语②。婴曰："齐之政后卒归田氏③。"叔向亦曰："晋国之政将归六卿④。六卿侈矣，而吾君不能恤也⑤。"

【注释】

①景叔：即赵成子。②晏婴（？—前500）：字平仲，齐国大夫。叔向：姓羊舌，名肸（xī），晋国大夫，有贤名，平公任为太傅。③田氏：指春秋时齐国田氏宗族，世为齐国大臣。④六卿：晋国势力雄厚的六家卿大夫。即范氏、中行（háng）氏、知氏、赵氏、韩氏、魏氏。⑤侈：肆行无忌，意即不把晋君放在眼里。

赵景叔卒，生赵鞅，是为简子①。

【注释】

①简子：即赵简子。名鞅。

赵简子在位，晋顷公之九年①，简子将合诸侯戍于周②。其明年，入周敬王于周，辟弟子朝之故也③。

【注释】

①晋顷公之九年：前517年。②将（jiàng）：率领，统率。合：会合。戍：驻防，驻守。③入：护送。周敬王：景王之子，悼王同母弟。

晋顷公之十二年，六卿以法诛公族祁氏、羊舌氏，分其邑为十县①，六卿各令其族为之大夫②。晋公室由此益弱③。

【注释】

①公族：国君的宗族。此处是"公族大夫"的省称。邑：泛指卿大夫

的封地。县：地方行政区划单位。②族：指同族的人。大夫：即县宰、县令。③公室：指诸侯国的国君及其宗族，也代指其国家政权机构。

后十三年①，鲁贼臣阳虎来奔②，赵简子受赂，厚遇之。

【注释】

①后十三年：晋定公十一年，鲁定公九年，即前501年。②阳虎：季孙氏的家臣。

赵简子疾，五日不知人①，大夫皆惧。医扁鹊视之，出，董安于问②。扁鹊曰："血脉治也③，而何怪！在昔秦缪公尝如此，七日而寤④。寤之日，告公孙支与子舆曰：'我之帝所甚乐⑤。吾所以久者，适有学也⑥。帝告我：晋国将大乱，五世不安⑦；其后将霸，未老而死⑧；霸者之子且令而国男女无别⑨。'公孙支书而藏之，秦谶于是出矣⑩。献公之乱⑪，文公之霸，而襄公败秦师于殽而归纵淫⑫，此子之所闻。今主君之疾与之同⑬，不出三日疾必间⑭，间必有言也。"

【注释】

①不知人：不省人事。②扁鹊：春秋战国之际的名医。姓秦，名越人。③血脉治：血脉正常。④秦缪公：即秦穆公。尝：曾。寤：醒。⑤公孙支与子舆：都是春秋时秦国大夫。公孙支即子桑，子舆亦称子车。之：往，去，到。帝所：上帝的住处。⑥适：刚好。学：同"敩"（xiào），接受教导。⑦五世不安：指晋献公、奚齐、悼子、惠公和怀公五世，国内都不安定。⑧未老而死：晋文公称霸未久即死。⑨而：你。男女无别：男女不相离别，指晋襄公释放战俘回秦国之事。⑩秦谶（chèn）于是出：指公孙支写在秦国简策上的谶语，后来在晋国出现了。⑪献公之乱：晋献公宠爱骊姬，逼嫡子申生自杀，重耳、夷吾出奔。献公死，奚齐立，为里克所杀；悼子继立，又为里克所杀。后夷吾立，是为惠公。这一段变乱频繁的时期，即这里说的"献公之乱"。⑫殽（xiáo，亦读 yáo）：或作崤，即崤山。在今河南洛宁县西北。⑬主君：古之国君、卿、大夫，均可称主君。此处是对赵简子的敬称。后一个"之"指秦穆公。⑭间（jiàn）：病愈，病势好转。

居二日半①，简子寤。语大夫曰："我之帝所甚乐，与百神游于钧天，广乐九奏万舞，不类三代之乐，其声动人心②。有一熊欲来援我③，帝命我射之，中熊，熊死。又有一罴来，我又射之，中罴，罴死④。帝甚喜，赐我二笥，皆有副⑤。吾见儿在帝侧，帝属我一翟犬⑥，曰：'及而子之壮也⑦，以赐之。'帝告我：'晋国且世衰，七世而亡，嬴姓将大败周人于范魁之西⑧，而亦不能有也。今余思虞舜之勋，适余将以其胄女孟姚配而七世之孙⑨'。"董安于受言而书藏之。以扁鹊言告简子，简子赐扁鹊田四万亩⑩。

【注释】

①居：等待，停留。②钧天：天的中央。广乐：多种乐器合奏的音乐，即宏伟壮丽的乐曲。九奏：多番演奏。古代奏乐，九次才终结，称为九成。③援：执，持。这里是抓的意思。④罴（pí）：熊的一种，即马熊或称人熊。此段谓晋国将有大难，上帝命简子灭二卿，熊与罴即二卿的祖先。⑤笥（sì）：盛东西的方形竹器。副：即备用的笥。⑥儿：小孩。指赵襄子。属（zhǔ）：托付，交给。翟（dí）犬：代国的祖先。翟，通"狄"。⑦壮：古人称年上三十，成家立业曰壮。⑧且：将。世衰：一代代衰落下去。七世：七代。指晋定公、出公、哀公、幽公、烈公、孝公、静公。嬴姓：指赵氏，赵氏的祖先姓嬴。周人：指卫人。卫侯的祖先康叔是周武王的同母弟。范魁：战国时曾为卫国所辖，后属齐国，在今河南范县境内。⑨胄女：虞舜后代之女。古称帝王的后裔为胄。七世孙：即武灵王。自简子至武灵王共历十世。"七"当为"十"。⑩亩：春秋各国尚实行井田制。周制：小亩步百。

他日，简子出，有人当道，辟之不去，从者怒，将刃之①。当道者曰："吾欲有谒于主君②。"从者以闻。简子召之，曰："嘻，吾有所见子晰也③。"当道者曰："屏左右④，愿有谒。"简子屏人。当道者曰："主君之疾，臣在帝侧⑤。"简子曰："然，有之。子之见我，我何为？"当道者曰："帝令主君射熊与罴，皆死。"简子曰："是，且何也？"当道者曰："晋国且有大难，主君首之⑥。帝令主君灭二卿，夫熊与罴皆其祖也⑦。"简子曰："帝赐我二笥皆有副，何也？"当道者曰："主君之子将克二国于翟，皆子姓也⑧。"简子曰："吾见儿在帝侧，帝属我一翟犬，曰：'及而子之长以赐之。'夫儿何谓以赐翟犬？"当道者曰："儿，主君之子也。翟犬者，代之先也⑨。主君之子且必有代。及主君之后嗣，且有革政而胡服，并二国于翟⑩。"简子问其姓而延之以官⑪。当道者曰："臣野人，致帝命耳⑫。"遂不见。简子书藏之府⑬。

【注释】

①当道：站在路中间，挡着路。辟：屏除，驱逐。刃：用刀杀。②谒（yè）：陈述，请求。③嘻（xī）：惊叹的声音，表示高兴。子晰："当道者"的名字。④屏（bǐng）：屏退，让……避退。⑤臣：官吏、百姓对君主的自称。⑥首之：首当其冲。⑦二卿：指晋国的范昭子和中行文子。夫：那个。⑧二国：指赵襄子灭的代国及智伯领地。子姓：同姓。⑨代：战国时国名。在今河北省蔚县东北。⑩革政：改革政令。胡服：穿着胡人的短装。并：兼并，吞并。二国：指后文所说的"中山"和"胡地"。⑪延：邀请，聘请。⑫野人：乡下人。致：转致，转达。⑬府：盟府的省称。时赵虽未称国，早已凌驾于公室之上，所有建置皆比于诸侯。

异日，姑布子卿见简子，简子遍召诸子相之①。子卿曰："无为将军者②。"简子曰："赵氏其灭乎？"子卿曰："吾尝见一子于路，殆君之子也。"简子召子毋恤③。毋恤至，则子卿起曰："此真将军矣！"简子曰："此其母贱，翟婢也，奚道贵哉④？"子卿曰："天所授，虽贱必贵。"自是之后，简子尽召诸子与语，毋恤最贤。简子乃告诸子曰："吾藏宝符于常山上⑤，先得者赏。"诸子驰之常山上，求，无所得。毋恤还，曰："已得符矣。"简子曰："奏之。"恤曰："从常山上临代，代可取也⑥。"简子于是知毋恤果贤，乃废太子伯鲁，而以毋恤为太子。

【注释】

①姑布子卿：姓姑布，名子卿。诸子：指赵简子的几个儿子。相：相面，看骨相。②无为将军者：晋置上、中、下三军，后又置新军，称四军。四军主帅皆由正卿担任。这里说"无为将军者"，指没有能胜任正卿的人，对赵简子来说，亦即没有继承人。③毋恤：简子的庶子，即以后的赵襄子。④贱：卑微，地位卑贱。奚：何，怎么。⑤宝符：代表天命的符节。后指皇帝的印玺。⑥临：面对着。代：即代国，在常山北面约四百里。

后二年，晋定公之十四年，范、中行作乱①。明年春，简子谓邯郸大夫午曰②："归我卫士五百家，吾将置之晋阳③。"午许诺，归而其父兄不听，倍言④。赵鞅捕午，囚之晋阳。乃告邯郸人曰："我私有诛午也⑤，诸君欲谁立？"遂杀午。赵稷、涉宾以邯郸反⑥。晋君使籍秦围邯郸⑦。荀寅、范吉射与午善⑧，不肯助秦而谋作乱，董安于知之。十月，范、中行氏伐赵鞅，鞅奔晋阳，晋人围之。范吉射、荀寅仇人魏襄等谋逐荀寅，以梁婴父代之⑨；逐吉射，以范皋绎代之⑩。荀栎言于晋侯曰⑪："君命大臣，始乱者死。今三臣始乱而独逐鞅⑫，用刑不均⑬，请皆逐之。"十一月，荀栎、韩不佞、魏哆奉公命以伐范、中行氏，不克。范、中行氏反伐公，公击之，范、中行败走。丁未，二子奔朝歌⑭。韩、魏以赵氏为请。十二月辛未，赵鞅入绛⑮，盟于公宫。其明年，知伯文子谓赵鞅曰："范、中行虽信为乱，安于发之⑯，是安于与谋也。晋国有法，始乱者死。夫二子已伏罪而安于独在。"赵鞅患之。安于曰："臣死，赵氏定，晋国宁，吾死晚矣。"遂自杀。赵氏以告知伯，然后赵氏宁。

【注释】

①后二年：应作"后三年"，"阳虎奔晋"在晋定公十一年（前501年），距下文所记"十四年"整差三年。②午：赵午。赵穿的曾孙。为邯郸大夫，所以也称邯郸午。③卫士五百家：指卫国向赵鞅进献的五百户士民。开头赵鞅把他们安置在邯郸，这时想迁往晋阳。晋阳：战国初赵国都城。在今山西省太原市西南。④父兄：父辈和兄长。这里指赵午的宗族和邯郸的贵族。倍：同"背"。违背。⑤私有：私自。赵午是邯郸大夫，捕杀他应报请晋君批准。赵鞅未经晋君批准就逮捕赵午，并且要杀他，所以说是"私有"。⑥赵稷：赵午子。涉宾：赵午家臣。以：凭借。⑦籍秦：晋国的正卿，时为晋上军司马。⑧善：友好，亲善。《左传·定公十三年》"邯郸午，荀寅之甥也；荀寅，范吉射之姻也。"⑨魏襄：即魏襄子。名曼多。魏舒孙。梁婴父：晋大夫。⑩范皋绎：《左传》作"皋夷"。范吉射庶出的儿子。⑪荀栎（lì）：即知伯文子，亦称知栎。知氏原与中行氏同为晋大夫逝邀后，故也姓荀。⑫三臣：指范吉射、荀寅、赵鞅三人。⑬用刑：使用刑法。均：平，公平。⑭二子：指范吉射和荀寅。朝歌：邑名。在今河南省淇县。⑮绛（jiàng）：晋的都城。在今山西省翼城县东南。⑯信：

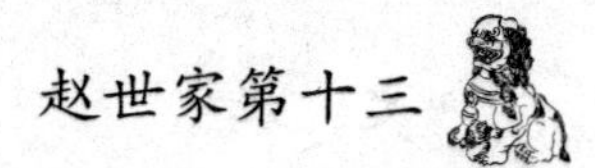

确实。发：挑起，发动。

孔子闻赵简子不请晋君而执邯郸午，保晋阳，故书《春秋》曰："赵鞅以晋阳畔^①。"

【注释】

①书：书写，记载。畔：通"叛"。背叛，叛乱。

赵简子有臣曰周舍^①，好直谏。周舍死，简子每听朝^②，常不悦，大夫请罪。简子曰："大夫无罪。吾闻千羊之皮不如一狐之腋^③。诸大夫朝，徒闻唯唯，不闻周舍之鄂鄂^④，是以忧也。"简子由此能附赵邑而怀晋人^⑤。

【注释】

①臣：指家臣。②听朝：主持朝会，处理政事。③腋：胳肢窝。狐皮以腋下部分价值最高。④唯唯：恭敬而顺从的应答词。鄂鄂：同"谔谔"。直言争辩的样子。⑤附：归附。怀：安抚。

晋定公十八年，赵简子围范、中行于朝歌，中行文子奔邯郸^①。明年，卫灵公卒。简子与阳虎送卫太子蒯聩于卫，卫不内^②，居戚^③。

【注释】

①中行文子：即中行寅（荀寅），"文子"是谥号。②蒯聩（kuǎi kuì）：卫襄公孙。③戚：卫邑。在今河南省濮阳县北。

晋定公二十一年，简子拔邯郸，中行文子奔柏人^①。简子又围柏人，中行文子、范昭子遂奔齐。赵竟有邯郸、柏人。范、中行余邑入于晋。赵名晋卿，实专晋权，奉邑侔于诸侯^②。

【注释】

①拔：攻克，占领。②名：名义，名分。侔（móu）：相等，等同。

晋定公三十年，定公与吴王夫差争长于黄池^①，赵简子从晋定公，卒长吴^②。定公三十七年卒，而简子除三年之丧，期而已^③。是岁，越王勾践灭吴^④。

【注释】

①争长（zhǎng）：争在盟会时第一个行礼。黄池：邑名，即黄亭。在今河南省封丘县西南。②卒：终于。③除三年之丧：守孝三年，除去丧服。期（jī）：一周年。④越王勾践：春秋末期越国国君。

晋出公十一年，知伯伐郑。赵简子疾，使太子毋恤将而围郑。知伯醉，以酒灌击毋恤①。毋恤群臣请死之②。毋恤曰："君所以置毋恤，为能忍诟③。"然亦愠知伯④。知伯归，因谓简子，使废毋恤，简子不听。毋恤由此怨知伯。

【注释】

①以酒灌击：拿酒强灌，并用酒杯敲击。②请死之：请求杀死他。③置：立。指立毋恤为太子。忍诟（jù）：忍受耻辱。④愠（yùn）：怨恨，生气。

晋出公十七年，简子卒，太子毋恤代立，是为襄子。

赵襄子元年，越围吴。襄子降丧食①，使楚隆问吴王②。

【注释】

①降丧食：降低居丧时的饮食标准。②楚隆：襄子家臣名。问：慰问。

襄子姊前为代王夫人。简子既葬，未除服，北登夏屋①，请代王。使厨人操铜枓以食代王及从者，行斟，阴令宰人各以枓击杀代王及从官②，遂兴兵平代地。其姊闻之，泣而呼天，摩笄自杀③。代人怜之，所死地名之为摩笄之山④。遂以代封伯鲁子周为代成君。伯鲁者，襄子兄，故太子⑤。太子蚤死，故封其子。

【注释】

①夏屋：山名。又名贾屋山、贾母山。在今山西省代县东北，和句注山相接，为山西北部险要之地。②枓（dǒu）：一种方形有柄的杓子。各（一曰雉）：宰人名。③摩：同"磨"。笄（jí）：盘头发或别住帽子用的簪子。④摩笄之山：一名磨笄山，亦名鸣鸡山，在蔚州飞狐县（今河北涞源县）东北百五十里。⑤故：原来的。

　　襄子立四年，知伯与赵、韩、魏尽分其范、中行故地。晋出公怒，告齐、鲁，欲以伐四卿①。四卿恐，遂共攻出公。出公奔齐，道死。知伯乃立昭公曾孙骄，是为晋懿公。知伯益骄。请地韩、魏②，韩、魏与之。请地赵，赵不与，其围郑之辱。知伯怒，遂率韩、魏攻赵。赵襄子惧，乃奔保晋阳。

【注释】

　　①四卿：指晋荀瑶（知伯）与赵氏、韩氏、魏氏。②请地：索取土地。

　　原过从，后，至于王泽，见三人，自带以上可见①，自带以下不可见。与原过竹二节，莫通。曰："为我以是遗赵毋恤②。"原过既至，以告襄子。襄子齐三日，亲自剖竹，有朱书曰③："赵毋恤，余霍泰山山阳侯天使也。三月丙戌，余将使女反灭知氏。女亦立我百邑，余将赐女林胡之地④。至于后世，且有伉王，赤黑，龙面而鸟噣，鬓麋髭髯，大膺大胸，修下而冯，左衽界乘⑤，奄有河宗，至于休溷诸貉，南伐晋别，北灭黑姑⑥。"襄子再拜，受三神之令⑦。

【注释】

　　①原过：赵襄子的属官。从：指跟着逃跑。后：落在后面，走在后面。王泽：晋地名。在今山西省新绛县西南。带：腰带。②遗（wèi）：赠送，给予。③齐（zhāi）：同"斋"，斋戒。④林胡：部族名。战国时分布在今山西省朔县西北至内蒙古包头市以南一带。⑤伉（kàng）王：指赵武灵王。伉，勇健。鸟噣（zhòu）：鸟嘴，特指钩形的鸟嘴。鬓麋（mí）：鬓发散乱。髭（zī）髯：胡须很多。唇上曰髭，颊上曰髯。膺（yīng）：胸脯。修下而冯（píng）：两腿长而上身大。修，长。冯，大。左衽（rèn）：衣襟向左边开。⑥奄有：尽有。奄，包括。河宗：指龙门河（在今河北赤城县境）的上流，岚（故治在今山西岚县北）、胜（故治在今内蒙古自治区托克托县、包头市一带）二州之地。休溷（hùn）：地区名，在今山西介休、离石一带。诸貉（mò）：本指古代居于北方的各部族。这里指活动于今山西、河北、内蒙古一带的戎狄、林胡等族。貉，通"貊"。晋别：晋国别的城邑。黑姑：戎族的一支。⑦再拜：古代的一种礼节。先后拜两次，表示礼节隆重。三神：即指原过所见的三人。

三国攻晋阳①，岁余，引汾水灌其城②，城不浸者三版③。城中悬釜而炊④，易子而食。群臣皆有外心⑤，礼益慢⑥，唯高共不敢失礼。襄子惧，乃夜使相张孟同私于韩、魏。韩、魏与合谋，以三月丙戌⑦，三国反灭知氏，共分其地。于是襄子行赏，高共为上。张孟同曰："晋阳之难，唯共无功。"襄子曰："方晋阳急，群臣皆懈，唯共不敢失人臣礼，是以先之。"于是赵北有代，南并知氏，强于韩、魏。遂祠三神于百邑，使原过主霍泰山祠祀。

【注释】

①三国：指韩、魏和知氏。②汾（fén）水：即今山西省境内的汾河。③浸：淹没。版：指筑墙用的墙版，古今一般高二尺，合今一尺多。④釜（fǔ）无脚的锅。⑤外心：异心，二心。⑥慢：怠慢，轻忽。⑦以三月丙戌：把三月丙戌这一天作为共同行动的日期。

其后娶空同氏①，生五子。襄子为伯鲁之不立也，不肯立子，且必欲传位与伯鲁子代成君。成君先死，乃取代成君子浣立为太子。襄子立三十三年卒，浣立，是为献侯。

【注释】

①空同氏：以居地为氏的一个部落。

献侯少即位，治中牟①。

襄子弟桓子逐献侯②，自立于代，一年卒。国人曰桓子立非襄子意，乃共杀其子而复迎立献侯。

【注释】

①治：旧谓王都或地方官署所在地。中牟：邑名。在今河南汤阴县西。②桓子：赵简子之子。名嘉。

十年，中山武公初立①。十三年，城平邑②。十五年，献侯卒，子烈侯籍立。

【注释】

①中山：国名。春秋前期白狄别族所建立。又称鲜虞。②平邑：赵邑名。在今河南省南乐县东北。

烈侯元年，魏文侯伐中山[1]，使太子击守之[2]。六年，魏、韩、赵皆相立为诸侯，追尊献子为献侯。

【注释】

①魏文侯（？—前396年）：名斯，战国时魏国的建立者。②太子击：魏文侯太子，名击，即后来的魏武侯。

烈侯好音[1]，谓相国公仲连曰："寡人有爱[2]，可以贵之乎？"公仲曰："富之可，贵之则否。"烈侯曰："然。夫郑歌者枪、石二人[3]，吾赐之田，人万亩。"公仲曰："诺。"不与。居一月，烈侯从代来，问歌者田。公仲曰："求[4]，未有可者[5]。"有顷，烈侯复问。公仲终不与，乃称疾不朝。番吾君自代来[6]，谓公仲曰："君实好善[7]，而未知所持[8]。今公仲相赵，于今四年，亦有进士乎[9]？"公仲曰："未也。"番吾君曰："牛畜、荀欣、徐越皆可。"公仲乃进三人。及朝，烈侯复问："歌者田何如？"公仲曰："方使择其善者。"牛畜侍烈侯以仁义，约以王道[10]，烈侯逌然[11]。明日，荀欣侍，以选练举贤[12]，任官使能[13]。明日，徐越侍，以节财俭用，察度功德[14]。所与无不充[15]，君说[16]。烈侯使使谓相国曰："歌者之田且止。"官牛畜为师[17]，荀欣为中尉[18]，徐越为内史[19]，赐相国衣二袭[20]。

【注释】

①好（hào）音：爱好音乐。②公仲连：姓公仲，名连。赵国的改革家。③枪、石：两歌者之名。④求：物色，寻求。⑤可者：合适的。⑥番（pān）吾君：战国赵烈侯时的封君。⑦好善：喜欢推行善政。⑧所持：指达到目的的手段。⑨进士：推荐人才。进，推荐。⑩约：约束，控制。王道：儒家的政治主张。⑪逌（yóu）然：欣然同意的样子。⑫选练：选择干练的人。举贤：起用有道德有才能的人。⑬任官：任命官吏。使能：使用有才能的人。⑭察度（duó）：考察衡量。⑮所与：指向烈侯劝谏的话。充：充分。⑯说：同"悦"。⑰师：官名。师氏的简称。掌管教育贵族子弟。⑱中尉：官名。战国时赵国始置。负责指挥作战和选任官吏。⑲内史：官名。⑳二袭：两套。

九年，烈侯卒，弟武公立。武公十三年卒，赵复立烈侯太子章，是

古代城池的重门大楼，一般城池的重门
上必有大楼，一来显得威武，二来可以
便于防守时瞭望敌情。

为敬侯。是岁，魏文侯卒。

敬侯元年，武公子朝作乱[1]，不克，出奔魏。赵始都邯郸。

【注释】

①武公子朝：武公之子，名朝。

二年，败齐于灵丘[1]。三年，救魏于廪丘[2]，大败齐人。四年，魏败我兔台[3]。筑刚平以侵卫[4]。五年，齐、魏为卫攻赵，取我刚平。六年，借兵于楚伐魏，取棘蒲[5]。八年，拔魏黄城[6]。九年，伐齐。齐伐燕，赵救燕。十年，与中山战于房子[7]。

【注释】

①灵丘：在今山东高唐县南。②廪（lǐn）丘：齐邑名。在今山东省郓城县西北。③兔台：赵地名。在今河北省大名县东。④刚平：邑名。在今山东省宁阳县东北（一说在今河南省清丰县西南）。⑤棘蒲：地名。在今河北省赵县。⑥黄城：邑名，在今河南内黄县西北。⑦房子：又作"鲂

子"。赵邑名。在今河北省高邑县西南。

十一年，魏、韩、赵共灭晋，分其地。伐中山，又战于中人①。十二年，敬侯卒，子成侯种立。

【注释】

①中人：中山邑名。在今河北唐县西南。

成侯元年，公子胜与成侯争立，为乱。二年六月，雨雪。三年，太戊午为相①。伐卫，取乡邑七十三。魏败我蔺②。四年，与秦战高安③，败之。五年，伐齐于鄄④。魏败我怀⑤。攻郑，败之，以与韩，韩与我长子⑥。六年，中山筑长城。伐魏，败涿泽⑦，围魏惠王⑧。七年，侵齐，至长城。与韩攻周⑨。八年，与韩分周以为两。九年，与齐战阿下⑩。十年，攻卫，取甄⑪。十一年，秦攻魏，赵救之石阿⑫。十二年，秦攻魏少梁⑬，赵救之。十三年，秦献公使庶长国伐魏少梁⑭，虏其太子、痤⑮。魏败我浍⑯，取皮牢⑰。成侯与韩昭侯遇上党⑱。十四年，与韩攻秦。十五年，助魏攻齐。

【注释】

①太戊午：戊一作"成"。②蔺：赵邑名。在今山西省吕梁市离石区西。③高安：邑名。④鄄（juàn）：卫邑名，后为齐邑。在今山东省鄄城县北旧城。⑤怀：郑邑名，后属魏。⑥长子：邑名。在今山西省长子县西南。⑦涿（zhuó）泽：魏地名。在今山西省运城市西。涿，通"浊。"⑧魏惠王（前400—前319年）：即梁惠王。⑨周：不是指周朝或周王室，是指周考王时分封的一个小诸侯国西周国，都城在今河南洛阳市西。⑩阿：齐邑名。即东阿。在今山东省东阿县西南。⑪甄（zhēn）：卫地。在今山东省鄄城县北。⑫石阿：在今山西隰县北。《六国年表》《秦本纪》皆作"石门"。石门，山名，一名白径岭。在今山西省运城市西南。⑬少梁：魏邑名。在今陕西省韩城市南。⑭庶长：秦爵名。⑮痤：公叔痤，魏国大臣。⑯浍（kuài）：水名。源出今山西省翼城县东南，西流入汾河。⑰皮牢：即皮牢城。在今山西省翼城县东北。⑱遇：相逢，不期而会。上党：郡名。

十六年，与韩、魏分晋，封晋君以端氏①。

史 记

①晋君：晋静公。端氏：晋邑名。在今山西省沁水县东北。

十七年，成侯与魏惠王遇葛孽①。十九年，与齐、宋会平陆②，与燕会阿。二十年，魏献荣椽③，因以为檀台④。二十一年，魏围我邯郸。二十二年，魏惠王拔我邯郸，齐亦败魏于桂陵⑤。二十四年，魏归我邯郸，与魏盟漳水上⑥。秦攻我蔺。二十五年，成侯卒。公子缓与太子肃侯争立，缓败，亡奔韩。

【注释】

①葛孽：在今河北省肥乡县西南。②平陆：在今山东省汶上县北。③荣椽（chuán）：上等木材。④檀台：台名。在今河北省永年县西。⑤桂陵：地名。在今河南省长垣县西北。⑥漳水：即漳河。

肃侯元年，夺晋君端氏，徙处屯留①。二年，与魏惠王遇于阴晋②。三年，公子范袭邯郸，不胜而死。四年，朝天子③。六年，攻齐，拔高唐④。七年，公子刻攻魏首垣⑤。十一年，秦孝公使商君伐魏⑥，虏其将公子卬⑦。赵伐魏。十二年，秦孝公卒，商君死。十五年，起寿陵⑧，魏惠王卒。

【注释】

①徙处：迁移安置。屯留：晋邑名。在今山西省屯留县南。②阴晋：魏邑名。在今陕西省华阴市东南。③天子：指周显王。④高唐：齐邑。在今山东省高唐县东北。⑤首垣：邑名。在今河北省长垣县东北。⑥商君：指商鞅（约前390—前338年）。本卫国人。姓公孙，名鞅，也称卫鞅。⑦公子卬：魏公子名卬。⑧起：兴建。寿陵：在常山。

十六年，肃侯游大陵①，出于鹿门②，大戊午扣马曰③："耕事方急，一日不作④，百日不食。"肃侯下车谢⑤。

【注释】

①大陵：邑名。在今山西省文水县东北。②鹿门：地名。在今山西省盂县西北。③扣马：牵马。④作：耕作。⑤谢：道歉。认错。

十七年，围魏黄①，不克。筑长城②。

【注释】

①黄：即敬侯二年所拔的黄城。②长城：指防齐、魏的南长城，以漳水、滏水（今河北南部滏阳河）的堤防为基础所筑。

十八年，齐、魏伐我，我决河水灌之①，兵去。二十二年，张仪相秦②。赵疵与秦战③，败，秦杀疵河西④，取我蔺、离石。二十三年，韩举与齐、魏战⑤，死于桑丘⑥。

【注释】

①决：挖开。河：黄河。②张仪（？—前310年）：本魏国人，入秦说秦惠文王，任相国，采用"连横"策略，使秦更为强大。③赵疵：赵将。④河西：指今山西、陕西两省间黄河南段之西。⑤韩举：赵将。⑥桑丘：本燕地，时属齐。在今河北省保定市北。

二十四年，肃侯卒。秦、楚、燕、齐、魏出锐师各万人来会葬①。子武灵王立②。

【注释】

①锐师：精锐部队。会葬：会合送葬。②武灵王：名雍。在位二十七年（前325—前299年）。

武灵王元年，阳文君赵豹相。梁襄王与太子嗣，韩宣王与太子仓来朝信宫①。武灵王少，未能听政，博闻师三人，左右司过三人②。及听政，先问先王贵臣肥义，加其秩③；国三老年八十，月致其礼。

【注释】

①梁襄王：当作"梁惠王"。襄王名嗣，时为太子。信宫：宫名。②博闻：见识广。司过：官名。主管伺察人君过失。③贵臣：德高望重的大臣。肥义：人名。

三年，城鄗①。四年，与韩会于区鼠②。五年，娶韩女为夫人。

【注释】

①鄗（hào）：邑名。②区（ōu）鼠：地名。

八年，韩击秦，不胜而去。五国相王[1]，赵独否，曰："无其实，敢处其名乎！"令国人谓己曰"君"。

【注释】

①五国相王：魏、韩、赵、燕、中山五国互相尊立为王。

九年，与韩、魏共击秦，秦败我，斩首八万级[1]。齐败我观泽[2]。十年，秦取我中都及西阳[3]。齐破燕。燕相子之为君，君反为臣[4]。十一年，王召公子职于韩[5]，立以为燕王，使乐池送之[6]。十三年，秦拔我蔺，虏将军赵庄[7]。楚、魏王来，过邯郸[8]。十四年，赵何攻魏。

【注释】

①首：头。②观泽：邑名。在今山东阳谷县西南，河南清丰县南。③中都：邑名。在今山西省平遥县西南。西阳：邑名。即中阳。在今山西省中阳县境。④君反为臣：事见《燕召公世家》。⑤公子职：燕公子名职，时在韩国。⑥乐池：战国策士，曾为秦惠文王相。⑦赵庄：赵将。⑧过：访问。

十六年，秦惠王卒。王游大陵。他日，王梦见处女鼓琴而歌诗曰[1]："美人荧荧兮[2]，颜若苕之荣[3]。命乎命乎[4]，曾无我嬴！"异日，王饮酒乐，数言所梦，想见其状。吴广闻之[5]，因夫人而内其女娃嬴[6]。孟姚也[7]。孟姚甚有宠于王，是为惠后。

【注释】

①处女：未出嫁的女子。鼓琴：抚琴，弹琴。歌诗：唱诗。②荧荧：光彩动人貌。③苕（tiáo）：草名。呈橙红色。荣：鲜艳。④命乎：叹无人知。命，命运。⑤吴广：赵人，相传为虞舜之后。⑥因：凭借。⑦孟姚：娃嬴之字。

十七年，王出九门[1]，为野台，以望齐、中山之境。

【注释】

①九门：邑名。在今河北省石家庄市东北。

十八年，秦武王与孟说举龙文赤鼎，绝膑而死[1]。赵王使代相赵固迎公子稷于燕，送归，立为秦王，是为昭王②。

【注释】

①孟说（yuè）：秦国力士。龙文赤鼎：铸有龙形花纹的红色大鼎。绝膑：折断膝盖骨。②昭王：即秦昭襄王。武王异母弟。

十九年春正月，大朝信宫①。召肥义与议天下，五日而毕。王北略中山之地，至于房子②，遂之代，北至无穷，西至河，登黄华之上③。召楼缓谋曰："我先王因世之变④，以长南藩之地⑤，属阻漳、滏之险⑥，立长城，又取蔺、郭狼⑦，败林人于荏⑧，而功未遂。今中山在我腹心⑨，北有燕，东有胡⑩，西有林胡、楼烦、秦、韩之边⑪，而无强兵之救，是亡社稷，奈何？夫有高世之名，必有遗俗之累⑫。吾欲胡服。"楼缓曰："善。"群臣皆不欲。

【注释】

①大朝：帝王大会群臣叫大朝，以别于平日常朝。②房子：邑名。在今河北省高邑县西南。③无穷：地名。今地不详。一说在今河北张北县南。河：指黄河。黄华：西河侧之山名。④楼缓：赵大臣名。⑤长（zhǎng）：首领。南藩：南面的属地。藩，属国，属地。⑥属（zhǔ）：连接。阻：阻碍。⑦郭狼：地名。⑧林人：即林胡。古代民族名。从事畜牧，精骑射。荏（rěn）：邑名。在今河北任县东南。⑨腹心："腹心之疾"的省称。喻深入要害处。⑩胡：即东胡，后为鲜卑。古代民族名。⑪楼烦：古部落名。精骑射，从事畜牧。⑫遗俗：为世俗所摒弃。

于是肥义侍①，王曰："简、襄主之烈②，计胡、翟之利。为人臣者，宠有孝弟长幼顺明之节③，通有补民益主之业④，此两者臣之分也。今吾欲继襄主之迹，开于胡、翟之乡，而卒世不见也⑤。为敌弱⑥，用力少而功多，可以毋尽百姓之劳，而序往古之勋⑦。夫有高世之功者，负遗俗之累⑧；有独智之虑者⑨，任骜民之怨⑩。今吾将胡服骑射以教百姓，而世必议寡人，奈何？"肥义曰："臣闻疑事无功⑪，疑行无名⑫。王既定负遗俗之虑，殆无顾天下之议矣⑬。夫论至德者不和于俗⑭，成大功者不谋于众。昔者舜舞有苗⑮，禹袒裸国⑯，非以养欲而乐志也⑰，务以论德而约功也⑱。愚者暗成事，智者睹未形，则王何疑焉。"王曰："吾不疑胡服也，吾恐天下笑我也。狂夫之乐，智者哀焉；愚者所笑，贤者察焉。世有顺我者，胡服之功未可知也。虽驱世以笑我，胡地中山吾必有之。"于是遂胡服矣。

【注释】

①肥义：赵国大臣。②简：赵简子。襄：赵襄子。烈：事业，功绩。③宠：贵宠。又疑作"穷。"穷，不得志。④通：达，得志，显贵。补民：益民。⑤卒世：终身。⑥为敌弱：我为胡服，敌人必困弱。⑦序：按次序排列。⑧负：担待。⑨独智之虑：独到的见解。⑩任：承受，担负。骛民：傲慢的百姓。⑪疑事：做事犹豫不决。⑫疑行：行动有顾虑。⑬殆：大概，也许。⑭至德：最高的德行。⑮舜舞有苗：相传舜在宫廷上表演苗人的舞蹈，苗人就来归顺了。⑯禹袒裸（tǎn luǒ）国：禹不穿衣服进入裸国。裸国，传说古代西方国名。⑰养欲：满足欲望。乐志：舒展心情。⑱务：致力，从事。论德：根据品德的高低。约功：追求功业。

使王緤告公子成曰①："寡人胡服，将以朝也，亦欲叔服之。家听于亲而国听于君，古今之公行也②。子不反亲，臣不逆君，兄弟之通义也③。今寡人作教易服而叔不服④，吾恐天下议之也。制国有常⑤，利民为本；从政有经⑥，令行为上。明德先论于贱⑦，而行政先信于贵⑧。今胡服之意，非以养欲而乐志也；事有所止而功有所出⑨，事成功立，然后善也。今寡人恐叔之逆从政之经，以辅叔之议⑩。且寡人闻之，事利国者行无邪⑪，因贵戚者名不累⑫，故愿慕公叔之义⑬，以成胡服之功。使緤谒之叔⑭，请服焉。"公子成再拜稽首曰："臣固闻王之胡服也。臣不佞⑮，寝疾⑯，未能趋走以滋进也⑰。王命之，臣敢对，因竭其愚忠。曰：臣闻中国者，盖聪明徇智之所居也⑱，万物财用之所聚也，贤圣之所教也，仁义之所施也，《诗》《书》礼乐之所用也⑲，异敏技能之所试也⑳，远方之所观赴也㉑，蛮夷之所义行也㉒。今王舍此而袭远方之服㉓，变古之教，易古之道，逆人之心，而怫学者㉔，离中国㉕，故臣愿王图之也。"使者以报。王曰："吾固闻叔之疾也，我将自往请之"。

【注释】

①王緤（xiè）：人名。赵臣。公子成：赵国的贵族，武灵王的叔父。②公行：公认的行动准则。③兄弟：《战国策·赵策二》作"先王"。④作

教：作出谕示。教，上对下的谕告。⑤制：治理。常：常规。⑥从政：参与政事。经：常行的法制。⑦明德：修明德政。⑧行政：施行政令。贵：指贵族。⑨止：至。意即达到目的。出：成，成就。⑩辅，辅佐。议：非议。⑪行无邪：实行起来不会不正确。⑫因：依靠，倚仗。不累：不受损害。⑬愿慕：希望借助。义：威望。⑭谒：禀告，陈说。⑮不佞（nìng）：不才，没有才能。⑯寝疾：病卧在床。⑰滋进：多多进言。⑱徇（xùn）智：《战国策·赵策二》作"睿智"。明通的智慧。⑲用：应用。⑳异敏：奇巧。㉑观赴：观摩，向往。㉒蛮夷：泛指古代中国四方的各部族。义行：即"仪型"，表率、楷模之意。㉓舍：舍弃。㉔怫（bèi）：通"悖"。违反，背逆。㉕中国：指中原地区。

王遂往之公子成家，因自请之，曰："夫服者，所以便用也；礼者，所以便事也。圣人观乡而顺宜①，因事而制礼，所以利其民而厚其国也②。夫剪发文身③，错臂左衽④，瓯越之民也⑤。黑齿雕题⑥，却冠秫绌⑦，大吴之国也。故礼服莫同，其便一也。乡异而用变，事异而礼易。是以圣人果可以利其国，不一其用；果可以便其事，不同其礼⑧。儒者一师而俗异，中国同礼而教离⑨，况于山谷之便乎⑩？故去就之变⑪，智者不能一；远近之服，贤圣不能同。穷乡多异⑫，曲学多辩⑬。不知而不疑，异于己而不非者，公焉而众求尽善也⑭。今叔之所言者俗也，吾所言者所以制俗也⑮。吾国东有河、薄洛之水⑯，与齐、中山同之，无舟楫之用⑰。自常山以至代、上党⑱，东有燕、东胡之境，而西有楼烦、秦、韩之边，今无骑射之备⑲。故寡人无舟楫之用，夹水居之民，将何以守河、薄洛之水；变服骑射，以备燕、三胡、秦、韩之边⑳。且昔者简主不塞晋阳以及上党㉑，而襄主并戎取代以攘诸胡㉒，此愚智所明也。先时中山负齐之强兵㉓，侵暴吾地，系累吾民㉔，引水围鄗，微社稷之神灵，则鄗几于不守也。先王丑之㉕，而怨未能报也。今骑射之备，近可以便上党之形，而远可以报中山之怨。而叔顺中国之俗以逆简、襄之意，恶变服之名以忘鄗事之丑，非寡人之所望也。"公子成再拜稽首曰："臣愚，不达于王之义，敢道世俗之闻，臣之罪也。今王将继简、襄之意以顺先王之志，臣敢不听命乎！"再拜稽首。乃赐胡服。明日，服而朝。于是始出胡服令也。

【注释】

①乡：地方。这里指各个地方的习俗。②厚：有益。③文身：在身上画刺花纹。④错臂：犹饰臂。以丹青画刺两臂。衽，衣襟。⑤瓯越：指今浙江省一带，古为越国地，境内有瓯江，故称。⑥黑齿：用草汁染黑牙齿。雕题：在额上刺着花纹。雕，刻；题，额。⑦却冠：鱼皮帽。⑧一：专一。用：措施，办法。"不一其用，不同其礼"，可看作"其用不一，其礼不同"的倒装，强调"不一""不同"。⑨教：教化。离：区别，差异。⑩山谷：指偏远荒蛮的地方。便：便利。山谷之便，偏远地方民众已称便利的习俗。⑪去就：舍取，即对事物的选择。⑫异：异俗。⑬曲学：浅陋的见解。⑭尽善：完善，完美。⑮制俗：改变旧俗。⑯薄洛：薄洛津，漳水上的渡口。此处指漳水。⑰舟楫：泛指船只。楫，桨。⑱常山：山名。即恒山，古代恒山在今河北曲阳县西北。⑲骑射：骑马射箭。指骑兵。备：防守。⑳三胡：指林胡、楼烦、东胡。㉑简主：赵简子。㉒襄主：赵襄子。并戎取代：兼并戎狄，夺取代地。攘：排斥。㉓负：倚仗。㉔系累：拘捕。㉕丑之：以为可耻。

　　赵文、赵造、周袑、赵俊皆谏止王毋胡服①，如故法便。王曰："先王不同俗，何古之法②？帝王不相袭，何礼之循？虙戏、神农教而不诛③，黄帝、尧、舜诛而不怒④。及至三王⑤，随时制法⑥，因事制礼。法度制令各顺其宜⑦，衣服器械各便其用。故礼也不必一道⑧，而便国不必古。圣人之兴也不相袭而王，夏、殷之衰也不易礼而灭⑨。然则反古未可非⑩，而循礼未足多也⑪。且服奇者志淫⑫，则是邹、鲁无奇行也⑬；俗辟者民易⑭，则是吴、越无秀士也⑮。且圣人利身谓之服，便事谓之礼。夫进退之节⑯，衣服之制者，所以齐常民也⑰，非所以论贤者也⑱。故齐民与俗流⑲，贤者与变俱。故谚曰'以书御者不尽马之情⑳，以古制今者不达事之变'。循法之功，不足以高世；法古之学，不足以制今㉑。子不及也。"遂胡服招骑射㉒。

【注释】

　　①赵文、赵造、赵俊：都是赵国贵族。周袑（shào）：赵大臣，后为王傅。②法：效法。③虙（fú）戏：即伏羲。神农：传说中的上古帝王。④黄帝、尧、舜：均传说中的上古帝王、详见《五帝本纪》。⑤三王：指

夏禹、商汤、周文王。⑥随时：顺应时势。⑦法度制令：法令制度。⑧礼也：
当作"理世"。即治理国家。⑨易：改变。⑩反古：违反古制。⑪循礼：
死守旧礼。多：称赞，肯定。⑫志淫：心意淫荡。⑬邹、鲁：国名。均
在今山东省境内。邹都邾（今山东曲阜县东南），后迁都绎（今山东邹
县东南纪王城），战国时为楚所灭。⑭俗辟：风俗奇特。易：简率，轻慢。
⑮吴、越：国名。在今江苏、浙江一带。吴、越在春秋战国时还是僻远
荒蛮之地。秀士：德才优异的人。⑯节：礼节。⑰齐：治理。常民：普通人。
⑱论：评论。⑲齐民：平民。⑳以书御者：用书本知识来驾马的人。㉑制：
治理。㉒招骑射：招收了骑马射箭的士兵。

二十年，王略中山地，至宁葭①；西略胡地，至榆中②。林胡王献马。归，
使楼缓之秦，仇液之韩，王贲之楚，富丁之魏，赵爵之齐。代相赵固主胡③，
致其兵④。

【注释】

①宁葭（jiā）：一作"蔓葭"，县名，属中山。在今河北省石家庄
市西北。②榆中：地区名。在今内蒙古自治区东胜县西北。③主胡：驻
守胡地。④致：招收。

二十一年，攻中山。赵袑为右军①，许钧为左军，公子章为中军，
王并将之。牛翦将车骑②，赵希并将胡、代③。赵与之陉④，合军曲阳⑤，
攻取丹丘、华阳、鸱之塞⑥。王军取鄗、石邑、封龙、东垣⑦。中山献四
邑和⑧，王许之，罢兵。二十三年，攻中山。二十五年，惠后卒。使周
袑胡服傅王子何。二十六年，复攻中山，攘地北至燕、代⑨，西至云中、
九原⑩。

【注释】

①右军：赵建三军，称中军、左军、右军。②车骑：战车兵和骑兵。
③并将：兼领。胡、代：指胡地和代地的军队。④陉（xíng）：山脉中断处，
即山隘。⑤曲阳：邑名。⑥丹丘：邑名。在今河北省曲阳县西北。华阳：
即恒山地区。在今河北省唐县西北。鸱之塞：按《史记集解》应作"鸿上塞"。
位于华阳北。在今河北省唐县西北。⑦王军：指赵武灵王统帅的三
军。⑧献：献出。和：求和，请和。⑨攘：侵夺。⑩云中：郡名。战

国时赵地。治所在今内蒙古自治区托克托县东北。九原：县名。在今内蒙古自治区包头市西。

　　二十七年五月戊中，大朝于东宫①，传国，立王子何以为王。王庙见礼毕②，出临朝③。大夫悉为臣，肥义为相国，并傅王④。是为惠文王。惠文王，惠后吴娃子也。武灵王自号为主父。

【注释】

　　①东宫：太子所居之宫。②庙见：在太庙参拜祖先。③临朝：上朝，当朝处理国事。④傅：教导。

　　主父欲令子主治国①，而身胡服将士大夫西北略胡地，而欲从云中、九原直南袭秦，于是诈自为使者入秦。秦昭王不知，已而怪其状甚伟，非人臣之度②，使人逐之，而主父驰已脱关矣③。审问之④，乃主父也。秦人大惊。主父所以入秦者，欲自略地形⑤，因观秦王之为人也。

【注释】

　　①主：主持。②度：风度。③脱关：走出秦国的关口。脱，离开。④审：仔细。⑤略：察看。

　　惠文王二年，主父行新地①，遂出代，西遇楼烦王于西河而致其兵。

【注释】

　　①新地：新占领的土地。

　　三年，灭中山，迁其王于肤施①。起灵寿②，北地方从，代道大通③。还归，行赏，大赦，置酒酺五日④，封长子章为代安阳君。章素侈⑤，心不服其弟所立。主父又使田不礼相章也。

【注释】

　　①肤施：今陕西省榆林县南。②灵寿：邑名。在今河北灵寿县西北。③大通：畅通无阻。④酺（pú）五日：聚会饮酒五天。酺，聚饮，特指命令许可的大聚饮。⑤侈（chǐ）：奢侈放纵。

　　李兑谓肥义曰①："公子章强壮而志骄，党众而欲大②，殆有私乎？

田不礼之为人也，忍杀而骄③。二人相得④，必有谋阴贼起⑤，一出身侥幸⑥。夫小人有欲，轻虑浅谋⑦，徒见其利而不顾其害，同类相推，俱入祸门。以吾观之，必不久矣。子任重而势大，乱之所始，祸之所集也，子必先患。仁者爱万物而智者备祸于未形，不仁不智，何以为国⑧？子奚不称疾毋出，传政于公子成⑨？毋为怨府⑩，毋为祸梯⑪。"肥义曰："不可。昔者主父以王属义也⑫，曰：'毋变而度⑬，毋异而虑，坚守一心，以殁而世⑭。'义再拜受命而籍之⑮。今畏不礼之难而忘吾籍，变孰大焉。进受严命⑯，退而不全，负孰甚焉。变负之臣，不容于刑。谚曰'死者复生，生者不愧'。吾言已在前矣，吾欲全吾言，安得全吾身！且夫贞臣也难至而节见⑰，忠臣也累至而行明⑱。子则有赐而忠我矣，虽然，吾有语在前者也，终不敢失。"李兑曰："诺，子勉之矣！吾见子已今年耳。"涕泣而出。李兑数见公子成，以备田不礼之事。

【注释】

①李兑：赵惠文王四年与赵成一起平定公子章之乱，因功官为司寇，后来升为相国。②欲：欲望，野心。③忍杀：残忍好杀。④相得：互相投合。⑤贼起：叛乱发生。⑥一：一旦，一经。出身：登高位掌权。⑦轻虑：不慎重考虑。⑧为国：治理国家。⑨传政：移交政事。⑩怨府：怨恨集中的地方。⑪祸梯：犹祸阶，谓祸患的传导者。⑫属（zhǔ）：委托，交付。⑬而：你。度：法度。⑭以殁而世：直到你离开人世。⑮籍：记录。⑯严命：严肃的命令。⑰贞臣：正直有操守之臣。节：节操。⑱累（lèi）：忧患，危难。

异日肥义谓信期曰①："公子与田不礼甚可忧也。其于义也声善而实恶②，此为人也不子不臣。吾闻之也，奸臣在朝，国之残也③；谗臣在中，主之蠹也④。此人贪而欲大，内得主而外为暴⑤。矫令为慢⑥，以擅一旦之命⑦，不难为也⑧，祸且逮国⑨。今吾忧之，夜而忘寐，饥而忘食。盗贼出入不可不备。自今以来，若有召王者必见吾面，我将先以身当之⑩，无故而王乃入⑪。"信期曰："善哉，吾得闻此也！"

【注释】

①信期：即下文的高信。②义：通"仪"。外，表面。声善：口头说得好。③残：祸害。④蠹：蛀虫。⑤得主：得到主上的宠信。⑥矫令：假

托主上的命令。慢：轻慢。这里是指轻慢的行为，即作乱。⑦擅：占有。一旦之命：突然的命令。指公子章突然杀害惠文王登位。⑧不难为：不怕做，敢于做得出来。⑨逮：及。⑩当：挡住。⑪无故：没事，平安无事。

四年，朝群臣，安阳君亦来朝。主父令王听朝，而自从旁观窥群臣宗室之礼。见其长子章傫然也①，反北面为臣，诎于其弟②，心怜之，于是乃欲分赵而王章于代，计未决而辍。

【注释】

①傫（lěi）然：垂头丧气的样子。②诎（qū）：通"屈"。屈服。

主父及王游沙丘①，异宫②，公子章即以其徒与田不礼作乱，诈以主父令召王。肥义先入，杀之。高信即与王战③。公子成与李兑自国至④，乃起四邑之兵入距难⑤，杀公子章及田不礼，灭其党贼而定王室⑥。公子成为相，号安平君，李兑为司寇。公子章之败，往走主父，主父开之⑦，成、兑因围主父宫。公子章死，公子成、李兑谋曰："以章故围主父，即解兵⑧，吾属夷矣⑨。"乃遂围主父。令宫中人"后出者夷"，宫中人悉出。主父欲出不得，又不得食，探爵鷇而食之⑩，三月余而饿死沙丘宫。主父定死⑪，乃发丧赴诸侯⑫。

【注释】

①沙丘：地名。在今河北省广宗县西北。②异宫：异宫而居，分别住在不同的行宫里。③与王战：跟惠文王一起与公子章作战。④国：国都。时赵都邯郸。⑤距：同"拒"，抵抗。⑥党贼：党徒。⑦开之：开宫门接纳。⑧解兵：解除了军队的包围。⑨夷：灭族。⑩爵鷇（kòu）：雀鷇，乌雀。爵，古"雀"字。⑪定死：确实已死。⑫赴诸侯：向各国诸侯报丧。

是时王少，成、兑专政，畏诛，故围主父。主父初以长子章为太子，后得吴娃，爱之，为不出者数岁①，生子何，乃废太子章而立何为王。吴娃死，爱弛②，怜故太子，欲两王之，犹豫未决，故乱起，以至父子俱死，为天下笑，岂不痛乎！

【注释】

①为：因。②弛（chí）：减退。

　　五年，与燕鄚、易①。八年，城南行唐②。九年，赵梁将，与齐合军攻韩，至鲁关下③。及十年，秦自置为西帝④。十一年，董叔与魏氏伐宋，得河阳于魏⑤。秦取梗阳⑥。十二年，赵梁将攻齐⑦。十三年，韩徐为将⑧，攻齐。公主死⑨。十四年，相国乐毅将赵、秦、韩、魏、燕攻齐⑩，取灵丘⑪。与秦会中阳。十五年，燕昭王来见。赵与韩、魏、秦共击齐，齐王败走⑫，燕独深入，取临淄。

【注释】

　　①鄚（mò）：赵邑名。故城在今河北省任丘市北鄚州镇。易：燕邑名。在今河北省雄县西北。②南行唐：赵邑名。在今河北省行唐县北。③鲁关：关隘名。在今河南省鲁山县西南。④西帝：指秦昭王。⑤董叔：赵将。魏氏：指魏国军队。河阳：即河雍，在今河南省孟州市西。⑥梗阳：赵邑名。在今山西省太原市西南清徐县。⑦赵梁：赵将。⑧韩徐：赵将。⑨公主：指赵武灵王女，惠文王姊。⑩乐毅：燕相国。⑪灵丘：齐西北边邑，在今山东高唐县南。⑫齐王：指齐湣王。

　　十六年，秦复与赵数击齐①，齐人患之。苏厉为齐遗赵王书曰②：

　　臣闻古之贤君，其德行非布于海内也，教顺非洽于民人也③，祭祀时享非数常于鬼神也④。甘露降⑤，时雨至，年谷丰孰⑥，民不疾疫，众人善之，然而贤主图之。

【注释】

　　①数：屡次。时乐毅已下齐七十余城，齐国仅保有莒、即墨二邑，秦与赵仍向齐多次进攻。②苏厉：战国纵横家、齐大臣。遗（wèi）：致送。③教顺：即教训，教育训诫。洽：普遍。民人：即人民。④时享：宗庙四时的祭祀。⑤甘露：甜露水。古人迷信，以为天下太平，政治清明，则天降甘露。⑥年谷：一年中收获的谷物。

　　今足下之贤行功力①，非数加于秦也；怨毒积怒②，非素深于齐也。秦、赵与国，以强征兵于韩③，秦诚爱赵乎？其实憎齐乎？物之甚者④，贤主察之。秦非爱赵而憎齐也，欲亡韩而吞二周，故以齐饵天下⑤。恐事之不合，故出兵以劫魏、赵⑥。恐天下畏己也，故出质以为信。恐天下亟反也⑦，故征兵于韩以威之。声以德与国⑧，实而伐空韩，臣以秦计为必出于此。夫物固有势异而患同者⑨，楚久伐而中山亡，今齐久伐而韩必亡。破齐，王与六国分其利也。亡韩，秦独擅之。收二周⑩，西取祭器⑪，秦独私之。赋田计功⑫，王之获利孰与秦多？

【注释】

①贤行：善行。功力：功劳。②怨毒：极端怨恨。③征兵：征集军队。即要求出兵参战。④物：事。⑤馅（dàn）：同"啖"。吃或给人吃。⑥劫：威逼，威胁。⑦亟（jí）反：速反。⑧声：声名，表面。德：施恩德。作动词用。与国：盟国。指赵国。⑨势异：地位不同。⑩收：攻取，占领。⑪祭器：祭祀所用的礼器。西取祭器，指西至王城（今河南洛阳市西郊）取周王朝宗庙的祭器，即灭亡周朝。⑫赋田：授民以田。赋，授予，给予。计功：考定功绩，计算功效。

说士之计曰①："韩亡三川②，魏亡晋国③，市朝未变而祸已及矣④。"燕尽齐之北地，去沙丘、臣鹿敛三百里⑤，韩之上党去邯郸百里，燕、秦谋王之河山，间三百里而通矣⑥。秦之上郡近挺关⑦，至于榆中者千五百里，秦以三郡攻王之上党，羊肠之西⑧，句注之南⑨，非王有已⑩。逾句注，斩常山而守之⑪，三百里而通于燕，代马胡犬不东下⑫，昆山之玉不出⑬，此三宝者亦非王有已。王久伐齐，从强秦攻韩，其祸必至于此。愿王孰虑之⑭。

【注释】

①说（shuì）士：游说之士。②三川：韩郡名。以境内有黄河、雒（洛）水、伊水三川得名。③晋国：指黄河以北今河南沁阳市、山西夏县一带，原为晋国领地，战国时属韩。④市朝：指众人会集之处。也指集市。⑤巨鹿：赵县名。在今河北平乡县西南。⑥间：间隔。⑦上郡：魏郡名。后为秦占。治所在肤施（今陕西榆林县东南）。⑧羊肠：太行山上的坂道，南在今山西晋城市南，北在壶关县东南。⑨句（gōu）注：山名。又名西陉山、雁门山。在今山西省代县西北。⑩已：语气词。用法同"矣"。⑪斩：截断。⑫代马：代地产的骏马。胡犬：胡地产的野狗。⑬昆山：山名。⑭孰虑：同"熟虑"。

且齐之所以伐者，以事王也；天下属行①，以谋王也。燕秦之约成而兵出有日矣。五国三分王之地②，齐倍五国之约而殉王之患③，西兵以禁强秦④，秦废帝请服⑤，反高平、根柔于魏⑥，反巠分、先俞于赵⑦。齐之事王，宜为上佼⑧，而今乃抵罪⑨，臣恐天下后事王者之不敢自必也。愿王孰计之也⑩。

【注释】

①属行（zhǔ háng）：集合军队。指组织诸侯对付赵国。②五国：指秦、齐、韩、魏、燕五国。③倍：通"背"。殉王之患：牺牲自己解除赵王的忧虑。④西兵：向西用兵。⑤废帝：废除帝号。⑥反：归还。高平、根柔：魏地。高平，在今河南孟州市西北。根柔，今地不详。⑦巠（音邢，xíng）分：山名。赵地。在今山西省代县北。先俞（音戍，shù）：即西俞。赵地。在今山西省代县西北。⑧上佼（jiǎo）：上行。⑨抵罪：问罪。指赵共秦伐齐。⑩孰计：缜密地谋划。

今王毋与天下攻齐，天下必以王为义。齐抱社稷而厚事王①，天下必尽重王义。王以天下善秦②，秦暴，王以天下禁之，是一世之名宠制于王也。

【注释】

①抱：保。②善秦：跟秦国友好。

于是赵乃辍①，谢秦不击齐。

【注释】

①辍（chuò）：停止。

王与燕王遇。廉颇将①，攻齐昔阳②，取之。

【注释】

①廉颇：赵将。详见《廉颇蔺相如列传》。②昔阳：县名。

十七年，乐毅将赵师攻魏伯阳①。而秦怨赵不与己击齐，伐赵，拔我两城②。十八年，秦拔我石城③，王再之卫东阳④，决河水，伐魏氏⑤。大潦⑥，漳水出。魏冉来相赵。十九年，秦取我二城。赵与魏伯阳。赵奢将，攻齐麦丘⑦，取之。

【注释】

①伯阳：魏邑名。在今河南省安阳市西北。②两城：指蔺（今山西吕梁市离石区），祁（今山西祁县东南）二城。③石城：城名。在今河南省林县西南。④东阳：地区名。原属卫国，后属赵国，在今河北清河县一带。⑤魏氏：指魏国。⑥潦（lào）：通"涝"。⑦麦丘：齐邑名。在今山东省商河县西北。

二十年，廉颇将，攻齐。王与秦昭王遇西河外①。

【注释】

①王与秦昭王遇西河外：指秦昭王和赵惠文王在渑池相会。

二十一年，赵徙漳水武平西①。二十二年，大疫。置公子丹为太子。

【注释】

①武平：即武平亭。在今河北文安县东北。

二十三年，楼昌将①，攻魏幾②，不能取。十二月，廉颇将，攻幾，取之。二十四年，廉颇将，攻魏房子，拔之，因城而还。又攻安阳③，取之。二十五年，燕周将④，攻昌城、高唐⑤，取之。与魏共击秦。秦将白起破我华阳⑥，得一将军。二十六年，取东胡欧代地⑦。

【注释】

①楼昌：人名。赵将。②幾（音祈）：邑名。在今河北省大名县东南。③安阳：邑名。在今河南省安阳市西南。④燕周：人名。赵将。⑤昌城：齐邑名。在今山东省淄博市东南。⑥华阳：邑名。在今河南新郑市北。⑦欧：通"殴"。袭击。

二十七年，徙漳水武平南。封赵豹为平阳君①。河水出，大潦。

【注释】

①赵豹：赵惠文王同母弟。平阳：此为赵邑。

二十八年，蔺相如伐齐①，至平邑②。罢城北九门大城③。燕将成安君公孙操弑其王。二十九年，秦、韩相攻，而围阏与④。赵使赵奢将⑤，击秦，大破秦军阏与下，赐号为马服君。

【注释】

　　①蔺相如：赵大臣。详见《廉颇蔺相如列传》。②平邑：赵邑名。在今河南省南乐县东北。③罢：停止。城：修筑城墙。作动词用。九门：赵北部邑名。在今河北省藁城县西北。④阏（yù）与：邑名。战国时韩地，后属赵。在今山西省和顺县西北。⑤赵奢：赵将。善用兵。详见《廉颇蔺相如列传》。

　　三十三年，惠文王卒，太子丹立，是为孝成王。

　　孝成王元年，秦伐我，拔三城。赵王新立，太后用事①，秦急攻之。赵氏求救于齐，齐曰：“必以长安君为质②，兵乃出。”太后不肯，大臣强谏。太后明谓左右曰：“复言长安君为质者，老妇必唾其面。”左师触龙言愿见太后③，太后盛气而胥之④。入，徐趋而坐⑤，自谢曰⑥：“老臣病足，曾不能疾走⑦，不得见久矣。窃自恕，而恐太后体之有所苦也⑧，故愿望见太后。”太后曰：“老妇恃辇而行耳⑨。”曰：“食得毋衰乎⑩？”曰：“恃粥耳。”曰：“老臣间者殊不欲食⑪，乃强步⑫，日三四里，少益嗜食⑬，和于身也。”太后曰：“老妇不能。”太后不和之色少解⑭。左师公曰：“老臣贱息舒祺最少⑮，不肖，而臣衰，窃怜爱之，愿得补黑衣之缺以卫王宫⑯，昧死以闻。”太后曰：“敬诺。年几何矣？”对曰：“十五岁矣。虽少，愿及未填沟壑而托之⑰。”太后曰：“丈夫亦爱怜少子乎⑱？”对曰：“甚于妇人。”太后笑曰：“妇人异甚。”对曰：“老臣窃以为媪之爱燕后贤于长安君⑲。”太后曰：“君过矣，不若长安君之甚。”左师公曰：“父母爱子则为之计深远。媪之送燕后也，持其踵⑳，为之泣，念其远也㉑，亦哀之矣。已行，非不思也，祭祀则祝之曰‘必勿使反㉒’，岂非计长久，为子孙相继为王也哉㉓？”太后曰：“然。”左师公曰：“今三世以前㉔，至于赵主之子孙为侯者，其继有在者乎㉕？”曰：“无有。”曰：“微独赵㉖，诸侯有在者乎？”曰：“老妇不闻也。”曰：“此其近者祸及其身，远者及其子孙。岂人主之子侯则不善哉？位尊而无功，奉厚而无劳㉗，而挟重器多也㉘。今媪尊长安君之位，而封之以膏腴之地㉙，多与之重器，而不及今令有功于国，一旦山陵崩㉚，长安君何以自托于赵？老臣以媪为长安君之计短也㉛，故以为爱之大若燕后。”太后曰：“诺，恣君之所使之[32]。”于是为长安君约车百乘[33]，质于齐，齐兵乃出。

【注释】

①太后：即赵惠文王妻赵威后，孝成王的母亲。用事：执政。当时孝成王年幼，故由威后执政。②长安君：赵太后最宠爱的小儿子。③左师：官名。下文的“左师公”即指触龙，“公”是敬称。④胥：同“须”，等待。⑤徐趋：慢慢往前小跑。古人见尊长时，小步急行，表示尊敬。⑥谢：告罪，道歉。⑦曾不能：简直不能。⑧苦：劳苦。引申为疲劳，不舒服。⑨辇（niǎn）：用人力推着或拖着走的车。⑩衰：减少。⑪间者：近来。⑫强（qiǎng）步：勉强走动。⑬少（shào）：稍。益：增长，加多。嗜：喜爱。⑭色：怒色。⑮息：儿子。⑯黑衣：王宫中卫士穿的衣服。这里代指宫中卫士。⑰及：趁。填沟壑（hè）：指死后埋在地里。⑱丈夫：古代对男子的通称。⑲媪（ǎo）：对老年妇女的敬称。燕后：赵太后的女儿，嫁给燕王。贤：胜过。⑳持：握。踵：脚跟。㉑念其远：惦念她远离自己。㉒必勿使反：一定别让她回来。古代诸侯的女儿嫁到别国为后，只有被废弃或者亡国才能回到本国。㉓相继为王：世世代代继承王位。㉔三世：三代，父子相继为一世。三世以前，当指赵肃侯（前349—前326年）时。㉕继：指继承人，后代。㉖微独：非独，不仅。㉗奉：同“俸”，俸禄。㉘挟：持，拥有。㉙膏腴：肥沃，富饶。㉚山陵崩：婉言威后死去。㉛计短：打算得不长远。㉜恣：任凭，听任。㉝约车：准备车子。